中國文學研究典籍叢刊

詩人玉屑

上

〔宋〕魏慶之 著
王仲聞 點校

中華書局

圖書在版編目(CIP)數據

詩人玉屑/(宋)魏慶之著;王仲聞點校. —北京:中華書局,2007.11(2025.8 重印)
(中國文學研究典籍叢刊)
ISBN 978-7-101-05741-6

Ⅰ.詩… Ⅱ.①魏…②王… Ⅲ.詩話-中國-古代
Ⅳ.I207.22

中國版本圖書館 CIP 數據核字(2007)第 092941 號

責任編輯:周　旻
封面設計:周　玉
責任印製:韓馨雨

中國文學研究典籍叢刊
詩 人 玉 屑
(全二册)
〔宋〕魏慶之 著
王仲聞 點校
*
中 華 書 局 出 版 發 行
(北京市豐臺區太平橋西里 38 號　100073)
http://www.zhbc.com.cn
E-mail:zhbc@zhbc.com.cn
北京僑友印刷有限公司印刷
*
850×1168 毫米 1/32 · 23⅞印張 · 4 插頁 · 450 千字
2007 年 11 月第 1 版　　2025 年 8 月第 3 次印刷
印數:6001-7000 册　　定價:88.00 元

ISBN 978-7-101-05741-6

《中國文學研究典籍叢刊》出版說明

中國古代學者對文學的認識、思考、研究和總結，是以多種形式書寫、流傳並發生影響的，有的是理論性的專著，有的是隨筆式的評論，有的是作品前後的序跋，有的是作品之中的評點。這些典籍數量豐富，種類衆多，涉及各個時期的不同的文學現象和文學思潮，以及不同的作家作品和文體文類。對這些典籍文獻的收集、整理，在近百年來，一直是學術界著力的重點，取得了很大的成績。

爲了進一步推動這一工作的進展，我們組織了《中國文學研究典籍叢刊》，選擇歷代具有代表性的、比較重要的典籍，採用所能得到的善本，進行深入的整理。因各類典籍情況差異較大，整理的方式也因書而異，不求一律，或校勘，或標點，或注釋，或輯佚，詳見各書的前言與凡例。《叢刊》的目的，是系統地爲學術界提供一套承載著中國古代學者文學研究成果的，內容更爲準確、使用更爲方便的基礎資料。我們熱切地期待學術界的同仁們參與這一澤惠學林的工作，並誠摯地歡迎讀者對我們的工作提出批評指正。

中華書局編輯部

二〇〇六年六月

詩人玉屑總目

出版説明

南宋魏慶之的《詩人玉屑》，是宋詩話中較著名和規模較大的一種，和北宋胡仔的《苕溪漁隱叢話》齊名。魏慶之，字醇甫，號菊莊，南宋建安（今屬福建）人。他無意仕進，與當時的詩人有廣泛的交往，著《詩人玉屑》二十一卷。

此書用輯録體的形式，編録了兩宋諸家論詩的短札和談片，也可以説是宋人詩話的集成性選編。《苕溪漁隱叢話》編録北宋諸家的詩話較多，《詩人玉屑》則着重于編録南宋諸家的詩話，兩書互相參證，約可見宋代詩話的全貌。《詩人玉屑》一至十一卷論詩藝、體裁、格律及表現方法等，十二卷以後評論兩漢以下的作家和作品。全書雖有重複支蔓之病，但排比大致有序，可從中獲得關于詩歌發展的輪廓及有關詩歌體裁的知識，是研究中國詩歌史的重要參考資料。

本書由王仲聞先生點校。在《校勘記前言》中，王先生對本書的版本與校勘情況都做了詳細説明。王仲聞（一九〇一—一九六九），名高明，以字行。筆名王學初、王幼安，浙江海寧人，著名學者王國維先生次子。曾任中華書局編輯，並參與《全宋詞》的校訂工作。撰著有《李清照集校注》、《唐五代詞》、《讀詞識小》及《蕙風詞話・人間詞話》(校注)等。

本書一九五八年由古典文學出版社出版,一九六一年、一九七八年,分别由中華書局上海編輯所和上海古籍出版社重印。此次再版,我們除改正了一些明顯錯誤外,還調整了編輯體例:校勘記與《詩人玉屑補校》原皆在全書最後,現改將校勘記插入相應條末,補校插入相應條的校勘記後,删除原校勘記與補校中的題名、頁碼。校勘記注碼用〔　〕標明,補校注碼用圈碼標明,以便讀者查考。

中華書局編輯部

二〇〇七年五月

校勘記前言

傳本詩人玉屑俱爲二十卷。錢塘丁氏善本書室藏書志著録之明武林謝氏刻本、鐵琴銅劍樓藏書目，皕宋樓藏書志著録之明刻本，北京圖書館之明嘉靖六年刻本，清四庫全書本及道光古松堂重刻宋本皆然。北京圖書館另有日本寬永十六年刻本，經王國維先生以宋本校過者，則獨有二十一卷，其中「中興詞話」一目，且爲宋本所無，遑論他本矣。日本寬永刻本從高麗本出（聞傳增湘氏曾藏有高麗刊本，或爲寬永刻之祖本），每半葉十一行，行二十一字，與王先生所見宋本行款相同。明嘉靖本與清道光古松堂本行款雖與日本寬永本無異，或皆出自宋本，乃俱有缺葉，所缺俱同：卷三闕二葉、卷四闕二葉、卷十闕二葉、卷十一闕二葉、卷十二闕七葉、卷十三闕七葉、卷十四闕九頁、缺逸至三十二葉之多，四庫全書本所缺亦同，蓋久不見全書矣。寬永本獨完整無缺，除「中興詞話」一門爲他本所無以外，卷二十、卷二十一中「禪林」、「閨秀」、「詩餘」門亦有多則爲他本所無，洵佳本也。嘉靖本於有缺頁處，間尚留有殘缺遺痕，而古松堂本與四庫本則已有改易之處。第十卷「富貴」門後，據宋本與寬永本原目，應爲「寒乞」、「知音」兩門，四庫本與古松堂本則奪去「寒乞」門而改「知音」門爲「品藻」門。卷十二原有「品藻古今人物」一門，與此重複，且有九則爲寬永本、嘉靖本所無者，乃與以後各卷重出，又不依時代爲次，而唐宋人互雜，顯經後人竄易。二本雖誤闕相同，而古松堂本實不出自四庫本，殆所據爲同一誤本，非互相因襲也。

茲以古松堂本爲據，校以寬永本，其有異同之處，則參酌明嘉靖本，作爲校勘記。王國維先生據宋本校寬永本之校語，則全部過録，俾可窺見宋本面目。四庫全書本謬訛太多，極不可恃，不能據校。寬永本亦多誤字。竹艸不分，木扌通假，宋本舊習，雖未可盡目爲誤，亦逐一校出，便於讀者。其間有文義不明之字，則據所引各書校正之，但儘量保存原本面目，據他書改正之字，以極少數必要者爲限。文內小字夾注之非原書所有者，概於注上加小圈別之。

詩人玉屑所引各書，以及所引昔人詩句，或有與原書及本集不同者，疑魏慶之所見本如此，不盡爲翻刻傳鈔之誤。亦有可以改正原書者，如卷十九「葉水心論唐詩與嚴滄浪異」一條所引徐山民墓誌，其文字實較四部叢刊本水心文集爲勝。未能全部校勘。

本書所引出自胡仔苕溪漁隱叢話者頗多，往往即以胡仔所引書名注作出處，易使讀者誤以胡仔之説亦爲胡仔所引各書原文。所引書名或不甚一致，如「詩品」或作「詩評」，「韻語陽秋」或作「丹陽集」，「砦溪詩話」或作「黃常明詩話」等等。又所引原文間有過於删節，使讀者不易索解，亦有漏注或誤注出處者。凡此種種，俱未能逐一校正或補注。有待進一步之整理。

目録〔一〕

卷之二

卷之三

卷之四

卷之五

卷之六

卷之七

卷之八

卷之九

卷之十

卷之十一

卷之十二

卷之十三

卷之十四

卷之十五

卷之十六

卷之十七

卷之十八

卷之十九

卷之二十

【校勘記】

〔一〕嘉靖本無目録，寬永本作「詩人玉屑門目」，分門而不分卷，較古松堂本目録爲簡，亦無細目。

茲録附於下：

詩人玉屑門目

（一）詞勝綺麗　王先生校云：「宋本中間稍空」（以下稱王校）。案「諷興」、「規戒」爲兩門，「詞勝」、「綺麗」，「富貴」、「寒乞」，「詩病」、「害理」，「古詩」、「律詩」亦然，宋本目録俱誤爲一門，與寬永本同。又目録尚不完全，亦有次序不合者，附識於此。㊀

（二）王校：「宋本無中興詞話一目。」

【補校】

㊀詞勝綺麗、富貴寒乞、詩病害理，朝鮮本俱中間空半格。

原序

詩之有評，猶醫之有方也。評不精，何益於詩；方不靈，何益於醫！然惟善醫者能審其方之靈，善詩者能識其評之精〔一〕，夫豈易言也哉！詩話之編多矣，「總龜」最爲踳駁，其可取者惟「苕溪叢話」；然貪多務得，不汎則冗，求其有益於詩者，如披砂簡金，悶悶而後得之，故觀者或不能終卷。友人魏菊莊，詩家之良醫師也，乃出新意〔二〕，別爲是編。自有詩話以來，至於近世之評論，博觀約取，科別其條；凡升高自下之方，繇粗入精之要，靡不登載〔三〕。其格律之明，可準而式；其鑒裁之公，可研而覈；其斧藻之有味，可咀而食也。既又取三百篇、騷、選而下，及宋朝諸公之詩〔四〕，名勝之所品題，有補於詩道者，盡擇其精而録之。蓋始焉束以法度之嚴，所以正其趨向；終焉極夫古今之變，所以富其見聞。是猶倉公、華佗，按病處方，雖庸醫得之，猶可藉以已疾，而況醫之善者哉！方今海内詩人林立，是書既行，皆得靈方；取寶囊玉屑之飯，瀹之以冰甌雪盌，薦之以菊英蘭露，吾知其換骨而僊也必矣。姜白石云：不知詩病，何由能詩；不觀詩法，何由知病？人非李杜，安能徑詣聖處！吾黨盍相與懋之！君名慶之，字醇甫，有才而不屑科第，惟種菊千叢，日與騷人佚士，觴詠於其間。閣學游公受齋先生，嘗賦詩嘉之，有「種菊幽探計何早，想應苦吟被花惱」之句〔五〕，視其所好事，㈠以知其人焉。淳祐甲辰長至日，玉林黄昇叔暘序。〔六〕

【校勘記】

〔一〕善詩者能識其評之精　「識」寬永本作「譏」，宋本同。（凡宋本與寬永本相同者，以下即僅稱寬永本，以省篇幅。）

〔二〕乃出新意　「出」古松堂本原作「立」，据寬永本、嘉靖本改。

〔三〕靡不登載　「載」寬永本誤作「戴」，宋本作「載」不誤。㈡（凡宋本與寬永本異者，王先生俱以小字旁注，以下稱宋本作某者，均據王先生旁注。）

〔四〕及宋朝諸公之詩　「宋」寬永本作「本」。黄昇爲宋人，自應稱宋朝爲本朝，寬永本是嘉靖本與古松堂本作「宋朝」，殆後人所改。

〔五〕想應苦吟被花惱　「苦」寬永本作「芳」。㈢

〔六〕王先生校注：「宋本序文行款均同，唯係行書耳。」寬永本序文楷書，故王先生有此注。

【補　校】

㊀ 視其所好事，據明正統乙亥朝鮮刊本詩人玉屑（此本亦爲二十一卷本，乃日本寬永十六年刊本之祖本），應改作「視其所好，可」。

㊁ 靡不登載　「載」字朝鮮本未誤作「戴」。

㊂ 想應苦吟被花惱　「花」字朝鮮本未誤作「芳」。

詩人玉屑卷之一

詩辨第一〔一〕

【校勘記】

〔一〕寬永本無「第一」兩字　案嘉靖本、古松堂本只「詩辨」、「詩法」兩目有「第一」、「第二」字樣，以後各目俱無，似寬永本爲是。

滄浪謂當學古人之詩

夫學詩者，以識爲主。入門須正，立志須高；以漢、魏、盛唐爲師，不作開元、天寶以下人物。若自生退屈，即有下劣詩魔，入其肺腑之間，由立志之不高也。行有未至，可加工力；路頭一差，愈騖愈遠，由入門之不正也。故曰，學其上僅得其中，學其中斯爲下矣。又曰，見過於師，僅堪傳授；見與師齊，減師半德也。工夫須從上做下，不可從下做上；先須熟讀楚辭，朝夕諷詠以爲之本；及讀古詩十九首，樂府四篇，李陵、蘇武，漢、魏五言，皆須熟讀。即以李、杜二集〔二〕，枕藉觀之，如今人之治經。然後博取盛唐名家，醞釀胸中，久之自然悟入。雖學之不至，亦不失正路。此乃從頂顙上做來，謂之向上一路，謂之直截根源，謂之頓門，謂之單刀直入也。

詩之法有五：曰體製，曰格力，曰氣象，曰興趣，曰音節。

詩之品有九：曰高，曰古，曰深，曰遠，曰長，曰雄渾，曰飄逸，曰悲壯，曰淒婉。其用工有三：曰起結，曰句法，曰字眼。其大概有二：曰優游不迫，曰沉着痛快。詩之極致有一：曰入神。詩而入神，至矣盡矣，蔑以加矣！惟李杜得之，他人得之蓋寡也。

禪家者流，乘有小大，宗有南北，道有邪正，具正法眼者〔三〕，是謂第一義；若聲聞、辟支果，皆非正也。論詩如論禪，漢、魏、晉等作，與盛唐之詩，則第一義也；大曆以還之詩，則已落第二義矣；晚唐之詩，則聲聞、辟支果也。學漢、魏、晉與盛唐詩者，臨濟下也；學大曆以還者，曹洞下也。大抵禪道惟在妙悟，詩道亦在妙悟。且孟襄陽學力下韓退之遠甚，而其詩獨出退之之上者，一味妙悟故也。惟悟乃爲當行，乃爲本色。然悟有淺深，有分限之悟，有透徹之悟，有但得一知半解之悟。漢魏尚矣，不假悟也；謝靈運至盛唐諸公，透徹之悟也；他雖有悟者，皆非第一義也。吾評之非僭也，辨之非妄也。天下有可廢之人，無可廢之言，詩道如是也。若以爲不然，則是見詩之不廣，參詩之不熟耳。試取漢、魏之詩而熟參之，次取晉、宋之詩而熟參之，次取南北朝之詩而熟參之，次取沈、宋、王、楊、盧、駱、陳拾遺之詩而熟參之，次取開元、天寶諸家之詩而熟參之，次獨取李、杜二公之詩而熟參之，又取大曆十才子之詩而熟參之，又取元和之詩而熟參之，又取晚唐諸家之詩而熟參之，又取本朝蘇、黄以下諸公之詩而熟參之，其真是非亦有不能隱者。儻猶於此而無見焉，則是爲外道蒙蔽其真識，不可救藥，終不悟也。

夫詩有別材，非關書也；詩有別趣，非關理也〔三〕。而古人未嘗不讀書，不窮理，所謂不涉理路，不落言筌者〔四〕，上也。詩者，吟詠情性也。盛唐詩人，惟在興趣；羚羊掛角，無跡可求，故其妙處，瑩徹玲瓏，不可凑泊；如空中之音，相中之色，水中之月，鏡中之象，言有盡而意無窮。近代諸公作奇特解會，以文字爲詩，以議論爲詩，以才學爲詩；以是爲詩，夫豈不工，終非古人之詩也。蓋於一唱三嘆之音〔五〕，有所歉焉。且其作多務使事，不問興致；用字必有來歷，押韻必有出處；讀之終篇，不知着到何在。其末流甚者〔六〕，叫噪怒張，殊乖忠厚之風，殆以駡詈爲詩。詩而至此，可謂一厄也，可謂不幸也。然則近代之詩無取乎？曰，有之。吾取其合於古人者而已。國初之詩，尚沿襲唐人。王黄州學白樂天，楊文公、劉中山學李商隱，盛文肅學韋蘇州，歐陽公學韓退之古詩，梅聖俞學唐人平澹處；至東坡、山谷，始自出己法以爲詩，唐人之風變矣。山谷用工尤深刻，其後法席盛行，海内稱爲江西宗派。近世趙紫芝、翁靈舒輩〔七〕，獨喜賈島、姚合之語，稍稍復就清苦之風，江湖詩人，多效其體，一時自謂之唐宗；不知止入聲聞、辟支之果，豈盛唐諸公大乘正法眼者哉！　嗟乎，正法眼之無傳久矣！　唐詩之説未唱，唐詩之道有時而明也。今既唱其體，曰唐詩矣，則學者謂唐詩，誠止於是耳。兹詩道之重不幸耶！　故予不自量度，輒定詩之宗旨，且借禪以爲喻，推原漢、魏以來，而截然謂當以盛唐爲法。後捨漢、魏而獨言盛唐者，謂唐律之體備也。雖獲罪於世之君子，不辭也。

【校勘記】

〔一〕即以李杜二集　「集」寬永本、古松堂本誤作「習」，據嘉靖本及滄浪詩話改。

〔二〕具正法眼者　「者」古松堂本原作「看」，據寬永本、嘉靖本改。

〔三〕夫詩有別材，非關書也；詩有別趣，非關理也　兩「關」字寬永本俱誤作「閲」。王校：「二閲字宋本同。」

〔四〕不落言鑒者　「鑒」各本皆同，據滄浪詩話應作「筌」。

〔五〕蓋於一唱三嘆之音　「音」寬永本作「旨」。

〔六〕其末流甚者　「末」寬永本誤作「未」，宋本作「末」不誤。

〔七〕近世趙紫芝、翁靈舒輩　「舒」寬永本誤作「鄒」，宋本作「舒」不誤。㊀

【補　校】

㈠「音」字、「未」字、「舒」字　朝鮮本俱未誤。

詩法第二〔一〕

【校勘記】

〔一〕寬永本無「第二」兩字。

晦庵謂胸中不可着一字世俗言語

古今之詩，凡有三變：蓋自書傳所記，虞、夏以來，下及漢、魏，自爲一等；自晉、宋間顔、謝以後，下及唐初，自爲一等；自沈、宋以後，定著律詩，下及今日，又爲一等。然自唐初以前，其爲詩者固有高下，而法猶未變；至律詩出，而後詩之與法，始皆大變；以至今日，益巧益密，而無復古人之風矣。故嘗妄欲抄取經史諸書所載韻語，下及文選、漢魏古詞，以盡乎郭景純、陶淵明之所作，自爲一編，而附於三百篇、楚辭之後，以爲詩之根本準則；又於其下二等之中，擇其近於古者，各爲一編，以爲之羽翼輿衛；且以李、杜言之，則如李之古風五十首，杜之秦蜀紀行、遣興、出塞、潼關〔一〕、石濠、夏日、夏夜諸篇，律詩則如王維〔二〕、韋應物輩，亦自有蕭散之趣〔三〕，未至如今日之細碎卑冗〔四〕，無餘味也。其不合者，則悉去之，不使其接於吾耳目，而入於吾之胸次。要使方寸之中，無一字世俗言語意思，則其詩不期於高遠〔五〕，而自高遠矣。

【校勘記】

〔一〕潼關　「潼」寬永本誤作「僮」，宋本作「潼」。

〔二〕王維　「維」寬永本誤作「繼」，宋本作「維」。

〔三〕亦自有蕭散之趣　「蕭」寬永本誤作「肅」，宋本作「蕭」。

〔四〕未至如今日之細碎卑冗　「卑」寬永本誤作「早」，宋本作「卑」。

〔五〕則其詩不期於高遠　「則其詩」朱文公游藝至論作「則其爲詩」。㊀

【補　校】

㊀「潼」字、「維」字、「蕭」字、「卑」字　朝鮮本俱未誤。

晦庵抽關啟鑰之論

來喻欲漱六藝之芳潤，以求真澹，此誠極至之論。然亦恐須先識得古今體製雅俗鄉背，仍更洗滌得盡腸胃間夙生葷血脂膏，然後此語方有所措。如其未然，竊恐穢濁爲主，芳潤入不得也。近世詩人，正緣不會透得此關，而規規於近局，故其所就皆不滿人意，無足深論。

誠齋翻案法

孔子老子相見傾蓋，鄒陽云，傾蓋如故。孫侔與東坡不相識，以詩寄，東坡和云：「與君蓋亦不須傾。」劉寬爲吏，以蒲爲鞭，寬厚至矣，東坡云：「有鞭不使安用蒲。」杜詩云：「忽憶往時秋井塌，古人白骨生蒼苔，如何不飲令心哀！」東坡云：「何須更待秋井塌，見人白骨方銜盃！」此皆翻案法也。余友人安福劉浚，字景明，重陽詩云：「不用茱萸子細看，管取明年各強健。」得此法矣。

誠齋又法

唐律七言八句，一篇之中，句句皆奇；一句之中，字字皆奇；古今作者皆難之。余嘗與林謙之論此事，謙之慨然曰：但吾輩詩集中，不可不作數篇耳。如杜九日詩：「老去悲秋強自寬，興來今日盡君歡」，不徒入句便字字對屬；又第一句頃刻變化，纔説悲秋，忽又自寬。以「自」對「君」，「自」者，我也。「羞將短髮還吹帽，笑倩旁人爲正冠」，將一事翻騰作一聯；又孟嘉以落帽爲風流，少陵以不落爲風流；翻盡古人公案，最爲妙法。「藍水遠從千澗落，玉山高並兩峰寒」，詩人至此，筆力多衰；今方且雄傑挺拔，喚起一篇精神，非筆力拔山，不至於此。「明年此會知誰健，醉把茱萸子細看」，則意味深長，幽然無窮矣。東坡煎茶詩云：「活水還將活火烹，自臨釣石汲深清〔一〕」，第二句七字而具五意：水清，一也；深處取清者，二也；石下之水，非有泥土，三也；石乃釣石〔二〕，非尋常之石，四也；東坡自汲，非遣卒奴，五也。「大瓢貯月歸春甕，小杓分江入夜瓶〔三〕」，其狀水之清美極矣；「分江」二字，此尤難下。「雪乳已翻煎處脚，松風仍作瀉時聲」，此倒語也，尤爲詩家妙法；即少陵「紅稻啄餘鸚鵡粒，碧梧棲老鳳凰枝」也。「枯腸未易禁三椀，臥聽山城長短更」，又翻卻盧仝公案：仝喫到七椀，坡不禁三椀；山城更漏無定，「長短」二字，有無窮之味。

【校勘記】

〔一〕自臨釣石汲深清　「釣」寬永本誤作「鉤」，宋本作「釣」。

〔二〕石乃釣石　仝上。

〔三〕小杓分江入夜瓶　「杓」寬永本作「扚」，宋本作「杓」。㊀

【補　校】

㈠「釣」字、「杓」字　朝鮮本俱未誤。

趙章泉詩法

或問詩法於晏叟，因以五十六字答之云：「問詩端合如何作？待欲學耶毋用學。今一禿翁曾總角，學竟無方作無略。欲從鄙律恐坐縛，力若不加還病弱。眼前草樹聊渠若，子結成陰花自落。」

趙章泉謂規模既大波瀾自闊

贛川曾文清公題吳郡所刊東萊呂居仁公詩後語云：「詩卷熟讀，治擇工夫已勝，而波瀾尚未闊；欲波瀾之闊，須令規模宏放，以涵養吾氣而後可，規模既大，波瀾自闊；少加治擇，功已倍於古矣。」蕃嘗苦人來問詩，答之費辭，一日閱東萊詩，以此語爲四十字，異日有來問者，當謄以示之云：「若欲波瀾闊，規模須放弘。端由吾氣養，匪自歷階升。勿漫工夫覓〔二〕，況於治擇能！斯言誰語汝，呂昔告於曾。」

【校勘記】

〔一〕勿漫工夫覓　「工」古松堂本誤作「二」，據寬永本、嘉靖本改。

趙章泉論詩貴乎似

論詩者貴乎似，論似者可以言盡耶！少陵春水生二首云：「二月六夜春水生，門前小灘渾欲平。鸕鷀鸂鶒莫漫喜，吾與汝曹俱眼明。」「一夜水高二尺強，數日不敢更禁當。南市津頭有船賣，無錢即買繫籬傍。」曾空青清樾軒二詩云：「臥聽灘聲㶁㶁流，冷風凄雨似深秋。江邊石上烏臼樹，一夜水長到梢頭。」「竹間嘉樹密扶踈，異鄉物色似吾廬。清曉開門出負水，已有小舟來賣魚。」似耶不似耶？學詩者不可以不辨。

趙章泉題品三聯

「隔林彷佛聞機杼，知有人家住翠微。」「片片梅花隨雨脱，渾疑春雪墮林梢。」「三年受用惟栽竹，一日工夫半爲梅。」「淵明不可得見矣，得見菊花斯可爾。」前十四字，或以爲坡語，或以爲參寥子十四字師號。余亦以後六句爲道章少隱、王夢弼應求、范炎黄中十四字師號。范乃稼軒壻也。

章泉謂可與言詩

王摩詰云：「行到水窮處，坐看雲起時。」少陵云：「水流心不競，雲在意俱遲。」介甫云：「細數落花因坐久，緩尋芳草得歸遲。」徐師川云：「細落李花那可數，偶行芳草步因遲。」知詩者於此不可以無語。或以二小詩復之曰：「水窮雲起初無意，雲在水流終有心。儻若不將無有判，渾然誰會伯牙琴？」「誰將古瓦磨成硯，坐久歸遲總是機。草自偶逢花偶見，海漚不動瑟音希。」公曰：此所謂可與言詩矣。

趙章泉學詩

閱復齋閒紀所載吴思道、龔聖任學詩三首，因次其韻：「學詩渾似學參禪，識取初年與暮年。巧匠曷能雕朽木，燎原寧復死灰然。」「學詩渾似學參禪，要保心傳與耳傳。秋菊春蘭寧易地，清風明月本同天。」「學詩渾似學參禪，束縛寧論句與聯。四海九州何歷歷，千秋萬歲孰傳傳。」

吴思道學詩

吴可思道：「學詩渾似學參禪，竹榻蒲團不計年。直待自家都了得〔一〕，等閒拈出便超然。」「學詩渾似學參禪，頭上安頭不足傳。跳出少陵窠臼外，丈夫志氣本衝天。」「學詩渾似學參禪，自古圓成有幾聯。

春草池塘一句子，驚天動地至今傳。」

【校勘記】

〔一〕直待自家都了得 「了」寬永本、嘉靖本作「肯」。

龔聖任學詩

龔相聖任：「學詩渾似學參禪，悟了方知歲是年。點鐵成金猶是妄，高山流水自依然。」「學詩渾似學參禪，語可安排意莫傳。會意即超聲律界，不須鍊石補青天。」「學詩渾似學參禪，幾許搜腸覓句聯。欲識少陵奇絶處，初無言句與人傳。」

白石詩説

大凡詩自有氣象、體面、血脈、韻度：氣象欲其渾厚，其失也俗；體面欲其宏大，其失也狂；血脈欲其貫穿，其失也露；韻度欲其飄逸，其失也輕。

作大篇尤當布置，首尾停匀，腰腹肥滿。多見人前面有餘，後面不足；前面極工，後面草草，不可不知也。

詩之不工，只是不精思耳；不思而作，雖多亦奚以爲。

雕刻傷氣，敷演露骨。若鄙而不精巧，是不雕刻之過；拙而無委曲，是不敷演之過。

人所易言，我寡言之；人所難言，我易言之：自不俗。

花必用柳對，是兒曹語；若其不切，亦病也。

難説處一語而盡，易説處莫便放過；僻事實用，熟事虚用；説理要簡易，説事要圓活，説景要微妙；多看自知，多作自好矣。

小詩精深，短章醖藉，大篇有開闔，乃妙。

喜辭鋭，怒辭戾，哀辭傷，樂辭荒，愛辭結，惡辭絶，欲辭屑。樂而不淫，哀而不傷，其唯關雎乎。學有餘而約以用之，善用事者也；意有餘而約以盡之，善措辭者也；乍叙事而間以理言，得活法者也。

不知詩病，何由能詩；不觀詩法，何由知病！名家者，各有一病，大醇小疵差可耳。

篇終出人意表，或反終篇之意，皆妙。

守法度曰詩，載始末曰引，體如行書曰行，放情曰歌，兼之曰歌行，悲如蛩螿曰吟，通乎俚俗曰謡，委曲盡情曰曲。

詩有出於風者，出於雅者，出於頌者。屈、宋之文，風出也；韓、柳之詩，雅出也；杜子美獨能兼之。

三百篇美刺箴怨皆無跡，當以心會心。

陶淵明天資既高，趣詣又遠，故其詩散而莊，澹而腴，斷不容作邯鄲步也。

語貴含蓄。東坡云：「言有盡而意無窮者，天下之至言也。」山谷尤謹於此，清廟之瑟，一倡三嘆，遠矣哉！後之學詩者，可不務乎！若句中無餘字，篇中無長語，非善之善者也；句中有餘味，篇中有餘意，善之善者也。

體物不欲寒乞，須意中有景〔一〕，景中有意。

思有窒礙〔二〕，涵養未至也，當益以學。

歲寒知松柏，難處見作者。

波瀾開闔，如在江湖中，一波未平，一波已作。如兵家之陣，方以爲正，又復是奇；方以爲奇，忽復是正；出入變化，不可紀極，而法度不可亂。

文以文而工，不以文而妙；然捨文無妙，聖處要自悟。

意出於格，先得格也；格出於意，先得意也。吟詠情性，如印印泥，止乎禮義，貴涵養也。

沈着痛快，天也；自然與學到，其爲天一也。

意格欲高，句法欲響，只求工於句字，亦末矣。故始於意格，成於句字；句意欲深欲遠，句調欲清欲古欲和，是爲作者。

詩有四種高妙：一曰理高妙，二曰意高妙，三曰想高妙，四曰自然高妙。礙而實通，曰理高妙；出事意外，曰意高妙；寫出幽微，如清潭見底，曰想高妙；非奇非怪，剥落文采，知其妙而不知其所以妙，曰自然高妙。

一篇全在尾句，如截犇馬。辭意俱盡，如臨水送將歸〔三〕〔是已；意盡詞不盡，如摶扶摇是已；〕

○上括號内十三字原脱，據白石道人詩説補，原誤入「若夫」二字，亦據删。

辭盡意不盡，剡溪歸櫂是已；辭意俱不盡，溫伯雪子是已。所謂辭意俱盡者，急流中截後語，非謂辭窮理盡者也。所謂意盡辭不盡者，意盡於未當盡處，則辭可以不盡矣，非以長語益之者也。至如辭盡意不盡者，非遺意也，辭中已彷彿可見矣。辭意俱不盡者，不盡之中固已深盡之矣。

一家之語，自有一家之風味，如樂之二十四調，各有韻聲，乃是歸宿處。模倣者語雖似之，韻亦無矣。鷄林其可欺哉！

詩説之作，非爲能詩者作也；爲不能詩者作，而使之能詩。能詩而後能盡吾之説，是亦爲能詩者作也。雖然，以吾之説爲盡，而不造乎自得，是足以爲詩哉！後之賢者，有如以水投水者乎，有如得兔忘筌者乎？嘻，吾之説已得罪於古之詩人，後之人其勿重罪予乎！

【校勘記】

〔一〕體物不欲寒乞，須意中有景　「須」寬永本作「一」，疑非，嘉靖本空格。

〔二〕思有窒礙　「窒」寬永本誤作「室」，宋本不誤。㊀

〔三〕如臨水送將歸　以下各本均作「辭盡意不盡，若夫……」（原文已據白石道人詩説改）。

【補校】

㊀「窒」字　朝鮮本未誤。

滄浪詩法

學詩先除五俗：一曰俗體，二曰俗意，三曰俗句，四曰俗字，五曰俗韻。　有語忌，有語病；語病易除，語忌難變。（語病古人亦有之，惟語忌不可有。）須是本色㊀，須是當行。　對句好可得，結句好難得，發句好尤難得。　發端忌作舉止，收拾貴有出場。　不必太着題〔一〕，不在多使事；押韻不必有出處，用字不必拘來歷。　下字貴響，造語貴圓。　意貴透，不可隔靴搔癢。　語貴脱灑，不可拖泥帶水。　最忌骨董，最忌趂貼〔二〕。　語忌直，意忌淺，脈忌露，味忌短，音韻忌散緩，亦忌迫促。　詩難處在結裹，譬如番刀，須用北人結裹，若南人，便非本色。　須參活句，勿參死句。　詞氣可頡頏，不可乖崖。　律詩難於古詩，絶句難於八句，七言律詩難於五言律詩，五言絶句難於七言絶句。　學詩有三節：其初不識好惡，連篇累牘，肆筆而成；既識羞愧，始生畏縮，成之極難；及其透徹，則七縱八横，信手拈來，頭頭是道矣。

看詩當具金剛眼睛[三]，庶不眩於旁門小法。禪家有金剛眼睛之說。辨家數如辨蒼白，方可言詩。荆公評文章，先體製而後文之工拙。詩之是非不必爭，以己詩置古人詩中，與識者觀之而不能辨，則真古人矣。

【校勘記】

〔一〕不必太着題　「太」古松堂本誤作「大」，據寬永本、嘉靖本改。

〔二〕最忌趂貼　「趂」即「趁」字，嘉靖本與滄浪詩話作「襯」。

〔三〕看詩當具金剛眼睛　「睛」寬永本誤作「晴」，宋本作「睛」。

【補　校】

㊀ 須是本色　據各本詩人玉屑，此句上應空一格。

詩人玉屑卷之二

詩評

誠齋品藻中興以來諸賢詩

自隆興以來以詩名：林謙之，范至能，陸務觀，尤延之，蕭東夫；近時後進，有張鎡功父，趙蕃昌父，劉翰武子，黄景説巖老，徐似道淵子，項安世平甫，鞏豐仲至，姜夔堯章，徐賀恭仲，汪經仲權〔一〕。前五人皆有詩集傳世。謙之常稱重其友方翥次雲詩云：「秋明河漢外，月近斗牛旁。」延之有云：「去年江南荒，趁逐過江北；江北不可住，江南歸未得。」有寄友人云：「胸中襞積千般事，到得相逢一語無。」又台州秩滿而歸云：「送客漸稀城漸遠，歸塗應減兩三程。」東夫飲酒云：「信腳到太古」，又〇「又」字原脱，據誠齋詩話補。登岳陽樓：「不作蒼茫去，真成浪蕩游。三年夜郎客，一柂洞庭秋。得句鷺飛處，看山天盡頭。猶嫌未奇絕，更上岳陽樓。」又「荒村三月不肉味，併與瓜茄倚閣休。造物於人相補報，問天賒得一山秋。」至能有云：「月從雪後皆奇夜，天到梅邊有別春。」功父云：「斷橋斜取路，古寺未關門。」絕似晚唐人。詠金林禽花云：「梨花風骨杏花粧」，黃薔薇云：「已從槐借葉，更染菊爲裳」，寫物之工如此。余歸自金陵，功父送之，「之」字原脱，據誠齋詩話補。末章云：「何時重來桂隱軒，爲我醉倒春風前。看人喚作詩中仙，看人喚作飲中仙。」此詩超然矣。昌父云：「紅葉連村雨，黃花獨徑秋。詩窮真得瘦，酒薄不禁愁。」武子云：「自鋤明月種梅花。」又云：「吹入征鴻數字秋〔二〕。」淵子云：「煖分煨芋火〔三〕，明借績麻燈。」又「客路二千年五十〔四〕，向人猶自説歸耕。」平甫題釣臺：「醉中偶爾閒伸脚，便被劉郎賣作名。」恭仲云：「碎斫生柴爛煑詩。」又有姚宋佐輔之一絕句云：「梅花得月太清生，月到梅花越樣明。梅月蕭疎兩奇絕，有人踏月繞花行。」僧顯萬亦能詩：「萬松嶺上一間屋，老僧半間雲半間。三更雲去作行雨，回頭方羡老僧閒。」又梅詩：「探支春色牆頭朵，闌入風光竹外梢。」又「河横星斗三更後，月過梧桐一丈高。」又有龐右甫者，使虜過汴京云：「蒼龍觀闕東風外，黃道星辰北斗邊。月照九衢平似水，胡兒吹笛内門前。」

【校勘記】

〔一〕汪經仲權　「汪」古松堂本作「江」，據寬永本、嘉靖本及誠齋詩話改正。

〔二〕吹入征鴻數字秋　「字」寬永本誤作「子」，宋本作「字」。

〔三〕煖分煨芋火　「芋」寬永本誤作「羊」，宋本作「芋」。

〔四〕客路二千年五十　「年」古松堂本作「零」，據寬永本、嘉靖本及誠齋詩話改正。

誠齋題品諸楊詩

吾族前輩諱存字正叟，諱朴字元素，諱杞字元卿，諱輔世字昌英，皆能詩。元卿年十八第進士，其叔正叟賀之云：「月中丹桂輪先手，鏡裏朱顏正後生。」吾鄉民俗，稻未熟，摘而蒸之，春以爲米，其飯絶香。元素有詩云：「和露摘殘雲淺碧，帶香炊出玉輕黄。」余先太中貧，嘗作小茅屋三間，而未有門扉，干元卿求一扉；元卿以絶句送至云：「三間茅屋獨家村，風雨蕭蕭可斷魂。舊日相如猶有壁，如今無壁更無門。」昌英有絶句云：「碧玉寒塘瑩不流，紅蕖影裏立沙鷗。便當不作南溪看，當得西湖十里秋。」

吾州詩人瀘溪先生安福王民瞻〔一〕，名庭珪〔二〕，弱冠貢入京師太學，已有詩名。有絶句云：「江水磨銅鏡面寒，釣魚人在蓼花灣。回頭貪看新月上，不覺竹竿流下灘。」紹興間，宰相秦檜力主和戎之議，鄉先生胡邦衡名銓，時爲編修官，上書乞斬檜，謫新州。民瞻送行詩：「一封朝上九重關，是日清都虎豹閑〔三〕。百辟動容觀奏議，幾人回首愧朝班。名高北斗星辰上，身落南州瘴海間。不待百年公議定，漢廷行召賈生還。」「大廈元非一木支，要將獨力拄傾危。癡兒不了公家事，男子要爲天下奇。當日姦諛皆膽落，平生忠義秖心知。端能飽喫新州飯，在處江山足護持。」有歐陽安永上飛語告之，除名竄辰

州。孝宗登極，召爲國子監簿，以老請奉祠，除直敷文閣宫觀。〔四〕

【校勘記】

〔一〕吾州詩人瀘溪先生安福王民瞻　「吾」古松堂本作「梧」，大誤。王庭珪乃安福人（非梧州），誠齋爲吉水人，故稱之曰「吾州詩人」。玆從寬永本、嘉靖本與誠齋詩話改正。

〔二〕名庭珪　「庭」古松堂本誤作「廷」，據同上各本改正。

〔三〕是日清都虎豹閑　「閑」古松堂本作「寒」。

〔四〕案「吾州詩人」一則，與誠齋題品諸楊詩無涉，殆誤入也。

誠齋評李杜蘇黄詩體

「問君何意栖碧山，笑而不答心自閒。桃花流水窅然去，别有天地非人間。」又「相隨遥遥訪赤城，三十六曲水回縈。一溪初入千花明，萬壑度盡松風聲。」此李太白詩體也。「麒麟圖畫鴻鴈行，紫極出入黄金印。」又「白摧朽骨龍虎死，黑入太陰雷雨垂。」又「指揮能事回天地，訓練强兵動鬼神。」又「路經灩澦雙蓬鬢，天入滄浪一釣舟。」此杜子美詩體也。「明月易低人易散，歸來呼酒更重看。」又「當其下筆風雨快，筆所未到氣已吞。」又「醉中不覺度千山，夜聞梅香失醉眠。」又李白畫象。「西望太白横峨岷，眼高四海空無人。大兒汾陽中令君，小兒天台坐忘身。平生不識高將軍，手涴吾足乃敢嗔。」此東坡詩體也。「風光錯綜天經緯，草木文章帝杼機。」又「澗松無心古鬚鬣，天球不琢中粹温〔一〕。」又「兒呼不蘇驢失腳，猶恐醒來有新作。」此山谷詩體也。

【校勘記】

〔一〕天球不琢中粹温　「琢」宋本、古松堂本作「瑑」，誠齋詩話同。㊀

【補　校】

㊀「琢」字　朝鮮本作「瑑」。

誠齋評爲詩隱蓄發露之異

太史公曰：國風好色而不淫，小雅怨誹而不亂。左氏傳曰：春秋之稱，微而顯，志而晦，婉而成章，盡而不汙。此詩與春秋紀事之妙也。近世詞人，閒情之靡，如伯有所賦，趙武所不得聞者，有過之無不及焉。是得爲好色而不淫乎！惟晏叔原云：「落花人獨立，微雨燕雙飛。」可謂好色而不淫矣。唐人長門怨云：「珊瑚枕上千行淚，不是思君是恨君。」是得爲怨誹而不亂乎！惟劉長卿云：「月來深殿早，春到後宫遲。」可謂怨誹而不亂矣。近世陳克詠李伯時畫寧王進史圖云：「汗簡不知天上事，至尊新納壽王妃。」是得爲微、爲晦、爲婉、爲不汙穢乎！惟李義山云：「侍燕歸來宫漏永[一]，薛王沉醉壽王醒。」可謂微婉顯晦，盡而不汙矣。

【校勘記】

〔一〕侍燕歸來宫漏永 「宫」古松堂本作「更」，據寬永本、嘉靖本詩人玉屑、誠齋詩話及李義山詩集改。

以畫爲真以真爲畫

杜蜀山水圖云：「沱水流中座，岷山赴此堂[一]。白波吹粉壁，青嶂插彫梁。」此以畫爲真也。曾吉父云：「斷崖韋偃樹，小雨郭熙山。」此以真爲畫也。誠齋

【校勘記】

〔一〕岷山赴此堂 「此」寬永本詩人玉屑、誠齋詩話作「北」（四部叢刊本分類集注杜工部詩此句作「岷山到北堂」），宋本、嘉靖本、古松堂本詩人玉屑作「此」。㊀

【補 校】

㈠ 岷山赴此堂 「此」字朝鮮本不作「北」，與寬永本異。

臞翁詩評

因暇日與弟姪輩評古今諸名人詩：魏武帝如幽燕老將，氣韻沉雄；曹子建如三河少年，風流自賞；鮑明遠如飢鷹獨出，奇矯無前；謝康樂如東海揚帆，風日流麗；陶彭澤如絳雲在霄，舒卷自如；王右丞如秋水芙蕖㈠，倚風自笑；韋蘇州如園客獨繭，暗合音徽；孟浩然如洞庭始波，木葉微脱；杜牧之如銅丸走坂，駿馬注坡；白樂天如山東父老課農桑，言言皆實；元微之如李龜年説天寶遺事，貌悴而神不傷；劉夢得如鏤冰雕瓊，流光自照；李太白如劉安雞犬，遺響白雲，覈其歸存，恍無定處；韓退之如囊沙背水，惟韓信獨能；李長吉如武帝食露盤，無補多慾；孟東野如埋泉斷劍，臥壑寒松；張籍如優工行鄉飲，醻獻秩如，時有詼氣；柳子厚如高秋獨眺，霽晚孤吹；李義山如百寶流蘇，千絲鐵網，綺密瓌妍，要非適用。本朝蘇東坡如屈注天潢，倒連滄海，變眩百怪，終歸雄渾；歐公如四瑚八璉，止可施之宗廟；荆公如鄧艾縋兵入蜀，要以嶮絶爲功；山谷如陶弘景祇詔入宫，析理談玄，而松風之夢故在；梅聖俞如關河放溜，瞬息無聲；秦少游如時女步春，終傷婉弱；後山如九皋獨唳，深林孤芳，冲寂自妍，不求識賞；韓子蒼如梨園按樂，排比得倫；吕居仁如散聖安禪，自能奇逸。其他作者，未易殫陳。獨唐杜工部，如周公製作，後世莫能擬議。

【校勘記】

〔一〕王右丞如秋水芙蕖　「芙」寬永本誤作「美」，宋本作「芙」。㊀

【補　校】

㊀「芙」字　朝鮮本不誤作「美」。

滄浪詩評

大曆以前，分明別是一副言語，晚唐分明別是一副言語，本朝諸公分明別是一副言語，如此見得，方許具一隻眼。　盛唐人有似粗而非粗處，盛唐人有似拙而非拙處。　五言絶句，衆唐人是一樣，少陵是一樣，韓退之是一樣，王荆公是一樣，本朝諸公是一樣。　盛唐人詩，亦有一二濫觴晚唐者；晚唐人詩，亦有一二可入盛唐者，要論其大槩耳。　唐人與本朝人詩，未論工拙，直是氣象不同。　唐人命題言語亦自不同，雜古人之集而觀之，不必見詩，望其題引，而知其爲唐人、今人矣。　大曆之詩，高者尚未失盛唐，下者漸入晚唐矣；晚唐之下者，亦墮野狐外道鬼窟中。　或問唐詩何以勝我朝？　唐人以詩取士，故多專門之學，我朝之詩所以不及也。　詩有詞理意興。　南朝人尚詞而病於理；本朝人尚理而病於意興；唐人尚意興而理在其中；漢魏之詩，詞理意興，無跡可尋。　漢魏古詩，氣象混沌，難以句摘；晉以還方有佳句，如陶淵明「採菊東籬下，悠然見南山」；謝靈運「池塘生春草」之句。　謝所以不及陶者：康樂之詩精工，淵明之詩質而自然耳。　謝靈運無一字〇滄浪詩話作「篇」不佳。　黄初之後，惟阮籍詠懷之作，極爲高古，有建安風骨。　晉人舍陶淵明、阮嗣宗外，惟左太冲高出一時。　陸士衡獨在諸公之下。　顔不如鮑，鮑不如謝，文中子獨取顔，非也。　建安之作，全在氣象，不可尋枝摘葉；靈運之詩，已是徹首尾成對句矣，是以不及建安也。　謝朓之詩，已有全篇似唐人者，當觀其集方知之。戎昱在盛唐爲最下，已濫觴晚唐矣。戎昱之詩有絶似晚唐者，權德輿之詩卻有絶似盛唐者。　權德輿或有似韋蘇州、劉長卿處。　顧況詩多在元、白之上，稍有盛唐風骨處。　冷朝陽在大曆才子中最爲下。　馬戴在晚唐諸人之上。　劉滄、吕温亦勝諸人。　李瀕不全是晚唐，間有似劉隨州處。陳陶之詩，在晚唐人中最無可觀。　薛逢最淺俗。　大曆以後，吾所深取者，李長吉、柳子厚、劉言史、權德輿、李涉、李益耳。　大曆後，劉夢得之絶句，張籍、王建之樂府，吾所深取耳。　李、杜二公，正不當優劣：太白有一二妙處，子美不能道；子美有一二妙處，太白不能作。

子美不能爲太白之飄逸，太白不能爲子美之沉鬱。　太白夢游天姥吟、遠別離等，子美不能道；子美北征、兵車行、垂老別等，太白不能作。　論詩以李杜爲準，挾天子以令諸侯也。　少陵詩法如孫吴，太白詩法如李廣〔一〕。　少陵如節制之師。　李、杜數公如金翅擘海，香象渡河，下視郊、島輩，直蟲吟草間耳。

觀太白詩者，要識真太白處：太白天才豪逸，語多率然而成者。學者於每篇中，要識其安身立命處可也。　少陵詩憲章漢魏，而取材於六朝，至其自得之妙，則前輩所謂集大成者也。　人言太白仙才，長吉鬼才，不然。太白天仙之詞，長吉鬼仙之詞耳。　高、岑之詩悲壯，讀之使人感慨；孟郊之詩刻苦，讀之使人不懽。　玉川之恠，長吉之瑰詭，天地間自欠此體不得。　韓退之琴操極高古，正是本色，非唐諸賢所及。釋皎然之詩，在唐諸僧之上。唐詩僧有法震、法照、無可、護國、靈一、清江，不特無本、齊己、貫休也〔二〕。　集句惟荆公最長，胡笳十八拍，混然天成，絶無痕跡，如蔡文姬肝肺間流出。　擬古惟江文通最長：擬淵明似淵明，擬康樂似康樂，擬左思似左思，擬郭璞似郭璞；獨擬李都尉一首，不似西漢耳。　雖謝康樂擬鄴中諸子之詩，亦氣象不類；至於劉玄休擬「行行重行行」等篇，鮑明遠代「君子有所思」之作，仍是其自體耳。　和韻最害人詩。古人酬唱不次韻，此風始盛於元、白、皮、陸，而本朝諸賢乃以此而鬭工，遂至往復有八九和者。　孟郊之詩，憔悴枯槁，其氣局促不伸；退之許之如此，何耶？　詩道本正大，孟郊自爲之艱阻耳！　孟浩然諸公之詩，諷味之久，有金石宮商之聲。　唐人七言律詩，當以崔顥黄鶴樓爲第一。　唐人好詩，多是征戍、遷謫、行旅、離別之作，往往尤能感動人意。　蘇子卿詩：「幸有弦歌曲，可以喻中懷。請爲游子吟，泛泛一何悲。　絲竹厲清聲，慷慨有餘哀。　長歌正激烈，中心愴以摧。　欲展清商曲，念子不能歸。」今人觀之，必以爲一篇重複之甚，豈特如蘭亭絲竹弦歌之語耶〔三〕！　古詩正不當以此論也。

十九首：「青青河畔草，鬱鬱園中柳。盈盈樓上女，皎皎當窗牖。娥娥紅粉粧，纖纖出素手。」一連六句，皆用疊字在首；今人必以爲句法重複之甚。古詩正不當以此論也。任昉哭范僕射詩，一首中凡兩用「生」字韻，三用「情」字韻：「夫子值狂生」，「千齡萬恨生」，猶是兩義；「猶我故人情」，「生死一交情」，「欲以遺離情」，三字皆同一意。天廚禁臠謂平韻可重押，若或平或仄韻，則不可。彼以八仙歌言之耳，何見之陋耶！詩話謂東坡兩「耳」字韻，二「耳」義不同，故可重押。亦非也。

劉公幹贈五官中郎將詩：「昔我從元后，整駕至南鄉。過彼豐沛都，與君共翱翔。」元后蓋指曹操，至南鄉謂伐劉表之時，豐沛都喻操譙郡也。王仲宣從軍詩云：「籌策運帷幄，一由我聖君。」聖君亦指操也。又曰：「竊慕負鼎翁，願厲朽鈍姿。」是欲效伊尹負鼎干湯以伐夏也。是時漢帝尚存，而二子言如此！一曰元后，一曰聖君，正與荀彧比曹操爲高、光同科。春秋誅心之法，二子其何逃！

古人贈答，多相勉之詞。蘇子卿云：「願君崇令德，隨時愛景光。」李少卿云：「努力崇明德，皓首以爲期。」劉公幹云：「勉哉修令德，北面自寵珍。」杜子美云：「君若登台輔，臨危莫愛身。」往往此意。高達夫贈王徹云：「吾知十年後，季子多黃金。」金何足道，又甚於以名位期人者。此達夫偶然漏逗處也。

【校勘記】

〔一〕太白詩法如李廣　「太」古松堂本作「李」，據滄浪詩話、寬永本、嘉靖本改。

〔二〕唐詩僧有……不特……也　滄浪詩話無「不特」兩字。

〔三〕豈特如蘭亭絲竹弦歌之語耶　「亭」古松堂本誤作「膏」，從滄浪詩話、寬永本、嘉靖本改。

詩體上

風雅頌既亡，一變而爲離騷，再變而爲西漢五言，三變而爲歌行雜體，四變而爲沈、宋律詩；五言起於李陵、蘇武，或云枚乘七言起於漢武柏梁，四言起於漢楚王傅韋孟；六言起於漢司農谷永，三言起於晉夏侯湛，九言起於高貴鄉公。以時而論則有：

建安體漢末年號。曹子建父子及鄴中七子之詩。

黄初體魏年號。與建安相接，其體一也。

正始體魏年號。嵇、阮諸公之詩。

太康體晉年號。左思、潘岳、二張、二陸諸公之詩〔一〕。

元嘉體宋年號。顔、鮑、謝諸公之詩。

永明體齊年號。齊諸公之詩。

齊梁體通兩朝而言之。

南北朝體通魏、周而言之，與齊梁體一也。

唐初體唐初猶襲陳、隋之體。

盛唐體景雲以後，開元、天寶諸公之詩。

大曆體大曆十才子之詩。

元和體元、白諸公。

晚唐體本朝體通前後而言之。〇按：滄浪詩話「晚唐體」、「本朝體」分列。

元祐體蘇、黄、陳諸公。

江西宗派體山谷爲之宗。

以人而論則有蘇李體李陵、蘇武也。

曹劉體子建、公幹也。

陶體淵明也。

謝體靈運也。

徐庾體徐陵、庾信也。

沈宋體佺期、之問也。

陳拾遺體陳子昂也。

王楊盧駱體王勃、楊炯、盧照鄰、駱賓王也。

張曲江體始興文獻公九齡也〔二〕。

少陵體，太白體，高達夫體高常侍適也。○按：滄浪詩話三體分列。

孟浩然體，岑嘉州體岑參也。○按：滄浪詩話孟、岑分列。

王右丞體王維也。

韋蘇州體韋應物也。

韓昌黎體，柳子厚體，韋柳體蘇州與儀曹合言之。○按：滄浪詩話三體分列。

李長吉體，李商隱體即西崑體也。○按：滄浪詩話二體分列。

盧仝體，白樂天體，元白體微之、樂天，其體一也。○按：滄浪詩話三體分列。

杜牧之體，張籍、王建體謂樂府之體同也。○滄浪詩話二體分列。

賈浪仙體，孟東野體，杜荀鶴體，東坡體，山谷體，後山體後山本學杜，其語之似者但數篇，他或似而不全；又其他則本其自體耳。○按：滄浪詩話六體分列〔三〕。

王荆公體公絶句最高。其詩得意處高出蘇、黄、陳之上，而與唐人尚隔一關。

邵康節體，陳簡齋體陳去非與義也。亦江西之派而小異。○按：滄浪詩話二體分列。

楊誠齋體其初學半山、後山，最後亦學絶句於唐人；已而盡棄諸家之作，而别出機杼，蓋其自序如此。

又有所謂選體選詩時代不同，體製隨異，今人例用五言古詩爲選體。

柏梁體漢武帝與群臣共賦七言，每句韻。後人謂此體爲柏梁。

玉臺體玉臺集乃徐陵所序，漢、魏、六朝之詩皆有之。或者但謂纖豔者爲玉臺體，其實不然。

西崑體即李商隱體，然兼温庭筠及本朝楊、劉諸公而名之也。

香奩體韓偓之詩，有裾裙脂粉之語，有香奩集〔四〕。

宮體梁簡文傷於輕靡，時號宮體。

又有古詩，有近體即律詩也。○按：滄浪詩話二體分列。

有絶句，有雜言，有三五七言自三言而終以七言，隋鄭世翼有此詩。○按：滄浪詩話三體分列。

有半五六言晉傅休奕鴻雁生塞北之篇是也〔五〕。

有一字至七字唐張南史雪月花草等篇是也。又隋人應詔有三十字詩，凡三句七言，一句九言，不足爲法，故不列於此也〔六〕。

有三句之歌高祖大風歌是也。古華山畿二十五首，多三句之詞，其他古人詩多如此者〔七〕。

有兩句之歌荆卿易水歌是也。又古詩青驄、白馬、共戲樂、女兒子之類，皆兩句之詞。

有一句之歌漢書「枹鼓不鳴董少平」〔八〕，一句之歌也，又漢童謡「千乘萬騎上北邙」〔九〕，梁童謡「青絲白馬壽陽來」，皆一句也。

有口號或四句，或八句。

有歌行古有鞠歌行，放歌行，長歌行，短歌行；又有單以歌名者，單以行名者，不可枚述。

有樂府漢武帝定郊祀，立樂府，採齊、楚、趙、魏之聲，以入樂府，以其音調可被於絃歌也。樂府俱備諸體，兼統衆名也。

有楚辭屈、宋以下，傚楚辭體者，皆謂之楚辭。

有琴操古有水仙操，辛德源所作；別鶴操，高陵牧子所作。

曰謠沈炯有獨酌謠，王昌齡有箜篌謠，穆天子之傳有白雲謠也。

曰吟古詞有隴頭吟，樂府有梁父吟，相如有白頭吟。

曰詞選有漢武秋風詞，樂府有木蘭詞。

曰引古曲有霹靂引、走馬引、飛龍引。

曰詠選有五君詠〔一〇〕，唐儲光羲有群鵾詠。

曰曲古有大堤曲，梁簡文有烏栖曲。

曰篇選有名都篇、京洛篇、白馬篇。

曰唱魏明帝有氣出唱。

曰弄古樂府有江南弄。

曰長調，曰短調，有四聲，有八病四聲設於周顒，八病嚴於沈約。○按：滄浪詩話此四條分列，「八病」條並列舉八目。

又有以嘆名者古詞有楚妃嘆、明君嘆。

以怨名者文選有四怨，樂府有獨處怨。

以樂名者齊武帝有估家樂，宋臧質有石城樂〔一〕。

以別名者杜子美有無家別、垂老別、新婚別也。

以思名者太白有靜夜思。

有全篇雙聲疊韻者東坡經字韻詩是也。

有全篇字皆平聲者天隨子夏日詩，四十字皆平聲。又有一句全平聲，一句全仄聲。

有全篇字皆仄聲者梅聖俞酌酒與婦飲之詩是也。

有律詩上下句雙用韻者第一句，第三、五、七句押一仄韻，第二句，第四、第六句押一平韻。唐章碣有此體，不足爲法，謾列於此，以備其體耳。又有四句平入之體，四句仄入之體；無關詩道，今皆不取。

有轆轤韻者雙入雙出。

有進退韻者一進一退。

有古詩一韻兩用者文選曹子建美女篇用兩「難」字；謝康樂述祖德詩用兩「人」字，其後多有之。

有古詩一韻三用者文選任昇〔一〕哭范僕射詩三用「情」字也。

有古詩三韻六七用者古焦仲卿妻詩是也。

有古詩重用二十許韻者焦仲卿妻詩是也。

有古詩旁取六七許韻者韓退之此日足可惜篇是也：凡雜用東、冬、江、陽、庚、青六韻。歐陽公謂退之遇寬韻則故旁入他韻，非也。此乃用古韻耳，於焦（〇滄浪詩話作「集」）韻自見之。

有古詩全不押韻者古採蓮曲是也。

有律詩至百五十韻者少陵有古韻律詩，白樂天亦有之。而本朝王黄州有百五十韻五言律。

有律詩止三韻者唐人有六句五言律。如李益詩「漢家今上郡，秦塞古長城。有日雲常慘，無風沙自驚。當今天子聖，不戰四夷（〇滄浪詩話，全唐詩均作「方」）平〔一二〕」是也。

有律詩徹首尾對者少陵多此體，不可槩舉。

有律詩徹首尾不對者盛唐諸公有此體。如孟浩然詩：「掛席東南望，青山水國遥。舳艫爭利涉，來往接風潮。問我今何適，天台訪石橋。坐看霞色晚，疑是石城標。」又「水國無邊際」之篇。又李太白「牛渚西江夜」之篇皆文從字順，音韻鏗鏘，八句皆無對偶。

有後章字接前章者選曹子建贈白馬王彪之詩是也。

有四句通〇滄浪詩話下有「義」字者如少陵「神女峰娟妙，昭君宅有無。曲留明怨惜，夢盡失歡娱」是也。

有絶句折腰者，有八句折腰者，有擬古，有連句，有集句，有分題古人分題或各賦一物，如云送某人分題得某物也，亦曰探題。〇按：滄浪詩話六條分列。

有分韻，有用韻，有和韻，有借韻如押七之韻，可借八微或十二齊，一韻也〔一三〕。〇按：滄浪詩話四條分列。

有協韻楚辭及選詩多用協韻。

有今韻，有古韻如韓退之此日足可惜詩，用古韻也。蓋選詩多如此。〇按：滄浪詩話二條分列。

有古律陳子昂及盛唐諸公多此體。

有今律，有頷聯，有發端，有落句結句也。○按：滄浪詩話四條分列。

有十字對劉昚虛：「滄浪千萬里，日夜一孤舟。」

有十字句常建「曲徑通幽處，禪房花木深」等是也。

有十四字對劉長卿「江客不堪頻北望，塞鴻何事又南飛」是也。

有十四字句崔顥「黄鶴一去不復返，白雲千載空悠悠」，太白「鸚鵡西飛隴山去，芳洲之樹何青青」是也。

有扇對又謂之隔句對。如鄭都官「昔年共照松溪影，松折碑荒僧已無。今日還思錦城事，雪銷花謝夢何如」等是也〔一四〕。蓋以第一句對第三句，第二句對第四句。

有借對孟浩然：「廚人具雞黍，稚子摘楊梅。」太白：「水春雲母碓，風掃石楠花。」少陵：「竹葉於人既無分，菊花從此不須開。」言之者有是也。

有就對者又曰當句有對。如少陵「小院迴廊春寂寂〔二〕，浴鳧飛鷺晚悠悠」，李嘉祐「孤雲獨鳥川光暮，萬井千山一氣秋」是也。前輩於文亦多此體。如王勃「龍光射牛斗之墟，徐孺下陳蕃之榻」，乃就句對也。

論雜體則有風人上句述一語，下句釋其義。如古子夜歌，讀曲歌之類，多用此體。

藁砧古樂府「藁砧今何在？山上復安山。何日大刀頭，破鏡飛上天。」

五雜俎見樂府。

兩頭纖纖亦見樂府。

盤中玉臺集，蘇伯玉妻作，寫之盤中，屈曲成文也。

迴文起於竇滔之妻，織錦以寄其夫也。

反覆舉一字而誦皆成句，無不押韻，反覆成文也。李公詩格，有此二十字詩。

離合字相拆合成文。孔融漁父屈節之詩是也。雖不關詩道之重輕，其體製亦古。

至於建除鮑明遠有建除詩，詩每句首冠以建除平滿等字。其詩雖佳，蓋鮑本工詩，非因建除之體而佳也。

字謎、人名、卦名、數名、藥名、州名之詩，只成戲論，不足爲法也。又有六甲、十屬之類，及藏頭、歇後等體，今皆削之。近世有李公詩格，泛而不備；惠洪天廚禁臠最爲誤人。今此卷有旁參二書者，蓋其是處不可易也。

滄浪編〔一五〕

【校勘記】

〔一〕太康體……二陸諸公之詩　「二」古松堂本誤作「三」。據滄浪詩話、寬永本、嘉靖本改。

〔二〕張曲江體始興……　「興」寬永本誤作「典」，宋本同。

〔三〕賈浪仙體……後山體　宋本、寬永本小字注俱誤作大字。

〔四〕香奩體……有裾裙……　「裾裙」寬永本誤作「裾裾」，宋本不誤。

〔五〕有半五六言晉傅休奕……　「奕」寬永本作「言」。

〔六〕有一字至七字唐張南史……　「史」各本俱誤作「丈」，據滄浪詩話改。

〔七〕有三句之歌……古華山畿二十五首，多三句之詞……　「多」古松堂本作「各」。案華山畿二十五首，有二首非三句之詞，「多」字是。

〔八〕有一句之歌漢書「枹鼓不鳴董少平」……　「枹」各本作「抱」，「鳴」各本作「平」，「平」各本作「年」（寬永本字跡不清），據後漢書改。

〔九〕同上……千乘萬騎上北邙　「邙」寬永本、嘉靖本作「芒」。

〔一〇〕曰詠選有五君詠　「君」寬永本誤作「居」，宋本作「君」不誤。㊂

〔一一〕以樂名者……宋臧質有石城樂　「宋」各本俱誤作「朱」，據樂府詩集、滄浪詩話改正。

〔一二〕有律詩止三韻者……不戰四夷平是也　「夷」寬永本誤作「庚」，宋本作「夷」。

〔一三〕有分韻……有借韻如押七之韻，可借八微或十二齊，一韻也「七之」宋本、寬永本以外各本俱作「四支」。案廣韻、集韻以及禮部韻略只有「五支」，而無「四支」。依宋人韻目，下云「八微」「十二齊」，則上應云「五支」而不得云「四支」。嘉靖本及古松堂本顯經後人竄改。茲從寬永本訂正。（今本滄浪詩話亦不無問題）

〔一四〕有扇對……雪銷花謝夢何如等是也　「如」字寬永本奪去，宋本有。又「等」寬永本、嘉靖本作「殊」，疑非。㊃

〔一五〕末「滄浪編」三字，王校：「三字大字」，指宋本三字大字也。

【補　校】

㈠文選任昇　應改爲「文選任彥昇」。
㈡小院迴廓　「廓」應改作「廊」。從朝鮮本。
㈢「輿」字、「裙裾」字、「君」字　朝鮮本俱不誤。
㈣「如」字　朝鮮本未奪。

詩體下

總論

古人文章，自應律度，未嘗以音韻爲主。自沈約增崇韻學，其論文則曰：欲使宮羽相變，低昂殊節；若前有浮聲，則後須切響。一篇之内，音韻盡殊；兩句之中，輕重悉異。妙達此旨，始可言文。自後浮巧之語，體製漸多，如傍犯、蹉對、假對、雙聲、叠韻之類。詩又有正格、偏格，類例極多。故有三十四格、十九圖、四聲、八病之類。今略舉數事〔一〕：如徐陵云：「陪游馺娑，騁纖腰於結風；長樂鴛鴦，奏新聲於度曲。」又云：「厭長樂之疎鐘，勞中宮之緩箭。」雖兩「長樂」，義不同，不爲重複，此爲傍犯。如九歌云：「蕙殽蒸兮蘭藉〔二〕，奠桂酒兮椒漿〔三〕。」「蒸蕙殽」對「奠桂酒」，今倒用之，謂之蹉對。又「自朱耶之狼狽，致赤子之流離。」不唯「赤」對「朱」，「耶」對「子」，兼「狼狽」「流離」，乃獸名對鳥名。又如「廚人具雞黍，稚子摘楊梅。」以「雞」對「楊」，如此之類，皆爲假對。如「幾家村草裏，吹唱隔江聞。」幾家、村草、吹唱、隔江，皆雙聲。如「月影侵簪冷，江光逼履清。」侵簪、逼履㊀，皆叠韻。詩第二字側入，謂之正格，如「鳳曆軒轅紀，龍飛四十春」之類。第二字平入，謂之偏格，如「四更山吐月，殘夜水明樓」之類。唐名輩詩多用正格。如杜甫詩，用偏格者十無二三。筆談

【校勘記】

〔一〕今略舉數事　「事」古松堂本原作「條」，據夢溪筆談、寬永本、嘉靖本改正。

〔二〕蕙殽蒸兮蘭藉　「藉」古松堂本原作「芳」，據楚辭、夢溪筆談、寬永本、嘉靖本改正。

〔三〕奠桂酒兮椒漿　「奠」寬永本誤作「莫」，宋本亦誤。㊀

【補校】

㈠「江光逼履清。」侵簪，逼履　兩「履」字俱應改作「屐」字。唐韓偓贈吳顛尊師詩作「江光逼屐清」。「逼」與「屐」爲疊韻。傳本夢溪筆談俱誤「屐」爲「履」，祇宋阮閱詩話總龜前集卷六所引未誤。

㈡「奠」字、「帳」字　朝鮮本未誤。

江左體

引韻便失粘，既失粘，則若不拘聲律；然其對偶特精，則謂之骨含蘇李體。「浣花流水水西頭，主人爲卜林塘幽。已知出郭少塵事，更有澄江銷客愁。無數蜻蜓齊上下，一雙鸂鶒對沉浮。東行萬里堪乘興，須向山陰上小舟。」杜子美卜居

蜂腰體

頷聯亦無對偶，然是十字叙一事，而意貫上二句，及頸聯，方對偶分明。謂之蜂腰格，言若已斷而復續也。「下第唯空囊，如何住帝鄉？杏園啼百舌，誰醉在花傍？淚落故山遠，病來春草長。知音逢豈易，孤棹負三湘。」賈島下第詩

隔句體

破題與頷聯便作隔句對，若施之於賦，則曰「幾思靜話，對夜雨之禪牀；未得重逢，照秋燈於影室」也。「幾思聞靜話，夜雨對禪牀。未得重相見，秋燈照影堂。孤雲終負約，薄宦轉堪傷。夢遶長松榻，遥焚一炷香。」鄭谷弔僧詩

偷春體

其法頷聯雖不拘對偶，疑非聲律；然破題已的對矣。謂之偷春格，言如梅花偷春色而先開也。「無家對寒食，有淚如金波。斫卻月中桂，清光應更多。仳離放紅蘂，想像嚬青娥。牛女漫愁思，秋期猶渡河。」杜子美寒食月詩

折腰體

謂中失粘而意不斷。「渭城朝雨裛輕塵，客舍青青柳色新。勸君更盡一杯酒，西出陽關無故人。」王維贈別

絶絃體

其語似斷絃而意存，如絃絶而其意終在也。「燕鴻去後湖天遠，欲寄知音問水居。七歲弄竿今八十，錦鱗呑釣不呑書。」僧謙寄遠

五仄體

晏元獻守汝陰，梅聖俞往見之；將行，公置酒潁河上，因言古人章句中，全用平聲，製字穩帖〔一〕，如「枯桑知天風」是也，恨未見側字詩。聖俞既引舟，遂作五側體寄公云：「月出斷岸口，影照別舸背。且獨與婦飲，頗勝俗客對。月漸上我席，暝色亦稍退。豈必在秉燭，此景已可愛。」西清詩話

【校勘記】

〔一〕製字穩帖　「帖」寛永本誤作「怗」，宋本作「帖」。

回文體

謂倒讀亦成詩也。「潮隨暗浪雪山傾，遠浦漁舟釣月明。橋對寺門松逕小，巷當泉眼石波清。迢迢遠

樹江天曉，藹藹紅霞晚日晴。遥望四山雲接水，碧峰千點數鷗輕。」東坡題金山寺

五句法

此格即事遣興可作，如題物贈送之類，則不可用。「曲江蕭條秋氣高，芰荷枯折隨風濤，游子空嗟垂二毛。白石素沙亦相蕩，哀鴻獨叫求其曹。」杜子美「即事非今亦非古，長歌激烈梢林莽〔一〕，比屋豪華固難數。吾人甘作心似灰，弟姪何傷淚如雨。」杜子美　曲江三章章五句〔二〕

【校勘記】

〔一〕長歌激烈梢林莽　「梢」寬永本、嘉靖本作「捎」。

〔二〕曲江三章章五句　寬永本、嘉靖本俱無此七字小字注。

六句法

此法但可放言遣興，不可寄贈。杜子美云：「烈士惡多門，小人自同調。名利苟可取，殺身傍權要。何當官曹清，爾輩堪一笑。」山谷云：「三公未白首，十輩擁朱輪。只有人看好，何益百年身。但願身無事，清樽對故人。」

促句法

止於兩疊[一]，三句一換韻，或平聲，或側聲皆可。「江南秋色推煩暑，夜來一枕芭蕉雨，家在江南白鷗浦。一生未歸鬢如織，傷心日暮楓葉赤，偶然得句應題壁。」「蘆花如雪洒扁舟，正是滄江蘭杜秋，忽然驚起散沙鷗。平生生計如轉蓬，一身長在百憂中，鱸魚正美負秋風。」

【校勘記】

〔一〕止於兩疊　「疊」古松堂本原作「體」，據寬永本、嘉靖本改。

平頭換韻法

東坡作太白贊云：「天人幾何同一漚，謫仙非謫乃其游。揮斥八極隘九州，化爲兩鳥鳴相酬。一鳴一止三千秋，開元有道爲少留。縻之不得矧肯求！東望太白横峨岷，眼高四海空無人。大兒汾陽中令君，小兒天台坐忘身。平生不識高將軍，手涴吾足矧敢嗔。作詩一笑君應聞！」一韻七句，方換韻，又是平聲，其法不得雙殺，雙殺者不得此法也。禁臠

促句換韻法

魯直觀伯時畫馬詩云：「儀鸞供帳饕䖵行〔一〕，翰林濕薪爆竹聲，風簾官燭淚縱橫。木穿石槃未渠透，坐窗不邀令人瘦，貧馬百嚼逢一豆〔二〕。眼明見此玉花驄，徑思着鞭隨詩翁，城西野桃尋小紅。」此格禁臠謂之促句換韻。其法三句一換韻，三疊而止。此格甚新，人少用之。余嘗以此格爲鄙句云：「青玻璃色瑩長空，爛銀盤挂屋山東，晚涼徐度一襟風。天分風月相管領，對之技癢誰能忍〔三〕，吟哦自恨詩才窘。掃寬露坐發興新，浮蛆琰琰抛青春，不妨舉醆成三人。」漁隱

【校勘記】

〔一〕儀鸞供帳饕䖵行　「帳」寬永本誤作「悵」，宋本作「帳」。

〔二〕貧馬百嚼逢一豆　「嚼」豫章黄先生文集、苕溪漁隱叢話、宋本、嘉靖本作「䶩」，寬永本誤作「嚽」。㊀

〔三〕對之技癢誰能忍　「技」寬永本誤作「枝」，宋本作「技」。㊁

【補　校】

㊀「嚙」字　朝鮮本作「䶩」。　誤作嚽　「誤」字應删去。

〔二〕「技」字，朝鮮本不誤。

拗句

魯直换字對句法，如「只今滿坐且尊酒，後夜此堂空月明」，「清談落筆一萬字，白眼舉觴三百盃」，「田中誰問不納履，坐上適來何處蠅」，「湫䴈門巷火新改，桑柘田園春向分」，「忽乘舟去值花雨，寄得書來應麥秋」，其法於當下平字處，以仄字易之，欲其氣挺然不群；前此未有人作此體，獨魯直變之。苕溪漁隱曰：此體本出於老杜，如「寵光蕙葉與多碧，點注桃花舒小紅」，「一雙白魚不受釣，三寸黄甘猶自青」，「外江三峽且相接，斗酒新詩終日疎」，「負鹽出井此溪女，打鼓發船何郡郎」，「沙上草閣柳新暗，城邊野池蓮欲紅」。似此體甚多，聊舉此數聯，非獨魯直變之也。今俗謂之拗句者是也。禁臠

七言變體

律詩之作，用字平側，世固有定體，衆共守之。然不若時用變體，如兵之出奇，變化無窮，以驚世駭目。如老杜詩云：「竹裹行廚洗玉盤，花邊立馬簇金鞍。非關使者徵求急，自識將軍禮數寬。百年地闢柴門逈，五月江深草閣寒。看弄漁舟移白日，老農何有罄交歡。」此七言律詩之變體也。漁隱

絶句變體

韋蘇州云：「南望青山滿禁闈，曉陪鴛鷺正差池。共愛朝來何處雪，蓬萊宮裏拂松枝。」老杜云：「山瓶乳酒下青雲，氣味濃香幸見分。鳴鞭走送憐漁父，洗盞開嘗對馬軍。」此絶句，律詩之變體也。同上

第三句失粘

七言律詩至第三句便失粘，落平側，亦別是一體。唐人用此甚多，但今人少用耳。如老杜云：「搖落深知宋玉悲，風流儒雅亦吾師。悵望千秋一灑淚，蕭條異代不同時。江山故宅空文藻，雲雨荒臺豈夢思。最是楚宮俱泯滅，舟人指點到今疑。」嚴武云：「漫向江頭把釣竿，懶眠沙草愛風湍。莫倚善題鸚鵡賦，何須不着鵕鸃冠。腹中書籍幽時曬，肘後醫方靜處看。興發會能馳駿馬，終須重到使君灘〔一〕。」韋應物云：「夾水蒼山路向東，東南山豁大河通。寒樹依微遠天外，夕陽明滅亂流中。孤村幾歲臨伊岸，一鴈初晴下朔風。爲報洛橋游宦侶〔二〕，扁舟不繫與心同。」此三詩起頭用側聲，故第三句亦用側聲。同上〔三〕

【校勘記】

〔一〕終須重到使君灘　「使」寬永本、嘉靖本俱作「史」。案「史」「使」字通，「使君」亦即「史君」。盧文弨跋游宧紀聞有考（見抱經堂文集卷十一）。寬、嘉二本尚存古字。㊀

〔二〕爲報洛橋游宧侶　「宧」寬永本誤作「官」，宋本作「宦」。㊁

〔三〕「同上」小字注，古松堂本奪，從寬永本、嘉靖本補。

【補　校】

㊀游宧紀聞　「宧」字應改作「宦」。

㊁「宧」字　朝鮮本不誤。

八句仄入格

唐末，蜀川有唐求，放曠踈逸，方外人也。吟詩有所得，即將稾撚爲丸，投入瓢中。後臥病，投瓢於江，曰：「茲文苟不沉没，得之者方知吾苦心耳。」瓢至新渠江，有識者曰：「此唐山人詩瓢也。」接得，十纔二三。題鄭處士隱居曰：「不信最清曠，及來愁已空。數點石泉雨，一溪霜葉風。業在有山處，道成無

事中。酌盡一盃酒，老夫顔亦紅。」古今詩話

進退格

鄭谷與僧齊己、黄損等，共定今體詩格云：凡詩用韻有數格，一曰葫蘆，一曰轆轤，一曰進退。葫蘆韻者，先二後四；轆轤韻者，雙出雙入；進退韻者，一進一退；失此則繆矣。余按倦游録載唐介爲臺官，廷疏宰相之失。仁廟怒，謫英州别駕，朝中士大夫以詩送行者頗衆，獨李師中待制一篇，爲人傳誦。詩曰：「孤忠自許衆不與，獨立敢言人所難。去國一身輕似葉，高名千古重於山。並游英俊顔何厚，未死姦諛骨已寒。天爲吾君扶社稷，肯教夫子不生還。」此正所謂進退韻格也。按韻略：「難」字第二十五，「山」字第二十七；「寒」字又在二十五，而「還」字又在二十七。一進一退，誠合體格，豈率爾而爲之哉。近閲冷齋夜話，載當時唐李對答語言，乃以此詩爲落韻詩。蓋渠伊不見鄭谷所定詩格有進退之説，而妄爲云云也。湘素雜記

子蒼於五言八句近體詩，亦用此格。其詩云：「盜賊猶如此，蒼生困未蘇。今年起安石，不用哭包胥。子去朝行在，人應問老夫。髭鬚衰白盡，瘦地日犛鉏。」蓋「蘇」、「夫」在十虞字韻，「胥」、「鉏」在九魚字韻。

平側各押韻

唐末有章碣者〔一〕，乃以八句詩平側各有一韻。如：「東南路盡吴江畔，正是窮愁暮雨天。鷗鷺不嫌斜雨○全唐詩作「兩」岸，波濤欺得送○全唐詩作「逆」風船。偶逢島寺停帆看，深羨漁翁下釣眠。今古若論英達筭，鴟夷高興固無邊。」自號變體，此尤可恠者也。蔡寬夫詩話

【校勘記】

〔一〕唐末有章碣者　「碣」古松堂本誤作「竭」，據寬永本、嘉靖本改正。

雙聲疊韻

南史謝莊傳曰，王元謨問莊：何者爲雙聲，何者爲疊韻？答曰：「互」、「護」爲雙聲，「磝」、「碻」爲疊韻。某按古人以四聲爲切韻，紐以雙聲疊韻，必以五音爲定，蓋謂東方喉聲爲木音，西方舌聲爲金音，南方齒聲爲火音，北方唇聲爲水音，中央牙聲爲土音也。雙聲者，同音而不同韻也；疊韻者，同音而又同韻也。「互」、「護」同爲唇音，而二字不同韻，故謂之雙聲；「磝」、「碻」同爲牙音，而二字又同韻，故謂之疊韻。若彷彿、熠燿、騏驥、慷慨、咿喔、霢霂，皆雙聲也；若侏儒、童蒙、崆峒、巃嵷、螳蜋、滴瀝，皆疊

韻也。按李群玉詩曰：「方穿詰曲崎嶇路，又聽鈎輈格磔聲。」詰曲、崎嶇，乃雙聲也；鈎輈、格磔，乃疊韻也。學林新編

東坡作吃語詩：「江干高居堅關扃，耕犍躬駕角掛經。孤航繫舸菰茭隔〔一〕，笳鼓過軍雞狗驚。解襟顧景各箕踞，擊劍高歌幾舉觥。荆笄供膾愧攬聒，乾鍋更戛甘瓜羹。」漫叟詩話

【校勘記】

〔一〕孤航繫舸菰茭隔　「茭」寬永本誤作「茇」，宋本作「茭」。㈠

【補　校】

㈠「茭」字　朝鮮本不誤。

扇對法 此與前隔句體同

律詩有扇對格，第一與第三句對，第二與第四句對。如杜少陵哭台州司户蘇少監詩云：「得罪台州去，時危棄碩儒。移官蓬閣後，穀貴歿潛夫。〔二〕」東坡和鬱孤臺詩云：「解后陪車馬，尋芳謝朓洲。凄涼望鄉國，得句仲宣樓。」又唐人絶句，亦用此格。如「去年花下留連飲，暖日夭桃鶯亂啼。今日江邊容易

別，淡煙衰草馬頻嘶」之類是也。漁隱

【校勘記】

〔一〕穀貴歿潛夫　「潛」古松堂本誤作「前」，據寛永本、嘉靖本改正。

蹉對法

僧惠洪冷齋夜話載介甫詩云：「春殘葉密花枝少，睡起茶多酒盞疎。」「多」字當作「親」，世俗傳寫之誤。洪之意，蓋欲以「少」對「密」，以「疎」對「親」。予作荆南教官，與江朝宗匯者同僚，偶論及此，江云：惠洪多妄誕，殊不曉古人詩格。此一聯以「密」字對「疎」，以「多」字對「少」，正交股用之，所謂蹉對法也。藝苑雌黄

離合體 前雖不取此特存其大略耳

藥名詩起自陳亞，非也。東漢已有離合體，至唐始著藥名之號。如張籍答鄱陽客詩云：「江皋歲暮相逢地，黄葉霜前半夏枝。子夜吟詩向松桂，心中萬事豈君知。」是也。西清詩話

禽言詩當如藥名詩，用其名字隱入詩句中，造語穩貼，無異尋常詩，乃爲造微入妙。如藥名詩云：「四

海無遠志，一溪甘遂心。」遠志、甘遂，二藥名也。禽言詩云：「喚起窗全曙，催歸日未西。」喚起、催歸，二禽名也。梅聖俞禽言詩，如「泥滑滑，苦竹岡」之句，皆善造語者也。漁隱

人名

荆公詩有「老景春可惜，無花可留得。莫嫌柳渾青，終恨李太白」之句，以古人姓名藏句中，蓋以文爲戲。或者謂前無此體，自公始見之；余讀權德輿集，其一篇云：「藩宣秉戎寄，衡石崇勢位。言紀信不留，弛張良自愧。樵蘇則爲愜，瓜李斯可畏。不顧榮宦尊，每陳農畝利。家林類巖巘，負郭躬斂積。忌滿寵生嫌，養蒙恬勝利。疎鐘皓月曉，晚景丹霞異。澗谷永不變，山梁冀無累。論自王符肇，學得展禽志。從此直不疑，支離疎世事。」則權德輿已嘗爲此體。乃知古今文章之變，殆無遺蘊。德輿在唐，不以詩名，然詞亦雅暢；此篇雖主意在别立體，然不失爲佳製也。石林詩話〔一〕

【校勘記】

〔一〕本條所引權德輿詩與權載之文集及石林詩話文字頗有異同，殆魏慶之所見本石林詩話如此，兹不另校。

藥名

嘗見近世作藥名詩，或未工；要當字則正用，意須假借。如「日側栢陰斜」是也。若「側身直上天門東」，「風月前湖夜」，「湖」「東」二字即非正用。孔毅夫有詩云：「鄙性嘗山野，尤甘草舍中。鈎簾陰卷栢，障壁坐防風。客土依雲實，流泉架木通。行當歸老矣，已逼白頭翁。」又「此地龍舒國，池隍獸血餘。木香多野橘，石乳最宜魚。古瓦松杉冷，旱天麻麥疎。題詩非杜若，牋膩粉難書。」〔一〕漫叟詩話

【校勘記】

〔一〕又「此地龍舒國……」　寬永本、嘉靖本俱無「又」字，各空一格。

詩人玉屑卷之三

句法

有三種句

命屬題意，如有神助，歸於自然之句；命題立意，援筆立成，歸於容易之句；命題用意，求之不得，歸於苦求之句。金針

錯綜句法

老杜云：「紅稻啄殘鸚鵡粒，碧梧棲老鳳凰枝。」舒王云：「繰成白雪桑重綠，割盡黃雲稻正青。」鄭谷云：「林下聽經秋苑鹿，江邊掃葉夕陽僧。」以事不錯綜，則不成文章。若平直叙之，則曰：「鸚鵡啄殘

紅稻粒，鳳凰棲老碧梧枝。」以「紅稻」於上，以「鳳凰」於下者，錯綜之也。言「繰成」則知白雪爲絲，言「割盡」則知黄雲爲麥也。秦少游得其意，特發奇語，其作睡足軒則曰：「長年憂患百端慵，開斥僧坊頗有功。地徹蔽虧僧界静，人除荒穢玉奩空。青天併入揮毫裏，白鳥時來隱几中。最是人間佳絶處，夢殘風鐵響丁東。」冷齋

影略句法

鄭谷詠落葉，未嘗及彫零飄墜之意；人一見之，自然知爲落葉。詩曰：「返蟻難尋穴，歸禽易見窠。滿廊僧不厭，一箇俗嫌多。」冷齋

象外句

唐僧多佳句，其琢句法比物以意，而不指言一物，謂之象外句。如無可上人詩曰：「聽雨寒更盡，開門落葉深。」是落葉比雨聲也。又曰：「微陽下喬木，遠燒入秋山。」是微陽比遠燒也。用事琢句，妙在言其用而不言其名耳。冷齋〔一〕

【校勘記】

〔一〕小字注「冷齋」二字，從寬永本補。嘉靖本、古松堂本俱無此注。

折句

六一居士詩云：「静愛竹時來野寺，獨尋春偶過溪橋。」俗謂之折句。盧贊元雪詩云：「想行客過梅橋滑，免老農憂麥壠乾。」效此格也。余亦嘗云：「鸚鵡盃且酌清濁，麒麟閣懶畫丹青。」漁隱

佳句

宋莒公見公佳句，皆書於齋壁。如「無可奈何花落去，似曾相識燕歸來」，「静尋啄木藏身處，閒看游絲到地時」，「樓臺冷落收燈夜，門巷蕭條掃雪天」，「已定復摇春水色，似紅如白野棠花」之類，後人不可及。青箱雜記

雄偉句

吴江長橋詩，世稱三聯。子美云：「雲頭灧灧開金餅，水面沉沉卧綵虹。」楊次公云：「八十丈虹晴卧

影，一千頃玉碧無瑕。」鄭毅夫云：「插天螮蝀玉腰闊，跨海鯨鯢金背高。」歐永叔謂子美此句雄偉；余謂次公、毅夫兩聯麄豪，較以子美之句，二公殊少醞藉也。漁隱

雄健句

句法之學，自是一家工夫。昔嘗問山谷「耕田欲雨刈欲晴，去得順風來者怨」。山谷云：不如「千巖無人萬壑靜，十步回頭五步坐」。此專論句法，不論義理；蓋七言詩四字三字作兩節也。此句法出黃庭經，自「上有黃庭下關元」已下多此體。張平子四愁詩，句句如此雄健穩愜。至五言詩，亦有三字二字作兩節者。老杜云：「不知西閣意，肯別定留人。」肯別耶，定留人耶？山谷尤愛其深遠閒雅，蓋與上七言同。詩眼

一人名而分用之句

一人名而分用之者，如劉越石「宣尼悲獲麟，西狩泣孔丘」，謝惠連「雖好相如達，不同長卿慢」等語。若非前後相映帶，殆不可讀。然要非全美也。唐初，餘風猶未殄，陶冶至杜子美〔一〕，始淨盡矣。

【校勘記】

〔一〕陶冶　「冶」寬永本誤作「治」。㊀

【補　校】

㊀「治」字　朝鮮本不誤。

兩句純好難得

劉昭禹云：五言如四十個賢人，着一個屠酤不得。覓句若掘得玉匣子，有底有蓋，但精心必獲其寶。然昔人「園林變鳴禽」，竟不及「池塘生春草」；「餘霞散成綺」，不及「澄江靜如練」；「春水船如天上坐」，不若「老年花似霧中看」；「閒几硯中窺水淺」，不如「落花徑裏得泥香」；「停盃嗟別久」，不及「對月喜家貧」；「神林社日鼓」，不若「茅屋午時雞」。此數公未始不精心，以此知其全寶未易多得。碧溪〔一〕

【校勘記】

〔一〕小字注「碧溪」二字，古松堂本誤作「沼溪」，據碧溪詩話、寬永本、嘉靖本改。

兩句不可一意

晉宋間詩人造語雖秀拔，然大抵上下句多出一意。如「魚戲新荷動，鳥散餘花落」，「蟬噪林逾靜，鳥鳴山更幽」之類，非不工矣，終不免此病。蔡寬夫詩話

王荆公以「風定花猶落」對「鳥鳴山更幽」，則上句靜中有動，下句動中有靜。沈括存中述筆談

置早意於殘晚中置靜意於喧動中

唐詩曰：「海月生殘夜，江春入暮年。」置早意於殘晚中。有曰：「驚蟬移別柳，鬭雀墮閒庭。」置靜意於喧動中。山谷

句中有眼

句中眼者，世尤不能解。王荆公欲新政，作雪詩曰：「勢合便宜包地勢，功成終欲放春回。農家不念豐年瑞，只欲青雲萬里開。」冷齋

句中當無虚字

或問余：東坡有言，詩至於杜子美，天下之能事畢矣。老杜之前，人固未知有老杜；後世安知無過老杜者？余曰：如「一片花飛減卻春」，若詠落花，則語意皆盡。所以古人既未到，决知後人更無好語。如畫馬詩云：「玉花卻在御榻上，榻上庭前屹相向。」則曹將軍能事與造化之功，皆不可以有加矣。至其他吟詠人情，模寫物景，皆如是也。老杜謝嚴武詩云：「雨映行宫辱贈詩。」山谷云：只此「雨映」兩字，寫出一時景物，此句便雅健。余然後曉句中當無虚字。詩眼

句法不當重疊

淮海小詞云：「杜鵑聲裏斜陽暮」，東坡曰〔一〕：此詞高妙，但既云「斜陽」，又云「暮」，則重出也。欲改「斜陽」作「簾櫳」，余曰：既言「孤館閉春寒」，似無簾櫳。公曰：亭傳雖未必有簾櫳，有亦無害。余曰：此詞本模寫牢落之狀〔二〕，若曰簾櫳，恐損初意。先生曰：極難得好字，當徐思之。然余因此曉句法不當重疊。詩眼

【校勘記】

〔一〕此詞本模寫牢落之狀　「模」寬永本作「摸」。

【補　校】

㊀東坡曰　據苕溪漁隱叢話前集卷五十、草堂詩餘前集卷上秦少游踏莎行詞、元黃溍日損齋筆記所引詩眼，此三字應作「山谷曰」。

言簡而意不遺之句

或有稱詠松句云「影摇千尺龍蛇動，聲撼半天風雨寒」者，一僧在坐，曰：未若「雲影亂鋪地，濤聲寒在空」。或以語聖俞，聖俞曰：言簡而意不遺，當以僧語爲優。王直方詩話

句豪而不畔於理

吟詩喜作豪句，須不畔於理方善。如東坡觀崔白冬景圖云：「扶桑大繭如甕盎，天女織綃雲漢上。往來不遺鳳銜梭，誰能鼓臂投三丈。」此語豪而甚工。石敏若橘林文中，詠雪有「燕南雪花大於掌，冰柱

懸簷一千丈」之語，豪則豪矣，然安得爾高屋耶！余觀李太白北風行云：「燕山雪花大如席」，秋浦歌云：「白髮三千丈」，其句可謂豪矣，奈無此理何！如秦少游秋日絕句云：「連卷雌蜺挂西樓〔一〕，逐雨追晴意未休。安得萬粧相向舞，酒酣聊把作纏頭。」此語亦豪而工矣。藝苑雌黄

【校勘記】

〔一〕連卷雌蜺挂西樓　「挂」寬永本作「桂」。㊀

【補　校】

㊀「挂」字　朝鮮本不誤。

句中有問答之詞

古人造語，俯仰紆餘各有態。「小麥青青大麥枯，誰當穫者婦與姑，丈夫何在西擊胡。」凡此句中，每涵問答之詞。「大麥乾枯小麥黄，問誰腰鐮胡與羌。」句法實有所自。潘子真詩話

誠齋論一句有三意

詩有一句七言而三意者。杜云：「對食暫餐還不能。」退之云：「欲去未到先思回。」有一句五言而兩意者。陳後山云：「更病可無醉，猶寒已自和。」

誠齋論驚人句

詩有驚人句。杜山水障：「堂上不合生楓樹，怪底江山起煙霧。」又：「斫卻月中桂，清光應更多。」白樂天云：「遥憐天上桂華孤，爲問姮娥更要無〔一〕？月中幸有閒田地，何不中央種兩株？」韓子蒼衡嶽圖：「故人來自天柱峰，手提石廩與祝融。兩山坡陁幾百里，安得置之行李中。」此亦是用東坡云：「我持此石歸，袖中有東海。」杜牧之云：「我欲東召龍伯公，上天揭取北斗柄，蓬萊頂上斡海水，水盡見底看海空。」李賀云：「女媧鍊石補天處，石破天驚逗秋雨。」

【校勘記】

〔一〕爲問姮娥更要無　「要」寬永本作「有」。

誠齋稱李大方警句

李方叔之孫大方，字允蹈，少時嘗作思故山賦，諸公間稱之，以爲似邢居實。晚得一鶡冠，今爲雜買場，寄予詩一篇，多有警句。如「三百年來今幾秋，天地自老江自流」；如「笛聲吹起白玉盤，正照御前楊柳碧」；如「可憐一代經綸業，不抵鍾山幾首詩」；如「後院落花人不到，黄鸝飛逐石榴陰」。大似唐人。

誠齋論警句

士大夫間有口傳一兩聯可喜，而莫知其所本者。如「人情似紙番番薄，世事如棊局局新」；又「飽諳世事慵開眼，會盡人情只點頭」；又「薄有田園歸去好，苦無官況莫來休」；又賀人休官「重碧杯中天更大，軟紅塵裏夢初收」。竟不知何人詩也。又有嘲巧宦而事反拙者：「當初只謂將勤補，到底翻爲弄巧成。」此尤可笑〔一〕。

【校勘記】

〔一〕此尤可笑　「尤」古松堂本誤作「本」，據誠齋詩話、寬永本、嘉靖本改。

陵陽論警句

公嘗曰：昨嘗與吕居仁閒論前輩所作上元詩，居仁曰：晏元獻云「梅臺冷落收燈夜，花巷清虚掃雪天」最佳。直是説得出，不可及。後見吕郎中有詩云：「江城氣候猶含雪，草市人家已掛燈。」豈用晏意耶？室中語

少陵坡谷句法

前人文章各自一種句法〔一〕。如老杜「今君起柂春江流〔二〕，予亦江邊具小舟」，「同心不減骨肉親，每語見許文章伯」。如此之類，老杜句法也。東坡「秋水今幾竿」之類，自是東坡句法。魯直「夏扇日在摇，行樂亦云聊」，此魯直句法也。學者若能遍考前作，自然度越流輩。吕氏童蒙訓

【校勘記】

〔一〕前人文章各自一種句法　「自」古松堂本作「有」，兹從寬永本與嘉靖本。

〔二〕今君起柂春江流　「柂」寬永本、古松堂本作「拖」，據杜詩集及嘉靖本改。

蔣道士詩句

衡州蔣道士云：「石壓笋斜出，岸懸花倒生。」後因太守怒不掃地，辱之，守見詩，愛而召之。乃上詩曰：「春來不是人慵掃，爲惜莓苔襯落花。」守悔焉。欲招之飲，蔣有詩謝曰：「敲開敗籜露新竹，拾上落花粧舊枝。」復爲湘人所重。青瑣

省題詩句

湘靈鼓瑟落句：「曲終人不見，江上數峰青。」含蓄不盡意，或謂錢起得之夢，未必然也。韓昌黎精衛石填海篇，有「人皆譏造次，我獨賞專精」，則語意超詣，不可以加矣。

灘聲句

宿龍宮灘詩：「浩浩復湯湯，灘聲抑更揚。」魯直云：退之裁聽水句尤見工。所謂浩浩湯湯抑更揚者，非客裏夜臥，飽聞此聲，安能周旋妙處如此耶！韓詩補注

清健句

「三過門中老病死，一彈指頃去來今。」句法清健，天生對也。陸務觀詩云：「老病已多惟欠死，貪瞋雖盡尚餘癡。」不敢望東坡〔一〕。而近世亦無人能到此。藜藿野人詩話

【校勘記】

〔一〕不敢望東坡　「敢」古松堂本作「失」，兹從寬永本、嘉靖本改。

詩句可入畫

呂居仁春日即事云：「雪消池館初春後，人倚闌干欲暮時。」此自可入畫。人之情意，物之容態，二句盡之。遺珠

燕詩

歐陽公愛王君玉燕詞：「煙徑掠花飛遠遠，曉窗驚夢語匆匆。」梅聖俞以爲不若李堯夫：「花前語澁春猶冷，江上飛高雨乍晴。」遺珠

唐人句法

朝會

閶闔開黄道，衣冠拜紫宸。杜甫

退朝花底散，歸院柳邊迷。杜甫晚出左掖

碧霄傳鳳吹，旭日在龍旗。楊巨源春日獻聖壽

爐煙添柳重，禁漏出花遲。同前

鈎陳霜騎肅〔一〕，御道雨師清。皇甫冉東郊迎氣

御爐香焰暖，馳道玉聲寒。竇叔向春日應制

金闕曉鐘開萬户，玉階仙仗擁千官。崔灝早朝〔二〕

花明劍珮星初没，柳拂旌旗露未乾。同前〔三〕

【校勘記】

〔一〕鈎陳霜騎肅　「鈎」、「肅」二字寬永本誤作「鈞」、「蕭」，宋本不誤，仍作「鈎」、「肅」。㊀

〔二〕小字注「崔灝早朝」四字，嘉靖本作「岑□早朝」，按此兩句乃岑參詩，嘉靖本所注是也。㊁

〔三〕小字注「同前」二字，寬永本作「崔灝早朝」。

【補　校】

㊀「鈎」字、「肅」字　朝鮮本俱不誤。

㊁崔灝早朝詩　按文苑英華以此首爲崔灝作，殆爲詩人玉屑所本。

宫掖

春風開紫殿，天樂下珠樓。李白宫中行樂詞

鶯歌聞太液，鳳吹繞瀛洲。同前

鐘來宫轉漏，月過閣移陰。喻坦之宿省中〔一〕

鶯歸漢宫柳，花隔杜陵煙。郎士元春宴

玉堦聞墜葉，羅幌見飛螢。沈佺期長門怨
綉户香風暖，紗窗曙色新。李白
夢裏君王近，宫中河漢高。劉方平長信宫
竹外仙亭出，花間輦路分。喬知之應制
一聲啼鳥禁門静，滿地落花春日長。王隨
長樂鐘聲花外盡，龍池柳色雨中深。錢起闕下贈裴舍人〔二〕

【校勘記】

〔一〕小字注「中」字，寬永本無。
〔二〕小字注中「裴」字，寬永本、嘉靖本作「閭」。

懷古

粉牆猶竹色，虚閣自松聲。杜甫
野花留寶靨，蔓草見羅裙。杜甫琴臺
江山九秋後，風月六朝餘。杜牧企望〔一〕

竹送清溪月，苔移玉座春。杜甫玄元皇帝廟

輦路江楓暗，宮潮野草春。司空曙金陵懷古

峴首羊公愛，長沙賈誼愁。孟浩然送王昌齡之嶺南〔二〕

二女竹上淚，湘妃水底魂。韓愈泊三江口

碑已無文字，人猶敬子孫。任藩經墮淚碑

野廟向江春寂寂，斷碑無字草芊芊。李群玉黃陵廟

晴川歷歷漢陽樹，春草萋萋鸚鵡洲〔三〕。崔灝登黃鶴樓

【校勘記】

〔一〕小字注「杜牧」　「牧」寬永本誤作「枚」，宋本不誤。㈠

〔二〕小字注內「送」字，宋本誤作「借」。

〔三〕春草萋萋鸚鵡洲　「萋萋」古松堂本作「淒淒」，據寬永本、嘉靖本改。

【補　校】

㈠「牧」字　朝鮮本不誤。

送别

人分千里外，興在一杯中。李白別宋之悌

飲中相顧色，送後獨歸情。韓愈

人由戀德泣，馬亦别群鳴。韓愈寄王中丞

九江春水闊，三峽暮雲深。陳陶溢城贈别

住接猿啼處，行逢鴈過時。許渾送客歸峽州

塞草連天暮，邊風動地秋。張佀送王相公赴幽州〔一〕

楊柳北歸路，蒹葭南渡舟〔二〕。許渾泊松江渡

落葉淮邊雨，孤山海上秋。錢起送人

長亭叫月新秋鴈，官渡含風古樹蟬。武元衡送韋秀才赴滑州〔三〕

蟬聲驛路秋山裏，草色河橋落照中。韓翃送人歸青州〔四〕

【校勘記】

〔一〕小字注「佀」字，寬永本作「洍」，嘉靖本作「佢」。㊀

〔二〕蒹葭南渡舟　「蒹」寬永本作「兼」，誤。㈡

〔三〕小字注中「滑」字，寬永本作「渭」，宋本作「滑」。㈢

〔四〕小字注「翃」，古松堂本作「翊」。

【補校】

㈠「佀」字　朝鮮本作「佂」。

㈡「蒹」字　朝鮮本不誤。

㈢「滑」字　朝鮮本不誤。

地名

水落魚龍夜，山空鳥鼠秋。杜甫　魚龍鳥鼠皆地名

弓抱關西月，旗翻渭北風。岑參送李太保充渭北節度

雲送關西雨，風傳渭北秋。岑參客舍寄許嚴二山人

秋草靈光殿，寒雲曲阜城。韓翃送故人歸魯〔一〕

明月雙流水㈠，清風八詠樓。嚴維送人入金華

樓看滄海日，門聽浙江潮。宋之問天竺寺

人離京口日，潮送岳陽船。周賀送楊岳歸巴陵〔二〕

江流嶓冢雨，帆入漢陰山。方干金州客舍〔三〕

瓜步早潮吞建業，蒜山晴雪照揚州。朱文長春眺〔四〕

樹隔五陵秋色早，水連三晉夕陽多。張喬題鸛雀樓〔五〕

【校勘記】

〔一〕小字注「翃」，古松堂本作「翊」。

〔二〕小字注末三字「歸巴陵」，古松堂本奪。

〔三〕小字注末「舍」字，古松堂本奪。

〔四〕小字注末「春眺」二字，古松堂本奪。

〔五〕小字注末「題鸛雀樓」四字，古松堂本奪。「鸛」字寬永本誤作「鶴」，宋本作「鸛」不誤。㊁

【補　校】

㊀明月雙流水　據嚴維詩，「雙流」應作「雙溪」。金華有雙溪。

㈡「鸖」字　朝鮮本不誤。

人名

草生元亮徑，花暗子雲居。王績田家

雲藏神女館，雨到楚王宫。皇甫冉巫山高

春山子敬宅，古木謝敷家。朱文長贈别

江山清謝朓，草木媚丘遲。張子容贈張司勳

去思今武子，餘教昔文翁。釋皎然送李中丞入朝㈠

暮雨揚雄宅，秋風向秀園。李郢園居

黄霸初臨郡，陶潛未去官。李嘉祐江陰道中作

阮籍生涯懶，嵇康意氣踈。王績思家

江遶武侯籌筆地，雨昏張載勒銘山。唐彦謙興元沈氏莊

劉琨坐嘯風清塞，謝朓裁詩月滿樓。武元衡酬嚴司空見寄

【校勘記】

〔一〕小字注末「入朝」二字，古松堂本奪。

（以上古松堂本奪字，俱從寬永本、嘉靖本補。）

寫景

人煙寒橘柚，秋色老梧桐。李白

樹交花兩色，溪合水重流。蔣別南溪別業

鳥歸沙有跡〔一〕，帆過浪無痕。賈島江亭晚望

江樹臨洲晚，沙禽對水寒。劉長卿七里灘

秋應爲紅葉，雨不厭蒼苔。李義山

霜空極天靜，寒月帶江流。張説

風度蟬聲遠，雲開鴈路長。隋王胄雨晴

草木窮秋後，山川落照時。杜牧寄友人

就暖風光偏着柳，辭寒雪影半藏梅。馬懷素應制

春融只恐乾坤醉，水閣深知世界浮㊀。羅隱春日湘中題岳麓寺

【校勘記】

〔一〕鳥歸沙有跡　「鳥」寬永本作「烏」。㊁

【補　校】

㊀水閣深知世界浮　「閣」從朝鮮本詩人玉屑應改作「闊」。

㊁「鳥」字　朝鮮本不誤。

詠物

白波吹粉壁，青嶂插雕梁。杜甫嚴公廳事岷山沱江圖〔一〕

緑攢傷手刺，紅墮斷腸英〔二〕。朱餘慶薔薇㊀

影高群木外，香滿一輪中。張薦月中桂

氣蒙楊柳重，寒勒牡丹遲。劉得仁春雨

小葉風吹長，寒花露濯鮮。符子珪芳樹

千載白衣酒，一生青女霜。羅隱詠菊

雲凝巫峽夢，簾閉景陽粧。牡丹

誰憐一片影，相失萬重雲。杜甫孤雁

花間燕子棲鳷鵲，竹下鵷鶵繞鳳凰。蘇頲寓直

鶴盤遠勢投孤嶼，蟬曳殘聲過別枝。方干字字有功

【校勘記】

〔一〕小字注中「沱」字，寬永本及古松堂本誤作「沈」，據嘉靖本改。㊁

〔二〕紅墮斷腸英　「腸」古松堂本誤作「陽」，據寬永本、嘉靖本改。

【補　校】

㊀朱餘慶薔薇　「朱餘慶」應改作「朱慶餘」。所引詩二句今見宋本朱慶餘詩集。

㊁「沱」字　朝鮮本不誤。

造理

病知新事少，老別故交難。崔塗別故人
馬爲賒來貴　童因借得頑。姚合
雪晴山脊見，沙淺浪痕交。章八元江行
樓高驚雨闊，木落覺城空。李洞聽白公話舊
興因樽酒洽，愁爲故人輕。張繼春夜皇甫冉宅勸酒〔一〕
徑轉危峰逼，橋斜缺岸妨。杜審言山池
爲月窗從破，因詩壁重泥。項斯題令狐處士溪居
寺遠僧來少，橋危客過稀。許渾題韋處士山居
買栽池館恐無地，看到子孫能幾家。羅鄴牡丹
自緣今日人心別，未必秋香一夜衰。鄭谷十日菊〔二〕

【校勘記】

〔一〕小字注「勸」字，宋本作「歡」，寬永本、嘉靖本作「飲」。㊀

〔二〕小字注「十日菊」，宋本作「十月菊」。

【補　校】

㈠「勸」字　朝鮮本作「歡」。

入畫

碧知湖外草，紅見海東雲。杜甫

天晴一鴈遠，海闊孤帆遲。李白送張舍人

松門天竺寺，花洞若耶溪。張籍送盧處士游吴越

山昏函谷雨，木落洞庭波。許渾送人南游

山遠疑無樹〔一〕，湖平似不流。韋承慶浮江

曉煙平似水，高樹暗如山。雍陶塞上〔二〕

桑柘晴川口，牛羊落照間。吕温宴别

驛道青楓外，人煙緑嶼間。孫逖楊子江樓

春潮帶雨晚來急，野渡無人舟自横。韋應物滁州西澗

緑樹遶村含細雨，寒潮背郭捲平沙。温庭筠送人

【校勘記】

〔一〕山遠疑無樹　「樹」古松堂本誤作「柱」，據寬永本、嘉靖本改。

〔二〕小字注「陶」字，宋本、寬永本誤作「門」字。㊀

【補　校】

㊀「陶」字　朝鮮本不誤。

典重

上公周太保，副相漢司空。岑參送李太保

八荒開壽域，一氣轉洪鈞。杜甫

氣蒸雲夢澤，波動岳陽城。孟浩然洞庭

黄閣開帷幄，丹墀拜冕旒。錢起

地控吴襟帶，才光漢縉紳。皇甫冉送常君赴昇州

聖藻垂寒露，仙杯落晚霞。沈佺期應制
星月懸秋漢，風霜入曙鐘。李嶠餞駱四
天勢圍平野，河流入斷山。暢當登鸛雀樓
鑾輿迥出仙門柳，閣道遥看上苑花。王維和御製
簾捲青山巫峽曉，煙開碧樹渚宫秋。武元衡酬嚴司空見寄

清新

小桃初謝後，雙燕恰來時。鄭谷杏花
貞爲臺裏栢，芳作省中蘭。包何寓直
一宵猶幾刻，兩歲欲平分。曹松除夜
微月初三夜，新蟬第一聲。白居易聞蟬
野色寒來淺，人家亂後稀。羅隱秋浦
行到水窮處〔一〕，坐看雲起時。王維入山
曉日尋花去，春風帶酒歸。李廊少年行〔二〕
樹初黄葉日，人欲白頭時。白居易途中感秋

留連戲蝶時時舞，自在嬌鶯恰恰啼。杜甫

蝴蝶夢中家萬里，子規枝上月三更。崔塗

【校勘記】

〔一〕行到水窮處　「到」古松堂本誤作「道」，據寬永本、嘉靖本改。

〔二〕小字注「李廓」，古松堂本作「李郎」。李廓乃李廓，字形相似致誤。此聯見全唐詩第七函第十册。㊀

【補　校】

㊀李廓詩　李廓詩一聯實見韋縠才調集卷一，此爲最早出處。

奇偉

戟枝迎日動，閣影助松寒。劉禹錫春日退朝

霜蹄千里駿，風翮九霄鵬。杜甫

蟄龍三冬臥，老鶴萬里心。杜甫

風流峴首客，花豔大堤倡。韓愈送李尚書赴襄陽

水聲巫峽裏，山色夜郎西。李嘉祐送人
秦地吹簫女，湘波鼓瑟妃。韓愈涼國公王挽詩
蓋海旗幢出，連天觀閣開。韓愈送鄭尚書赴南海
壁壘依寒草，旌旗動夕陽。郎士元早春登城
殘星數點鴈橫塞，長笛一聲人倚樓。趙嘏
玉節在船清海怪，金函開詔拜夷王。姚合送源中丞赴新羅

綺麗

御鞍金騕褭，宮硯玉蟾蜍。杜甫贈李祕書
風箏吹玉柱，露井凍銀床。杜甫謁玄元皇帝廟
柳塘春水慢，花塢夕陽遲。嚴維
舞鬟金翡翠，歌頸玉蠐螬。白居易獻裴令公
錦帳郎官醉，羅衣舞女嬌。李白寄王漢陽
風暖鳥聲碎，日高花影重。杜荀鶴春宮怨
酒綠市橋春〔一〕，漏閒宮殿午。李正封清明日

露曉紅蘭重，雲晴碧樹高〔二〕。許渾曉發寄李師晦

急管晝催平樂酒，春衣夜宿杜陵花。韓翃贈張千牛〔三〕

歌繞夜梁珠宛轉，舞嬌春席雪朦朧。羅隱商於驛東望有感

【校勘記】

〔一〕酒緑市橋春　「緑」寬永本誤作「緣」，宋本作「緑」。㊀

〔二〕雲晴碧樹高　「樹」古松堂本誤作「柱」，據寬永本、嘉靖本改。

〔三〕小字注中「翃」字，古松堂本誤作「翊」，據寬永本、嘉靖本改。

【補　校】

㊀「緑」字　朝鮮本未誤。

刻琢

露菊班豐鎬，秋蔬影澗瀍〔一〕。杜甫夔府詠懷

墜露清金閣，流螢點玉除。喬備長門怨

苦調琴先覺，愁容鏡獨知。王適古離別
道進愁還淺，年加睡卻輕。盧得仁秋夜寄友人㊀
雲蔽望鄉處，雨愁爲客心。戴戩清溪館作
杜魄呼名叫，巴江學字流。李遠送友人入蜀
雲迎出塞馬，風捲渡河旗。沈佺期送人北征
雀聲花外暝，客思柳邊春。温庭筠江岸
五夜有心隨暮雨，百年無節待秋霜。無名氏嘲失節婦
三台位缺嚴陵臥，百戰功高范蠡歸。温庭筠和友人題壁

【校勘記】

〔一〕秋蔬影澗瀍　「影」宋本作「新」。

【補　校】

㊀盧得仁秋夜寄友人　「盧得仁」應作「劉得仁」。

自然

只應松上鶴〔一〕，便是洞中人。杜荀鶴訪道者不遇

今宵一別後，何處更相逢。于武陵與故人別

飛來南浦水，半是華山雲。于武陵贈王隱人

忽聞哀痛詔，又下聖明朝。杜甫收京

承恩不在貌，教妾若爲容。杜荀鶴春宮怨

共看今夜月，獨作異鄉人。張溢寄友人

有僧飛錫到，留客話松間。冷朝陽游華嚴寺〔二〕

羞將新白髮，卻對舊青山。于武陵西歸

卻從城裏攜琴去，許到山中寄藥來。賈島送胡道士

朝廷有道青春好，門館無私白日閒。薛能獻僕射相公〔三〕

【校勘記】

〔一〕只應松上鶴　「應」古松堂本誤作「因」，據寬永本、嘉靖本改。

〔二〕小字注「泠」字，寬永本誤作「伶」。

〔三〕小注末「相公」二字，古松堂本奪，據寬永本、嘉靖本補。

寒苦

興幽松雪見，心苦硯冰知。李洞感知上李侍郎

暮隨江鳥宿，寒共嶺猿愁。許渾送客歸南溪

夜蛩偏傍枕，寒鳥數移柯。劉長卿月下呈章秀才

澗冰妨鹿飲，山雪阻僧歸。張喬山中冬夜

水聲冰下咽，沙路雪中平。劉長卿〔一〕

風冷衣裳脆，天寒筆硯清。姚合秋月山中

雪嶺無人跡，冰河足鴈聲。盧綸從軍行

塞迴連天雪，河深徹底冰。馬戴邊將〔一〕

冰橫曉渡胡兵合，雪滿窮沙漢騎迷。趙嘏平戎

夜長簷霤寒無寢，日晏廚煙冷未炊。窮窘〔二〕

【校勘記】

〔一〕小字注「卿」字，寬永本作「溪」。㊂

〔二〕小字注「窮窘」二字，寬永本、嘉靖本俱無，疑古松堂本誤衍。

【補　校】

㈠ 馬載　應爲馬戴。

㈡「卿」字　朝鮮本不誤。

豪壯

山河扶繡户，日月近雕梁。杜甫玄元皇帝廟
吴楚東南坼〔二〕，乾坤日夜浮。杜甫洞庭湖
黄山四千仞，三十二蓮峰。李白送温處士
天上白玉京，十二樓五城。李白
虹截半江雨，風驅大澤雲。王貞白雨後登庾樓

閶闔連雲起，巖廊拂霧開。沈佺期元旦早朝

楚闊天垂草，吴空月上波。張蠙送人東歸〔二〕

太液天爲水，蓬萊雪作山。宗楚客遇雪應制

伯仲之間見伊吕，指揮若定失蕭曹。杜甫

帆飛楚國風濤闊，馬渡藍關雨雪多。杜荀鶴辭鄭員外入關赴舉〔三〕

【校勘記】

〔一〕吴楚東南拆　「拆」寛永本作「折」，嘉靖本、古松堂本作「拆」，據杜工部詩集改。

〔二〕小字注「蠙」字，古松堂本原作「儐」，據寛永本、嘉靖本改。

〔三〕小字注「鄭」字，寛永本無，宋本、嘉靖本空一格。

工巧

浦轉山初盡，虹斜雨半分。顧飛熊住杭州〔一〕

木落山城出，潮生海棹歸。喻坦之晚泊富春

古樹老連石，急泉清露沙。温庭筠處士盧岵山居

芋葉藏山徑，蘆花間渚田。岑參晚泊五渡

岩狖牽垂果，湍禽接迸魚。顧飛熊天河閣到啼猿閣即事

鳥歸花影動，魚没浪痕圓。悟清

樹勢連巴没，江聲入楚流。方干送姚合赴金州

水落金沙淺，雲高玉葉疎。沈君道應令

暗香惹步澗花落，晚影逼簾溪鳥回。羅鄴滄浪峽

野寺山邊斜有徑，漁家竹裹半開門。李嘉祐送宋中書游江東

【補校】

㈠顧飛熊　應作顧非熊。

精絶

月明三峽曙，潮滿二江春。張循之巫山高

風清江上樹，霜洒月中砧。僧貫休

風兼殘雪起，河帶斷冰流。于良史冬月晚望

客尋朝磬至，僧背夕陽歸。崔峒崇福寺
客帆和鴈落，霜葉向人飛。羅隱東歸途中作
雪侵帆影落，風逼鴈行斜。趙嘏江行〔一〕
晚秋淮水上，新月楚人家。劉方平淮上秋夜
晚色寒蕪遠，秋聲候鴈多。權德輿送人
楊柳風多潮未落，蒹葭霜在鴈初飛。趙嘏長安與友生話舊
燕知社日辭巢去，菊爲重陽冒雨開。皇甫冉秋日東郊

【校勘記】

〔一〕小字注「嘏」字，寬永本誤作「蝦」。㊀

【補　校】

㊀「嘏」字　朝鮮本不誤。

閒適

水春雲母碓，風掃石楠花。李白送内尋廬山女道士
硯和青靄凍，簾對白雲垂。喻坦之寄姚少府
湖聲蓮葉雨，野色稻花風。張籍送人及第歸越
子能渠細石，吾亦沼清泉。杜甫
趁鐘開靜户，帶葉卷殘書。周賀酬吴處士
浥露收新稼，迎寒葺舊廬。皇甫冉送王山人歸別業
竹引攜琴入，花邀載酒過。孟浩然山池
地深新事少，官散故交疎。周賀贈盧長史〔一〕
閒花半落猶邀蝶，白鳥雙飛不避人。方干題睦州環溪亭
蒼苔濁酒林中靜，碧水春風野外昏。杜甫漫興

【校勘記】

〔一〕小字注「盧」字，寬永本誤作「廬」，宋本作「盧」。㊀

【補校】

㈠「盧」字　朝鮮本不誤。

幽野

樹深時見鹿，溪午不聞鐘。李白訪戴道士

樹停沙島鶴，茶會石橋僧。周賀贈朱餘慶

簷前花覆地，竹外鳥窺人。祖詠清川别業

寺分一派水，僧鎖半房山。裴説道林寺

泉湧堦前地，雲生户外峰。僧靈一宿天柱觀

一徑野花落，孤村春水生。杜甫

竹徑通幽處，禪房花木深。常建破山寺

窗接停猿樹，巖飛浴鶴泉。温庭筠寄僧

澄江月上見魚擲，荒徑葉乾聞犬行。周賀江館書事

隔岸雞鳴春耨去，隣家犬吠夜漁歸。方干山中言事㈠

【校勘記】

〔一〕小字注末「事」字，古松堂本原奪，據寬永本、嘉靖本補。

羈旅

雞聲荒戍曉，鴈過古城秋。許渾泊松江渡

雞聲茅店月，人跡板橋霜。温庭筠早行

寒樹鳥初動，霜橋人未行。劉禹錫途中早發

客淚題書落，鄉愁對酒寬。

對酒惜餘景，問程愁亂山。戴叔倫逢董校書

燈影秋江寺，篷聲夜雨船。温庭筠送僧

見鴈思鄉信，聞猿積淚痕。岑參巴南舟中即事

衆鳥已歸樹，旅人猶過山。任藩旅次

楚水晚涼催客早，杜陵秋思傍蟬多。周賀游南塘寄王知白

鴈飛南浦砧初斷，月滿西樓酒半醒。夏竇松宿江城詩因號爲夏江城〔一〕

【校勘記】

〔一〕小字注夏寶松宿江城詩……「詩」字，嘉靖本、古松堂本原無，從寬永本補。

佳境

岩花點寒溜，石磴掃春雲。權德輿宿栖岩

山光悦鳥性，潭影空人心。常建破山寺

碧溪風澹態，芳樹雨餘姿。杜牧途中作

煙峰高下翠，日浪淺深明。唐太宗春日登眺

江村片雨外，野寺夕陽邊。岑參曉發五渡

溪中雲隔寺，夜半雪添泉。項斯寄石橋僧

露曉蒹葭重，霜晴橘柚垂。許渾曉發寄人

河漢秋生夜，杉梧露滴時。馬載宿僧房〔一〕

輕煙不入宮中樹，佳氣常薰仗外峰。錢起從駕幸甘泉宮〔二〕

樹色漸分雙闕裹，漏聲遥在百花中。皇甫曾早朝〔三〕

【校勘記】

〔一〕小字注「甘」字，宋本作「北」。

〔二〕小字注中「皇」字，古松堂本誤作「皋」，據寬永本、嘉靖本改。

【補　校】

㊀馬載　應作馬戴。

警策

竹陰行處密，僧臘別來高。張喬僧房

川迴吴岫失，塞闊楚雲低。皇甫冉送人

鴈斷知風急，湖平得月多。白居易松江亭

樹隔朝雲合，猿窺曉月啼。李嘉祐送人

草礙人行緩，花繁鳥度遲。盧照鄰山行〔一〕

山帶新晴雨，溪留閏月花〔二〕。戎昱閏春宴溪莊

客爲忙多去，僧因飯暫留。白居易贈韋山人

樹隔高關斷，天連大漠空〔三〕。李頻送人往塞北

鴈行雲接參差翼，庭樹風開次第花。章孝標贈劉侍御三子弟同時及第〔四〕

文章舊價留鸞掖，桃李新陰在鯉庭。楊汝士壓倒元白之句

【校勘記】

〔一〕小字注「鄰」字，宋本誤作「邵」。

〔二〕溪留閏月花　「閏」寬永本誤作「開」。

〔三〕天連大漠空　「漠」寬永本作「漢」。

〔四〕小字注「及」字，寬永本作「乃」。㊀

【補　校】

㊀「閏」字、「漠」字、「及」字　朝鮮本不誤。

引帶

春山和雪静，寒水帶冰流。趙嘏送人歸覲〔一〕

飛花隨蝶舞，豔曲伴鶯嬌。李嶠春日應制

孤城向水閉，獨鳥背人飛。劉長卿餘干旅舍

踈簾看雪捲，深户映花關。韓翃題僧房

溪浪和星動，松陰帶鶴移。杜荀鶴宿僧院因贈

秋水牽沙落，寒藤抱樹踈。庾信窮秋

凍柳含風落，寒花照日鮮。劉孝標

巢鶴和鐘唳，詩僧倚錫吟。鄭谷題興善寺

月轉碧梧移鵲影，露低紅葉濕螢光。許渾宿望亭驛寄蘇州同游

橋通小市家林近，山帶平湖野寺連。韓翃送冷朝陽歸上元〔二〕

【校勘記】

〔一〕小字注「送」字，寬永本作「逢」。

〔二〕小字注「歸」字，寬永本、嘉靖本作「還」。

連珠句中字相對

百年雙白鬢，一別五秋螢〔一〕。

四年三月半，新笋晚花時。元稹題褒城驛

遠山芳草外，流水落花中。司空曙鮮于秋林園〔二〕

千峰孤燭外，片雨一更中。韓翃夜宴

空城流水在，荒澤舊村稀。李嘉祐

萬水千山路，孤舟盡日程。賈島

窗燈寒几淨，簷雨曉階愁。楊衡

五湖三畝宅，萬里一歸人。沈佺期詩

叠嶂懸流平地起，危樓曲閣半天開。劉憲山莊應制

積水長天迷遠客，荒城極浦足寒雲。皇甫曾送李録事

【校勘記】

〔一〕一别五秋螢　「秋」字從寬永本。嘉靖本、古松堂本作「愁」。㊀

〔二〕小字注「鮮于秋林園」五字，寬永本、嘉靖本作「秋園林夕陽」。

【補　校】

㊀「秋」字　朝鮮本作「愁」。

合璧句中意相關

舟移城入樹，岸闊水浮村。岑參泛渼陂〔二〕

沙平寒水落，葉脱晚枝空。褚亮喜霽

霧捲晴山出，風恬晚浪收。李嶠初霽

徑滑苔粘履，潭深水没篙。白居易獻裴令公

砌冷蟲喧坐，簾疎月到床。岑参送鄭侍御

山曉雲和雪，汀寒月照霜。皇甫冉送權騑

海曙雲浮日，江遥水合天。劉滄發浙江

簷燕酬鶯語，庭花雜絮飄。姚合

風傳鼓角霜侵戟，雲捲笙歌月上樓。許渾將南行陪崔尚書宴

三春月照千山路，十日花開一夜風。温飛卿寄苗紳〔二〕

【校勘記】

〔一〕小字注「渼」字，宋本誤作「漠」。

〔二〕小字注末三字「寄苗紳」，古松堂本原奪，據寬永本、嘉靖本補。

眼用活字五言以第三字爲眼 七言以第五字爲眼

孤燈燃客夢，寒杵擣鄉愁。岑參客舍

夜燈移宿鳥，秋雨禁行人。張蠙經荒驛

危峰入鳥道，深谷富猿聲。鄭世翼巫山高

白沙留月色，緑竹助秋聲。李白題苑溪館

春陰妨柳絮，月黑見梨花。鄭谷村舍

風枝驚散鵲，露草覆寒蛩。戴叔倫客舍

草砌消寒翠，花缸斂夜紅。駱賓王初秋

反照開嵐翠，寒潮蕩浦沙。趙嘏江行

萬里山川分曉夢，四鄰歌管送春愁。許渾贈何押衙

鶯傳舊語嬌春日，花學嚴粧妒曉風。章孝標古宮行

眼用響字

青山入官舍，黄鳥出宫牆。岑參送鄭少府赴滏陽

荷香銷晚夏，菊氣入新秋。駱賓王晚泊

静窗尋客話，古寺覓僧碁。姚合寄王度

片帆通雨露，積水隔華夷。李益使新羅

遠帆春水闊，高寺夕陽多。許渾

春流無舊岸，夜色失諸峰。曹松九松書事

煙蕪斂暝色，霜菊發寒姿。權德輿九日宴

路轉青山合，峰迴白日曛。陳子昂入峽

沙頭宿鷺聯拳靜，船尾跳魚撥剌鳴。杜甫

長承密旨歸家少，獨奏邊機出殿遲。王建贈王守澄内侍

眼用拗字

掬水月在手，弄花香滿衣。于良史春山

渡口月初上，人家漁未歸。劉長卿餘干旅舍

殘雪入林路，暮山歸寺僧。皇甫曾送僧

孤雁背秋色，遠帆開浦煙。周賀送楊岳歸巴陵

雁惜楚山晚，蟬知秦樹秋。司空曙題江陵臨沙驛樓

殘影郡樓月，一聲關樹雞。劉滄早行

雲卷四山雪，風凝千樹霜。許渾早發路中次甘水

樹密早蜂亂，江泥輕燕斜。杜甫

寒林葉落鳥巢出，古渡風高漁艇稀。杜牧五湖館水亭懷别

卷簾陰薄漏山色，欹枕韻寒宜雨聲。秦韜玉竹

眼用實字

夜潮人到郭，春霧鳥啼山。張凡贈薛鼎臣

旅愁春入越，鄉夢夜歸秦。白居易避地越地江樓望歸

後峰秋有雪，遠澗夜鳴泉。司空曙寄僧

星河秋一雁，砧杵夜千家。韓翃秋夜即事

野渡波摇月，寒城雨翳鍾。方干從兄韋郜

古寺碑横草，陰廊畫雜苔。顧況廢寺

殘暑蟬催盡，新秋雁帶來。白居易宴散

雪夜書千卷，花時酒一瓢。許渾寄友人

半夜臘因風捲去，五更春被角吹來。曹松除夜

朝登劍閣雲隨馬，夜渡巴江雨洗兵。岑參奉和相公發苕昌〔一〕

【校勘記】

〔一〕小字注「苕」字，王校：「此字不明」（指宋本）。據岑嘉州詩應爲「益」字。以上四目嘉靖本、四庫全書本、古松堂

本原缺（原書奪去二葉），據寬永本補。

實字粧句

日月低秦樹，乾坤繞漢宮。杜甫

樹翳樓臺月，帆飛鼓角風。周繇送薛尚書

沙岸江村近〔一〕，松門山寺深。孟浩然送人

茶爐天姥客，碁席剡溪僧。温庭筠宿僧寺

銀龍銜燭燼，金鳳起爐煙。蕭放冬夜對妓

冰城朝浴鐵，地道夜銜枚。

殘藥沾雞犬，靈香出鳳麟。顧況

玉檢茱萸匣，金泥蘇合香。吴均秦王捲衣

旌旗日暖龍蛇動，宮殿風微燕雀高。杜甫早朝

潮生水國蒹葭響，雨過山城橘柚疎。許渾

【校勘記】

〔一〕沙岸江村近　「村」寬永本誤作「材」，宋本作「村」。㊀

【補　校】

㊀「村」字　朝鮮本不誤。

虚字粧句

長貧惟要健，漸老不禁愁。張籍寄王中丞

已行難避雪，何處合逢花。

身外唯須醉，人間半是愁。司空曙

飄飖搏擊便，容易往來游。杜甫

未滿先求退，歸閒不厭貧。李嘉祐送房明府

乍見翻疑夢，相悲各問年。錢起

與世長疎索，唯僧得往還。朱慶餘

只憂連夜雨，又過一年春。李敬方飲酒

豔麗最宜新着雨，嬌饒全在欲開時。鄭谷海棠

漸老更思深處隱，多閒惟借上方眠。賈島

首用虚字

無風雲出塞，不夜月臨關。杜甫

無人花色慘，多雨鳥聲寒。李嘉祐江陰道中

以吾爲世舊，憐爾繼家風。李嘉祐送張秀才

出關逢落葉，傍水見寒花。李嘉祐送韋九往濠州〔一〕

到江吴地盡，隔岸越山高。僧處默吴越紀事

似煖花消地，無聲玉滿堂。李景春雪

載酒尋山宿，思人帶雪過。司空曙贈李端

無邊落木蕭蕭下，不盡長江袞袞來。杜甫

但將酩酊酬佳節，不用登臨怨落暉。杜牧之九日

【校勘記】

〔一〕小字注「濠」字，寬永本誤作「像」，宋本作「濠」。

上三下二 七言上五下二

野店寒無客，風巢動有禽。周繇送宇文虞

似梅花落地，如柳絮因風。本朝王洙交雪詩

送終時有雪，歸葬處無雲。任藩哭友人

永夜角聲愁自語，中天月色好誰看。杜甫宿府

輕重對 意高則不覺

江流天地外，山色有無中。王維漢江

獨來成悵望，不去泥欄干。唐彦謙惜花

自當舟楫路，應濟往來人。張衆甫三州渡

桑麻深雨露，燕雀半生成。杜甫屏跡

三分割據紆籌策，萬古雲霄一羽毛。杜甫

門臨莽蒼經年閉，身遠嫖姚幾日歸㊀。李嘉祐

【補　校】

㊀身遠嫖姚幾日歸　「遠」應改作「逐」。據李嘉祐臺閣集。

宋朝警句〔一〕

【校勘記】

〔一〕「宋」字寬永本作「本」，較是，説見前。

五言

野水無人渡，孤舟盡日横。寇萊公

山勢蜂腰斷，溪流燕尾分。夏英公
柳間黄鳥路，波底白鷗天。蔡天啟
井泉分地脈，砧杵共秋聲。徐鉉
峰多巧障日，江遠欲浮天。東坡
一鳩鳴午寂，雙燕語春愁。陳傳道
溪聲長在耳，山色不離門。李濤
掃地樹留影，拂床琴有聲。李濤
手香橙熟後，髮脱草枯時。唐子西
片雲明外暗，斜日雨邊晴。唐子西〔一〕
一朝厭蝸角，萬里騎鵬背。洪龜父
着衣輕有暈，入水淡無痕。徐忻
新霜染楓葉，皓月借蘆花。楊徽之
境閒僧度水，雲靜鶴歸松。惠崇
驚蟬移古柳，鬭雀墮寒庭。惠崇
寒禽棲古柳，破月入微雲。惠崇

曙分林影外，春盡鳥聲中。蔡懋

去路正黄葉，别君堪白頭。僧惟鳳秋日送人

雨勢宫城闊，秋聲禁樹多。劉筠直禁中

【校勘記】

〔一〕小字注「唐子西」三字，古松堂本原缺，據寬永本、嘉靖本補。

七言

船中聞鴈洞庭夜，床下有蛩長信秋。錢昭度

風前有恨梅千點，溪上無人月一痕。吴可

雲埋山麓藏秋雨，葉脱林梢帶晚風。陳知默

樹移午影重簾静，門對春風十日閒。吕居仁

鶴歸已改新城郭，牛卧重尋舊墓田。錢熙送人拜掃

干斗氣沉龍已化，置芻人去榻猶懸。晏元獻送人知洪州〔一〕

偶題巖石雲生筆，閒遶庭松露濕衣。楊徽之僧舍

游魚顧影驚寒月，宿鷺迷群下夕陽。蔡九峰白蓮

静尋啄木藏身處，閒看游絲到地時〔二〕。

緑章封事緘初啟，青鳳求凰尾乍開〔三〕。丁謂芭蕉

窺人鳥唤悠颺夢，隔水山供宛轉愁。荆公午枕

細數落花因坐久，緩尋芳草得歸遲。荆公

一水護田將緑遶，兩山排闥送青來。荆公

隴鴈半驚天在水，征人相顧月如霜。王君玉聞角

萬壑松聲山雨過，一川花氣水風生。

沙軟緑頭相並鴨，水深紅尾自跳魚。高子勉

客子光陰詩卷裏，杏花消息雨聲中。陳去非

負郭生涯千畝竹，長年心事四愁詩。石敏若

千里江山漁笛晚，十年燈火客氈寒。石敏若

桃李春風一杯酒，江湖夜雨十年燈。山谷

雪意未成雲着地，秋聲不斷鴈連天。錢惟演〔四〕

【校勘記】

〔一〕小字注中「晏」字，寬永本誤作「曼」。㈠

〔二〕靜尋啄木藏身處，閒看游絲到地時　此兩句乃晏殊詩，見青箱雜記。

〔三〕青鳳求凰尾乍開　「求」古松堂本原作「來」，據寬永本、嘉靖本改。

〔四〕小字注中「惟」字，寬永本誤作「性」，宋本作「惟」。㈡

【補　校】

㈠「晏」字　朝鮮本未誤作「曼」。

㈡「惟」字　朝鮮本未誤作「性」。

詩人玉屑卷之四

風騷句法

五言

萬象入壺上接下下連上

野曠天低樹，江清月近人。石梁高瀉月，樵路細侵雲。

重輪倒影上下接連

落日下平楚，孤煙生洞庭。波光摇海月，星影入城樓。

新月驚雛上接下

金波麗鳷鵲，玉繩低建章。曉雲僧衲潤，殘月客帆明。

衣袞乘龍 下連上

卷幔來風遠，移床得月多。　水涵天影闊，山拔地形高。

真人御風 高步清虛

白露明河影，清風淡月華。　露彩方泛灩，月華始徘徊。

常娥奔月 脱棄塵凡

看竹雲垂地，尋僧雪滿船。　鑿池寒月入，掃地白雲生。

公明布卦 推究物情

馬倦時嚙草，人疲數望城。　犬迎曾宿客，鴉護落巢兒。

東方占鵲 精窮物理

芹泥隨燕觜，花粉上蜂鬚。　魚爛緣吞餌，蛾燋爲撲燈。

陶壁飛梭 雷電交馳

江聲秋入寺，雨氣夜侵樓。　雪埋寒樹短，雲壓夜城低。

碧海求珠 採摭故實

舜耕餘草木，禹鑿舊山川。　卿月升金掌，王春度玉墀。

華林擷芳搜捕事跡

山藏伯禹穴，城壓伍胥濤。鷗眠陶令醉，鶴唳屈原醒。

閒雲惹碧人逐景

石縫銜枯草，查根漬古苔。林迸穿籬筍，藤飄落水花。

游絲拖翠景逐人

石角鈎衣破，藤枝刺眼新。步壑風吹面，看松露滴身。

怪石籠雲物對景

春波何恨緑(一)，白鳥自由飛。夕寒山翠重，秋靜鴈行高。

晚山啣日景對物

寒禽栖古柳，破月入微雲。曉來山鳥鬧，雨過杏花稀。

風轉斷蓬寄跡

高鳥黃雲暮，寒蟬碧樹秋。十暑岷山葛，三霜楚户砧。

鱗處涸轍窮命(二)

萬事已黃髮，殘生隨白鷗。不爨井晨凍，無衣牀夜寒。

龍吟虎嘯飛動

野雲低度水，簷雨細隨風。亂雲低薄暮，急雪舞回風。

鶴盤鳳翥變動

林花掃更落，徑草踏還生。泉聲到池盡，山色上樓多。

枕石漱流抱道

貌將松共瘦，心與竹俱空。雨中耕白水，雲外斸青山。

拂塵破暗修行

觸風香損印，霑雨磬生衣。瓶殘秦地水，錫入晉山雲。

月浸梨梢明白

蘿月掛明鏡，松風鳴夜絃。小蓮娃欲語，幽筍稚相攜。

泉飛雲竇清爽

露館濤驚枕，空庭月伴琴。雪殘僧掃石，風動鶴歸松。

獨鳥投林幽居

門靜眠山鹿，堦閒立水禽。秋草閒三徑，寒塘獨一家。

孤鴻出塞旅情

客愁連蟋蟀，亭古帶蒹葭。鳥聲非故國，春色是他山。

曉粧呵鏡晦明

水暗蒹葭霧，月明楊柳風。緑水明秋日，青山隔暮雲。

夜筵滅燭蔽覆〔三〕

池光不受月，野氣欲沉山。雪深迷郢路，雲暗失陽臺。

文豹隱霧安時

尋泉上山遠，看筍出林遲。紙窗明覺曉，布被暖知春。

靈龜曳尾守分

風落收松子，天寒割蜜房。草閣平春水，柴門掩夕陽。

絶壁垂藤攀仰

鳥道挂踈雨〔四〕，人家殘夕陽。遠水靜林色，微雲生夕陽。

佩印還鄉喜悦

罷扇風生竹，移床月過庭。乘舟泊山寺，着屐到漁家。

江南芳信春

柳色煙中遠，鶯聲雨後新。風輕粉蝶喜，花暖蜜蜂喧。

河朔劇飲夏

乳燕並頭語，紅葵相對開。清風醒病骨，快雨破煩心。

宋玉生悲秋

晚花惟有菊，寒葉已無蟬。氣爽衣裳健，風踈砧杵鳴。

袁安高臥冬

凍餅粘柱礎，宿火陷爐灰。凍泉依細石，晴雪落長松。

啟明戒旦早

林殘數枝月，髮冷一梳風。路明殘月在，山靜宿雲收。

長庚告昏晚

踈鐘吟落照，歸路指平蕪。牛羊歸徑險，鳥雀聚枝深。

蜀錦舒空晝

風暖鳥聲碎，日高花影重。窺魚光照鶴，洗鉢影摇僧。

承露擎虛 夜

露竹偷燈影，煙松護月明。微雲淡河漢，踈雨滴梧桐。

珠樹敲風 風

慢隨雲葉動，高逐桂枝生。幽澗迷松韻，閒窗動竹聲。

寶髻簪花 花

紫蠟粘爲蒂，紅酥點作蕤。落時猶自舞，掃後更聞香。

寒梅欺雪 雪

宿浦人迷徑，歸林鳥失巢。客帆迷古渡，蓄帳隱平沙。

澄江浸月 月

影開金鏡滿，輪抱玉壺清。流處水花急，吐時雲葉鮮。

一氣飛灰

青門弄煙柳，紫閣舞雲松。白髮千莖雪，丹心一寸灰。

二劍凌空

池緑苔猶少，林黃柳尚踈。拔青松直上，鋪碧水平流。

三星共色

晚菓紅低樹，秋苔緑遍牆。古壇青草合，往事白雲空。

四瑞效靈

鴨頭新緑水，鴈齒小紅橋。柳庭垂緑穗，蓮浦落紅衣。

五色捧筆

石苔縈棹緑，山菓拂舟紅。浪花吹更白，嵐色染還青。

麟角表瑞

虎嘯夜林動，鼉鳴秋澗寒。燕靜銜泥起，蜂喧抱蘂回〔五〕。

老蚌含珠

宮鶯嬌欲醉，簷燕語還飛。隨蜂收野蜜，尋麝採生香。

荊山鑄鼎

破海鯨波息，登山豹霧開。柱穿蜂溜蜜，棧缺燕添巢。

商嶺採芝

小池兼鶴靜，古木帶蟬秋。將軍分虎竹，戰士臥龍沙。

連珠散彩

醉上山翁馬，寒歌甯戚牛。寒草煙藏虎，高松月照鵰〔六〕。

衆星環極 繼體守文

北斗承三獻，南風入五絃。冕旒當翠殿，幢戟滿彤庭。

彗氣橫天 除舊布新

業定商周鼎，功包天地爐。風塵三尺劍，社稷一戎衣。

芟除荆棘 禁暴

箭飛瓊羽合，旗動火雲張。鼎魚猶假息，穴蟻欲何逃。

蕩滌腥羶 禦戎

落日黃雲動，陰風白草翻。邊月隨弓影，胡霜拂劍花。

王民鼓腹 謳歌

湛露浮堯酒，薰風起舜歌。漢典方寬律，周官正採詩。

白鶴棲松 高尚

石壁藤爲路，山窗雲作扉。水痕侵岸柳，山翠借廚煙。

玄蟬飲露 清潔

白石磨樵斧，青竿理釣絲。籬下黃花菊，丘中白雪琴。

鷦鷯巢林 隨分

酒熟憑花勸，詩成倩鳥吟。無竹栽蘆看，思山疊石爲。

精衛填海 辛苦

藻密行舟澁，灣多轉檝頻。棧懸斜閉石㈠，橋斷卻尋溪。

雷公拭劍 晶熒

木落寒郊迥，烟開疊嶂明。沙明連浦月，帆白滿船霜。

蓮女遺簪 棄置

寶劍依塵席，陰符寄藥囊。雨拖金鏁甲，苔臥緑沉槍。

明鑑張空 追感

古殿吳花草，深宮晉綺羅。行人問宮殿，耕者得珠璣。

竹敲寒夢 悽愴

寶箏橫塞鴈，怨笛落江梅。風葉亂辭木，雪猿清叫山。

火浣重燒始終

皂鵰寒始急，天馬老能行。　落日心猶壯，秋風病欲蘇。

隴水分流向背

巢許山林志，夔龍廊廟珍〔七〕。　白日依山盡，黃河入海流。

揮毫染素入畫

鷺巢橫臥柳，猿飲倒垂藤。　千峰隨雨暗，一逕入雲斜。

炫紫奪朱逼真

拂黛月生指，理鬢雲滿梳。　雙眸剪秋水，十指剝春葱。

麋鹿相親山林

亂藤遮石壁，絕澗護雲林。　籬落生孫竹，門庭上女蘿。

梟鸞同處憎愛

惜花愁夜雨，病酒怨春鶯。　惜蜂收蜜少，嫌蠹曝書頻。

洞庭搖櫓雙句有聲

霜猿啼曉夢，巖鳥和秋吟。　秋風吹渭水，落葉滿長安。

蟾輪輾空雙句無聲

孤舟依岸靜，獨鳥向人閒。流年川暗度，往事月空明。

天仙摇珮上句有聲

興闌啼鳥喚，坐久落花多。山虛風落石，樓靜月侵門。

阿香挽車下句有聲

音書秋鴈斷，機杼夜蛩催。澄潭寫度鳥，空嶺應鳴猿。

鶯囀喬林先聞後見

海風吹不斷，江月照還空。林晚鳥爭樹，園春蝶護花。

鴈陣驚寒先見後聞

塔影挂青漢，鐘聲和白雲。晴虹橋影出，秋鴈櫓聲來。

金鱗躍浪雙句俱動

浴鳧含藻戲，驚鷺帶魚飛。鏡好鸞空舞，簾疎燕誤飛。

秋水涵虛雙句俱靜

竹裏柴扉掩，庭前鳥雀行。蕭散煙霞晚，凄清天地秋。

香斷金猊先動後靜

笙歌歸院落，燈火下樓臺。衆鳥高飛盡，孤雲獨去閑。

高僧出定先靜後動

野花寒更發，山月暝還來。秋盡蟲聲急，夜深山雨重。

竹影掃塵動中有靜

聽錫樵停斧，窺禪鳥立槎。雲穿搗藥屋，雪壓釣魚船。

潭底游犀靜中有動

古木花猶發，荒臺雨尚懸。庭閑花自落，門閉水空流。

飛鳥度池動中有靜靜中有動

日出衆鳥散，山暝孤猿吟。風轉雲頭斂，煙消水面開。

齊學楚語借聲

關河一栖旅，楊柳十東風。卷簾黄葉下，鎖印子規啼。

胡越同舟異類〔八〕

白狗黄牛峽，朝雲暮雨時。萬里八九月，一身西北風。

輔車相依唇齒

蛟龍得雲雨，鵰鶚在秋天。鸞凰識雲路，雞鶩戀柴扃。

連璧游春肢體㈡

脛弱秋添絮，頭風曉費梳。雲截山腰斷，風驅雨腳回。

比目游泳骨肉

驊騮思故第，鸚鵡失佳人。蒲深鸂鶒戲，花暖鷓鴣眠。

秀麥分岐疊韻

連錢嚼金勒，鑿落寫銀罍。蹉跎長泛梗，展轉屢鳴雞。

嘉禾合穎疊韻骨肉

綴席茱萸好，浮舟菡萏衰。寶瑟玫瑰柱，金羈玳瑁鞍。

羝羊觸藩踟躕

買山猶未得，諫獵又非時。行矣前途晚，歸歟故國賒。

游蟻循環時令

流水桃花色，春洲杜若香。麥天晨氣潤，槐夏午陰清。

獨鳥銜煙穿楊

海對羊城闊，山連象郡高。廣州　疏鐘天竺曉，一雁海門秋。錢塘

飛星入月中的

粉光深紫膩，肉色退紅嬌。牡丹　露傾金盞小，風引道冠欹。黃葵[九]

甘蠅貫虱神妙[一〇]

數枝紅蓼畔，一片白雲孤。鷺鷥　竹批雙耳峻，風入四蹄輕。馬

呂布中戟精絶

野火燒不盡，春風吹又生。草　東屯滄海闊，南讓洞庭寬。水

箭落雙鴻必中

篆經千古澁，影瀉一堂寒。鏡　湘水瀉秋碧，古風吹太清。琴

芳草襯步留連

美花多映竹，好鳥不歸山。　荷風驚浴鳥，橋影聚行魚。

狂絮飄空牽意

柳帶誰能結，花房未肯開。　燕來紅壁語，鶯就緑窗啼。

巫峰斂翠感動

曉日臨窗久，春風入夢長。芳草牽愁遠，丁香結恨深。

卓氏懷春飄蕩

晚晴風過竹，深夜月當花。拂簟承花落，開簾待燕歸。

詩有四鍊

一曰鍊句

玉枕雙文簟，金盤五色瓜。清風兩窗竹，白露一庭秋。

二曰鍊字

虎跡空林雨，猿聲絶嶺雲。香飄歌袂動，翠落舞釵遺。

三曰鍊意

老驥思千里，飢鷹待一呼。風前燈易滅，川上月難留。

四曰鍊格

日暮長安道，秋深雲漢心。島嶼分諸國，星河共一天。

句欲得健

壯節初題柱，生涯獨轉蓬。獨鶴歸何晚，昏鴉已滿林。

字欲得清

月生初學扇，雲細不成衣。　粉牆猶竹色，虛閣自松聲。

意欲得圓

霄漢愁高鳥，泥沙困老龍。　草枯鷹眼疾，雪盡馬蹄輕。

格欲得高

花枝臨太液，燕語入披香。　無瑕勝玉美，至潔過冰清。

聲律爲竅

別來頭併白，相見眼終青。　花濃春寺靜，竹細野池幽。

物象爲骨

雷霆驅號令，星斗煥文章。　露濃金掌重，天近玉繩低。

意格爲髓

勳業頻看鏡，行藏獨倚樓。　感時花濺淚，恨別鳥驚心。

諧會五音，清便宛轉，宮商迭奏，金石相宜：謂之聲律。摹寫景象，巧奪天真，探索幽微，妙與神會：謂之物象。苟無意與格以主之，才雖華藻，辭雖雄贍，皆無取也。要在意圓格高，纖穠俱備，句老而字不俗，理深而意不雜，才縱而氣不怒，言簡而事不晦。如此之作，方入風騷。

【校勘記】

〔一〕春波何恨緑　據宋阮閲詩話總龜、陳應行吟窗雜録等書，「恨」應作「限」。㊂

〔二〕「涸」字寬永本誤作「洞」，宋本作「涸」。㊃

〔三〕小字注「蔽覆」二字，古松堂本原奪，據寬永本、嘉靖本補。

〔四〕鳥道挂疎雨　「雨」寬永本誤作「兩」。

〔五〕蜂喧抱蘂回　「抱」寬永本作「拘」。

〔六〕高松月照鵰　「鵰」古松堂本原作「鵬」，據寬永本、嘉靖本改。

〔七〕夔龍廊廟珍　「廊」寬永本誤作「廓」。㊄

〔八〕此下嘉靖本、古松堂本等闕二葉。「胡越同舟」至「卓氏懷春」，以及詩有四鍊，「一曰鍊句」至「四曰鍊格」，從寬永本補。

〔九〕末小字注「黄葵」「黄」寬永本誤作「苗」。

〔一〇〕「虱」寬永本誤作「風」。㊅

【補校】

㈠棧懸斜閉石　閉應作「避」。據朝鮮本，與杜詩合。

㈡「璧」字　朝鮮本未誤作「壁」。

㈢春波何恨緑　釋文瑩玉壺清話亦作「限」。

㈣「涸」字　朝鮮本未誤作「洞」。

㈤「廊」字　朝鮮本未誤作「廓」。

㈥「虱」字　朝鮮本未誤作「風」。

七言

百川歸海朝會

九天閶闔開宮殿，萬國衣冠拜冕旒。　香飄合殿春風轉，花覆千官淑景移㈠。

雙龍輔日掖庭

清洛曉光鋪碧簟，上陽霜葉剪紅綃。　金鑪香動螭頭暗，玉佩聲來雉尾高。

鴛鷺成行侍從

鷙頭忽憶黃金闕，鳳背還吹碧玉簫。

毫端蕙露滋仙草，琴上薰風入禁松。

錦繡相鮮富貴

簾箔垂珠光不夜，林花剪綵景長新。

紅珠斗帳櫻桃熟，金尾屏風孔雀閑〔二〕

鵬翼摩天雄健

陳兵劍閣山將動，飲馬珠江水不流。。

汴水波濤喧鼓角，隋堤楊柳拂旌旗。

鶚翥秋碧遒勁〔三〕

擘開華嶽連天色，放出黃河到海聲。

插天螮蝀玉腰闊，跨海鯨鯢金背高。

般輸運斤精巧

樽當霞綺輕初散，棹拂荷珠碎卻圓。

林花著雨胭脂落，水荇牽風翠帶長。

逸少揮毫物象

魚吹細浪搖歌扇，燕蹴飛花落舞筵。

樹頭蜂抱花鬚落，池面魚吹柳絮行。

洛神凌波映帶

煙開翠扇清風曉，水泛紅衣白露秋。

靈胥引水清穿市，神禹分山翠入簾。

文君織錦 富豔

觸散柳絲迴玉勒，約開蓮葉上蘭舟。絲飄弱柳平橋晚，雪點寒梅小院春。

文虹垂天 精彩

細水浮花歸別澗，斷雲含雨入孤村。江月轉空爲白晝，嶺雲分暝與黄昏。

紫電掃巖 炫轉

春入水光成嫩碧，日勻花色變鮮紅。殘日花間浮暖豔，斷雲樓外卷輕陰。

玉壺含冰 洞徹

千里好山雲乍斂，一樓明月雨初晴。野色更無山隔斷，天光直與水相通。

古鏡重磨 晦明

飢鳳羽毛寒不鎩，臥龍頭角老方高。驥雖老去壯心在，鶴縱病來仙骨清。

遼鶴思歸 感懷〔四〕

殊方日落玄猿哭，舊國霜前白鴈來。踈燈自照孤帆宿，新月猶懸雙杵鳴。

晴鷗點岸 閑靜

掛冠傲吏垂綸坐，絶粒高僧擁衲眠。老鶴巢邊松最古，毒龍潛處水偏清。

珷玞象玉比並

草螢有耀終非火，荷露雖圓豈是珠。

满砌荆花鋪紫毯，隔牆榆莢撒青錢。

玉葉飄空變態

黄蜂銜退海潮上，白蟻戰酣山雨來。

鶯驚鳳輦穿花去，魚畏龍顔上釣遲。

篆香裊碧着莫

流水帶花穿巷陌，夕陽和樹入簾櫳。

拂石坐來衫袖冷，踏花歸去馬蹄香。

芳洲拾翠引用

盃酒英雄君與操，文章微婉我知丘。

詩成白也知無敵，花落虞兮可奈何。

行雲度月隱見

嘉樹倚樓青瑣暗，晚雲藏雨碧山寒。

風吹蘗蔓迷樵徑，水暗蘆花失釣船。

貧女理粧隨分

好鳥迎春歌後院，飛花送酒舞前簷。

飛來白鷺即佳客，相對好花如美人。

晚霞成綺相似

靨散雲收破樓閣，虹殘水照斷橋梁。

魚下碧潭當鏡躍，鳥還青嶂拂屏飛。

晴雲駐彩容色〔五〕

睡融春日揉金縷，狂發秋霞顫翠翹。皓齒乍分寒玉細，黛眉輕蹙遠山微。

唾成珠玉辭藻〔六〕

翰林風月三千首，吏部文章二百年。詩篇落處風雲動，筆力停時造化閑。

妙入丹青模寫〔七〕

水隔滄煙疎柳寺，路經微雨落花村。雲藏島外啼猿樹，竹鎖橋邊賣酒家。

穩步康莊平易

睫在眼前長不見，道非身外更何求。無可奈何花落去，似曾相識燕歸來。

長嘯雲烟高致

青山有雪諳松性，碧落無雲稱鶴心。共閑作伴無如鶴，與老相隨衹有琴。

霞襯赤城神仙

來時一見蟠桃熟，別後三驚碧海乾。六甲風雷藏寶籙，一壺天地雜靈砂。

雲集金田禪律

秋水靜於僧眼碧，晚山濃似佛頭青。瓶添澗水盛將月，衲挂松枝惹得雲。

藕折輕絲飄蕩

閑聽鶯語移時立，思逐楊花觸處飛。　紅粉尚留香冪冪，碧雲初斷信沉沉。

梅損瓠犀情味

花邊馬嚼金銜去，樓上人垂玉筯看。　窗殘花月人何處，簾捲春風燕復來。

女夷鼓歌春景

柳絲嫋嫋風繰出，草縷茸茸雨剪齊。　梅無驛使飄零盡，草怨王孫取次生。

祝融御轡夏景

園林換葉梅初熟，池館無人燕學飛。　緑香熨齒冰盤菓，清冷侵肌水殿風。

蓐收執矩秋景

林間煖酒燒紅葉，石上題詩掃緑苔。　風荷老葉蕭踈緑，水蓼殘花寂寞紅。

玄冥乘坎冬景

雨被北風吹作雪，水愁東海亦成冰。　冰堅九曲河聲斷，雪擁千峰嶽色低。

碧落吹簫上句有聲

風引漏聲來枕上，月移花影到窗前。　睡輕可忍風敲竹，飲散那堪月在花。

清江鼓瑟下句有聲

蒼苔路熟僧歸寺，紅葉聲乾鹿在林。一溪晚緑浮鸂鶒，萬樹春紅叫杜鵑。

散耀垂文雙句可觀

千竿碧立依林竹，一點黄飛透樹鶯。粉蝶團飛花轉影，彩鴛雙泳水生文。

鏘金戛玉雙句有聞

羌管一聲何處曲，流鶯百囀最高枝。深秋簾幕千家雨，落日樓臺一笛風。

歸雲入洞先動後靜

野蒿自發空臨水，江燕初歸不見人。緑竹挂衣涼處歇，清風展簟困時眠。

蟄蟲應雷先靜後動

放魚池涸蛙爭聚，棲燕梁空雀自喧〔八〕。簾箔可垂嫌隔燕，釣竿慵把恐驚魚。

緑樹吟鶯景對物

巢燕養雛渾去盡，江花結子已無多。樂意相關禽對語，生香不斷樹交花。

彩禽入鑑物對景

映堦碧草自春色，隔葉黄鸝空好音。寺隔江聲秋月上，樓依野色夕禽還〔九〕。

龍吟雲起比附對

夜棲少共鷄爭樹，曉浴先饒鳳占池鶴。若非琥珀休爲枕，不是琉璃莫作屏簟。

虎嘯風生比類對

初分隆準山河秀，乍點重瞳日月明畫。翼薄乍舒宫女鬢，蛻輕全解羽人尸蟬。

蘭艾同畦愛憎對

蛇蝎性靈生便毒，蕙蘭根異死猶香。風卻有情偏動竹，雨渾無賴不饒花。

鳥獸先知巢穴對

湘潭雲盡暮山出，巴蜀雪消春水來。雷霆入地建溪險，星斗逼人梨嶺高。

葛藤相連疊韻對

解凍池塘風淅瀝，近秋郊野月嬋娟。鸂鶒刷毛花蕩漾，鷺鷥拳足雪離披。

鄧艾稱名疊語對

雲頭灧灧開金餅，水面沉沉臥彩虹。青春背我堂堂去，白髮欺人故故生。

【校勘記】

〔一〕花覆千官淑景移　「官」寬永本誤作「宫」。

〔二〕金尾屏風孔雀閑　「閑」古松堂本作「開」，據温飛卿詩集及寬永本、嘉靖本改。

〔三〕「遒」寬永本、古松堂本誤作「道」，從嘉靖本。

〔四〕「鶴」寬永本作「西」，「懷」寬永本作「德」。㈠

〔五〕「容」寬永本作「客」，誤。㈡

〔六〕「唾」寬永本作「睡」，誤。

〔七〕「模」寬永本作「摸」。

〔八〕棲燕梁空雀自喧　「喧」寬永本誤作「宣」，宋本作「喧」。㈢

〔九〕樓依野色夕禽還　「還」古松堂本原作「邊」，據寬永本、嘉靖本改。

【補　校】

㈠「懷」字　朝鮮本作「懷」。寬永本作「德」，蓋誤。

㈡「容」字　朝鮮本作「容」，未誤。

㈢「喧」字　朝鮮本作「喧」，未誤作「宣」。

詩人玉屑卷之五

口訣

三不可

危積逢吉曰：詩不可強作，不可徒作，不可苟作。強作則無意，徒作則無益，苟作則無功。驪塘文集

八句法

方回言，學詩於前輩，得八句法：平澹不流於淺俗；奇古不鄰於怪僻；題詠不窘於物象；叙事不病於聲律；比興深者通物理；用事工者如己出；格見於成篇，渾然不可鐫；氣出於言外，浩然不可屈。盡心於詩，守此勿失。王直方

四不下八條並釋皎然述

氣高而不怒，力勁而不犯，情多而不暗，才贍而不疎。

四深

氣象氛氲，由深於體勢；意度盤薄，由深於作用；用律不滯，由深於聲對；用事不直，由深於義類。

二要

要力全而不苦澀，要氣足而不怒張。

二廢

雖欲廢巧尚直，而神思不得直；雖欲廢言尚意，而典麗不得遺。

四離

欲道情而離深僻，欲經史而離書生，欲高逸而離闊遠，欲飛動而離輕浮。

六迷

以虛大爲高古，以緩慢爲淡佇，以詭差爲新奇，以錯用意爲獨善，以爛熟爲穩約，以氣劣弱爲容易。

七至

至險而不僻，至奇而不差，至苦而無跡，至近而意遠，至放而不迂，至難而狀易，至麗而自然。

七德

識理，高古，典麗，風流，精神，質幹，體裁。

三多

歐公謂爲文有三多：看多，做多，商量多。僕於詩亦云。

三偷

詩有三偷：〔偷語〕最是鈍賊，如傅長虞「日月光太清」，陳主「日月光天德」是也。〔偷意〕事雖可罔，情不可原。如柳渾「太液微波起，長楊高樹秋」，沈佺期「小池殘暑退，高樹早涼歸」是也。〔偷勢〕才巧意精，各無朕跡，蓋詩人偷狐白裘手也。如嵇康「目送歸鴻，手揮五絃」，王昌齡「手攜雙鯉魚，目送千里鴈」是也。李淑詩苑類格

十難下四條並陳永康吟窗雜録序

一曰識理難，二曰精神難，三曰高古難，四曰風流難，五曰典麗難，六曰質幹難，七曰體裁難，八曰勁健難，九曰耿介難，十曰悽切難。

十易

氣高而易怒，力勁而易露，情多而易暗，才贍而易疎，道情而易僻，思深而易澀，放逸而易迂，飛動而易浮，新奇而易怪，容易而易弱。

十戒

一戒乎生硬，二戒乎爛熟，三戒乎差錯，四戒乎直置，五戒乎妄誕，六戒乎綺靡，七戒乎蹈襲，八戒乎濁穢，九戒乎砌合，十戒乎俳諧。

十貴

一貴乎典重，二貴乎拋擲，三貴乎出塵，四貴乎瀏亮，五貴乎縝密，六貴乎雅淵，七貴乎温蔚，八貴乎宏麗，九貴乎純粹，十貴乎瑩淨。

二十四名

詩訖于周，離騷訖于楚，是後詩人，流爲二十四名：賦、頌、銘、贊、文、誄、箴、詩、行、詠、吟、題、怨、嘆、篇、章、操、引、謠、謳、歌、曲、詞、調。自操而下八名，皆是起於郊祭、軍賓〔一〕、吉凶、苦樂；由詩而下九名，皆屬事而作，雖題號不同，而悉謂之詩。元稹集〔二〕

【校勘記】

〔一〕皆是起於郊祭、軍賓……　「賓」古松堂本作「兵」，從寬永本、嘉靖本。

〔二〕小字注「元稹集」「稹」宋本誤作「積」。

初學蹊徑

初學

初學作詩，寧失之野，不可失之靡麗；失之野，不害氣質；失之靡麗，不可復整頓。呂氏童蒙訓

寧拙無巧，寧朴無華，寧粗無弱，寧僻無俗：詩文皆然。后山詩話

學古

大概學詩，須以三百篇、楚辭及漢、魏間人詩爲主，方見古人好處。自無齊梁間綺靡氣象也。呂氏童蒙訓

東坡教人作詩曰：熟讀毛詩國風、離騷，曲折盡在是矣。僕嘗以此語太高，後年齒益長，乃知東坡之善誘人也。許彦周詩話

學詩須是熟看古人詩，求其用心處。蓋一語一句不苟作也。如此看了，須是自家下筆要追及之。不問追及與不及，但只是當如此學，久之自有箇道理。若今人不學不看古人做詩樣子，便要與古人齊肩，恐無此道理。陳無己云：「學詩如學仙，時至骨自换。」此語得之。漫齋語録

晦庵誨人學陶柳選詩韋蘇州

作詩須從陶柳門庭中來，乃佳。不如是，無以發蕭散冲澹之趣，不免於局促塵埃，無由到古人佳處也。如選詩及韋蘇州，亦不可不熟讀。

晦庵誨人學六朝李杜

作詩不學六朝，又不學李、杜，只學那嶢嵠底，今便學得十分好，後把作甚麽用！作詩先用看李、杜，如士人治本經然；本既立，次第方可看蘇、黄以次諸家詩。

陵陽誨人學韋詩

公每勸讀韋蘇州詩。且云：余晚年酷愛此詩。後有書見抵，猶云多讀杜陵、韋、柳也。室中語

又讀少陵詩學古人詩

嘗有一少年請益，公諭之，令熟讀杜少陵詩；後數日復來，云少陵詩有不可解者，公曰：且讀可解者。室中語

杜少陵作八句近體詩，卒章有時而對，然語意皆卒章之辭。今人效之，臨了卻作一景聯，一篇之意無

所歸，大可笑也。室中語

一日，有客攜所業謁公，客退，公觀之竟，語僕曰：此人多讀東坡詩，大率作文須學古人；學古人尚恐不至古人，況學今人哉，其不至古人也必矣。室中語

吕居仁誨人

楚詞、杜、黄，固法度所在，然不若徧考精取，悉爲吾用，則姿態横出，不窘一律矣。如東坡、太白詩，雖規摹廣大，學者難依；然讀之使人敢道，澡雪滯思，無窮苦艱難之狀，亦一助也。

向背

學老杜詩，所謂刻鵠不成尚類鶩也；學晚唐諸人詩，所謂作法於涼，其弊猶貪，作法於貪，弊將若何！黄魯直與趙伯充書

學詩當以子美爲師，有規矩，故可學。退之於詩本無解處，以才高而好耳。淵明不爲詩，寫其胸中之妙耳。學杜無成，不失爲功，無韓之才與陶之妙，而學其詩，終樂天耳。后山

近時學詩者率宗江西，然殊不知江西本亦學少陵者也。故陳無己曰：豫章之學博矣，而得法於少陵，故其詩近之；今少陵之詩，後生少年不復過目，抑亦失江西之意乎！江西平日語學者爲詩旨趣，亦獨

宗少陵一人而已。余爲是説，蓋欲學詩者，師少陵而友江西，則兩得之矣。漁隱

悟入

作文必要悟入處，悟入必自工夫中來，非僥倖可得也。如老蘇之於文，魯直之於詩，蓋盡此理矣。呂氏童蒙訓

須令有所悟入，則自然度越諸子。悟入之理，正在工夫勤惰間耳。如張長史見公孫大娘舞劍，頓悟筆法，如張者，專意此事，未嘗少忘胸中，故能遇事有得，遂造神妙。使他人觀舞劍，有何干涉，非獨作文、學書而然也。呂居仁

去陋

作詩淺易鄙陋之氣不除，大可惡。客問：何從去之？僕曰：熟讀唐李義山詩與本朝黃魯直詩而深思之，則去也。許彥周

忌俗

陳參政去非少學詩於崔鶠德符〔一〕，嘗問作詩之要。崔曰：凡作詩，工拙所未論，大要忌俗而已。御

掃編〔二〕

【校勘記】

〔一〕陳參政去非少學詩於崔鶠德符　「鶠」寬永本誤作「鷗」，宋本作「鷗」。㊀

〔二〕小字注「卻掃編」　此三字古松堂本奪，從寬永本、嘉靖本補。

【補　校】

㊀「鶠」字　朝鮮本未誤作「鷗」。

忌隨人後

文章必自名一家，然後可以傳不朽。若體規畫圓，準方作矩，終爲人之臣僕，古人譏屋下架屋，信然。陸機曰：「謝朝花於已披，啟夕秀於未振。」韓愈曰：「惟陳言之務去。」此乃爲文之要。苕溪漁隱曰：學詩亦然，若循習陳言，規摹舊作，不能變化，自出新意，亦何以名家。魯直詩云：「隨人作計終後人。」又云：「文章最忌隨人後。」誠至論也。宋子京筆記

勤讀多爲

頃歲，孫莘老識文忠公，乘間以文字問之，云：無他術，唯勤讀書而多爲之，自工。世人患作文字少，又懶讀書，每一篇出，即求過人，如此少有至者。疵病不必待人指摘，多作自能見之。此公以其嘗試者告人，故尤有味。苕溪漁隱曰：舊説梅聖俞日課一詩，寒暑未嘗易也。聖俞詩名滿世，蓋身試此説之效耳。東坡

陵陽謂詩本於讀書

公一日見謂曰：余老矣，固願與後生東説西話。但近年人家子弟，往往恃其小有才，更不肯讀書，但要作詩到古人地位；殊不知古人未有不讀書者。大可憫嘆耳！

陵陽論詩本於學

范季隨嘗請益曰：今人有少時文名大著，久而不振者，其咎安在？公曰：無他，止學耳。初無悟解，無益也；如人操舟入蜀，窮極艱阻，則曰吾至矣，於中流棄去篙榜，不施維纜，不特其退甚速，則將傾覆矣。如人之詩，止學也。

藝熟必精

昔梅聖俞日課一詩。余爲方孚若作行狀，其家以陸放翁手録詩藁一卷爲潤筆。題其前云：七月十一日至九月二十九日，計七十八日，得詩一百首。陸之日課尤勤於梅。二公豈貪多哉！藝之熟者必精，理勢然也。劉後村文〔一〕

【校勘記】

〔一〕小字注「劉後村文」「村」寬永本誤作「持」，宋本作「村」。㊀

【補校】

㊀「村」字 朝鮮本未誤作「持」。

不可彊作

或勵精潛思，不便下筆；或遇事因感，時時舉揚，工夫一也。古之作者，正如是耳。惟不可鑿空彊作，出於牽彊，如小兒就學，俯就課程耳。吕居仁

詩文不可鑿空彊作，待境而生，便自工耳。每作一篇，先立大意，長篇須曲折三致意，乃可成章。山谷

不可泛泛

文章貴衆中傑出。如同賦一事，工拙尤易見。余行蜀道，過籌筆驛，如石曼卿詩云〔一〕：「意中流水遠，愁外舊山青。」膾炙天下久矣；然有山水處皆可用，不必籌筆驛也。詩眼〔二〕

【校勘記】

〔一〕如石曼卿詩　「曼」寬永本誤作「蔓」。

〔二〕小字注「詩眼」　「眼」古松堂本誤作「興」。

不可費力

黄魯直與郭功甫曰：公做詩費許多氣力做甚？此語切當，有益於學詩者。許彦周

不可作意

「朝來庭樹有鳴禽，紅緑扶春上遠林。忽有好詩生眼底，安排句法已難尋。」此簡齋之詩也。觀末後兩

句，則詩之爲詩，豈可以作意爲之耶！小園解后録

不露斧鑿

有意中無斧鑿痕，有句中無斧鑿痕，有字中無斧鑿痕，須要體認得。漫齋語録

不可露斧鑿粘皮骨㊀

作詩貴雕琢，又畏有斧鑿痕；貴破的，又畏粘皮骨；此所以爲難。李商隱柳詩云：「動春何限葉，撼曉幾多枝。」其有斧鑿痕也。石曼卿梅詩云：「認桃無緑葉，辨杏有青枝。」恨其粘皮骨也。能脱此二病，始可以言詩矣。

【補　校】

㊀不可露斧鑿粘皮骨　此則漏注出處，應於條末補注：「韻語陽秋」四字。（見傳本韻語陽秋卷三）。

不可粘皮着骨

「亭亭思婦石，下閲幾人代。蕩子長不歸，山椒久相待。微雲蔭髮彩，初月輝蛾黛。秋雨叠苔衣，春風

舞蘿帶。宛然姑射子，矯首塵冥外。陳跡遂亡窮，佳期從莫再。脱如魯秋氏，妄結桑下愛。玉質委泥沙，悠悠復安在？」此賀方回作望夫石詩也，交游間無不愛者。余謂田承君云：此詩可以見方回得失：其所得者，琢磨之功；所失者，太粘着皮骨耳。承君以爲然。王直方詩話

言其意不言其名

東坡曰：善畫者畫意不畫形，善詩者道意不道名。故其詩曰〔一〕：「論畫以形似，見與兒童隣。作詩必此詩，定知非詩人。」禁臠

【校勘記】

〔一〕故其詩曰　「故其」二字嘉靖本、古松堂本作「東坡」，據寬永本改。

不可太着題

世有青衿集一編，以授學徒，可以諭蒙。若天詩云：「戴盆徒仰止，測管詎知之？」席詩云：「孔堂曾子避，漢殿戴馮重。」可謂着題。乃東坡所謂「賦詩必此詩」也。漫叟詩話

得其短處

學古人文字，須得其短處。如杜子美詩，頗有近質野處。如「封主簿親事不合」詩之類是也。東坡詩有汗漫處，魯直詩有太尖新、太巧處，皆不可不知。呂氏童蒙訓

詩意貴開闢

凡作詩，使人讀第一句知有第二句，讀第二句知有第三句，次第終篇，方爲至妙。如老杜「莽莽天涯雨，江村獨立時。不愁巴道路，恐濕漢旌旗」是也。室中語

詩要聯屬

大概作詩，要從首至尾，語脈聯屬，如有理詞狀。古詩云：「喚婢打鵶兒，莫教枝上啼。啼時驚妾夢，不得到遼西。」可爲標準。室中語

次韻

公平日雖有次韻詩，然性不喜爲。嘗云：古人不和，況次韻乎！室中語

詩貴傳遠

又云：人生作詩不必多，只要傳遠。如柳子厚，能幾首詩？萬世不能磨滅。僕曰：老杜遣興詩謂孟浩然云：「賦詩不必多，往往凌鮑謝。」正爲此也〔一〕。室中語

又云：詩雖細事，然古人出語，必期於傳；故少陵有「老去新詩誰與傳」，「清詩句句自堪傳」，「將詩不必萬人傳」之句。

【校勘記】

〔一〕正爲此也　「爲」古松堂本作「謂」。兹從寬永本與嘉靖本。

詩有正邪

公云：詩道如佛法，當分大乘、小乘，邪魔、外道，惟知者可以語此。室中語

得人印可

韓子蒼云：作詩文當得文人印可，乃自不疑。所以前輩汲汲於求知也。遺珠

自成一家

學詩須是有始有卒，自能名家，方不枉下工夫。如羅隱、杜荀鶴輩，至卑弱，至今不能泯没者，以其自成一家耳。室中語

詩不可言什

詩二雅及頌，前二卷題曰某詩之什。陸德明釋云：歌詩之作，非止一人，篇數既多，故以十篇編爲一卷，名之爲什。今人以詩爲篇什，或稱譽他人所作爲佳什，非也。

詩有力量

詩有力量，猶如弓之斗力，其未挽時，不知其難也；及其挽之，力不及處，分寸不可強。若出塞曲：「落日照大旗，馬鳴風蕭蕭。悲笳數聲動，壯士慘不驕！」又八哀詩「汝陽讓帝子，眉宇真天人。虬鬚似太

宗，色映塞外春。」此等力量，不容他人到。許彦周詩話

焚詩

余每見舊所作文章，憎之必欲燒棄。梅堯臣喜曰：公之文進矣，僕之詩亦然。宋子京筆記

詩人玉屑卷之六

命意

揔説

凡爲詩，當使挹之而源不窮〔一〕，咀之而味愈長。隱居詩㈠

詩當使一覽無遺，語盡而意不窮。曾子固

【校勘記】

〔一〕當使挹之而源不窮　「挹」古松堂本誤作「揖」，據寬永本、嘉靖本改。

【補　校】

㊀隱居詩　應是臨漢隱居詩話，脱一「話」字。

以意爲主

魏文帝曰：文以意爲主，以氣爲輔，以詞爲衛。

先意義後文詞

詩以意義爲主，文詞次之；意深義高，雖文詞平易，自是奇作。世人見古人語句平易，仿傚之而不得其意義，便入鄙野，可笑。劉貢甫詩話

老杜劍閣詩云：「吾將罪真宰，意欲剗疊嶂。」與太白「搥碎黄鶴樓，剗卻君山好」語亦何異！然劍閣詩意在削平僭竊，尊崇王室，凛凛有義氣；「搥碎」、「剗卻」之語，但一味豪放了。故昔人論文字，以意爲主。碧溪詩話

古詩之意

詩者，不可言語求而得，必將觀其意焉。故其譏刺是人也，不言其所爲之惡，而言其爵位之尊，車服之美，而民疾之，以見其不堪也。「君子偕老，副笄六珈」，「赫赫師尹，民具爾瞻」是也。其頌美是人也，不言其所爲之善，而言其容貌之盛，冠佩之華，而民安之，以見其無愧也。「緇衣之宜兮，敝予又改爲兮」，「服其命服，朱芾斯皇」是也。東坡

詩之爲言，率皆樂而不淫，憂而不困，怨而不怒，哀而不愁。如緑衣，傷己之詩也，其言不過曰：「我思古人，俾無訧兮！」擊鼓，怨上之詩也，其言不過曰：「土國城漕，我獨南行！」至軍旅數起，大夫久役，止曰：「自詒伊阻。」行役無期，度思其危難以風焉，不過曰「苟無飢渴」而已。至於言天下之事，美盛德之形容，固不言而可知；其與憂愁思慮之作，孰能優游不迫也。孔子所以有取焉。謝顯道說

晦庵論詩有兩重

陳文蔚說詩，先生曰：謂公不曉文義則不得，只是不見那好處。如昔人賦梅云：「疎影橫斜水清淺，暗香浮動月黃昏。」這十四字誰人不曉得！然而前輩直恁地稱嘆，說他形容得好。是如何？這箇便是難說，須要自得他言外之意，須是看得他物事有精神方好。若看得有精神，自是活動有意思，跳擲叫

喚，自然不知手之舞之，足之蹈之。這個有兩重：曉得文義是一重，識得意思好處是一重。

有渾然意思

江西之詩，自山谷一變，至楊廷秀又再變，遂至今日越要巧越醜差；楊大年輩文字雖要巧，然巧中自有渾然意思，便巧也使得不覺。歐公早漸漸要説出，然歐公詩自好，所以喜梅聖俞詩，蓋枯淡之中，自有意思。歐公最喜朝士送行兩句云：「曉日都門道，微涼苑樹秋。」又深喜常建兩句云：「曲徑通幽處，禪房花木深。」自言平生要學不得。今人都不識此意，只是要鬬事、使難字，便謂之好文字。晦庵〔一〕

【校勘記】

〔一〕朱文公游藝至論與此則文字頗有異同，不詳校。（末云：只要嵌字，使難字，便云好。）

誠齋論句外之意

詩有句中無其辭，而句外有其意者，巷伯之詩。蘇公刺暴公之譖己，而曰：「二人同行，誰爲此禍？」杜云：「遣人向市賒香秔，喚婦出房親自饌。」上言其力貧，故曰「賒」；下言其無使令，故曰「親」。又：「東歸貧路自覺難，欲別上馬身無力。」上有相干之意而不言，下有戀别之意而不忍。又：「朋酒日歡會，老夫今始知。」嘲其獨遺己而不招也。又夏日不赴，而云「野雪興難乘」，此不言熱而反言之也。唐人云〔一〕：「葛溪漫淬干將劍，卻是猿聲斷客腸。」又釣臺：「如今亦有垂綸者，自是江魚賣得錢。」唐人長門怨：「錯把黃金買詞賦，相如自是薄情人。」崔道融云：「如今卻羨相如富，猶有人間四壁居。」〔二〕

【校勘記】

〔一〕此則自「唐人云……」以下，原爲另一則，與句外之意無甚關涉，殆錯簡，或魏慶之誤鈔。

〔二〕「猶有人間四壁居」「猶」古松堂本原作「獨」，據誠齋詩話、寬永本、嘉靖本改。

陵陽謂須先命意

凡作詩須命終篇之意，切勿以先得一句一聯，因而成章；如此則意不多屬。然古人亦不免如此。如述懷、即事之類，皆先成詩，而後命題者也。室中語〔一〕

作詩必先命意，意正則思生，然後擇韻而用，如驅奴隸；此乃以韻承意，故首尾有序。今人非次韻詩，則遷意就韻〔二〕，因韻求事；至於搜求小說佛書殆盡，使讀之者惘然不知其所以，良有自也。室中語

【校勘記】

〔一〕小字注「室中語」三字，寬永本作大字，宋本小字。

〔二〕「今人非次韻詩，則遷意就」以下，宋本缺二葉。

思而得之

古人爲詩，貴於意在言外，使人思而得之；故言之者無罪，聞之者足以戒也。近世詩人，惟杜子美最得詩人之體。如：「國破山河在，城春草木深。感時花濺淚，恨別鳥驚心。」「山河在」，明無餘物矣；「草木深」，明無人矣；花鳥平時可娛之物，見之而泣，聞之而恐，則時可知矣。他皆類此，不可偏舉。迂叟

不帶聲色

王維書事云：「輕陰閣小雨，深院晝慵開。坐看蒼苔色，欲上人衣來。」舒王云：「若耶溪上踏莓苔，興盡張帆載酒迴。汀草岸花渾不見，青山無數逐人來。」兩詩皆含不盡之意〔一〕，子由謂之不帶聲色。

禁臠〔二〕

【校勘記】

〔一〕兩詩皆含不盡之意　「詩」寬永本誤作「時」。㊀

〔二〕小字注「禁臠」二字，古松堂本原奪，據寬永本、嘉靖本補。

【補　校】

㊀「詩」字　朝鮮本未誤作「時」。

意在言外

聖俞嘗語余曰：詩家雖率意造語，亦難；若意新語工，得前人所未道者，斯爲善也。必能狀難寫之景，如在目前；含不盡之意，見於言外，然後爲至。賈島云：「竹籠拾山果，瓦瓶擔石泉。」姚合云〔一〕：「馬隨山鹿放，人逐野禽棲。」等是山邑荒僻，官況蕭條，不如「縣古槐根出，官清馬骨高」爲工。余曰：工者如是。狀難寫之景，含不盡之意，何詩爲然？聖俞曰：作者得於心，覽者會以意。若嚴維「柳塘春水慢，花塢夕陽遲」，則天容時態，融和駘蕩，豈不在目前乎！又如溫庭筠「鷄聲茅店月，人跡板橋霜」、賈島「怪禽啼曠野，落日恐行人」，則道路辛苦，羈旅愁思，豈不見於言外乎！金陵語録㊀

「冷於陂水淡於秋，遠陌初窮到渡頭。賴是丹青不能畫，畫成應遺一生愁。」右行色詩，故待制司馬公所作也。公諱池，是生丞相温公。梅聖俞嘗言：詩之工者，寫難狀之景，如在目前；含不盡之意，見於言外。此詩有焉。張文潛〔二〕

【校勘記】

〔一〕姚合云　「合」寬永本誤作「令」。

〔二〕小字注「張文潛」三字，古松堂本原奪，據寬永本、嘉靖本補。

【補　校】

㊀金陵語録　此則載歐陽修詩話。「金陵語録」四字應是「六一詩話」之誤。

有不盡之意

鮑當孤鴈云：「更無聲接續，空有影相隨。」孤則孤矣，豈若子美「孤鴈不飲啄，飛鳴猶念群。誰憐一片影，相失萬重雲」含不盡之意乎！老杜補遺

宫詞云：「監宫引出暫開門，隨例雖朝不是恩。銀鑰卻收金鎖合，月明花落又黄昏。」斷句極佳，意在言

外，而幽怨之情自見，不待明言之也。詩貴乎如此，若使一覽而意盡，亦何足道哉！漁隱

詩要有野意

人之爲詩，要有野意。蓋詩非文不腴，非質不枯，能始腴而終枯，無中邊之殊，意味自長。風人以來，得野意者，惟淵明耳。如太白之豪放，樂天之淺陋，至於郊寒島瘦，去之益遠。予嘗欲作野意亭以居，一日題山石云：「山花有空相，江月多清暉。野意寫不盡，微吟浩忘歸。」人多與之，吾終恐其不似也。休齋詩話

狀索寞之意

淇川人楊萬畢，字通一，梧桐夜雨詩云：「千里暮雲山已黑，一燈孤館酒初醒。」索寞之意盡於此。詩史

立意深遠

李義山錦瑟詩云：「錦瑟無端五十絃，一絃一柱思華年。莊生曉夢迷蝴蝶，望帝春心託杜鵑。滄海月明珠有淚，藍田日暖玉生煙。此情可待成追憶，只是當時已惘然。」山谷道人讀此詩，殊不曉其意；後以問東坡，東坡云：此出古今樂志，云錦瑟之爲器也，其絃五十，其柱如之，其聲也適怨清和。案李詩

「莊生曉夢迷蝴蝶」，適也；「望帝春心託杜鵑」，怨也；「滄海月明珠有淚」，清也；「藍田日暖玉生煙」，和也。一篇之中曲盡其意，史稱其瑰邁奇古，信然。緗素雜記

用意精深

贈同游詩：「喚起窗全曙，催歸日未西。無心花裏鳥，更與盡情啼。」山谷曰：吾兒時每哦此詩，而了不解其意。自謫峽川，吾年五十八矣，時春晚，憶此詩，方悟之。「喚起」、「催歸」二鳥名若虚設，故人不覺耳。古人於小詩用意精深如此，況其大者乎？催歸，子規鳥也；喚起，聲如絡緯，圓轉清亮，偏於春曉鳴，亦謂之春喚。冷齋　昇按：此詩「喚起」、「催歸」固是二鳥名[一]，然題曰贈同游者，實有微意。蓋窗已全曙，鳥方喚起，何其遲也；日猶未西，鳥已催歸，何其蚤也！豈二鳥無心，不知同游者之意乎？更與我盡情而啼，早喚起而遲催歸可也。

【校勘記】

〔一〕固是二鳥名　「二」古松堂本作「一」，據寬永本、嘉靖本改。

句中命意

詩有一篇命意，有句中命意。如老杜上韋見素詩，布置如此，是一篇命意也；至其道遲遲不忍去之意，則曰「尚憐終南山，回首清渭濱」；其道欲與見素別，則曰「常擬報一飯，況懷辭大臣」。此句中命意也。蓋如此，然後頓挫高雅。詩眼

語新意妙

退之征蜀聯句云：「始去杏飛蜂，及歸柳嘶蚻。」語新意妙。詩曰：「昔我往矣，楊柳依依；今我來思，雨雪霏霏。」記時也。苕溪漁隱曰：山谷亦有「去時魚上冰，歸來燕哺兒」之句。雪浪齋日記

措意

陳克子高作贈別詩云：「淚眼生憎好天色，離腸偏觸病心情。」雖韓偓、温庭筠，未嘗措意至此。許彦周詩話

含意

陳無己云：山谷最愛舒王「扶輿度陽焰〔一〕，窈窕一川花」，謂包含數箇意。王直方詩話

【校勘記】

〔一〕「扶輿度陽焰」「輿」寬永本誤作「與」，宋本作「輿」。㈠

【補　校】

㈠「輿」字　朝鮮本未誤作「與」。

委曲

司空圖唐末竟能全節自守，其詩有「緑樹連村暗，黄花入麥稀」。誠可貴重。又云：「四座賓朋兵亂後，一川風月笛聲中。」句法雖可及，而意甚委曲。許彦周詩話

説愁意

予絶喜李頎詩云〔一〕：「遠客坐長夜，雨聲孤寺秋。請量東海水，看取淺深愁。」蓋作客涉遠〔二〕，適當窮秋，暮投孤村古寺，中夜不能寐，起坐悽惻，而聞簷外雨聲，其爲一時襟抱，不言可知。而此兩句十字

中盡其意態，海水喻愁，非過語也。隨筆

【校勘記】

〔一〕予絶喜李頎詩云　「頎」寬永本誤作「傾」，宋本作「頎」。㊀

〔二〕蓋作客涉遠　「蓋」寬永本、嘉靖本作「且」。

【補　校】

㊀「頎」字　朝鮮本未誤作「傾」。

用意太過

東坡跋李端叔詩卷云：「暫借好詩消永夜，每逢佳處輒參禪。」蓋端叔詩用意太過，參禪之語，所以警之云。

東坡工於命意

東坡和貧士詩云：「夷齊恥周粟，高歌誦虞軒。禄産彼何人，能致綺與園。古來避世士，死灰或餘煙。

末路益可羞，朱墨手自研。淵明初亦仕，絃歌本誠言。不樂乃徑歸，視世嗟獨賢。」此詩言夷齊自信其去，雖武王、周、召不能挽之使留；若四皓自信其進，雖禄、産之聘，亦爲之出；蓋古人無心於功名，信道而進退，舉天下萬世之是非，不能回奪。伯夷之非武王，綺園之從禄、産，自合爲世所笑，不當有名；偶然聖賢辨論之，於後乃信於天下，非其始望，故其名之傳，如死灰之餘煙也。後世君子，既不能以道進退，又不能忘世俗之毀譽，多作文以自明其出處，如答客難、解嘲之類，皆是也。故曰「朱墨手自研」；韓退之亦云：「朱丹自磨研。」若「淵明初亦仕，絃歌本誠言」，蓋無心於名，雖晉末亦仕，合於綺、園之出；其去也亦不待以微罪行，「不樂乃徑歸」，合於夷齊之去；其事雖小，其不爲功名累其進退，蓋相似；使其易地，未必不追蹤二子也。東坡作文工於命意，必超然獨立於衆人之上，非如昔人稱淵明以退爲高耳。故又發明如此。詩眼

意脈貫通

「打起黄鶯兒，莫教枝上啼。幾回驚妾夢，不得到遼西。」此唐人詩也，人問詩法於韓公子蒼，子蒼令參此詩以爲法。「汴水日馳三百里，扁舟東下更開帆。旦辭杞國風微北，夜泊寧陵月正南。老樹挾霜鳴窣窣，寒花承露落毵毵。茫然不悟身何處，水色天光共蔚藍。」此韓子蒼詩也。人問詩法於呂公居仁，居仁令參此詩以爲法。後之學詩者，熟讀此二篇，思過半矣。小園解后録

唐人嘗詠十月菊〔一〕：「自緣今日人心別，未必秋香一夜衰。」世以爲工，蓋不隨物而盡。如「酒盞此時須在手，菊花明日便愁人」，自覺氣不長。東坡亦云「休休，明日黄花蝶也愁」也。然雖變其語，終有此過，豈在謫所，遇時感慨，不覺發是語乎！予寓吴江，值重九，有「鬢緣心事隨時改，依舊在天涯。多情惟有，籬邊黄菊，到處能華」，詩人讀之淒然，以爲有含憤意。休齋

【校勘記】

〔一〕唐人嘗詠十月菊 「月」寬永本、嘉靖本作「日」。

造語

誠齋論造語法

初學詩者，須用古人好語，或兩字，或三字。如山谷猩猩毛筆「平生幾兩屐，身後五車書」，「平生」二字，出論語；「身後」二字，晋張翰云：使我有身後名；「幾兩屐」，阮孚語；「五車書」，莊子言惠施：此四句乃四處合來。又「春風春雨花經眼，江北江南水拍天。」「春風春雨」，「江北江南」，詩家常用。杜云：

「且看欲盡花經眼」，退之云：「海氣昏昏水拍天」，此以四字合三字，入口便成詩句，不至生硬。要誦詩之多，擇字之精，始乎摘用，久而自出肺腑，縱橫出没，用亦可，不用亦可。

陵陽論荆公造語

劉威有詩云：「遥知楊柳是門處，似隔芙蕖無路通。」意勝而語不勝。王介甫用其意而易其語曰：「漫漫芙蕖難覓路，蕭蕭楊柳獨知門。」室中語

陵陽論用禪語

古人作詩，多用方言；今人作詩，復用禪語。蓋是厭塵舊而欲新好也。室中語

語要警策

陸士衡文賦云：「立片言以居要，乃一篇之警策。」此要論也。文章無警策，則不足以傳世，蓋不能竦動世人。如老杜及唐人諸詩，無不如此。但晋宋間人，專致力於此，故失於綺靡，而無高古氣味。老杜詩云：「語不驚人死不休。」所謂驚人語，即警策也。童蒙訓

忌用工太過

詩語大忌用工太過，蓋鍊句勝，則意必不足；語工而意不足，則格力必弱，此自然之理也。「紅稻啄餘鸚鵡粒，碧梧棲老鳳凰枝」，可謂精切，而在其集中，本非佳處，不若「暫止飛烏將數子，頻來語燕定新巢」爲天然自在。其用事若「宓子彈琴邑宰日，終軍棄繻英妙時」，雖字字皆本出處，然比「今日朝廷須汲黯，中原將帥憶廉頗」，雖無出處一字，而語意自到。故知造語用事，雖同出一人之手，而優劣自異。信乎詩之難也！蔡寬夫詩話

語不可熟

韓子蒼言作詩不可太熟，亦須令生；近人論文，一味忌語生，往往不佳。東坡作聚遠樓詩，本合用「青山緑水」對「野草閑花」，此一字太熟，故易以「雲山煙水」，此深知詩病者。予然後知陳無己所謂「寧拙毋巧，寧朴毋華，寧粗毋弱，寧僻毋俗」之語爲可信。復齋漫録〔一〕

【校勘記】

〔一〕小字注「復齋漫録」四字，寬永本大字。

點石化金

王君玉謂人曰：詩家不妨間用俗語，尤見工夫。雪止未消者，俗謂之待伴；嘗有雪詩：「待伴不禁鴛瓦冷，羞明常怯玉鈎斜。」「待伴」、「羞明」皆俗語，而採拾入句，了無痕類㊀，此點瓦礫爲黄金手也。余謂非特此爲然，東坡亦有之：「避謗詩尋醫，畏病酒入務。」又云：「風來震澤帆初飽，雨入松江水漸肥。」「尋醫」、「入務」、「風飽」、「水肥」，皆俗語也。又南人以飲酒爲軟飽，北人以晝寢爲黑甜；故東坡云：「三盃軟飽後，一枕黑甜餘。」此亦用俗語也。西清詩話

【補校】

㊀了無痕類　「類」應作「纇」。從朝鮮本。

簡妙

唐人有詩云：「山僧不解數甲子，一葉落知天下秋。」及觀元亮詩云：「雖無紀歷志，四時自成歲。」便覺唐人費力。如桃源記言：「尚〇陶文「尚」本作「乃」不知有漢，無論魏晉。」可見造語之簡妙。蓋晉人工造語，而元亮其尤也。唐子西語録

綺靡

温庭筠湖陰曲警句云：「吴波不動楚山碧，花壓欄干春晝長。」庭筠工於造語，極爲綺靡，花間集可見矣。更漏子一詞尤佳，其詞云：「玉鑪香，紅蠟淚，偏照畫堂秋思。眉翠薄，鬢雲殘，夜長衾枕寒。梧桐樹，三更雨，不道離情正苦。一葉葉，一聲聲，空堦滴到明。」漁隱

詠物詩造語

詠物詩不待分明説盡，只髣髴形容，便見妙處。如魯直酴醾詩云：「露濕何郎試湯餅，日烘荀令炷爐香。」義山雨詩云：「摵摵度瓜園，依依傍水軒。」此不待説雨，自然知是雨也。後來陳無己諸人，多用此體。呂氏童蒙訓

東坡詩云：「賦詩必此詩，定知非詩人。」此或一道也，魯直作詠物詩，曲當其理，如猩猩筆詩：「平生幾兩屐，身後五車書。」其必此詩哉！同上

作不經人道語㊀

盛次仲孔平仲同在館中，雪夜論詩。平仲曰：當作不經人道語，曰「斜拖闕角龍千丈，澹抹牆腰月半

稜。」坐客皆稱奇絶。次仲曰：此句甚佳，惜其未大〔一〕。乃曰：「看來天地不知夜，飛入園林總是春。」平仲乃服其工。

【校勘記】

〔一〕惜其未大　「大」嘉靖本、古松堂本誤作「太」，從寬永本訂正。

【補　校】

㊀作不經人道語　此條出冷齋夜話卷十，亦見苕溪漁隱叢話前集卷二十九，原漏注。

句中眼

唐詩有曰：「長因送人處，憶得别家時。」又曰：「舊國别多日，故人無少年。」而荆公、東坡用其意，作古今不經人道語。荆公詩曰：「木末北山煙冉冉，草根南澗水泠泠。繰成白雪桑重緑，割盡黄雲稻正青。」東坡曰：「春畦雨過羅紈膩，夏壠風來餅餌香。」如華嚴經舉果知因，譬如蓮花，方其吐花，而果具蘂中。造語之工，至於荆公、山谷、東坡，盡古今之變。荆公：「江月轉空爲白晝，嶺雲分暝作黄昏。」又曰：「一水護田將緑遶，兩山排闥送青來。」東坡海棠詩曰：「只恐夜深花睡去，高燒銀燭照紅粧。」又

曰：「我攜此石歸，袖中有東海。」山谷曰：此詩謂之句中眼，學者不知此妙，韻終不勝。冷齋夜話

筆力高妙

沙草，則衆人所謂水邊林下之物，所與游處者，牛羊鷗鳥耳。而荆公造而爲語曰：「眠分黄犢草，坐占白鷗沙。」其筆力高妙〔一〕，殆若天成。凡貧賤則語言不爲人所敬信，歲寒則無如松竹。魯直造而爲語曰：「語言少味無阿堵，冰雪相看有此君。」其語便韻。禁臠〔二〕

【校勘記】

〔一〕其筆力高妙　此下宋本奪一頁，王校：「此下宋版奪去」。

〔二〕末小字注，寬永本大字。

務去陳言

有一士人攜詩相示，首篇第一句云「十月寒」者，余曰：君亦讀老杜詩，觀其用月字乎？其曰「二月已風濤」，則記風濤之蚤也〔一〕；曰「因驚四月雨聲寒」，「五月江深草閣寒」，蓋不當寒；「五月風寒冷佛骨」，「六月風日冷」，蓋不當冷。「今朝臘月春意動」，蓋未當有春意。雖不盡如此，如「三月桃花浪」，

「八月秋高風怒濤」，「閏八月初吉」，「十月江平穩」之類，皆不繫月則不足以實録一時之事。若十月之寒，既無所發明〔二〕，又不足記録。退之謂「惟陳言之務去」者，非必塵俗之言，止爲無益之語耳。然吾輩文字，如「十月寒」者多矣，方當共以爲戒也。詩眼

【校勘記】

〔一〕則記風濤之蚤也　「濤」古松堂本誤作「流」，從寬永本、嘉靖本改。

〔二〕若十月之寒，既無所發明　「既」古松堂本誤作「境」，據寬永本、嘉靖本改。

下字

誠齋論用字

詩有實字，而善用之者以實爲虚。杜云：「弟子貧原憲，諸生老伏虔。」「老」字蓋用「趙充國請行，上老之」。

有用文語爲詩句者尤工。杜云：「侍臣雙宋玉，戰策兩穰苴。」蓋用如「六五帝，四三王」。

陵陽論下字之法

僕嘗請益曰：下字之法當如何？公曰：正如奕棋，三百六十路都有好着，顧臨時如何耳。僕復請曰：有二字同意，而用此字則穩，用彼字則不穩，豈牽於平仄聲律乎〔一〕？公曰：固有二字一意，而聲且同，可用此而不可用彼者。選詩云：「庭皋木葉下」，「雲中辨烟樹」。還可作「庭皋樹葉下」，「雲中辨烟木」。至此，唯可默曉，未易言傳耳。室中語

【校勘記】

〔一〕豈牽於平仄聲律乎　「牽」古松堂本誤作「率」，據寬永本、嘉靖本改。

陵陽論下字

因謁公，公云：已同路公弼作詩，送令伯叔器。名珦〔一〕於案間取以相示曰：「雒邑風流餘此老，故家文獻有諸孫。」可爲紀實。内有句云：「船擁清溪尚一樽。」僕曰：船擁清溪，「擁」字有所自不？公曰：何故獨問「擁」字？僕曰：蓋不曾見人用耳。公曰：李白送陶將軍詩：「將軍出使擁樓船。」非一船也。

【校勘記】

〔一〕名垍　「垍」寬永本作「垍」。㊀

【補　校】

㊀「垍」字　朝鮮本作「垍」。寬永本作「垍」，蓋誤。

響字

潘邠老云：七言詩第五字要響。如「返照入江翻石壁，歸雲擁樹失山村」〔一〕，「翻」字、「失」字，是響字也。五言詩第三字要響。如「圓荷浮小葉，細麥落輕花。」「浮」字、「落」字，是響字也。所謂響者，致力處也。予竊以爲字字當活，活則字字自響。呂氏童蒙訓

【校勘記】

〔一〕「返照入江翻石壁，歸雲擁樹失山村」　「歸」字以下至卷末，宋本奪去。王校：「宋本奪下五頁」。

一字師

蕭楚才知溧陽縣〔一〕，張乖崖作牧，一日召食，見公几案有一絶云：「獨恨太平無一事，江南閑殺老尚書。」蕭改「恨」作「幸」字，公出，視藁曰：誰改吾詩？左右以實對。蕭曰：與公全身。公功高位重，姦人側目之秋，且天下一統，公獨恨太平何也！公曰：蕭弟，一字之師也。陳輔之詩話〔二〕

【校勘記】

〔一〕蕭楚才知溧陽縣　「溧」各本詩人玉屑俱作「漂」，據苕溪漁隱叢話改。

〔二〕小字注「陳輔之詩話」五字，古松堂本奪，據寬永本、嘉靖本補。

又

鄭谷在袁州，齊己攜詩詣之。有早梅詩云：「前村深雪裏，昨夜數枝開。」谷曰：「數枝」非早也，未若「一枝」。齊己不覺下拜。自是士林以谷爲一字師。陶岳五代補㊀

【補校】

㈠陶岳五代補　應作「陶岳五代史補」，各本詩人玉屑俱誤。

改一字

「璧門金闕倚天開〔一〕，五見宮花落古槐。明日扁舟滄海去，卻將雲氣望蓬萊。」此劉貢甫詩也，自館中出知曹州時作。舊云「雲裏」，荆公改作「雲氣」。王直方詩話

【校勘記】

〔一〕「璧門金闕倚天開」　「璧」寬永本作「壁」。

一字用意

錢内翰希白晝景詩云：「雙蜂上簾額，獨鵲裊庭柯。」「裊」一字，最其所用意處。然韋蘇州聽鶯曲：「有時斷續聽不了，飛去花枝猶裊裊。」已落第二矣。復齋漫録

一字之工

詩句以一字爲工，自然穎異不凡。如靈丹一粒，點鐵成金也。浩然云：「微雲淡河漢，疎雨滴梧桐。」上句之工，在一「淡」字，下句之工，在一「滴」字，若非此兩字，亦焉得爲佳句也哉〔一〕！如陳舍人從易偶得杜集舊本，文多脱誤；至送蔡都尉云「身輕一鳥」，其下脱一字。陳公因與數客各用一字補之，或云「疾」，或云「落」，或云「起」，或云「下」，莫能定。其後得一善本，乃是「身輕一鳥過」，陳公歎服。余謂陳公所補四字不工，而老杜一「過」字爲工也。如鍾山語録云：「暝色赴春愁」，下得「赴」字最好，若下「起」字，便是小兒語也。「無人覺來往」，下得「覺」字大好。足見吟詩要一兩字功夫，觀此，則知余之所論，非鑿空而言也。漁隱

【校勘記】

〔一〕亦焉得爲佳句也哉　「焉」寬永本作「焉」，據從。

妙在一字

李太白詩「吴姬壓酒喚客嘗」，見新酒初熟，江南風物之美，工在「壓」字。老杜畫馬詩「戲拈秃筆掃驊

驪」，初無意於畫，偶然天成，工在「拈」字。柳詩「汲井漱寒齒」，工在「汲」字。工部又有所喜用字，如「修竹不受暑」，「野航恰受兩三人」，「吹面受和風」，「輕燕受風斜」，「受」字皆入妙。老坡尤愛「輕燕受風斜」〔二〕，以謂燕迎風低飛，乍前乍卻，非「受」字不能形容也。至於「能事不受相促迫」，「莫受二毛侵」，雖不及前句警策，要自穩愜爾。詩眼

【校勘記】

〔二〕老坡尤愛……　「老」寬永本作「者」，連上句讀。㊀

【補　校】

㊀「老」字　朝鮮本作「老」。寬永本作「者」，蓋誤。

歐陽公下字

歐陽永叔詞云：「堤上游人逐畫船，拍堤春水四垂天。緑楊樓上出秋千。」此等語皆絕妙，只一「出」字，是後人着意道不到處。侯鯖録

東坡下字

東坡作病鶴詩，嘗寫「三尺長脛瘦軀」，闕其一字，使任德翁輩下之，凡數字，東坡徐出其藁，蓋「閣」字也。此字既出，儼然如見病鶴矣。東坡詩，叙事言簡而意盡。惠州有潭，潭有潛蛟，人未之信也，虎飲水其上，蛟尾而食之，俄而浮骨水上，人方知之。東坡以十字道盡云：「潛鱗有飢蛟，掉尾取渴虎。」言「渴」，則知虎以飲水而召災；言「飢」，則蛟食其肉矣。唐子西語録

善用俗字㊀

數物以「个」，謂食爲「喫」，甚近鄙俗，獨杜子美善用之。云「峽口驚猿聞一个」，「兩个黄鸝鳴翠柳」，「卻遶井桐添个个」，「臨岐意頗切，對酒不能喫」，「樓頭喫酒樓下卧」，「梅熟許同朱老喫」，蓋篇中大槩奇特，可以映帶之也。

【補校】

㊀ 善用俗字　此則出碧溪詩話卷七，有節略處，原書漏注。

忌重疊字

白樂天寄劉夢得詩，有歎蚤白無兒之句，劉贈詩曰：「莫嗟華髮與無兒，卻是人間久遠期。雪裏高山頭白蚤，海中仙菓子生遲。于公必有高門慶，謝守何煩曉鏡悲。幸免如斯分非淺，祝君長詠夢熊詩。」注云：高山本高，于門使之高，二字意殊。古之詩流曉此，唐人忌重疊用字者甚多。東坡一詩有兩字「耳」字韻〔一〕，亦曰義不同。三山老人語録

【校勘記】

〔一〕東坡一詩有兩字「耳」字韻　「有兩字」三字寬永本、嘉靖本作「猶兩」。㊀

【補　校】

㊀ 東坡一詩有兩字耳字韻　「兩字」之「字」字應删。

倒一字語乃健〔一〕

王仲至召試館中，試罷，作一絶題云：「古木森森白玉堂，長年來此試文章。日斜奏罷長楊賦，閑拂塵

埃看畫牆。」荆公見之，甚歎愛，爲改作「奏賦長楊罷」，且云：詩家語，如此乃健。㊀

【校勘記】

〔一〕「倒」寬永本、嘉靖本作「到」。

【補　校】

㊀ 倒一字語乃健　此則出西清詩話，見苕溪漁隱叢話前集卷五十二，原漏注。

下字人不能到

「霄漢瞻佳士，泥塗任此身。」只一「任」字，即人不到處。自衆人必曰「嘆」，曰「愧」，獨無心「任」之。所謂視如浮雲，不易其介者也。繼云：「秋天正搖落，回首大江濱。」大知並觀，傲睨天地，汪汪萬頃，奚足云哉！

下雙字極難

詩下雙字極難。須使七言、五言之間〔一〕，除去五字、三字外，精神興致全見於兩言，方爲工妙。唐人記

「水田飛白鷺，夏木囀黄鸝」，爲李嘉祐詩，摩詰竊取之，非也。此兩句好處，正在添「漠漠」、「陰陰」四字。此乃摩詰爲嘉祐點化，以自見其妙。如李光弼將郭子儀軍，一號令之，精彩數倍。不然，嘉祐本句，但是詠景耳，人皆可到。要之，當令如老杜「無邊落木蕭蕭下，不盡長江衮衮來」，與「江天漠漠鳥雙去，風雨時時龍一吟」等，乃爲超絶。近世王荆公「新霜浦溆綿綿白，薄晚林巒往往青」，與蘇子瞻「浥浥爐香初泛夜，離離花影欲摇春」，此可以追配前作也〔二〕。石林詩話〔三〕

【校勘記】

〔一〕須使七言五言之間　「使」寬永本、嘉靖本作「是」。

〔二〕此可以追配前作也　「此」石林詩話作「皆」。

〔三〕此則後嘉靖本、古松堂本奪一葉，兹從寬永本補足。

下連綿字不虛發

古人下連綿字不虛發。如老杜「野日荒荒白，江流泯泯青」，退之云「月吐窗冏冏」，皆造微入妙。雪浪齋日記

用字顛倒㊀

古人詩押字，或有語顛倒，而於理無害者。如韓退之以「參差」爲「差參」以「玲瓏」爲「瓏玲」是也。比觀王逢原有孔融詩云：「虛云坐上客常滿，許下惟聞哭習脂。」黄魯直有和荆公西太一宫六言詩云：「啜羹不如放麑，樂羊終愧巴西。」按後漢史有脂習而無習脂，有秦西巴而無巴西，豈二公之誤耶。漢皋詩話云：字有顛倒可用者，如「羅綺」「綺羅」、「圖畫」「畫圖」，「毛羽」「羽毛」，「白黑」「黑白」之類，方可縱横。惟韓愈、孟郊輩才豪，故有「湖江」「白紅」「慨慷」之語，後人亦難倣效。若不學矩步，而學奔逸，誠恐「麟麒」「鳳凰」〔一〕、「木草」、「川山」之句紛然矣。藝苑雌黄

【校勘記】

〔一〕 鳳凰　依上下文例，此二字應爲「凰鳳」，疑寬永本誤倒。㊁

【補　校】

㊀ 用字顛倒　據苕溪漁隱叢話後集卷二十七，「漢皋詩話云」起應爲另一則。末「藝苑雌黄」四字應爲第一則之注。

㊁ 鳳凰　應爲「凰鳳」，據朝鮮本詩人玉屑及苕溪漁隱叢話後集卷二十七。

詩人玉屑卷之七

用事

三易

沈隱侯曰：文章當從三易，易見事，一也；易識事，二也；易讀誦，三也。邢子才曰：沈侯文章，用事不使人覺，若胸臆語。祖孝徵曰：沈詩云「崖傾護石髓」，此豈用事耶！昇按：坡詩「神山一合五百年，風吹石髓堅如鐵」，乃嵇康王烈事；則「崖傾護石髓」，非不用事也〔一〕。

【校勘記】

〔一〕則「崖傾護石髓」，非不用事也　「護」字古松堂本脱，據寛永本、嘉靖本補。

詩不貴用事

夫屬詞比事，乃爲通談；吟詠情性，何貴用事！「思君如流水」，既是即目；「高臺多悲風」，亦唯所見；「清晨登隴首」，羌無故實；「明月照積雪」，詎出經史；古今勝語，多非補假，皆由直尋。大明、泰始中，文章殆同書鈔，邇來作者，浸以成俗，遂乃句無虛語，語無虛字，拘攣補衲，蠹文已甚。詩品

不可有意用事

天下書，雖不可不讀，然謹不可有意於用事。卻掃編

使事不爲事使

荆公嘗云：詩家病使事太多，蓋皆取其與題合者類之，如此乃是編事，雖工何益！若能自出己意，借事以相發明，變態錯出，則用事雖多，亦何所妨！故公詩如「董生只被公羊惑，豈信捐書一語真」，「桔槔俯仰何妨事，抱甕區區著此身」之類(二)，皆意與本處不類，此真所謂使事也。

安禄山之亂，哥舒翰與賊將崔乾祐戰潼關，見黃旗軍數百隊，官軍以爲賊，賊以爲官軍，相持久之，忽不知所在。是日，昭陵奏陵内前石馬皆汗流。子美詩所謂「玉衣晨自舉，鐵馬汗常趨」蓋記此事也。

李晟平朱泚，李義山作詩，復引用之云：「天教李令心如日，可待昭陵石馬來。」此雖一等用事，然義山但知推美西平，不知於昭陵，似不當耳。乃知詩家使事難，若子美，所謂不爲事使者也。蔡寬夫詩話

【校勘記】

〔一〕「抱甕區區著此身」「區區」宋本誤作「曰區」。「著」寬永本作「老」。

反其意而用之

文人用故事，有直用其事者，有反其意而用之者。李義山詩：「可憐半夜虚前席，不問蒼生問鬼神。」雖説賈誼，然反其意而用之矣。林和靖詩：「茂陵他日求遺藁，猶喜曾無封禪書。」雖説相如，亦反其意而用之矣。直用其事，人皆能之，反其意而用之者，非學業高人，超越尋常拘攣之見，不規規然蹈襲前人陳跡者，何以臻此！藝苑雌黄〔一〕

放翁仕於蜀，海棠詩最多。其間一絶尤精妙，云：「蜀地名花擅古今，一枝氣可壓千林。譏評更到無香處〔二〕，當恨人言太刻深〔三〕。」此前輩所謂翻案法，蓋反其意而用之也。小園解后録　昇案：黄白石作雪詩云：「説道羞明卻不羞，日光玉潔共飛浮。天人胸次明如洗，肯似人間只暗投。」蓋世謂雪之夜落爲羞明，此反其語而用之。與用海棠無香事如出一律，尤覺清新。

【校勘記】

〔一〕小字注「藝苑雌黄」四字，寬永本大字，宋本小字（王校：小字）。

〔二〕「譏評更到無香處」　「評」寬永本作「彈」。

〔三〕「當恨人言太刻深」　「當」寬永本作「常」。

用事要無跡

杜少陵云：作詩用事，要如禪家語「水中着鹽，飲水乃知鹽味」。此説，詩家祕密藏也〔一〕。如「五更鼓角聲悲壯，三峽星河影動摇」，人徒見凌轢造化之工，不知乃用事也。禰衡傳：「撾漁陽摻，聲悲壯。」漢武故事：「星辰動摇，東方朔謂民勞之應。」則善用事者，如繫風捕影，豈有跡耶！西清詩話

【校勘記】

〔一〕詩家祕密藏也　「密」古松堂本作「要」。

事如己出天然渾厚

江鄰幾善爲詩，清淡有古風，蘇子美坐進奏院謫官，後死吴中，江作詩云：「郡邸獄寃誰與辨？皋橋客死世同悲！」用事甚精。嘗有古作云：「五十踐衰境，加我在明年。」論者謂人莫不用事，能令事如己出，天然渾厚，乃可言詩。

用其事而隱其語㊀

蕭文奂能書善畫，於扇上圖山水，咫尺之内，便覺萬里爲遥。老杜戲題山水圖云：「尤工遠勢古莫比，咫尺應須論萬里。」乍讀似非用事。如「男兒既介冑，長揖别上官」，用「介冑之士不拜」；「婦人在軍中，兵氣恐不揚」，用「軍中豈有女子乎」。皆用其事而隱其語。

【補　校】

㊀ 用其事而隱其語　此則出砦溪詩話卷六，原漏注。

作詩須飽材料〔一〕

李商隱詩好積故實，如喜雪詩：「班扇慵裁素，曹衣詎比麻？鵝歸逸少宅，鶴滿令威家。」又：「洛水妃虛妬，姑山客謾誇。聯辭雖許謝，和曲本慚巴。」一篇中用事者十七八，以是知凡作者須飽材料。傳稱：任昉用事過多，屬辭不得流便。余謂昉詩所以不能傾沈約者，乃才有限，非事多之過。坡集有全篇用事者，如賀人生子，自「鬱葱佳氣夜充閭，喜見徐卿第二雛」，至「我亦從來識英物，試教啼看定何如」，戲張子野買妾，自「錦里先生自笑狂，身長九尺鬢眉蒼」，至「平生謬作安昌客，略遣彭宣到後堂」，句句用事，曷嘗不流便哉！㈠

【校勘記】

〔一〕古松堂本作「作詩須飽其材料」，此從寬永本、嘉靖本。

【補　校】

㈠作詩須飽材料　此則出碧溪詩話卷十，文有省略，原漏注。

兩句用一事

律詩有一對通用一事者：「更尋佳樹傳㊀，莫忘角弓詩。」乃左傳韓宣子聘魯，嘗賦角弓及譽嘉樹，魯人請封植，以無忘角弓。介甫「久諳郭璞言多驗，老比顔含意更疎。」乃景純爲顔含筮，含曰：年在天，位在人；修己而天不與，命也；守道不回，性也；自有性命，無勞蓍龜。碧溪

【補　校】

㊀ 更尋佳樹傳　「佳」應作「嘉」。從朝鮮本。

用自己詩爲故事

用自己詩爲故事，須作詩多者乃有之。太白云：「滄浪吾有曲，相子棹歌聲。」樂天：「須知菊酒登高會，從此多無二十場。」明年云：「去秋共數登高會，又被今年減一場。」過栗里云：「昔嘗詠遺風㊁，著爲十六篇。」蓋居渭上，醞熱獨飲㊀，曾效淵明體爲十六篇。又贈微之云：「昔我十年前，曾與君相識。曾將秋竹竿，比君孤且直。」蓋舊詩云「有節秋竹竿」也。坡赴黄州，過春風嶺有絶句㊂，後詩云：「去年今日關山路，細雨梅花正斷魂。」至海外又云：「春風嶺下淮南村，昔年梅花曾斷魂。」又云：「柯丘海棠

吾有詩，獨笑深林誰敢侮。」又有竹詩云：「吾詩固云爾，可使食無肉。」碧溪

【校勘記】

〔一〕「昔嘗詠遺風」　「遺」寬永本、嘉靖本奪。㊂

【補　校】

㊀醞熱獨飲　「熱」字應從碧溪詩話卷四改作「熟」字。「熱」字誤。

㊁有絕句　應從碧溪詩話作「有二絕句」，方與下「後詩云」相合。

㊂「遺」字　朝鮮本未奪。

用其意用其語

有意用事，有語用事，李義山「海外徒聞更九州」，其意則用楊妃在蓬萊山；其語則用鄒子云：「九州之外，更有九州。」如此然後深穩健麗。

妙於用事

元祐中元夕，上御樓觀燈，有御製詩。時王禹玉、蔡持正爲左右相，持正叩禹玉云：應制上元詩，如何使故事？禹玉曰：鰲山、鳳輦外，不可使。章子厚笑曰：此誰不知！後兩日登對，上獨賞禹玉詩，云妙於使事。詩云：「雪消華月滿僊臺，萬燭當樓寶扇開。雙鳳雲中扶輦下，六鰲海上駕山來。鎬京春酒沾周宴，汾水秋風陋漢才。一曲昇平人盡樂，君王又進紫霞杯。」是夕以高麗進樂，又添一杯。侯鯖録

不拘故常㊀

韋應物詩云：「心同野鶴與塵遠，詩似冰壺徹底清。」又送人詩：「冰壺見底未爲清，少年如玉有詩名。」此可謂用事之法，蓋不拘故常也。

【補　校】

㊀不拘故常　此則出砦溪詩話卷三，原漏注出處。

用事天然

東坡最善用事，既顯而易讀，又切當。若招持服人游湖不赴云：「頗憶呼盧袁彦道〔一〕，難邀罵坐灌將軍。」柳氏求書答云〔二〕：「君家自有元和脚，莫厭家雞更問人。」天然奇特。漫叟詩話

【校勘記】

〔一〕「頗憶呼盧袁彦道」　「頗」寬永本、嘉靖本作「卻」。又「憶」宋本誤作「境」。

〔二〕柳氏求書　「書」寬永本、嘉靖本作「字」。

用事親切

東坡和李公擇詩云：「弊裘羸馬古河濱，野闊天低糝玉塵。自笑飡氈典屬國，來看换酒謫仙人。」爲蘇、李也，用事親切如此，它人不及也。

用事的當

東坡自揚州召還，郊禮後有次韻蔣潁叔、錢穆甫從駕景靈宫二詩。一云：「歸來病鶴記城闉，舊踏松枝

雨露新。半白不羞垂領雪，軟紅猶戀屬車塵。雨收九陌豐登後，日麗三元下降辰。粗識君王爲民意，不才何以助精禋。」王仲至和之，末云：「誰知第七車中客，天遣歸來助慶禋。」坡稱歎久之。蓋漢倪寬川人，自揚州太守召來；坡亦川人，自揚州太守召來。漢武帝郊禮回，至渭橋上，見一婦人洗乳于渭水上，帝遣問之，婦人曰：第七車中客知我也。上使使問，是倪寬。寬奏曰：天上長乳星，祭祀不潔即見。帝愯然。坡時爲尚書，亦乘車在駕前。藜藿野人詩話〔一〕

【校勘記】

〔一〕小字注「藜藿野人詩話」，寬永本大字，王旁注：「小字」（宋本小字）。

用事精確

夏文莊守安州，莒公兄弟尚在布衣，文莊異待之。命作落花詩，莒公一聯云：「漢皋佩冷臨江失，金谷樓危倒地香。」子京一聯云：「將飛更作回風舞，已落猶成半面粧。」余觀南史：宋元帝妃徐氏無容質不見禮，以帝眇一目，知帝將至，必爲半面粧以似㊀。此「半面粧」所從出也。若「回風舞」無出處，則對偶偏枯，不爲佳句，殊不知乃出李賀詩云：「花臺欲暮春辭去，落花起作回風舞。」前輩用事，必有來處；又精確如此，誠可爲法也。漁隱

余襄公有落花詩云：「金谷已空新步障，馬嵬徒見舊香囊。」可亞二宋。三山老人語録〔一〕

諺云：去家千里，勿食蘿摩枸杞。山谷嘗賦道院枸杞詩云：「去家尚勿食，出家安用許！」時同賦者服其用事精確。漫叟詩話

【校勘記】

〔一〕小字注「三山老人語録」，寬永本奪「人」字。

【補　校】

㊀必爲半面粧以似　「似」應改作「俟」。從朝鮮本。

用事精密

魯直善用事，若正爾填塞故實，舊謂之點鬼簿，今謂之堆垛死屍〔一〕。如詠猩猩毛筆詩云：「平生幾兩屐，身後五車書。」又云：「管城子無食肉相，孔方兄有絶交書。」精妙穩密，不可加矣。當以此語反三隅也。類苑

荆公送吴仲庶待制守潭詩云：「自古楚有材，醽醁多美酒。不知樽前客，更得賈生否！」賈誼初爲吴公

召置門下，後謫死長沙。其用事之精，可以爲法。王直方詩話

【校勘記】

〔一〕今謂之堆垛死屍　「堆垛」古松堂本作「牽絆」，嘉靖本空格，今從苕溪漁隱叢話及寬永本。

敘事詳盡

熙寧元年，有司言日當食。四月朔，上爲撤膳避正殿。丁夕微雨〔一〕，明日不見日食，百官入賀。是日有皇子之慶，蔡持正爲樞副，獻詩，前四句曰：「昨夜薰風入舜韶，君王端御正衙朝。陽輝已得前星助，陰沴潛隨夜雨消。」其敘四月一日避正殿，皇子慶誕，雲陰不見日食，四句盡之，當時無能過之者。筆録

【校勘記】

〔一〕丁夕微雨　「丁夕」嘉靖本、古松堂本作「時方」，兹從寬永本。

用人名

前輩譏作詩多用古人名姓，謂之點鬼簿。其語雖然如此，亦在用之如何耳，不可執以爲定論也。如山

谷種竹云：「程嬰杵臼立孤難，伯夷叔齊食薇瘦。」接花云：「雍也本犂子，仲由元鄙人。」此雖多用，善於比喻，何害其爲好句也！漁隱

用經史中語

大率詩語出入經史，自然有力；然須是看多做多，使自家機杼風骨先立，然後使得經史中全語作一體也。如是自出語弱，卻使經史中全語，則頭尾不相勾副，如兩村夫搩一枝畫梁，自覺經史中語在人眼中，不入看也。漫齋語録

皆用古語

荆公賦梅花云：「肌冰綽約如姑射，膚雪參差是玉真。」莊子曰：「藐姑射之山，有神人居焉：肌膚若冰雪，綽約若處子。」樂天長恨歌曰：「中有一人字玉真，雪膚花貌參差是〔一〕。」兩句皆用古語，但易一「如」字爾。东平雜録〔一〕

【校勘記】

〔一〕「雪膚花貌參差是」　「是」古松堂本作「似」，據寬永本、嘉靖本改。

【補　校】

㈠ 東平雜録　據苕溪漁隱叢話後集卷二十一，「東平雜録」應是「東皐雜録」。各本詩人玉屑俱誤「皐」爲「平」。

一字不苟

熙寧初，張掞以二府初成，作詩賀荆公，公和曰：「功落蕭規慙漢第，恩從隗始詫燕臺。」以示陸農師，農師曰：蕭規曹隨，高帝論功，蕭何第一，皆摭故實；而請從隗始，初無「恩」字。公笑曰：子善問也，韓退之鬭鷄聯句：「感恩慙隗始」，若無據，豈當對「功」字也。乃知前人以用事一字偏枯，爲倒置眉目，反易巾裳，蓋謹之如此。苕溪漁隱曰：荆公春日絶句云：「春風過柳緑如繅，晴日蒸紅出小桃。」余嘗疑「蒸紅」必有所據。後讀退之桃源圖詩云：「種桃處處惟開花，川原遠近蒸紅霞。」蓋出此也。西清詩話

不可牽彊

詩之用事，不可牽彊；必至於不得不用而後用之，則事辭爲一，莫見其安排鬭凑之跡。蘇子瞻嘗作人挽詩云：「豈意日斜庚子後，忽驚歲在己辰年。」此乃天生作對，不假人力。石林詩話

不可牽出處

蘇子瞻嘗兩用孔稚圭鳴蛙事。如「水底笙歌蛙兩部，山中奴隸橘千頭」，雖以「笙歌」易「鼓吹」，不礙其意同。至「已遣亂蛙成兩部，更邀明月作三人」，則「成兩部」不知謂何物，亦是歇後。蓋用事寧與出處語小異而意同，不可盡牽出處語而意不顯也。石林詩話

晦翁詩

先生言阿骨打初破遼國，勇鋭無敵，及既下遼，席卷其子女而北，肆意蠱惑，行未至其國而死。因笑謂趙昌父曰：頃年於呂季克處見一畫卷，畫虜酋與胡女並轡而語，季克苦求詩，某勉爲之賦，末兩句云：「卻是燕姬解迎敵，不教行到殺胡林。」正用阿骨打事也。此詩首兩句云：「傳聞姑覲欲南侵，愁煞窮邊猛將心。」〔一〕

【校勘記】

〔一〕小字注「……傳聞姑覲……」　「覲」宋本作「靻」。

誠齋論用經語

詩句固難用經語，然善用者不勝其韻。李師中云：「夜如何其斗欲落，歲云莫矣天無晴。」又：「山如仁者靜，風似聖之清。」又：「詩成白也知無敵，花落虞兮可奈何！」

誠齋論用事以俗爲雅

有用法家吏文語爲詩句者，所謂以俗爲雅。坡云：「避謗詩尋醫，畏病酒入務。」如前卷僧顯萬：「探支」「闌入」，亦此類也。

誠齋論使事法

詩家借用古人語，而不用其意，最爲妙法。如山谷猩猩毛筆是也。猩猩喜着屐，故用阮孚事；其毛作筆，用之鈔書，故用惠施事；二事皆借人以詠物，初非猩猩毛筆事也。左傳云：「深山大澤，實生龍蛇。」而山谷中秋月詩云：「寒藤老木被光景〔一〕，深山大澤皆龍蛇。」周禮考工記：「車人蓋圜以象天，軫方以象地。」而山谷云：「丈夫要弘毅，天地爲蓋軫。」孟子云：「武成取二三策。」而山谷稱東坡云：「平生五車書，未吐二三策。」

【校勘記】

〔一〕「寒藤老木被光景」　「木」嘉靖本、古松堂本作「本」，據誠齋詩話、寬永本改。

陵陽論用事

使事要事自我使，不可反爲事使。僕曰：如公太一圖詩：「不是峰頭十丈花，世間那得蓮如許！」當如是耶？公徐曰：事可使即使，不須強使耳。室中語

誤用事

唐人以詩爲專門之學，雖名世善用故事者，或未免小誤〔一〕。如王摩詰詩：「衛青不敗由天幸，李廣無功緣數奇。」「不敗由天幸」，乃霍去病，非衛青也；去病傳云：其軍嘗「先大將軍，軍亦有天幸，未嘗困絶」，意有「大將軍」字，誤指去病作衛青耳。李太白「山陰道士如相訪，爲寫黄庭換白鵝」，乃道德經，非黄庭也。逸少嘗寫黄庭經與王脩，故二事相紊。杜牧之尤不勝數。前輩每云：用事雖了在心目間，亦當就時討閲，則記牢而不誤，端名言也。西清詩話

古今詩話美方謂上廣守詩：「鰐去溪潭韓吏部，珠還合浦孟嘗君。」不知珠還合浦，乃後漢孟嘗，不可以

孟嘗君遷就也。復齋漫録

【校勘記】

〔一〕或未免小誤　「小」古松堂本作「少」，從寬永本、嘉靖本改。

失事實

杜牧華清宫詩云：「長安回望繡成堆，山頂千門次第開。一騎紅塵妃子笑，無人知是荔枝來〔一〕。」尤膾炙人口。據唐紀，明皇以十月幸驪山，至春即還宫，是未嘗六月在驪山也。然荔枝盛暑方熟，詞意雖美，而失事實。遯齋閑覽

【校勘記】

〔一〕「無人知是荔枝來」　「是」嘉靖本、古松堂本作「道」，從寬永本及樊川文集改。

用事失照管

荆公桃源行云：「望夷宫中鹿爲馬，秦人半死長城下。」指鹿爲馬乃二世事，而長城之役，乃始皇也。又

指鹿事不在望夷宫中。荆公此詩，追配古人，惜乎用事失照管，爲可恨耳。高齋詩話

用事未盡善

摩詰山中送別詩云：「山中相送罷，日暮掩柴扉。春草明年緑，王孫歸不歸。」蓋用楚詞「王孫游兮不歸，春草生兮萋萋」，此善用事也。余舊記一小詩〔一〕，不知誰人作，云：「楊柳青青着地垂，楊花漫漫攪天飛。柳條折盡花吹盡，借問行人歸不歸。」古樂府有折楊柳云：「曲城攀折處，惟言久別離。」又云：「攀折思爲贈，心期別路長。」又云：「曲中無別意，併是爲相思。」皆言折楊柳以寄相思之意，不言其歸。則前詩用事，爲未盡善也。漁隱

【校勘記】

〔一〕余舊記一小詩　「詩」古松堂本作「詞」，據寬永本、嘉靖本改。

用事重疊

韓熙載云：「風柳摇摇無定枝，陽臺雲雨夢中歸。他年蓬島音塵絶，留取樽前舊舞衣。」此詩既言陽臺，又言蓬島，何用事重疊如此！詩載小説，稱爲佳句，余謂疵病如此，殆非佳句也。

率爾用事

古人作詩，引用故實，或不原其美惡，但以一時中的而已。如李端於郭曖席上賦詩，其警句云：「新開金埒教調馬，舊賜銅山許鑄錢。」乃比鄧通耳。既非令人，又非美事，何足算哉！凡用故事，多以事淺語熟，更不思究，率爾用之，往往有誤。西齋話紀

壓韻

工於押韻

寇萊公延僧惠崇於池亭，分題爲詩，公探得池上柳，青字韻；崇探得池鷺，明字韻。自午至晡，崇忽點頭曰：得之矣，此篇功在「明」字，凡五壓不倒。公曰：試口占！曰：「雨歇方塘溢，遲回不復驚。暴翎沙日暖，引步島風清。照水千尋迥，棲煙一點明。主人池上鳳，見爾憶蓬瀛。」公笑曰：吾柳之功在青字，而四壓不倒，不如且已。古今詩話

巧於押韻

作詩押韻是一巧。中秋夜月詩押尖字，數首之後，一婦人云：「蚌胎光透殼，犀角暈盈尖。」許彥周詩話

古今詩用韻

謂字有通作他聲押韻者，泛引詩及文選古詩爲證。殊不知蔡寬夫詩話嘗云：秦漢以前，字書未備，既多假借，而音無反切，平側皆通用。自齊梁後，既拘以四聲，又限以音韻，故士率以偶儷聲病爲工。然則字通作他聲押韻，於古詩則可；若於律詩，誠不當如此。余謂裴虔餘之詩落韻，又本此耳。學林新編

落韻

裴虔餘云：「滿額鵝黄金縷衣，翠翹浮動玉釵垂。從教水濺羅襦濕，疑是巫山行雨歸。」廣韻、集韻、韻略，「垂」與「歸」皆不同韻。此詩爲落韻矣。漁隱

不可強押韻

前史稱王筠善押強韻，固是詩家要處。然人貪於捉對，用事者往往多有趁韻之失。退之筆力雄贍，務

以詞采憑陵一時，故間亦不免此患。如和席八「絳闕銀河曉，東風右掖春〔一〕」詩，終篇皆叙西垣事，然其一聯云：「傍砌看紅藥，巡池詠白蘋。」事除柳惲外，別無出處。若是用此，則於前後詩意無相干，且趁「蘋」字韻而已。然則人亦有事非當用，而鑪錘驅駕，若出自然者。杜子美收東京詩，以櫻桃對杕杜，薦櫻桃事，初若不類，及其云：「賞應歌杕杜〔二〕，歸及薦櫻桃。」則渾然天成，略不見牽強之跡〔三〕。如此乃爲工耳。蔡寬夫詩話

【校勘記】

〔一〕「東風右掖春」「右」嘉靖本、古松堂本誤作「古」，據寬永本及昌黎先生集改。

〔二〕「賞應歌杕杜」「應」嘉靖本、古松堂本誤作「因」，據杜工部詩集及寬永本改正。

〔三〕略不見牽強之跡 「牽」古松堂本誤作「率」，據寬永本、嘉靖本改正。

古詩不拘韻

世俗相傳，古詩不必拘於用韻。余謂不然，如杜少陵早發射洪縣南途中作及字韻詩，皆用「緝」字一韻，未嘗用外韻也。及觀東坡與陳季常汁字韻，一篇詩而用六韻，殊與老杜異。其他側韻詩多如此。以其名重當世，無敢訾議；至荆公，則無是弊矣。其得子固書因寄以及字韻詩，其一篇中押數韻，亦止

用「緝」字一韻，他皆類此，正與老杜合。苕溪漁隱曰：黄朝英之言非也。老杜側韻詩，何嘗不用外韻。如戲呈元二十一曹長末字韻，一篇詩而用五韻；南池谷字韻，一篇詩而用四韻；客堂蜀字韻，一篇詩而用三韻。此特舉其二三耳，其他如此者甚衆。今若以一篇詩偶不用外韻，遂爲定格，則老杜何以謂之能兼衆體也。黄既不細考老杜諸詩，又且輕議東坡，尤爲可笑。六一居士云：韓退之工於用韻，其得韻寬，則波瀾横溢，泛入傍韻，乍還乍離，出入回合，殆不可拘以常格；如此日足可惜之類是也。得韻窄，則不復傍出，而因難以見巧，愈險愈奇，如病中贈張十八之類是也。譬夫善馭良馬者，通衢廣陌，縱横馳逐，惟意所之，至於水曲蟻封，疾徐中節，而不蹉跌，乃天下之至工也。且退之於用韻，猶能如此，孰謂老杜反不能之！是又非黄所能知也。細素雜記㊀

【補　校】

㊀ 細素雜記　「細」應改作「緗」。從朝鮮本。

重押韻

退之詩好押狹韻累句以示工，而不知重疊用韻之爲病也。雙鳥詩押兩「頭」字，杏花詩押兩「花」字，苕溪漁隱曰：讀皇甫湜公安園池詩，亦押兩「閑」字：「日夜不得閑」，「君子不可閑」。蓋退之好重疊用

韻，以盡己之詩意，不恤其爲病也。孔毅夫雜記

杜子美飲中八仙歌曰：「知章騎馬似乘舡」，又「天子呼來不上舡」；一曰「眼花落井水底眠」，又「長安市上酒家眠」；一曰「汝陽三斗始朝天」，又「舉觴白眼望青天」；一曰「皎如玉樹臨風前」，又曰「蘇晋長齋繡佛前」，又曰「脱帽露頂王公前」；此歌三十二句，而押二「舡」字，二「眠」字，二「天」字，三「前」字。近時論詩者曰：此歌一首，是八段，不嫌於重用韻也。某按子美此歌，以「飲中八仙歌」五字爲題，則是一歌也，此歌首尾於舡字韻中押，未嘗移别韻，則非分爲八段。蓋子美古律詩重用韻者亦多，况於歌乎！如園人送瓜詩曰：「沈浮亂水玉，愛惜如芝草。」又曰：「園人非故侯，種此何草草。」一篇押二「草」字也。上後園山脚詩曰：「蓐收困用事，元冥蔚彊梁。」又曰：「登高欲有往，蕩析川無梁〔一〕。」一篇押二「梁」字也。北征詩曰：「維時遇艱虞，朝野少暇日。」又曰：「老夫情懷惡，嘔泄臥數日。」一篇押二「日」字也。夔府詠懷詩曰：「雖云隔禮數，不敢墜周旋。」又曰：「淡交隨聚散，澤國逸回旋。」一篇押二「旋」字也。贈李八祕書詩曰：「事殊迎代邸，喜異賞朱虚。」又曰：「風煙巫峽遠，臺榭楚宫虚。」一篇押二「虚」字也。贈李邕詩曰〔一〕：「放逐早聯翩，低垂困炎厲。」又曰：「哀贈竟蕭條〔二〕，恩波延揭厲〔三〕。」一篇押二「厲」字也。贈汝陽王詩曰：「自多親棣蕚，誰敢問山陵。」又曰：「鴻寶全寧祕，丹梯庶可陵。」一篇押二「陵」字也。喜薛璩岑參遷官詩曰：「栖遲分半菽，浩蕩逐浮萍。」又曰：「仰思調玉燭，誰定握青萍。」一篇押二「萍」字也。寄賈岳州嚴巴州兩閣老詩曰：「討胡愁李廣〔四〕，奉使待張騫。」又曰：「如公

盡雄雋，志必在騰騫。」一篇押二「騫」字也。子美詩如此類甚多，雖然，子美非刱意爲此者，蓋有所本也。按文選載古詩曰：「晨風懷苦心，蟋蟀傷局促。」又曰：「音響一何悲，絃急知柱促」，一篇押二「促」字也。曹子建美女篇曰：「明珠交玉體，珊瑚間木難。」又曰：「佳人慕高義，求賢良獨難。」一篇押二「難」字也。謝靈運述祖德詩曰：「段生蕃魏國，展季救魯人。」又曰：「外物辭所賞，勵志故絶人。」一篇押二「人」字也。又南圃詩曰：「樵隱俱在山，由來事不同。」又曰：「賞心不可忘，妙善冀皆同〔五〕。」一篇押二「同」字也。又初去郡詩曰：「或可優貧競，豈足稱達生。」又曰：「畢娶類尚子，薄游似邴生。」一篇押二「生」字。陸士衡擬古詩曰：「此思亦何思，思君徽與音。」又曰：「驚飆褰反信，歸雲難寄音。」一篇押二「音」字。又豫章行曰：「汎舟清川渚，遥望高山陰。」又曰：「寄世將幾何，日昃無停陰。」一篇押二「陰」字。阮嗣宗詠懷詩曰：「何當行路子，磬折忘所歸。」又曰：「黄鵠游四海，中路將安歸。」一篇押二「歸」字。江淹雜體詩曰：「韓公淪賣藥，梅生隱市門。」又曰：「太平多懽娱，飛蓋東都門。」一篇押二「門」字。王仲宣從軍詩曰：「連舫踰萬艘，帶甲千萬人。」又曰：「我有素餐責，誠愧伐檀人。」一篇押二「人」字。古人詩自有體格，杜子美亦傚古人之作耳。韓退之贈張籍詩，一篇押二「更」字，二「陽」字；又岳陽樓别竇司直詩，押二「向」字；又李花詩，押二「花」字；又雙鳥詩，押二「州」字，二「頭」字，二「秋」字，二「休」字；又和盧郎中送槃谷子詩，押二「行」字；又示爽詩，押二「愁」字；又叉魚詩，押二「銷」字；寄孟郊詩，押二「奥」字；此日足可惜詩，押二「光」字。白樂天渭村退居詩，押二「房」字；夢游春詩，押二「行」字；寄元微之詩，押二「夷」字；出守杭州路次藍溪詩，押二「水」字；游悟真寺詩，押二「槃」字。其餘詩人，如此叠用韻者甚多，不可具舉。意到即押耳，奚獨於飲中八仙歌而致怪耶！子瞻送江公著詩曰：「忽憶釣臺歸洗耳」，又曰：「亦念人生行樂耳。」自注曰：二「耳」義不同，故得重用。蓋子瞻自不必注。㊁

【校勘記】

〔一〕「蕩析川無梁」 「梁」寬永本誤作「果」，宋本作「梁」。

〔二〕「哀贈竟蕭條」 「竟」寬永本、嘉靖本作「終」。

〔三〕「恩波延揭厲」 「延」寬永本誤作「廷」，宋本作「延」。

〔四〕「討胡愁李廣」 「討」寬永本誤作「詩」，宋本作「討」。

〔五〕「妙善冀皆同」 「善」寬永本誤作「菩」，宋本作「善」。㊂

【補　校】

㊀ 贈李邕詩：　按：此非贈李邕詩，乃八哀之一，題作「贈祕書監江夏李公邕」。李邕死後，代宗時贈祕書監。非杜甫以此詩贈李邕也。原書誤。

㈡ 此則出王觀國學林新編（見今本學林卷八），原漏注出處。

㈢「梁」字　朝鮮本未誤作「果」。　「延」字、「討」字、「善」字　朝鮮本俱未誤。

和韻工妙

東坡和柳子玉岡字韻詩至七篇云：「屢把鉛刀齒步光，更遭華衮照龐涼。」乃用曹子建七啟兮步光之劍，華藻繁縟，及左傳龐涼冬殺事；雖第一韻人所更易，而七篇未嘗改，又貫穿精絶如此。黄常明詩話

爲韻所牽

寰宇記載西施事云：施，其姓也；是時有東施家，西施家，故李太白詩：「自古有秀色，西施與東鄰。」而東坡代人贈别，乃云：「絳蠟燒殘玉斝飛，離歌唱徹萬行啼。他年一舸鴟夷去，記取儂家舊姓西。」豈爲韻所牽耶。丹陽集〔一〕

【校勘記】

〔一〕小字注寬永本無，古松堂本作丹鴉集，嘉靖本作丹楊集，應是「丹陽集」之誤，玆改正。

屬對

六對

唐上官儀曰：詩有六對：一曰正名對，天地日月是也；二曰同類對，花葉草芽是也；三曰連珠對，蕭蕭赫赫是也；四曰雙聲對，黄槐緑柳是也；五曰叠韻對，彷徨放曠是也；六曰雙擬對，春樹秋池是也。又曰：詩有八對：一曰的名對，送酒東南去，迎琴西北來是也；二曰異類對，風織池間樹，蟲穿草上文是也；三曰雙聲對，秋露香佳菊，春風馥麗蘭是也；四曰叠韻對，放蕩千般意，遷延一介心是也；五曰聯綿對，殘河若帶，初月如眉是也；六曰雙擬對，議月眉欺月，論花頰勝花是也；七曰回文對〔一〕，情新因意得，意得逐情新是也；八曰隔句對，相思復相憶，夜夜淚沾衣，空歎復空泣，朝朝君未歸是也。詩苑類格

【校勘記】

〔一〕七曰回文對　「七」古松堂本誤作「十」，據寬永本、嘉靖本改。

誠齋稱木天金地之對

廬陵村落，地名何山，有金地寺，壁間有廬陵丞某人留題云：「今朝憩息來金地，何日翱翔到木天。」觀者歎其的對。後美中再入館職，唱和云：「見説木天猶突兀，暫時金地亦清閑。」是時南渡之後，駐蹕臨安，百司官寺未立，暫寓一僧舍，爲祕書省，而汴京本省猶未毁。美中此聯，朝士歎其親切。〔一〕

【校勘記】

〔一〕案此則所引不全，只有後一半，「後美中再入館職」一段，遂令人不明。

陵陽謂對偶不必拘繩墨

嘗與公論對偶，如「剛腸欺竹葉，衰鬢怯菱花」，以鏡名對酒名，雖爲親切，至如杜子美云：「竹葉於人既無分，菊花從此不須開。」直以菊花對竹葉，便蕭散不爲繩墨所窘。公曰：「枸杞因吾有，鷄栖奈汝何？」蓋借枸杞以對鷄栖，「冬温蚊蚋在，人遠鳬鴨亂。」人遠如鳬鴨然，又直以字對而不對意；此皆例子，不可不知。子瞻岐亭詩云：「洗盞酌鵝黄，磨刀切熊白。」是用例者也。

巧對

荆公詩：「草深留翠碧，花遠没黄鸝。」人只知「翠碧」、「黄鸝」爲精切，不知是四色也。又以「武丘」對「文鵝」，「殺青」對「生白」，「苦吟」對「甘飲」，「飛瓊」對「弄玉」，世皆不及其工。小杜以「錦字」對「琴心」〔一〕，荆公以「帶眼」對「琴心」，謝夷季以「鏡約」對「琴心」，亦荆公爲最精切。近時洪駒父以「青奴」對「黄嬭」，「黄嬭」出金樓子，「青奴」，山谷所名也〔二〕。予讀國史補，得「銀鹿」，後以對子建集中「金瓠」。「濕螢」出李長吉集，「乾鵲」出西京雜記，予以「濕螢」對「乾鵲」。又王存以「河魚」對「海鳥」，人以爲工。雪浪齋日記

【校勘記】

〔一〕小杜以錦字對琴心　「杜」古松堂本誤作「村」，據寛永本、嘉靖本改。

〔二〕山谷所名也　寛永本奪「所」字。

屬對精切

潘子真爲予言：晉公詩：「緑楊垂手舞，黄鳥緩聲歌。」樂府有大垂手、小垂手，前緩聲、後緩聲，故予用

之。其屬對律切如此。洪駒父詩話

對偶親切

「帝與九齡雖吉夢，山呼萬歲是虛聲。」此樂天作開成大行挽詞，對事親切，少有其此也。王直方詩話

銖兩不差

晚唐詩句尚切對，然氣韻甚卑。鄭棨山居云：「童子病歸去，鹿麑寒入來。」自謂銖兩輕重不差。有人作梅花詩云：「強半瘦因前夜雪，數枝愁向曉來天。」對屬雖偏，亦有佳處。詩史

無斧鑿痕

文之所以貴對偶者，謂出於自然，非假於牽強也。潘子真詩話記禹玉元豐間以錢二萬、酒二壺餉呂夢得，夢得作啟謝之。有「白水真人，青州從事」，禹玉歎賞，爲其切題。東坡得章質夫書〔一〕，遺酒六瓶，書至而酒亡，因作詩寄之云：「豈意青州六從事，化爲烏有一先生。」二句渾然一意，無斧鑿痕，更覺有功。復齋漫録

【校勘記】

〔一〕東坡得章質夫書　「章」寬永本誤作「童」，宋本作「章」。㊀

【補　校】

㊀「章」字　朝鮮本未誤作「童」。

一字不苟

晋公自朱崖内徙，浮光清逸尚幼，侍曾祖母壽安縣君歸寧〔一〕；陶商翁，其族姪也，亦自義郴來。晋公一日循江湄散步，見舟行，戲爲語曰：「舟移水面凹〔二〕。」令諸甥對之，陶應聲云：「雲過山眉展。」予以謂水實有面，眉以況山，虚實不等，當作「雲過山腰細」，規模雖出，一時不甚超卓。然前輩屬詞之切，教導後生，亦自有方。潘子真詩話

【校勘記】

〔一〕侍曾祖母壽安縣君歸寧　「君」寬永本誤作「易」，宋本作「君」。

〔二〕「舟移水面凹」　「凹」字古松堂本作「曲」，改從寬永本、嘉靖本。

老杜對偶

「天闕象緯逼〔一〕，雲臥衣裳冷。」先生詩該衆美者，不惟近體嚴於屬對，至於古風句，對者亦然，觀此詩可見矣。近人論詩，多以不必屬對爲高古，何耶！少陵詩正異〔二〕

【校勘記】

〔一〕「天闕象緯逼」　「闕」寬永本、嘉靖本作「闚」。

〔二〕小字注「少陵詩正異」　寬永本大字，王校：「五字宋本小字旁注」。

不可參以異代

荆公詩用法甚嚴，尤精於對偶。嘗云：用漢人語止可以漢人語對，若參以異代語，便不相類。如「一水護田將緑遶，兩山排闥送青來」之類，皆漢人語也，此法惟公用之，不覺拘窘卑凡。如「周顒宅作阿蘭若，婁約身歸窣堵波」，皆以梵語對梵語，亦此類。嘗有人面稱公詩「自喜田園歸五柳，最嫌尸祝擾庚

桑」之句，以爲的對；公笑曰：君但知「柳」對「桑」爲的，然「庚」亦自是數，蓋以十干數之也。石林詩話

佳對

杜詩有「自天題處濕，當暑着來清」。「自天」、「當暑」，乃全語也。東坡詩云：「公獨未知其趣耳，臣今時復一中之。」可謂青出於藍。苕溪漁隱曰：東坡此詩，戲徐君猷、孟亨之皆不飲酒，不止天生此對，其全篇用事親切，尤爲可喜。詩云：「孟嘉嗜酒桓温笑，徐邈狂言孟德疑。公獨未知其趣耳，臣今時復一中之。風流自有高人識，通介寧隨薄俗移。二子有靈應撫掌，吾孫還有獨醒時。」皆徐、孟二人事也。又王直方詩話載蔡寬夫天啟爲太學博士，和人「治」字韻詩，有「先生萬古名何用，博士三年冗不治」與此相類，亦佳對也。漫叟詩話

的對

唐許渾題孫處士居云：「高歌懷地肺，遠賦憶天台。」極爲的對。真誥曰：金陵者，洞墟之膏腴，勾曲之地肺。注云，其地肥，故曰膏腴。水至則浮，故曰地肺。餘話

奇對

對句法，人不過以事、以意、出處備具謂之妙。荆公曰：「平昔離愁寬帶眼，迄今歸思滿琴心。」又曰：「欲寄荒寒無善畫，賴傳悲壯有能琴。」不若東坡奇特。如曰：「見説騎鯨游汗漫，亦曾捫虱話辛酸。」又曰：「龍驤萬斛不敢過，漁舟一葉從掀舞。」以「鯨」爲「虱」對，「龍驤」爲「漁舟」對，大小氣焰之不等，其意若玩世，謂之秀傑之氣，終不可没。

借對

沈佺期回波詞云：「姓名雖蒙齒録，袍笏未换牙緋。」杜子美詩：「飲子頻通汗，懷君想報珠。」以「飲子」對「懷君」，亦「齒録」「牙緋」之比也。東坡

荆公和人詩，以「庚桑」對「五柳」，「黄者日」對「白鷄年」。漫叟詩話

「根非生下土，葉不墜秋風。」「五峰高不下，萬木幾經秋。」以「下」對「秋」，蓋「夏」字聲同也。「因尋樵子徑，偶到葛洪家。」「殘春紅藥在，終日子規啼。」以「子」對「紅」，以「紅」對「子」，皆假其色也。「閑聽一夜雨，更對栢巖僧。」「住山今十載，明日又遷居。」以「一」對「栢」，以「十」對「遷」，假其數也。禁臠

詩家有假對，本非用意，蓋造語適到，因以用之。若杜子美「本無丹竈術，那免白頭翁」、韓退之「眼穿

長訝雙魚斷，耳熱何辭數爵頻」，「丹」對「白」，「爵」對「魚」，皆偶然相值，立意下句，初不在此。而晚唐諸人，遂立以爲格：賈島「卷簾黄葉落，開户子規啼」、崔峒「因尋樵子徑，偶到葛洪家」爲例，以爲假對勝的對，謂之高手。所謂癡人面前不得説夢也。蔡寬夫詩話

不可泥對

荆公云：凡人作詩，不可泥於對屬。如歐陽公作泥滑滑云：「畫簾陰陰隔宫燭，禁漏杳杳深千門。」「千」字不可以對「宫」字，若當時作「朱門」，雖可以對，而句力便弱耳。王直方

退之古詩故避屬對

退之作古詩，有故避屬對者。如「淮之水舒舒，楚山且叢叢」是也㊀。唐子西語録

【補校】

㊀「楚山且叢」　叢「且」應改作「直」，據昌黎先生文集及苕溪漁隱叢話前集卷十七所引唐子西語録。

詩人玉屑卷之八

煅煉

總論

詩，最難事也。吾於他文不至蹇澀，惟作詩甚苦。悲吟累日，僅能成篇，初讀時未見可羞處，姑置之；明日取讀，瑕疵百出，輒復悲吟累日，反復改正，比之前時，稍稍有加焉；復數日取出讀之，疵病復出：凡如此數四，方敢示人，然終不能奇。李賀母責賀曰：是兒必欲嘔出心乃已！非過論也。今之君子，動輒千百言，略不經意，真可責哉(一)！唐子西語録

【校勘記】

〔一〕真可貴哉　此四字從寬永本。嘉靖本作「真可貴哉」，古松堂本作「其可貴哉」。

煉字

作詩在於煉字。如老杜：「飛星過水白，落月動沙虛。」是煉中間一字。「地拆江帆隱〔一〕，天清木葉聞。」是煉末後一字。酬李都督早春詩云：「紅入桃花嫩，青歸柳葉新。」若非「入」與「歸」二字，則與兒童之詩何異！葛常之

【校勘記】

〔一〕「地拆江帆隱」　「拆」古松堂本作「折」，茲從寬永本與嘉靖本。

煉格

煉句不如煉字，煉字不如煉意，煉意不如煉格；以聲律爲竅，物象爲骨，意格爲髓。金針格

煉意

世俗所謂樂天金針集，殊鄙淺；然其中有可取者：煉句不如煉意，非老於文學不能道此。又云：煉字不如煉句，則未安也。好句要須好字。詩眼

煉韻

陳君節，字明信，言煉句不如煉韻。余以爲若只覓好韻，則失於首尾不相貫穿。王直方詩話

旬鍛月煉

唐人雖小詩，必極工而後已。所謂旬鍛月煉，信非虛言。小説崔護題城南詩，其始曰：「去年今日此門中，人面桃花相映紅。人面不知何處去？桃花依舊笑春風。」後以其意未完，語未工，改第三句云：「人面秖今何處在？」蓋唐人工詩，大率如此。雖有兩今字，不恤也。取語意爲主耳。筆談

句中有眼㊀

汪彦章移守臨川，曾吉甫以詩迓之云：「白玉堂中曾草詔，水晶宫裏近題詩。」先以示子蒼，子蒼爲改兩

字云：「白玉堂深曾草詔，水晶宫冷近題詩。」迥然與前不侔，蓋句中有眼也。古人炼字，只於眼上煉，蓋五字詩以第三字爲眼，七字詩以第五字爲眼也。

【補校】

㈠ 句中有眼　此則出苕溪漁隱叢話後集卷三十四，惟「古人鍊字」起一段爲漁隱叢話所無。

詩貴造微

小律詩雖末技，工之不造微，不足以名家。唐人皆盡一生之業爲之，至於字字皆煉，得之甚艱，但患觀者滅裂，不見其工耳。若景意縱完，一讀便盡，此類最易爲人激賞，乃詩之折楊黄華也。譬若三館楷書，不可謂不精麗，求其佳處，到死無一筆，此病最難爲醫也。筆談

求其疵而去之

詩在與人商論，求其疵而去之，等閑一字放過則不可，殆近法家，難以言恕矣。故謂之詩律。東坡云：「敢將詩律鬭深嚴。」予亦云：「詩律傷嚴近寡恩。」大凡立意之初，必有難易二塗，學者不能強所爲，往往捨難而趨易，文章罕工，每坐此也。作詩自有穩當字，第思之未到耳。唐子西語録

剩一字

皎然以詩名於唐，有僧袖詩謁之，然指其御溝詩云：「此波涵聖澤」，「波」字未穩，當改。僧怫然作色而去。僧亦能詩者也，皎然度其去必復來，乃取筆作「中」字掌中，握之以待，僧果復來，云：欲更爲「中」字，如何？然展手示之，遂定交。要當如此乃是。又郡閣雅言云：王貞白，唐末大播詩名，御溝爲卷首云：「一派御溝水，綠槐相蔭清。此波涵帝澤，無處濯塵纓。鳥道來雖遠，龍池到自平。朝宗心本切，願向急流傾。」自謂冠絶無瑕，呈僧貫休，休公曰：此甚好，只是剩一字。貞白揚袂而去。休公曰：此公思敏，取筆書「中」字掌中。逡巡，貞白回，忻然曰：已得一字，云「此中涵帝澤」，休公將掌中示之。二説不同，未知孰是。同上

老杜

「桃花細逐楊花落，黃鳥時兼白鳥飛。」李商老云：嘗見徐師川説，一士大夫家，有老杜墨跡，其初云：「桃花欲共楊花語」，自以淡墨改三字，乃知古人字不厭改也。不然，何以有日鍛月煉之語。漫叟詩話

陵陽謂少陵改詩

賦詩十首，不若改詩一首，少陵有「新詩改罷自長吟」之句，雖少陵之才，亦須改定。室中語

樂天

冷齋夜話云：白樂天每作詩，令一老嫗解之，問曰，解否？嫗曰，解，則録之。不解，則又復易之。故唐末之詩近於鄙俚。又張文潛云：世以樂天詩爲得於容易，而未嘗於洛中一士人家，見白公詩草數紙，點竄塗抹，及其成篇，殆與初作不侔。苕溪漁隱曰：樂天詩雖涉淺近，不至盡如冷齋所云。余舊嘗於一小説中曾見此説，心不然之，惠洪乃取而載之詩話，是豈不思詩至於老嫗解，烏得成詩也哉！余故以文潛所言，正其謬耳。

皮日休

百鍊爲字，千鍊成句。

歐公

老杜云：「新詩改罷自長吟。」文字頻改，工夫自出。近世歐公作文，先貼於壁，時加竄定，有終篇不留一字者。魯直長年多改定前作，此可見大略，如宗室挽詩云：「天網恢中夏，賓筵禁列侯。」後乃改云：「屬舉左官律，不通宗室侯。」此工夫自不同矣。呂氏童蒙訓

東坡

東坡作蝸牛詩云：「中弱不勝觸，外堅聊自郛。升高不知疲，竟作粘壁枯。」後改云：「腥涎不滿殼，聊足以自濡。升高不知回，竟作粘壁枯。」余以爲改者勝。王直方詩話

清詩要淘鍊，乃得鉛中銀。坡詩

山谷

魯直嘲小德，有「學語春鶯囀，書窗秋鴈斜」。後改曰：「學語囀春鳥，塗窗行暮鴉。」以是詩文不厭改也。東皋雜録

山谷與余詩云：「百葉緗桃苦惱人。」又云：「欲作短歌憑阿素，丁寧誇與落花風。」其後改「苦惱」作「觸

撥」，改「歌」作「章」，改「丁寧」作「緩歌」，余以爲詩不厭多改。王直方詩話

荆公

王駕晴景云：「雨前初見花間葉，雨後兼無葉裏花。蛺蝶飛來過牆去，應疑春色在鄰家。」此唐百家詩選中詩也。余因閲荆公臨川集，亦有此詩云：「雨前不見花間葉，雨後全無葉底花。蜂蝶紛紛過牆去，卻疑春色在鄰家。」百家詩選是荆公所選，想愛此詩，因爲改正七字，遂使一篇語工而意足，了無鑱斧之跡，真削鐻手也。漁隱

王平甫

嶺下保昌縣沙水村進士徐信，言東坡北歸時，過其書齋，煑茗題壁，又書一帖云：嘗見王平甫自負其甘露寺詩：「平地風煙飛白鳥，半山雲木卷蒼藤。」余應之曰：精神全在「卷」字上，但恨「飛」字不稱耳。平甫沉吟久之，請余易，余遂易之以「横」字，平甫歎服。大抵作詩當日煅月煉，非欲誇奇鬭異，要當淘汰出合用字。此建中靖國元年正月三日甲子玉局老書，而趙德麟以爲陳知默詩〔一〕，東坡必不誤矣。遺珠

【校勘記】

〔一〕此建中靖國元年正月三日甲子玉局老書　〔三〕古松堂本作「五」，改從寬永本與嘉靖本。

王仲至

王仲至召至館中，試罷作一絶題於壁云：「古木森森白玉堂，長年來此試文章。日斜奏賦長楊罷，閑拂塵埃看畫牆。」舊云「奏罷長楊賦」，亦荆公所改。王直方詩話

韓子蒼

公嘗賦送宜黄丞周表卿詩云：「昔年束帶侍明光，曾見揮毫對御床。將爲驊騮已騰踏，不知鵰鶚尚摧藏。官居四合峰巒緑，驛路千林橘柚黄。莫戀鄉關留不去，漢廷今重甲科郎〔一〕。」表卿既行久之，乃改「對」字作「照」字，蓋子瞻送孫勉詩云：「君爲淮南秀，文采照金殿。」注云君嘗考中進士第一人也。改「峰巒緑」爲「峰巒雨」，「橘柚黄」爲「橘柚霜」；改「莫戀鄉關留不去」作「莫爲艱難歸故里」，益見其工。又題辛仲及鬭牛圖詩云：「好事誰知公子賢，斷縑求買不論錢。」後改云「千金買畫亦欣然」，亦於卷中斷取舊詩别題。室中語

詩不可不改，余在龍安道中，嘗作五言詩，其初云：「雨時萬木翳，雨後群山開。」後改爲「未雨萬木翳，既雨群山開。」與其初大段不同。室中語

【校勘記】

〔一〕「漢廷今重甲科郎」「廷」寬永本誤作「延」，王校：「宋本缺一字，疑『廷』字」。

論用工之過

天下事有意爲之，輙不能盡妙，而文章尤然；文章之間，詩尤然。世乃有日煅月煉之說。此所以用功者雖多，而名家者終少也。晚唐諸人，議論雖淺俚，然亦有暗合者，但不能守之耳。所謂「盡日覓不得，有時還自來」者，使所見果到此，則「采菊東籬下，悠然見南山」之句，有何不可爲！惟徒能言之，此禪家所謂語到而實無見處也。往往有好句當面蹉過，若「吟成一箇字，撚斷數莖鬚」，不知何處合費許多辛苦；正恐雖撚盡鬚，不過能作「藥杵聲中搗殘夢，茶鐺影裏煑孤燈」句耳。人之相去，固不遠哉！蔡寬夫詩話

沿襲

誠齋論沿襲

句有偶似古人者，亦有述之者。杜子美武侯廟詩云：「映堦碧草自春色，隔葉黄鸝空好音。」此何遜行孫氏陵云「山鶯空樹響，壠月自秋暉」也。杜云：「薄雲岩際宿，孤月浪中翻。」此庾信「白雲岩際出，清月波中上」也。「出」「上」二字勝矣。陰鏗云：「鶯隨入户樹，花逐下山風。」杜云：「月明垂葉露，雲逐渡溪風。」又云：「水流行地日，江入度山雲。」此一聯勝。庾信云：「永韜三尺劍，長捲一戎衣。」杜云：「風塵三尺劍，社稷一戎衣。」亦勝庾矣。南朝蘇子卿梅詩云：「秖言花是雪，不悟有香來。」介甫云：「遥知不是雪，爲有暗香來。」述者不及作者。陸龜蒙云：「慇勤與解丁香結，從放繁枝散誕春。」介甫云：「慇勤與解丁香結，放出枝頭自在春。」作者不及述者。

誠齋論淵明子美無己詩相似

淵明、子美、無己三人，作九日詩大概相似。子美云：「竹葉於人既無分，菊花從此不須開。」此淵明所謂「塵爵恥虚罍，寒華徒自榮」也。無己云：「人事自生今日意，寒花秖作去年香。」此淵明所謂「日月依辰至[一]，舉俗愛其名」也。

【校勘記】

〔一〕「日月依辰至」　「至」古松堂本脱，據寬永本、嘉靖本補。

誠齋論東坡介甫詩流麗相似

東坡云：「春宵一刻直千金，花有清香月有陰。歌管樓臺人寂寂，鞦韆院落夜深深。」介甫云：「金爐香盡漏聲殘，剪剪輕風陣陣寒。春色惱人眠不得，月移花影上欄干。」二詩流麗相似，然亦有甲乙。

東坡

歐公自揚州移汝州，作西湖詩云：「緑芰紅蓮畫舸浮，使君那復憶揚州？都將二十四橋月，換得西湖十頃秋。」後東坡復自汝移揚，作詩曰：「二十四橋亦何有，換此十頃玻璃風！」用歐公詩也。侯鯖録

陵陽論山谷

一日，因坐客論魯直詩體致新巧，自作格轍次，客舉魯直題子瞻伯時畫竹石牛圖詩云：「石吾甚愛之，勿使牛礪角。牛礪角尚可，牛鬭殘我竹。」如此體製甚新。公徐云：「獨漉水中泥，水濁不見月。不見月尚可，水深行人没。」蓋是李白獨漉篇也。室中語

誠齋論山谷詩

山谷集中有絶句云：「草色青青柳色黄，桃花零落杏花香。春風不解吹愁卻，春日偏能惹恨長。」此唐人賈至詩也，特改五字耳。賈云：「桃花歷亂杏垂香」，又「不爲吹愁」，又「惹夢長」。

山谷取唐人詩

唐朱晝喜陳懿老至詩云：「一别一千日，一日十二憶。苦心無閑時，今日見玉色。」迺知山谷「五更歸夢三千里〔一〕，一日思親十二時」之句取此。復齋漫録

【校勘記】

〔一〕「五更歸夢三千里」　「千里」二字各本俱作「百日」，據山谷集改。

山谷倣歐公詩

永叔送原甫出守永興詩云：「酌君以荆州魚枕之蕉，贈君以宣城鼠鬚之管。酒如長虹飲滄海，筆若駿馬馳平坂。」黄魯直送王郎詩云：「酌君以蒲城桑落之酒，泛君以湘纍秋菊之英。贈君以黟川點漆之墨，送君以陽關墮淚之聲。酒澆胸中之磊塊，菊制短世之頹齡。墨以傳千古文章之印，歌以寫從來兄弟之情。」近時學者以謂此格獨魯直爲之，殊不知永叔已先有也。漁隱

簡齋

鄭谷蜀中海棠詩一首，前一云：「穠麗最宜新着雨，妖饒全在欲開時。」然歐公以鄭詩爲格卑，近世陳去非嘗用鄭意賦海棠云：「海棠默默要詩催，日暮紫綿無數開。欲識此花奇絶處，明朝有雨試重來。」雖本鄭意，便覺才力相去不侔矣〔一〕。山谷亦有「紫綿揉色海棠開」之句。復齋漫録

【校勘記】

〔一〕便覺才力相去不侔矣　此從寬永本。「才」嘉靖本作「格」，古松堂本誤作「方」。

吴可

韓子蒼喜吴可小詩「東風可是閑來往，時送江梅一陣香。」殊不知張芸叟荼蘼詩云：「晚風亦自知人意，時去時來管送香。」吴取此耳。復齋漫録

同機軸

老杜雨詩云：「紫崖奔處黑，白鳥去邊明。」而「江碧鳥逾白，山青花欲燃」之句似之。贈王侍御云：「曉鶯工迸淚，秋月解傷神。」而「感時花濺淚，恨别鳥驚心」之句似之。殆是同一機軸也。葛常之

有家法

杜審言，子美之祖也；則天時以詩擅名，與宋之問相唱和。其詩有「綰霧青條弱，牽風紫蔓長」、「寄語洛城風月道〔一〕，明年春色倍還人」之句。若子美「林花著雨臙脂落，水荇牽風翠帶長」，又云「傳語風光

共流轉，暫時相賞莫相違」，雖不襲取其意，而語脈蓋有家法矣。麈史

【校勘記】

〔一〕「寄語洛城風月道」　「語」古松堂本作「與」，據王得臣麈史與寬永本、嘉靖本改正。

暗合子美

王元之本學白樂天詩，在商州嘗賦春日雜興云：「兩株桃杏映籬斜，裝點商州副使家。何事春風容不得，和鶯吹折數枝花！」其子嘉祐云：老杜嘗有「恰似春風相欺得，夜來吹折數枝花」之句，語頗相似。因請易之。元之忻然曰：吾詩精詣，遂能暗合子美耶！　更爲詩曰：「本與樂天爲後進，敢期杜甫是前身！」卒不復易。蔡寬夫詩話

模寫東坡

西清詩話記其父蔡元長喜周邦彥祝壽詩：「化行禹貢山川外，人在周公禮樂中。」乃模寫東坡藏春塢詩：「年抛造物甄陶外，春在先生杖屨中。」復齋

承襲其意

「燕燕于飛，差池其羽。之子于歸，遠送于野。瞻望弗及，泣涕如雨。」此辭可泣鬼神矣。張子野長短句云：「眼力不知人遠上溪橋。」東坡送子由詩云：「登高回首坡壠隔，惟見烏帽出復沒。」皆遠紹其意。

許彦周詩話

用其意

范季隨曰：僕嘗往外邑迎婦，故公有詩見寄云：「萬里投殊俗，餘生老一丘。常憐之子秀，能慰此翁愁〔一〕。只欲連牆住，胡爲下邑留。黄塵詩思盡，乞與四山秋。」孫内翰見謂曰：此詩卒章，豈用「詩思人間盡，今將入海求」之意耶〔二〕！室中語

【校勘記】

〔一〕「能慰此翁愁」　此從寛永本。「翁」嘉靖本空格，古松堂本作「生」。

〔二〕「今將入海求」　此從寛永本。「入海」二字嘉靖本空格；古松堂本作「秋景」，似非。㊀

【補　校】

㈠今將入海求　此杜甫詩。古松堂本「入海」二字作「秋景」，誤也。

取其意

晁元忠西歸詩：「安得龍山潮，駕回安河水。水從樓前來，中有美人淚。」韓子蒼取其意，以代葛亞卿作詩云：「君住江濱起畫樓〔一〕，妾居海角送潮頭。潮中有妾相思淚，流到樓前更不流。」唐孫叔向有經昭應温泉詩云：「一道泉回繞御溝，先皇曾向此中游。雖然水是無情物，也到宫前咽不流。」子蒼末句，又用孫語也。復齋漫録

【校勘記】

〔一〕「君住江濱起畫樓」　「住」古松堂本作「往」，現從寬永本、嘉靖本。

意同辭異

「天街小雨潤如酥，草色遥看近卻無。最是一年春好處，絶勝煙柳滿皇都。」此退之早春詩也。「荷盡

已無擎雨蓋，菊殘惟有傲霜枝。一年好處君須記，正是橙黄橘緑時。」此子瞻初冬詩也。二詩意同而辭殊，皆曲盡其妙。漁隱

辭同意異

予初喜杜紫微「南山與秋色，氣勢兩相高」語，已乃知出於老杜「千崖秋氣高」，蓋一語領略盡秋色也。然二家言崖間秋氣耳，猶未及江天水國氣象宏闊處。一日雨後，過太湖，泊舟洞庭山下，乃得句云：「木落洞庭秋。」或云：此蹈襲「楓落吴江冷」語，第變「冷」爲「秋」則氣象自不同。彼記時耳，是安知秋色之高，盡在洞庭裏許乎。此淵源自楚騷中來。九歌云：「洞庭波兮木葉下。」其陶寫物象，宏放如此。詩可以易言哉！休齋

即舊爲新

庾信宇文盛墓誌銘云：「受圖黄石，不無師表之心；學劍白猿，遂得風雲之志。」牧之題李西平宅詩云：「受圖黄石老，舉劍白猿翁。」亦即舊爲新之一端也。潘子真詩話

摹擬

許昌西湖展江亭成〔一〕，宋元憲留題云「鑿開魚鳥忘情地，展盡江湖極目天」之句，皆以謂曠古未有此語。然本於五代馬殷據潭州時建明月圃，命幕客徐仲雅賦詩云：「鑿開青帝春風圃，移下姮娥夜月樓。」用古句摹擬，詞人類如此。但有勝與否耳。西清詩話

【校勘記】

〔一〕許昌西湖展江亭成　「亭」古松堂本誤作「夢」，嘉靖本墨釘，改從寬永本。

剽竊

余舊見顏持約所畫淡墨杏花，題小詩于後，仍題持約二字，意謂此詩必持約所作。比因閱唐宋類詩，方知是羅隱作，乃持約竊之耳。詩云：「暖氣潛催次第春，梅花已謝杏花新。半開半落閑園裏，何異榮枯世上人。」古之詩人如王維，猶竊李嘉祐「水田飛白鷺，夏木囀黄鸝」。僧惠崇爲其徒所嘲云：「河分岡勢司空曙，春入燒痕劉長卿。不是師兄多犯古，古人詩句犯師兄。」皆可軒渠一笑也。漁隱

相襲

公嘗有詩送李節夫云：「治聲臨潁復臨川，籍甚臨江已預傳。」僕曰正如王介甫「同官同齒復同科，朋友婚姻分最多」。公笑曰：偶爾！室中話

一日，因論詩，珪粹中曰魯直清江引：「渾家醉着篷底眠，舟在寒沙夜潮落。」説盡漁父快活。公曰：「醉着」二字，是用韓偓「漁翁醉着無人喚」。室中語

一日，有坐客問公曰：全用古人一句可乎？公曰：然，如杜少陵詩云「使君自有婦」，「而無車馬喧」之類是也。室中語

襲全句

東坡送人守嘉州古詩，其中云：「峨眉山月半輪秋，影入平羌江水流。謫仙此語誰解道，請君見月時登樓。」上兩句全是李謫仙詩，故繼之以「謫仙此語誰解道，請君見月時登樓」之句。此格本出於李謫仙。其詩云：「解道澄江淨如練，令人還憶謝元暉。」蓋「澄江淨如練」即元暉全句也。後人襲用此格，愈變愈工。漁隱

依仿太甚

東坡作藏春塢詩，有「年抛造物甄陶外，春在先生杖屨中。」而少游作俞充哀詞乃云：「風生使者旌旄上，春在將軍俎豆中。」余以爲依仿太甚。王直方詩話

屋下架屋

南方浮圖能詩者多，士大夫鮮有汲引，多汨没不顯。福州僧有詩百餘篇，其中佳句如「虹收千嶂雨，潮展半江天。」不減古人也。苕溪漁隱曰：此一聯乃體李義山「虹收青嶂雨，鳥没夕陽天。」所謂屋下架屋者，非不經人道語，不足貴也。古今詩話

着力太過

「開簾風動竹，疑是故人來」與「徘徊花上月，空度可憐宵」此兩聯雖唐人小説，其實佳句也。鄭谷詩：「睡輕可忍風敲竹，飲散那堪月在花」蓋與此同〔一〕。然論其格力，適堪揭酒家壁，與爲市人書扇耳。天下事每患自以爲工處，着力太過，何但詩也。石林詩話

【校勘記】

〔一〕蓋與此同 「蓋」寬永本作「盡」。

不約而合

退之：「心訝愁來惟貯火，眼知別後自添花。」臨川云：「髮爲感傷無翠葆，眼從瞻望有玄花。」又：「久欽江總文才妙，自歎虞翻骨相屯。」又云：「久諳郭璞言多驗〔一〕，老比顔含意更疎。」韓：「我今罪重無歸望，直去長安路八千。」永叔：「今日始知予罪大，夷陵此去更三千。」柳：「十年顦顇到秦京，誰料今爲嶺外行。」王：「十年江海別常輕，豈料今隨寡婦行。」柳：「直以疎慵招物議，休將文字趁時名。」王：「直以文章歸潤色，未應風月負登臨。」柳：「十一年前南渡客，四千里外北歸人。」又：「一身去國六千里，萬死投荒十二年。」蘇：「七千里外二毛人，十八灘頭一葉身。」又：「五更歸夢三千里，一日思親十二時。」㈠皆不約而合，句法使然故也。碧溪

【校勘記】

〔一〕「久諳郭璞言多驗」 此從寬永本、嘉靖本。「諳」古松堂本誤作「諸」。

【補　校】

㈠ 又「五更歸夢三千里，一日思親十二時」　按此二句非蘇軾作，乃黄庭堅詩。「又」字應從苕溪詩話卷五改作「黄」。

古人亦有所祖

樊宗師墓銘云：「惟古於詞必己出」云云，「後皆指前公相襲」，真是如此。子虚大人賦全倣遠游，而屈子心事，非相如所可窺識，故氣象自别。淵明歸去來辭，千古絶唱，亦是祖歸田賦意。此類甚多，只如退之平淮西碑，全是尚書句法；秋懷詩全是選詩體。漫塘録

祖習不足道

江淹擬湯惠休詩：「日暮碧雲合，佳人殊未來。」古今以爲佳句，然謝靈運：「圓景早已滿，佳人猶未適。」謝玄暉：「春草秋更緑，公子未西歸。」即是此意。嘗怪兩漢間所作騷文，初未嘗有新語；直是句句規模屈宋，但换字不同耳。至晋宋以後，詩人之辭，其弊亦然。若是，雖工亦何足道㈠！　蓋當時祖習，共以爲然，故未有譏之者耳！

【校勘記】

〔一〕雖工亦何足道　「雖」寬永本、嘉靖本作「猶」。

述者工於作者

詩惡蹈襲古人之意，亦有襲而愈工，若出於己者。蓋思之愈精，則造語愈深也。魏人章疏云：「福不盈身，禍將溢世。」韓愈則曰：「歡華不滿眼，咎責塞兩儀。」李華弔古戰場曰：「其存其没，家莫聞知。人或有言，將信將疑。娟娟原文應作「悁悁」心目，寢寐見之。」陳陶則曰：「可憐無定河邊骨，猶是春閨夢裏人。」蓋工於前也。隱居語録㊀

【補　校】

㊀隱居語録　此則見今本臨漢隱居詩話。下一則亦見臨漢隱居詩話。「隱居語録」四字應是「隱居詩話」之誤。（魏泰是否另有「隱居語録」，不可考。）

述者不及作者

梅堯臣贈鄰居詩有云：「壁隙透燈光，籬根分井口。」徐鉉亦有喜李少保卜鄰云：「井泉分地脈，砧杵共秋聲。」此句尤閑遠也。同上　玉林云：按唐于鵠有題鄰居詩云〔一〕：「蒸梨常共竈，澆薤亦同渠。」二公之詩，蓋本乎此。

【校勘記】

〔一〕按唐于鵠有題鄰居詩云　「鵠」古松堂本作「鶴」。

不沿襲

太白云：「解道澄江靜如練，令人還憶謝元暉。」至魯直則云：「憑誰說與謝元暉，休道澄江靜如練。」王文海云：「鳥鳴山更幽」，至介甫則曰：「茅簷相對坐終日，一鳥不鳴山更幽。」皆反其意而用之。蓋不欲沿襲之耳。漁隱

不蹈襲

太白俠客行云：「事了拂衣去，深藏身與名。」元微之俠客行云：「俠客不怕死，怕在事不成。事成不肯藏姓名。」二公寓意不同。復齋漫録

陵陽云：目前景物，自古及今，不知凡經幾人道。今人下筆，要不蹈襲，故有終篇無一字可解者。蓋欲新而反不可曉耳。室中語

奪胎換骨

總説

山谷言：詩意無窮，而人才有限；以有限之才，追無窮之意，雖淵明、少陵，不得工也。不易其意而造其語，謂之換骨法；規摹其意而形容之，謂之奪胎法。如鄭谷詩：「自緣今日人心別，未必秋香一夜衰。」此意甚佳，而病在氣不長。西漢文章雄深雅健，其氣長故也。曾子固曰：詩當使人一覽語盡，卻意有餘，乃古人用心處。荆公菊詩曰：「千花百卉彫零後，始見閑人把一枝。」東坡曰：「萬事到頭都是

夢，休休，明日黃花蝶也愁。」又李翰林曰：「鳥飛不盡暮天碧。」又曰：「青天盡處没孤鴻。」其病如前所論。山谷達觀臺詩曰：「瘦藤拄到風煙上，乞與游人眼豁開。不知眼界闊多少，白鳥去盡青天回。」凡此之類，皆換骨法也。顧況詩曰：「一別二十年，人堪幾回別。」其詩簡緩而意精確。荆公與故人詩曰：「一日君家把酒杯，六年波浪與塵埃。不知烏石岡頭路，到老相尋得幾回。」樂天詩：「臨風鈔秋樹㊀，對酒長年身。醉貌如霜葉，雖紅不是春。」東坡詩：「兒童悮喜朱顏在，一笑那知是酒紅。」凡此之類，皆奪胎法也。冷齋夜話

【補校】

㊀臨風鈔秋樹　「鈔」應作「杪」。據白氏文集。又冷齋夜話卷一亦作「杪」。

誠齋論奪胎換骨

有用古人句律，而不用其句意者。庾信月詩云「渡河光不濕」，杜云「入河蟾不没」。唐人云：「因過竹院逢僧話，又得浮生半日閑。」坡云：「殷勤昨夜三更雨，又得浮生一日涼。」杜夢李白云：「落月滿屋梁，猶疑照顏色。」山谷簟詩云：「落日映江波，依稀比顏色。」退之云：「如何連曉語，祇是說家鄉。」呂居仁云：「如何今夜雨，祇是滴芭蕉。」此皆以故爲新，奪胎換骨。白道猷曰：「連峰數千里，修林帶平

津。茅茨隱不見，鷄鳴知有人。」後秦少游云：「菰蒲深處疑無地，忽有人家笑語聲。」僧道潛云：「隔林彷彿聞機杼，知有人家在翠微。」其源乃出於道猷，而更加鍛鍊，亦可謂善奪胎者也。庚溪

意同辭異

鄭毅夫云：「夜來過嶺忽聞雨，今日滿溪俱是花。」語意清絶。頃在澄江見一詩云：「坐見茅齋一葉秋，小山叢桂鳥聲幽。不知叠嶂夜來雨，清曉石楠花亂流。」狀霽後景物，語不凡也。或云：司馬才叔作，詩選載在可正平詩中〔一〕。同上

【校勘記】

〔一〕詩選載在可正平詩中　「可」古松堂本誤作「何」。釋祖可字正平，故曰可正平，非姓何名正平也。此從寬永本與嘉靖本。

當有別意

杜陵謁玄元廟，其一聯云：「五聖聯龍衮，千官列鴈行。」蓋紀吴道子廟中所畫者。徽宗嘗製哲廟挽詞，用此意作一聯云：「北極聯龍衮，西風拆鴈行。」亦以「鴈行」對「龍衮」，然語意中的，其親切過於本詩。

茲不謂之奪胎可乎！不然，則徒用前人之語，殊不足貴。蘇子美云：「峽束滄淵深貯月，巖排紅樹巧裝秋。」非不佳也；然正用杜陵「峽束滄江起，巖排石樹圓」之句耳。語雖工，而無別意。藝苑雌黄

點化

尤更精巧

詩選云朱喬年絶句：「春風吹起籜龍兒，戢戢滿山人未知。急喚蒼頭斸煙雨，明朝吹作碧參差。」蓋前人有詠筍云：「急忙且喫莫踟躕，一夜南風變成竹。」喬年點化，乃爾精巧。余觀魯直已先有此句，從斌老乞苦筍云：「煩君更致蒼玉束，明日風雨皆成竹。」前詩並蹈襲魯直也。漁隱

玉林云：按白樂天筍詩云：「且喫莫踟躕，南風吹作竹〔一〕。」亦襲此語耳。

【校勘記】

〔一〕「南風吹作竹」「風」古松堂本誤作「方」，據寬永本、嘉靖本改。

用古人意

詩家有換骨法，謂用古人意而點化之，使加工也。李白詩云：「白髮三千丈，緣愁似箇長。」荆公點化之則云：「繰成白髮三千丈。」劉禹錫云：「遥望洞庭湖面水，白銀盤裏一青螺。」山谷點化之云：「可惜不當湖水面，銀山堆裹看青山。」孔稚圭白苧歌云：「山虚鍾響徹。」山谷點化之云：「山空響筦絃。」盧仝詩云：「草石是親情。」山谷點化之云：「小山作友朋，香草當姬妾。」學詩者不可不知此。

精彩數倍

山谷黔南十絶七篇，全用樂天花下對酒、渭川舊居、東城尋春、西樓、委順、竹窗等詩，餘三篇用其詩，略點化而已。葉少藴云：詩人點化前作，正如李光弼將郭子儀之軍，重經號令，精彩數倍。此語誠然。

韻語陽秋

點化古語

徐陵鴛鴦賦云：「山鷄映水那相得，孤鸞照鏡不成雙。天下真成長會合，無勝比翼兩鴛鴦。」黄魯直題畫睡鴨曰：「山鷄照影空自愛，孤鸞舞鏡不作雙。天下真成長會合，兩鳧相倚睡秋江。」全用徐陵語點

化之，末句尤工。隨筆

句優於古

吴僧錢塘白塔院詩：「到江吴地盡，隔岸越山高。」陳後山詩話鄙其語不文，曰：是分界堠子耳。及後山在錢塘，仍有句云：「語音隨地改，吴越到江分。」此如李光弼用郭子儀旗幟士卒，而號令所及，精采皆變者也。程泰之考古編〔一〕

【校勘記】

〔一〕小字注「程泰之考古編」「泰」古松堂本誤作「素」，據寬永本、嘉靖本改。

詩人玉屑卷之九

托物

取況

詩之取況，日月比君后，龍比君位，雨露比德澤，雷霆比刑威，山河比邦國，陰陽比君臣，金玉比忠烈，松竹比節義，鸞鳳比君子，燕雀比小人。

誠齋論比擬

白樂天女道士詩云：「姑山半峰雪，瑶水一枝蓮。」此以花比美婦人也。東坡海棠云：「朱脣得酒暈生臉，翠袖卷紗紅映肉。」此以美婦人比花也。山谷酴醾云：「露濕何郎試湯餅，日烘荀令炷爐香。」此以美丈夫比花也。山谷此詩出奇，古人所未有。然亦是用荷花似六郎之意。

托興

子美登慈恩寺塔詩，譏天寶時事也。山者，人君之象；「泰山忽破碎」，則人君失道矣。賢不肖混淆，而清濁不分，故曰「涇渭不可求」。天下無綱紀文章，而上都亦然，故曰「俯視但一氣，焉能辨皇州」。於是思古之聖君不可得，故曰「回首叫虞舜，蒼梧雲正愁」。是時，明皇方耽于淫樂而不已，故曰「惜哉瑶池飲，日宴崑崙丘」。賢人君子多去朝廷，故曰「黄鵠去不息，哀鳴何所投」。惟小人貪竊禄位者在朝，故曰「君看隨陽鴈，各有稻粱謀」。三山老人語録

托物以寓意

詩人詠物形容之妙，近世爲最。如梅聖俞：「蝟毛蒼蒼磔不死，銅盤矗矗釘頭生。吴鷄鬬敗絳幘碎，海蚌抉出真珠明。」誦此，則知其詠芡也。東坡：「海山仙人絳羅襦，紅綃中單白玉膚。不須更待妃子笑，風骨自是傾城姝。」誦此，則知其詠荔支也。張文潛：「平池碧玉秋波瑩，緑雲擁扇青瑶柄。水仙宫女鬬新粧，輕步凌波踏明鏡。」誦此，則知其詠蓮花也。如唐彦謙詠牡丹詩云：「爲雲爲雨徒虚語，傾國傾城不在人。」羅隱詠牡丹詩云：「若教解語應傾國，任是無情也動人。」非不形容，但不能臻其妙處耳。

蘇黄又有詠花詩，皆托物以寓意，此格尤新奇，前人未之有也。東坡謝杜沂游武昌以酴醾見惠詩云：「凄涼吳宫闕，紅粉埋故苑。至今微月夜，笙簫來絶巘。餘妍入此花，千載尚清婉。」山谷詠水仙花詩云：「凌波仙子生塵襪，水上盈盈步微月。是誰招此斷腸魂，種作寒花寄愁絶。」詠桃花絶句云：「九疑山中萼緑華，黄雲承襪到羊家。真筌蟲蝕詩句斷，猶託餘情開此花。」余嘗因庭下黄白菊花相間開，遂效此格，作詩詠之，曰：「何處金錢與玉錢，化爲蝴蝶夜翩翩。青絲網住芳叢上，開作秋花取意妍。」金玉錢事見杜陽雜編：唐穆宗時，禁中花開，夜有蛺蝶數萬，飛集花間，宫人以羅巾撲之，無有獲者；上令張網空中，得數百，遲明視之，皆庫中金玉錢也。古人有詠玉簪花詩云：「燕罷瑶池阿母家，飛瓊扶上紫香車。玉簪墜地無人拾，化作東南第一花。」漁隱

託物

梅聖俞有續金針詩格，張天覺有律詩格，洪覺範有禁臠：此三書，皆論詩也。聖俞金針詩格云：詩有内外意，内意欲盡其理，外意欲盡其象，内外意含蓄，方入詩格。如「旌旗日暖龍蛇動，宫殿風微燕雀高」，「旌旗」喻號令，「日暖」喻明時，「龍蛇」喻君臣，言號令當明時，君所出，臣奉行也。「宫殿」喻朝廷，「風微」喻政教，「燕雀」喻小人，言朝廷政教纔出，而小人向化各得其所也。如「島嶼分諸國，星河共一天」，言明君理化一統也。天覺律詩格辨諷刺云：諷刺則不可怒張，怒張則筋骨露矣。若「廟堂生

莽草，巖谷死伊周」之類也，未如「花濃春寺靜，竹細野池幽」。「花濃」喻媚臣秉政，「春寺」比國家，「竹細野池幽」喻君子在野，未見用也。「沙鳥晴飛遠，漁人夜唱閑」，「沙鳥晴飛遠」喻小人見用，「漁人」比君子，「夜」，不明之象，言君子處昏亂朝，退而樂道也。「芳草有情皆礙馬，好雲無處不遮樓」，「芳草」比小人，「馬」喻勢利之輩，「雲」喻諂佞之臣，「樓」比鈞衡之地。若此之類，可爲言近而意深，不失風騷之體也。其説數十，悉皆類此。覺範禁臠云：杜子美詩，言山間野外事，意在譏刺風俗，如三絶句曰：「楸樹馨香倚釣磯，斬新花蘂未應飛。」言後進暴貴可榮觀也。「不如醉裏風吹盡，可忍醒時雨打稀」，言其恩重材薄，眼見其零落，不若未受恩眷時。雨比天恩，以雨多，故致花易壞也。「門外鸕鷀久不來，沙頭忽見眼相猜。」言貪利小人，畏君子之譏其短也。「自今以後知人意，一日須來一百回。」言君子蒙以養正，瑾瑜匿瑕，山藪藏疾，不發其惡；而小人未革面，諂諛不知愧恥也。「無數春筍滿林生，柴門密掩斷人行。會須上番看成竹，客至從嗔不出迎。」言唯守道爲歲寒也。前輩多法其意作之。如韓稚圭詩曰：「風定曉枝蝴蝶鬧，雨勻春圃桔槔閑。」又蔡持正詩曰：「風搖熟果時聞落，雨滴餘花亦自香。」亦以雨比天恩也。桔槔比宰相功業之就，已退閑矣。時公在相州作，熟果比大臣黜落，時公在安州。覺範舊游天覺之門，宜其論詩之相似也。余謂論詩若此，皆非知詩者。善乎山谷之言曰：彼喜穿鑿者，棄其大旨，取其發興，於所遇林泉、人物、草木、魚蟲，以爲物物皆有所託，如世間商度隱語者。則詩委地矣。漁隱

子美託物

杜子美詩有「冷蘂疎枝半不禁」，語固佳矣，而不若「山意衝寒欲放梅」爲尤妙。又「荷葉荷花淨如拭」，此有得於佛書，以清淨荷華喻人性之意。故梅之高放〔一〕，荷之清淨，獨子美識之。休齋

【校勘記】

〔一〕故梅之高放　「放」寬永本誤作「枚」，宋本作「放」。㊀

【補　校】

㊀「放」字　朝鮮本未誤作「枚」。

諷興

興與訕異

自古工詩，未嘗無興也，覩物有感焉則有興；今之作詩者，以興近乎訕也，故不敢作，而詩之一義廢矣。

老杜萵苣詩云：「兩旬不甲拆，空惜埋泥滓。野莧迷汝來，宗山〇「山」杜集作「生」實於此。」皆與小人盛，而掩抑君子也。至高適題處士菜園則云〔一〕：「耕地桑柘間，地肥菜常熟。爲問葵藿資，何如廟堂肉？」則近乎訕矣。作詩者苟知興之與訕異，始可言詩矣。古今詩話

【校勘記】

〔一〕至高適題處士菜園　「菜」古松堂本誤作「蔡」，據寬永本改。

戒訕謗

詩者，人之情性也。非彊諫爭於廷，怨忿詬於道，怒鄰駡座之爲也。其人忠信篤敬，抱道而居，與時乖逢，遇物悲喜，同牀而不察，並世而不同，情之所不能堪，因發於呻吟調笑之聲，胸次釋然，而聞者亦有所勸勉；比律吕而可歌，列干羽而可舞，是詩之美也。其發爲訕謗侵陵，引頸以承戈，披襟而受矢，以快一時之忿者，人皆以爲詩之禍；是失詩之旨，非詩之過也。山谷

詩有補于世

錢惟演爲洛師留守㊀，置驛貢花，識者鄙之。蔡君謨加法造小團茶貢之。富彦國嘆曰：君謨乃爲此

也！坡作荔枝歎云：「我願天公憐赤子，莫生尤物爲瘡痏。雨順風調百穀登，民不飢寒爲上瑞。君不見武夷溪邊粟粒芽，前丁後蔡相籠加。吾君盛德豈在此，致養口腹何陋耶！又不見洛陽丞相忠孝家，可憐亦進姚黄花。」補世之語，不能易也。嘗愛李敬方汴河直進舡詩云：「汴水通淮利最多，生人爲害亦相和。東南四十三州地，取盡膏脂是此河。」此等語皆可爲炙背之獻也。碧溪

【補　校】

㊀錢惟演爲洛師留守　「師」應從碧溪詩話卷五改作「帥」字。

有三百篇之旨

聶夷中，河南人，有詩曰：「二月賣新絲，五月糶新穀。醫得眼前瘡，剜卻心頭肉。」孫光憲謂有三百篇之旨，此亦爲詩史。詩史

歐陽公詩

慶曆中，西師未解，晏元獻公爲樞密使，會大雪，置酒西園。歐陽永叔賦詩云：「須憐鐵甲冷徹骨，四十餘萬屯邊兵。」晏曰：昔韓愈亦能作言語，赴裴度會但云：「園林窮勝事，鐘鼓樂清時。」不曾如此

合鬧。孔溪談苑

荆公詩

荆公送吕望之赴臨江詩云：「黄雀有頭顱，長行萬里餘。想因君出守，暫得免苞苴。」詩纔二十字耳，崇仁愛，抑奔競，皆具焉。何以多爲！能行此言，則虐生類以飽口腹，刻疲民以肥權勢者，寡矣。

秋後竹夫人詩

吕居仁詠秋後竹夫人詩云：「與君宿昔尚同牀，正坐西風一夜凉。便學短檠牆角棄，不如團扇篋中藏。人情易變乃如此，世事多虞祇自傷。卻笑班姬與陳后，一生辛苦望專房。」晁無咎詩「不見班姬與陳后，寧聞衰落尚專房」，居仁用此語也。漁隱

聞蟬詩

吴興陸蒙老，嘗爲常之晉陵宰，頗喜作詩。時州幕官有好譏謗同列者，一日同會，忽聞蟬聲，幕官謂陸曰：君既能詩，可詠此也。陸辭之不可，因即席爲之曰：「緑陰深處汝行藏，風露從來是稻粱。莫倚高枝縱繁響，也應回首顧螳蜋。」因以是譏之，其人愧而少戢。庚溪詩話

歸燕詩

張九齡爲相，有謇諤匪躬之誠，明皇怠於政事，李林甫陰中傷之。方秋，明皇令高力士持白羽扇賜焉，九齡作賦以謝曰：「苟效用之得所，雖殺身而何忌！」又曰：「縱秋氣之移奪，終感恩於篋中。」又作歸燕詩貽林甫曰：「海燕雖微眇，乘春亦暫來。豈知泥滓賤，只見玉堂開。棲户時雙入，華堂日幾回。無心與物競，鷹隼莫相猜！」林甫知其必退，恚怒稍解。明皇雜録

啄木詩

治平中，有吉州吉水令，忘其姓名，治邑嚴酷，有野人馬道，爲啄木詩諷之曰：「翠翎迎日動，紅嘴響煙蘿。不顧泥丸及，唯貪得食多。才離枯朽木，又上最高柯。吴楚園林闊，茫茫爭奈何！」令見其詩，稍緩刑。時人目曰馬啄木。翰府名談

贈釣者詩

范希文有贈釣者詩曰：「江上往來人，盡愛鱸魚美。君看一葉舟，出没風濤裏。」不徒作也。同上

紅梅詩

毗陵薦福寺紅梅閣，士大夫多留題，惟程給事致道嘗有詩，其略曰：「春風如醇酒，着物物不知。居然北枝後，迨此白日遲。春風日浩蕩，醉色回冰肌。所恨培雪根，向來歲寒枝。差池弄芳晚，坐令顏色移。顏色固嫵媚，清香無故時。」意新語妙，又有規戒，不苟作也。庚溪詩話

御柳詩

陳恭公執中，以衛尉寺丞知梧州，驛遞上疏乞立儲貳，真宗嘉其敢言，翌日臨朝，袖其疏以示執政，歎獎久之，召爲右正言。然爲王冀公所忌。一日，真宗賦御溝柳詩，宣示宰相，兩省皆和進。恭公因進詩曰：「一度春來一度新，翠光長得照龍津。君王自愛天然色，恨殺昭陽學舞人。」東軒筆録

夏雲詩㊀

章子厚謫雷州，過小貴州南山寺，有僧奉忠，子厚見之，已而倚檻看雲，曰：「夏雲多奇峰」，真善比類。忠曰：曾記夏雲詩甚奇，曰：「如峰如火復如綿，飛過微陰落檻前。大地生靈乾欲死，不成霖雨謾遮天。」

【補　校】

㈠ 夏雲詩　此則出冷齋夜話，見苕溪漁隱叢話前集卷五十七，原漏注。（傳本冷齋夜話非足本。各書所引出於傳本以外者甚多。）

初月詩

夏鄭公竦評老杜初月詩：「微升紫塞外，已隱暮雲端。」以爲意主肅宗也。鄭公善評詩者也。吾觀退之「煌煌東方星，奈此衆客醉」，其順宗時作也，東方謂憲宗在儲也。隱居詩話

于濆詩

于濆爲詩，頗干教化。對花詩云：「花開蝶滿枝，花謝蝶還稀。唯有舊巢燕，主人貧亦歸。」盧懷抒情

唐備詩

詩曰：「天若無雪霜，青松不如草。地若無山川，何人重平道。」題路傍木云：「狂風拔倒樹，樹倒根已露。上有數枝藤，青青猶未悟。」又曰：「一日天無風，四溟波盡息。人心風不吹，波浪高百尺。」皆協騷

雅。同上

温厚之氣

作詩不知風雅之意，不可以作詩。詩尚譎諫，唯言之者無罪，聞之者足以戒，乃爲有補；而涉於毀謗，聞者怒之，何補之有！觀東坡詩只是譏誚朝廷，殊無温柔崇厚之氣，以此人故得而罪之。若是伯淳詩，聞者自然感動。因舉伯淳和温公諸人禊飲詩云：「未須愁日暮，天際乍輕陰。」又泛舟詩云：「只恐風花一片飛。」何其温厚也。龜山語録

規誡

子美詩

杜子美送嚴武還朝詩：「公若登台輔，臨危莫愛身。」勸以伏節死義也。三山老人語録

魏野詩

魏野贈王文正公詩：「西祀東封都了畢〔一〕，好來相伴赤松游。」贈寇萊公詩：「好去上天辭將相，卻來平地作神仙。」勸之使退也。近世士人與上官詩，無非諛辭，未聞有規勸之語如此者。同上

又啄木詩云：「千林啄如盡，一腹餒何妨！」有詩人規誡之風。歐公詩話

【校勘記】

〔一〕「西祀東封都了畢」「祀」古松堂本誤作「杞」，據寛永本、嘉靖本改。

規勸

韓魏公初罷相，出鎮長安，或獻詩云：「是非莫問門前客，得失須憑塞上翁。引取碧油紅旆去，鄴王臺畔醉春風。」公以爲然，即請守相州。苕溪漁隱曰：先君有言，近世士人與上官詩，無非諛詞，未聞有規勸之語者。或者獻詩於魏公，勸其辭分陝之重，而爲晝錦之榮，可謂能規勸矣。幕府燕閑録

白戰

禁體物語

詩禁體物語，此學詩者類能言之。歐公守汝陰，與客賦雪詩於聚星堂，舉此令，往往坐客皆閣筆，但非能者耳。若能者，則出入縱横，何可拘礙！鄭谷：「亂飄僧舍茶煙濕，密洒歌樓酒力微。」非不去體物語，而氣格如此之卑。蘇子瞻：「凍合玉樓寒起粟，光摇銀海眩生花。」超然飛動，何害其言「玉樓」「銀海」。退之兩篇力欲去此弊，雖冥搜奇譎，亦不免「縞帶」「銀盃」之句。杜子美：「暗度南樓月，寒深北渚雲。」初不避雲月字。若「隨風且開葉，帶雨不成花」，則退之兩篇，殆無以過之也。石林詩話

歐蘇雪詩

六一居士守汝陰日，因雪會客賦詩。詩中玉、月、梨、梅、練、絮、白、舞、鵝、鶴、銀等事，皆請勿用。詩曰：「新陽力微初破萼，客陰用壯猶相薄。朝寒稜稜風莫犯，暮雪緌緌止還作。驅馳風雲初慘淡，炫晃山川漸開廓。光芒可愛初日照，潤澤終爲和氣爍。美人高堂晨起驚，幽士虚窗静聞落。酒壚成徑集

鉼罌，獵騎尋蹤得狐貉。龍蛇掃起斷復續，猊虎團成呀且攫。共貪終歲飽麰麥，豈恤空林飢鳥雀。沙墀朝賀迷象笏，桑野行歌没芒屩。乃知一雪萬人喜，顧我不飲胡爲樂。坐看天地絶氛埃，使我胸襟如洗瀹。脱遺前言笑塵雜，搜索萬象窺冥漠。潁雖陋邦文士衆〔一〕，巨筆人人把矛槊，自非我爲發其端，凍口何由開一噱。」其後東坡居士出守汝陰，禱雨張龍公祠，得小雪，與客會飲聚星堂，忽憶歐陽文忠公作守時，雪中約客賦詩，禁體物語，於艱難中特出奇麗，爾來四十餘年，莫有繼者。僕以老門生繼公後，雖不足追配先生，而賓客之美，殆不減當時。公之二子，又適在郡，故輒舉前令，各賦一篇。詩曰：「窗前暗響鳴枯葉，龍公試手行初雪〔二〕。映空先集疑有無，作態斜飛正愁絶。衆賓起舞風竹亂，老守先醉霜松折。恨無翠袖點横斜，秖有孤燈照明滅。歸來尚喜更鼓暗，晨起不待鈴索掣。未嫌長夜作衣稜，卻怕初陽生眼纈。欲浮大白追餘賞〔三〕，幸有回飆驚落屑。模糊檜頂獨多時〔四〕，歷亂瓦溝裁一瞥。汝南先賢有故事，醉翁詩話誰續説。當時號令君聽取，白戰不許持寸鐵。」自二公賦詩之後，未有繼之者。豈非難措筆乎！漁隱

【校勘記】

〔一〕「潁雖陋邦文士衆」「衆」古松堂本作「多」，嘉靖本墨釘。改從歐陽文忠公文集及寬永本。

〔二〕「龍公試手行初雪」「試」古松堂本作「拭」，從寬永本、嘉靖本及東坡詩集改。

〔三〕「欲浮大白追餘賞」　「大」嘉靖本、古松堂本誤作「太」，從寬永本。

〔四〕「模糊檜頂獨多時」　「頂」寬永本作「項」。㊀

【補　校】

㊀「頂」字　朝鮮本作「頂」。寬永本作「項」，誤。

谿堂雪詩

西南地溫少雪，余及壯年，止一二年見之。自退居天國谿堂，山深氣嚴，陰嶺叢薄，無冬而不雪。每一賞翫，必命諸子賦詩爲樂。既而襲蹈剽略，不免涉前人餘意。因戲取聲、色、氣、味、富、貴、勢、力數字，離爲八章，止四句，以代一日之謔。且知余之好，不在於世俗所爭，而在於雪也。仍效歐陽公體，不以鹽、玉、鶴、鷺爲比，不使皓、白、繁、素等字。聲：「石泉凍合竹無風，夜色沉沉萬境空。試向靜中閑側耳，隔窗撩亂撲春蟲。」色：「閑來披氅學王恭，姑射群仙邂逅逢。只爲肌膚酷相似，遶庭無處覓行蹤。」氣：「半夜欺凌范叔袍，更兼風力助威豪。地爐火暖猶無奈，怪得山村酒價高。」味：「兒童龜手握輕明，漸碾槍旗入鼎烹。擬欲爲之修水記，惠山泉冷釀泉清。」富：「天工呈瑞足人心，平地今聞一尺深。此爲豐年報消息，滿田何止萬黄金。」貴：「海風吹浪去無邊，倏忽凝爲萬頃田。五月京塵渴人肺，不知價直幾多錢。」勢：「高下橫斜薄又濃，破窗踈户苦相攻。莫言造物渾無意，好醜都來失舊容。」力：「萬石千鈞積累成，未應忽此一毫輕。寒松瘦竹本清勁，昨夜分明聞折聲。」玉局文

蒲鞋詩

劉章子克明，江左人，事湖南馬氏，有蒲鞋詩云：「吴江浪浸白蒲春，越女初挑一樣新。纔自繡窗離玉指，便隨羅襪土香塵。石榴裙下從容久，玳瑁筵前整頓頻。今日高樓鴛瓦上，不知拋擲是何人？」

誠齋霰詩

雪花遣汝作前鋒，勢頗張皇欲暗空。篩瓦巧尋踈處漏，跳階誤到暖邊融。寒聲帶雨山難白，冷氣侵人火失紅。方訝一冬暄較甚，今宵敢嘆臥如弓！

詩人玉屑卷之十

含蓄

總説

篇章以含蓄天成爲上，破碎雕鎪爲下。如楊大年西崑體，非不佳也；而弄斤操斧太甚，所謂七日而混沌死也。以平夷恬澹爲上，怪險蹶趨爲下，如李長吉錦囊句，非不奇也；而牛鬼蛇神太甚，所謂施諸廊廟則駭矣。珊瑚鉤詩話

尚意

詩文要含蓄不露，便是好處。古人説雄深雅健，此便是含蓄不露也。用意十分，下語三分，可幾風雅；

下語六分，可追李杜；下語十分，晚唐之作也。用意要精深，下語要平易，此詩人之難。漫齋語録

句含蓄意含蓄㈠

詩有句含蓄者，老杜曰：「勳業頻看鏡，行藏獨倚樓。」鄭雲叟曰：「相看臨遠水，獨自上孤舟。」是也。有意含蓄者，如宫詞曰：「銀燭秋光冷畫屏，輕羅小扇撲流螢。天堦夜色涼如水，卧看牽牛織女星。」又嘲人詩曰：「怪來粧閣閉，朝下不相迎。總向春園裏，花間笑語聲。」是也。有句意俱含蓄者，如九日詩曰：「明年此會知誰健，更把茱萸子細看。」又宫怨曰：「寶仗平明宫殿開，暫將紈扇共徘徊。玉容不及寒鴉色，猶帶昭陽日影來。」是也。又白樂天云：「淚滿羅巾夢不成，夜深前殿按歌聲。紅顔未老恩先斷，斜倚薰籠坐到明。」

【補　校】

㈠ 句含蓄意含蓄　此則出冷齋夜話卷四，末稍有出入。原漏注。

子美含蓄

戲作花卿歌云：「成都猛將有花卿，學語小兒知姓名。用如快鶻風火生，見賊唯多身始輕㈡。綿州刺

史着柘黄，我卿掃除即日平。子章髑髏血模糊，手提擲還崔大夫。李侯重有此節度〔二〕，人道我卿絶世無。既稱絶世無，天子何不喚取守京都。」細看此歌，想花卿當時在蜀中，雖有一時平賊之功，然驕恣不法，人甚苦之；故子美不欲顯言之，但云：「人道我卿絶世無，既稱絶世無，天子何不喚取守京都。」語句含蓄，蓋可知矣。山谷云：花卿塚在丹稜之東館鎮，至今有英氣，血食其鄉。漁隱

【校勘記】

〔一〕「見賊唯多身始輕」 「賊」寬永本誤作「賦」，宋本作「賊」。㊀

〔二〕「李侯重有此節度」 「有」古松堂本作「見」，據寬永本、嘉靖本及杜詩集改。

【補　校】

㊀「賊」字　朝鮮本未誤作「賦」。

元微之詩

嬉笑之怒，甚於裂眥；長歌之哀，過於慟哭：此語誠然。元微之在江陵聞白樂天降江州，作絶句云：「殘燈無焰影幢幢，此夕聞君謫九江。垂死病中驚起坐，暗風吹雨入寒窗〔一〕。」樂天以爲此句他人尚不

可聞，況僕心哉！隨筆

【校勘記】

〔一〕「暗風吹雨入寒窗」「風」寬永本誤作「中」。㊀

【補　校】

㊀「風」字　朝鮮本未誤作「中」。

語意有無窮之味

長恨歌、上陽人歌、連昌宮詞，道開元、天寶宮禁事最爲深切〔一〕。然微之有行宮絶句，云：「寥落古行宮，宮花寂寞紅。白頭宮女在，閑坐説玄宗。」語少意足，有無窮之味。隨筆

【校勘記】

〔一〕道開元天寶宮禁事　「開元天寶」四字，寬永本作「開天間」，嘉靖本作「開元間」。

詩趣

天趣

王摩詰山中詩曰：「荊溪白石出，天寒紅葉稀[一]。山路元無雨，空翠濕人衣。」舒王百家衣躰曰：「相看不忍發，慘淡暮潮平[二]。語罷更攜手，月明洲渚生。」此得天趣。問曰：何以識其天趣？曰：能知蕭何所以識韓信，則天趣可解。余竟不能詰。冷齋

【校勘記】

〔一〕「天寒紅葉稀」 「葉」寬永本誤作「業」，宋本作「葉」。

〔二〕「慘淡暮潮平」 「慘」寬永本誤作「穇」，宋本作「慘」。㊀

【補　校】

㊀「葉」字、「慘」字　朝鮮本俱未誤。

奇趣

東坡曰：淵明詩初看若散緩，熟讀有奇趣。如曰「日莫巾柴車，路暗光已夕。歸人望烟火，稚子候簷隙。」又曰：「採菊東籬下，悠然見南山。」又曰：「藹藹遠人村，依依墟里烟。犬吠深巷中，雞鳴桑樹顛。」才意高遠，造語精到如此，如大匠運斤，無斧鑿痕；不知者疲精力至死不悟。東坡則曰：「山中老宿依然在，桉上楞嚴已不看。」細味之無齟齬態，對甚的而字不露，得淵明遺意耳。

柳子厚詩曰：「漁翁夜傍西巖宿，曉汲清湘燃楚竹。煙消日出不見人，欸乃一聲山水綠。回看天際下中流，巖上無心雲相逐。」東坡云：　以奇趣爲宗，反常合道爲趣，熟味之，此詩有奇趣。其尾兩句，雖不必亦可。欸乃，三老相呼聲相應也。

野人趣

閑居云：「妻喜栽花活，童誇鬭草贏。」得野人趣，非急務故也。又云：「燒葉爐中無宿火，讀書窗下有殘燈。」有嫌「燒葉」貧寒太甚，改「葉」爲「藥」，不唯壞此一句，併下句亦減氣味，所謂求益反損也。歐公詩話

登高臨遠之趣

山谷言庾子山云：「澗底百重花，山根一片雨。」有以盡登高臨遠之趣。喜晴應詔，全篇可爲楷式。其卒章云：「有慶兆民同，論年天子萬。」不獨清新，其氣韻尤更深穩。潘子真

詩思

總説

詩之有思，卒然遇之而莫遏；有物敗之，則失之矣。故昔人言覃思、垂思、抒思之類，皆欲其思之來，而所謂亂思、蕩思者，言敗之者易也。鄭棨詩思，在灞橋風雪中驢子上：唐求詩，所游歷不出二百里。則所謂思者，豈尋常咫尺之間所能發哉！前輩論詩思，多生於杳冥寂寞之境，而志意所如，往往出乎埃溘之外。苟能如是，於詩亦庶幾矣。謝無逸問潘大臨：近曾作詩否？潘云：秋來日日是詩思，昨日捉筆，得「滿城風雨近重陽」之句，忽催租人至，令人意敗。輒以此一句奉寄。亦可見思難而易敗也。

有佳思

余舊見郵亭壁間題云：「山月曉仍在，林風涼不絕。殷勤如有情，惆悵令人別。」亦有佳思，不知何人詩。後讀王維集，乃王縉別輞川別業詩，附在集中。漁隱

詩思悽惋

忠愍詩思悽惋，蓋富於情者。如江南春云：「波渺渺，柳依依，孤村芳草遠，斜日杏花飛。江南春盡離腸斷，蘋滿汀洲人未歸。」又云：「杳杳煙波隔千里，白蘋香散東風起。日落汀洲一望時，愁情不斷如春水。」觀此語意，疑若優柔無斷者。至其端委廟堂，決澶淵之策，其氣鋭然，奮仁者之勇，全與此不相類。蓋人之難知也如此！漁隱

詩思不出二百里

唐求臨池洗硯詩云：「恰似有龍深處臥，被人驚起黑雲生。」又：「漸寒沙上路，欲暝水邊村。」早行云：「沙上鳥猶睡，渡頭人已行。」詩思不出二百里間。北夢瑣言

詩味

杜：「爐煙消盡寒燈晦㈠，童子開門雪滿松。」子厚云：「日午獨覺無餘聲，山童隔竹敲茶臼。」秀老云：「夜深童子喚不醒，猛虎一聲山月高。」閑棄山中累年，頗得此數詩氣味。碧溪

【補　校】

㈠ 杜「爐煙消盡寒燈晦」　「杜」字下應從碧溪詩話卷四補「尋范十隱居云：『侍立小童清。』義山憶正一云」十七字。依詩人玉屑原文，則李義山詩誤屬杜甫。

詩境

韓愈寄孟刑部聯句云：「美君知道腴，逸步謝天械。」或問：道果有味乎？余曰：如介甫「午雞聲不到禪林，栢子煙中坐擁衾。」「竹雞呼我出華胥，起滅篝燈擁燎爐。」「各據槁梧同不寐，偶然聞雨落階除。」澹泊中味，非造此境，不能形容也。碧溪

體用

十不可

一曰高不可言高，二曰遠不可言遠，三曰閑不可言閑，四曰静不可言静，五曰憂不可言憂，六曰喜不可言喜，七曰落不可言落，八曰碎不可言碎，九曰苦不可言苦，十曰樂不可言樂。陳永康吟窗雜序

言用勿言體

嘗見陳本明論詩云：前輩謂作詩當言用，勿言體，則意深矣。若言冷，則云「可嚥不可漱」，言静，則云「不聞人聲聞屨聲」之類。本明何從得此！漫叟詩話

言其用而不言其名

用事琢句，妙在言其用而不言其名。此法惟荆公、東坡、山谷三老知之。荆公曰：「含風鴨緑鱗鱗起，弄日鵝黄裊裊垂。」此言水、柳之名也。東坡荅子由詩曰：「猶勝相逢不相識，形容變盡語音存。」此用

事而不言其名。山谷曰：「管城子無食肉相，孔方兄有絶交書。」又曰：「語言少味無阿堵，冰雪相看有此君。」又曰：「眼看人情如格五，心知外物等朝三。」「格五」，今之蹙融是也。後漢注云：常置人於險惡處也。苕溪漁隱曰：荆公詩云：「繰成白雪桑重緑，割盡黄雲稻正青。」「白雪」即絲，「黄雲」即麥，亦不言其名也。余嘗效之云：「爲官兩部喧朝夢，在野千機促婦功。」蛙與促織，二蟲也。冷齋

不名其物

臨川云：「蕭蕭出屋千尋玉，靄靄當窗一炷雲。」皆不名其物。然子厚「破額山前碧玉流」，已有此格。碧溪

如詠禽須言其標致祗及羽毛飛鳴則陋矣

衆禽中唯鶴標致高逸，其次鷺亦閑野不俗。又嘗見於六經，後之詩人，形於賦詠者不少，而規規然祗及羽毛飛鳴之間〔一〕。如詠鶴云：「低頭乍恐丹砂落，斂翅常疑白雪銷。」此白樂天詩；「丹頂西施頰，霜毛四皓鬢。」此杜牧之詩；皆格卑無遠韻也。至於鮑明遠鶴賦云「鍾浮曠之藻思，抱清迥之明心」；杜子美云「老鶴萬里心」；李太白畫鶴贊云「長唳風宵，寂立霜曉」；劉禹錫云「徐引竹間步，遠含雲外情」，此乃奇語也。如詠鷺云：「拂日疑星落，凌風訝雪飛。」此李文饒詩；「立當青草人先見，行近白蓮魚未知。」此雍陶詩〔二〕；亦格卑無遠韻。至於晚晴賦云：「忽八九之紅芰，如婦如女，墮蘂黦顔，似見放

棄；白鷺潛來，邈風標之公子，窺此美人兮，如慕悅其容媚。」雖語近於纖豔，然亦善此興者。至於許渾云：「雲漢知心遠，林塘覺思孤」；僧惠崇云：「曝翎沙日煖，引步島風清。照水千尋迥，棲煙一點明。」此乃奇語也。庚溪詩話

【校勘記】

〔一〕而規規然秖及羽毛飛鳴之間　「飛」古松堂本誤作「舞」，據寬永本、嘉靖本改正。

〔二〕此雍陶詩　各本詩人玉屑俱作「陶雍」，據雲溪友議及庚溪詩話校正。

胡五峰謂晦庵此詩有體而無用

先生送胡藉溪有詩云：「甕牖前頭列翠屏，晚來相對靜儀刑。浮雲一任閑舒卷，萬古青山只麼青。」胡五峰見之，因謂其學者張敬夫曰：吾未識此人，然觀其詩，知其庶幾能有進矣。特其言有體而無用，故吾爲是詩以箴警之，庶其聞而有發也。五峰詩云：「幽人偏愛青山好，爲是青山青不老。山中出雲雨太虛，一洗塵埃山更好。」晦庵

風調

高古爲難

古人作詩，正以風調高古爲主；雖意遠語疎，皆爲佳作。後人有切近的當，氣格凡下者，終使人可憎。李希聲詩話

薛能劉白

薛能，晚唐詩人，格調不高，而妄自尊大。有柳枝詞五首，最後一章曰：「劉白蘇臺總近時，當初章句是誰推。纖腰舞盡春楊柳(一)，未有儂家一首詩。」自注云：劉、白二尚書，繼爲蘇州刺史，皆賦楊柳枝詞，世多傳唱；但文字太僻，宮商不高耳。能之大言如此。但稍推杜陵，視劉、白蔑如也。今讀其詩，正堪一笑。劉之詞云：「城外春風吹酒旗，行人揮袂日西時。長安陌上無窮樹，惟有垂楊管別離。」白之詞云：「紅板江橋青酒旗(二)，館娃宮暖日斜時。可憐雨歇東風定，萬樹千條各自垂。」其風流氣概，豈能所可髣髴哉！隨筆

【校勘記】

〔一〕「纖腰舞盡春楊柳」 「楊」古松堂本誤作「陽」，據寬永本、嘉靖本及容齋隨筆校正。

〔二〕「紅板江橋青酒旗」 「青」寬永本作「清」。

平淡

先組麗而後平淡

欲造平淡，當自組麗中來；落其紛華，然後可造平淡之境。如此，陶、謝不足進矣。今之人多作拙易詩，而自以爲平淡者，未嘗不絕倒也。梅聖俞和晏相詩云：「因令適情性，稍欲到平淡。苦詞未聞圓，刺口劇菱芡。」言到平淡處甚難也。所以贈杜挺之詩，有「作詩無古今，欲造平淡難」之句。李白云：「清水出芙蓉，天然去雕飾。」平淡而到天然處，則善矣。韻語陽秋

非力所能

作詩到平淡處，要似非力所能。東坡嘗有書與其姪云：大凡爲文，當使氣象崢嶸，五色絢爛，漸老漸

熟，乃造平澹。余以謂不但爲文，作詩者尤當取法於此。竹坡詩話

卒造平淡

余少攻歌詩，欲與造物者爭柄，遇事輒變化不一，其體裁始則陵轢波濤，穿穴險固，囚鏁怪異，破碎陣敵，卒造平淡而已。陸魯望文

晦庵云

梅聖俞詩不是平淡，乃是枯槁。

閑適

苕溪漁隱詩

余卜居苕溪，日以漁釣自適，因自稱苕溪漁隱。臨流有屋數椽，亦以此命名。僧了宗善墨戲，落筆瀟洒，爲余作苕溪漁隱圖。覽景攄懷，時有鄙句，皆題之左方，既久益多，不能盡録。聊舉其一二云：「溪

邊短短長長柳，波上來來去去舡。鷗鳥近人渾不畏，一雙飛下鏡中天。」「秋雲漠漠煙蒼蒼，蓮花初白蓮葉黄。釣舡盡日來往處，南村北村秔稻香。」「卷起綸竿撇櫂歸，短篷斜掩宿漁磯。日高春睡無人喚，撩亂楊花繞夢飛。」漁隱

車蓋亭絶句

蔡持正守安州，夏日登車蓋亭，作十絶句，爲吴處厚箋注，得罪謫新州。其間一絶云：「紙屏石枕竹方牀，手倦抛書午夢長。睡起莞然成獨笑，數聲漁笛在滄浪。」殊有閑適自在之意。

自得

要到自得處方是詩

詩吟函得到自有得處，如化工生物，千花萬草，不名一物一態。若摸勒前人，無自得，只如世間剪裁諸花，見一件樣，只做得一件也。漫齋語録

變態

縛虎手

薛許昌答書生贈詩云：「百首如一首，卷初如卷終。」譏其不能變態也。大抵屑屑較量，屬句平匀，不免氣骨寒局；殊不知詩家要當有情致，抑揚高下，使氣宏拔〔一〕，快字凌紙；又用事皆破觚爲圜，挫剛成柔，如爲有功者㊀，昔人所謂縛虎手也。西清詩話

【校勘記】

〔一〕使氣宏拔　「拔」寬永本誤作「技」，宋本作「拔」。㊁

【補　校】

㊀ 如爲有功者　「如」應從朝鮮本作「始」。

㊁ 「拔」字　朝鮮本未誤作「技」。

韓文公

韓昌黎醉贈張祕書詩云：「君詩多態度，藹藹春空雲。」

唐扶詩

子美題道林岳麓寺詩云：「宋公放逐登臨後，物色分留與老夫。」宋公，之問也。此語句法清新，故爲傑出。其後唐扶題詩，復云：「兩祠物色採拾盡，壁間杜甫真少恩。」意雖相反，而語亦秀拔。乃知文章變態，初無窮盡，惟能者得之。

不能變態

僧祖可作詩多佳句。如「懷人更作夢千里，歸思欲迷雲一灘」，「窗間一榻篆煙碧〔一〕，門外四山秋葉紅」等句，皆清新可喜。然讀書不多，故變態少。觀其體格，亦不過煙雲、草樹、山川、鷗鳥而已。而徐師川極稱其詩，不知何也！丹陽集〔二〕

【校勘記】

〔一〕「窗間一榻篆煙碧」　「榻」寬永本作「搨」。㊀

〔二〕小字注丹陽集　「陽」寬永本作「楊」。

【補　校】

㊀「榻」字　朝鮮本亦作「榻」。

圓熟

好詩如彈丸

謝朓嘗語沈約曰：好詩圓美，流轉如彈丸。故東坡答王鞏云：「新詩如彈丸。」及送歐陽弼云：「中有清圓句，銅丸飛柘彈。」蓋謂詩貴圓熟也。余以謂圓熟多失之平易；老硬多失之乾枯。能不失於二者之間，可與古之作者並驅。王直方詩話

詞勝

小石調

鍾嶸稱張茂先：惜其兒女情多，風雲氣少。喻凫嘗謁杜紫微不遇，乃曰：我詩無綺羅鉛粉，宜不售也。淮海詩亦然，人戲謂可入小石調。然率多美句，但綺麗太勝爾〔一〕。子美「並蔕芙蓉本自雙」，「水荇牽風翠帶長」，退之「金釵半醉坐添春」，牧之「春風十里揚州路」，誰謂不可入黄鐘宫耶！ 碧溪

元祐中，祕閣上巳日集西池，王仲至有詩，張文潛和最工，云：「翠浪有聲黄繖動，春風無力綵旗垂。」秦少游云：「簾幕千家錦綉垂。」仲至笑曰：又待入小石調也。 孔氏談苑

【校勘記】

〔一〕但綺麗太勝爾 「太」古松堂本作「大」，據寬永本、嘉靖本改。

綺麗

不可以綺麗害正氣

世俗喜綺麗，知文者能輕之；後生好風花，老大即厭之。然文章論當理與不當理耳，苟當於理，則綺麗風花，同入於妙；苟不當理，則一切皆爲長語〔一〕。上自齊梁諸公，下至劉夢得、温飛卿輩，往往以綺麗風花，累其正氣，其過在於理不勝而詞有餘也。老杜云：「綠垂風折笋，紅綻雨肥梅。」「岸花飛送客，檣燕語留人〔二〕。」亦極綺麗，其模寫景物，意自親切，所以絕妙古今。至於言春容閑適，則有「穿花蛺蝶深深見，點水蜻蜓欵欵飛」，「落花游絲白日靜，鳴鳩乳燕青春深」。言秋景悲壯，則有「藍水遠從千澗落，玉山高並兩峰寒」，「無邊落木蕭蕭下，不盡長江袞袞來」。其富貴之詞，則有「香飄合殿春風轉，花覆千官淑景移〔三〕」，「麒麟不動爐煙轉，孔雀徐開扇影還」。其弔古，則有「映階碧草自春色，隔葉黃鸝空好音」，「竹送清溪月，苔移玉座春」。皆出於風花，然窮盡性理，移奪造化。又云：「絕壁過雲開錦綉，踈松隔水奏笙簧。」自古詩人，巧即不壯，壯即不巧；巧而能壯，乃如是也。碧溪〔一〕

【校勘記】

〔一〕則一切皆爲長語　「一」寬永本、嘉靖本作「親」。

〔二〕「檣燕語留人」　「檣」古松堂本誤作「牆」，據寬永本、嘉靖本改正。

〔三〕「花覆千官淑景移」　「官」寬永本作「宮」。㊁

【補校】

㊀碧溪　按此則爲碧溪詩話所未載。據苕溪漁隱叢話前集卷十，「碧溪」二字，應改作「詩眼」。

㊁「官」字　朝鮮本未誤作「宮」。

富貴

富貴佳致

温飛卿晚春曲云：「家臨長信往來道，乳燕雙雙拂煙草。油壁車輕金犢肥，流蘇帳曉春雞報。籠中嬌

鳥暖猶睡，簾外落花閑不掃。衰桃一樹近前池，似惜容顔鏡中老。」殊有富貴佳致也。漁隱

非窮兒家語

存中云：山谷稱晏叔原：「舞低楊柳樓心月，歌盡桃花扇裏風。」定非窮兒家語。王直方詩語

詩原乎心

歐陽文忠曰：詩原乎心者也，富貴愁怨，見乎所處。江南李氏鉅富，有詩曰：「簾日已高三丈透㈠，金鑪次第添香獸，紅錦地衣隨步皺。佳人舞徹金釵溜〔一〕，酒惡時拈花蘂嗅，別殿微聞簫鼓奏〔二〕。」與「時挑野菜和根煑〔三〕，旋斫生柴帶葉燒」異矣。摭遺

【校勘記】

〔一〕「佳人舞徹金釵溜」　「釵」寬永本誤作「錢」，宋本作「釵」。㈡

〔二〕「別殿微聞簫鼓奏」　「微」寬永本誤作「徵」，宋本作「微」。

〔三〕「時挑野菜和根煑」　「挑」寬永本誤作「桃」，宋本作「挑」。

【補　校】

㈠簾日已高三丈透　按，此首各本所云不同。摭遺（類説卷三十四、詩話總龜前集卷五引）、古今詩話（類説卷五十六引）、捫蝨新話上集卷二云是李氏詩；侯鯖録卷八、滹南詩話卷下、天中記卷四十四云是李煜詩；南唐二主詞引西清詩話云是李煜詞，未知孰是。

㈡「釵」字　朝鮮本未誤作「錢」。

善言富貴

歸田録云：晏元獻喜評詩，嘗曰：「老覺腰金重，慵便玉枕涼」，未是富貴語，不如「笙歌歸院落，燈火下樓臺」，此善言富貴者也。人皆以爲知言。漫叟詩話

寒乞〔一〕

【校勘記】

〔一〕「富貴」門後，嘉靖本、古松堂本各缺二葉，計缺寒乞門三條，知音門四條。嘉靖本在項斯條前，尚有殘行，存六

字「□□此人是也」。頁號爲「十五至十七」。古松堂本則自富貴門下即爲品藻門，直至卷末。項斯條以前，且有「韓退之」「柳子厚」等七則爲寛永本所無，細核之，則全與以後各卷所載重出。茲將此七條附録於後，並逐條疏其所出。

韓退之

詩中有一字，人以私意竄易，遂失古人一篇之意。若「相公親破蔡州來」，今「親」字改作「新」字是也。酬王二十舍人雪中見寄云：「三日柴門擁不開，堦庭平滿白皚皚。今朝蹋作瓊瑶跡，爲有詩從鳳沼來」。今「從」字改作「仙」字，則失詩題見寄之意也。漫叟詩話

案此條即卷十五「韓文公」「改一字遂失一篇之意」條，而删其中「苕溪漁隱曰」五字。

柳子厚

楊華既奔梁，元魏胡武靈後作楊白華歌，令宫人連臂蹋之，聲甚悽斷。子厚樂府云：「楊白華，風吹渡江水。坐令宫樹無顔色，摇蕩春光千萬里。茫茫曉日下長秋，哀歌未斷城鴉起。」言婉而情深，古今絶唱也。許彦周詩話

案此條即卷十五「柳儀曹」「古今絶唱條」，一字不易。

杜牧之

牧之題桃花夫人廟詩：「細腰宫里露桃新，脈脈無言幾度春。空憶息亡成底事，可憐金谷墜樓

人。」仝前

案此條則卷十六「杜牧之」「二十八字史論」條，只詩第三句不同，末少一句。

賈閬仙

賈島詩有影略句，韓退之喜之。其渡桑乾詩曰：「客舍并州三十霜，歸心日夜憶咸陽。無端更渡桑乾水，卻望并州是故鄉。」又赴長江道中詩曰：「策杖離山驛，逢人問梓州。長江那可到，行客替生愁。」冷齋夜話

案此條即卷十五「孟東野賈浪仙」「桑乾、長江二詩」條，一字不易。

李長吉

長吉有「桃花亂落如紅雨」之句，以此名世。余觀劉禹錫云：「花枝滿空迷處所，搖動繁英墜紅雨。」劉李同一時，決非相爲剽竊。復齋漫録

案此條即卷十五「李長吉」「桃花亂落如紅雨」條，亦一字不易。

劉夢得

蘇子由晚年多令人學劉禹錫詩，以爲用意深遠，有曲折處。後因見夢得歷陽詩云：「一夕爲湖地，千年列郡名，霸王迷路處，亞父所封城。」皆歷陽事，語意雄健，後殆難繼也。呂氏童蒙訓

案此條即卷十五「劉賓客」「用意深遠」條，亦一字不易。

常建

河嶽英靈集首列常建詩，愛其「山光悦鳥性，潭影空人心」之句，以爲警策。歐公又愛建「竹徑通幽處，禪房花木深」，欲效之作數語，竟不能得，以爲恨。余謂建此詩全篇皆工，不獨此兩聯而已。其詩曰：「清晨入古寺，初日照高林。竹徑通幽處，禪房花木深。山花悦鳥性，潭影空人心。萬籟此俱寂，惟聞鐘磬音。」洪駒甫詩話

案此條見卷十五「常建」「佳句」，只首少異。

李義山

李義山詩用事僻澁，然荆公晚年亦喜之。如「試問火城將策探，何如雲屋聽窗知」，「未愛京師傳谷口，但知鄉里勝壺頭」。其用事琢句，前輩無相犯者。冷齋夜話

案此條見卷十七「西崑體」「王荆公晚年喜稱義山」引冷齋夜話。後者較詳，與苕溪漁隱叢話前集卷二十二同。此則頗有簡略。

王荆公

王荆公最愛陶詩，謂不可及。故歲晚懷古詩云：「先生歲晚事田園，魯叟遺書廢詩論。問訊桑麻憐已長，按行松柏喜猶存。農人調笑追尋壑，稚子歡呼出候門。遥謝載醪祛惑者，吾今欲辨已忘言。」所謂四韻全使淵明詩者，即此詩是也。漁隱

案此條即卷十之「靖節」「詩人以來無此句」條，簡略頗甚，少有不同。

此七條既多重出，且爲宋本、寬永本、嘉靖本所無，疑爲後人竄入，非原本所有。且「品藻」一門亦與卷十二「品藻古今人物」重複。當以寬永本爲據，不能從古松堂本也。四庫全書本亦有此七則。

乞兒相

江爲有詩云：「吟登蕭寺旃檀閣，醉倚王家玳瑁筵。」或謂作此詩者，决非貴族。或人評「軸裝曲譜金書字，樹紀花名玉篆牌」乃乞兒口中語。苕溪漁隱曰：青箱雜記亦載此事。晏元獻云：此詩乃乞兒相，未嘗識富貴者。故云：言富貴不及金玉錦繡，惟説氣象。若「樓臺側畔楊花過，簾幕中間燕子飛」，「梨花院落溶溶月，柳絮池塘淡淡風」之類是也。公曰：窮人家有此景否？雲齋廣録載近時人詩一聯云：「珠簾繡户遲遲日，柳絮梨花寂寂春。」雖用「珠」「繡」，其氣象豈不富貴，不害其爲佳句也。漫叟詩話

無神氣

如曰：「一千里色中秋月，十萬軍聲半夜潮。」又曰：「蝴蝶夢中家萬里，子規枝上月三更。」又曰：「深秋簾幕千家雨，落日樓臺一笛風。」皆寒乞相，一覽便盡。初如秀整，熟視無神氣，以其字露也。東坡

貧眼所驚

唐人作富貴詩，多紀其奉養服容之盛，乃貧眼所驚耳。如貫休詩云「刻成箏柱雁相挨」，此下里鬻彈者皆有之。韋楚老詩云「十幅紅綃圍夜玉」，十幅紅綃，爲幬不及四五尺，如何伸足，所謂不曾近富家兒。古今詩話

知音 自薦附

李義府

唐李義府初召見，太宗令詠飛烏詩曰〔一〕：「日裏颺朝彩，琴中聞夜啼。上林多少木，不得一枝棲。」太宗曰：我當全林借汝，豈惜一枝也。左右羡之。小說舊聞

【校勘記】

〔一〕太宗令詠飛烏　「烏」寬永本誤作「鳥」，此據王校從宋本。㊀

【補　校】

㈠「烏」字　朝鮮本未誤作「鳥」。

任濤

任濤，豫章人。詩名早著，有「露溥沙鶴起，人臥釣舡流。」他皆倣此。數舉，敗於垂成。李常侍隲廉問江西時，與放鄉里之役。民俗互有論列。隲判：江西界內，風有詩得似濤者㈠，即與免放色役，不止一任濤矣。摭言

【補　校】

㈠風有詩得似濤者　「風」應改作「凡」。

馮道明

雍陶知簡州，自比謝宣城、柳吴興，賓至則挫辱，投贄者少得見之。馮道明下第請謁，紹閽者曰㈠：與太守故舊。及見，呵責曰：與公昧平生，何故舊之有。道明曰：誦公詩得相見，何隔平生。遂吟雍詩

曰：「立當青草人先見，行傍白蓮魚未知。」「閉門客到常疑病，滿院花開未是貧。」「江聲秋入峽，雨氣夜侵樓。」雍厚之。古今詩話

【補　校】

㊀ 紹闇者曰「紹」應改作「紿」。

韓翃

唐德宗時制誥闕人，中書兩進人，御筆不點。又請之，上批曰：與韓翃。時有與翃同姓名者，爲江淮刺史，又具二人同進。上復批曰：「春城無處不飛花，寒食東風御柳斜〔一〕。日暮漢宮傳蠟燭〔二〕，青煙散入五侯家。」與此韓翃〔三〕。本事詩〔四〕

【校勘記】

〔一〕王校：「此四行宋本脱」，即小題及首三行（至御柳斜句）皆脱。

〔二〕日暮漢宮傳蠟燭　「蠟」寬永本原作「臘」，據本事詩改。

〔三〕與此韓翃　「翃」寬永本誤作「雄」，此據王校從宋本。㊀

〔四〕嘉靖本殘存之「□□此人是也」六字疑爲本條脱文。

【補　校】

㈠「翃」字　朝鮮本未誤作「雄」。

項斯

楊祭酒嘗見江表士人項斯詩，贈之詩云：「度度見君詩句好〔一〕，及觀標格過於詩。平生不解藏人善，到處相逢説項斯。」由是四方知名。古今詩話

【校勘記】

〔一〕「度度見君詩句好」「句」寬永本作「最」，嘉靖本空格。

白樂天

樂天初舉，名未振，以歌詩投顧況，況戲之曰：長安物貴，居大不易。及讀至原上草云：「野火燒不盡，春風吹又生。」曰：有句如此，居亦何難？老夫前言戲之耳！古今詩話

趙倚樓

杜紫微覽趙渭南早秋詩云：「殘星幾點鴈橫塞，長笛一聲人倚樓。」因目之爲趙倚樓。古今詩話

謝蝴蝶

謝學士吟蝴蝶詩三百首，人呼爲謝蝴蝶。其間絶有佳句，如：「狂隨柳絮有時見，舞入梨花何處尋！」又曰：「江天春晚暖風細，相逐賣花人過橋。」古詩有：「陌上斜飛去，花間倒翅迴。」又云：「身似何郎全傅粉，心如韓壽愛偷香。」終不若謝句意深遠。古今詩話

鮑孤鴈

鮑當爲河南府法曹，嘗忤知府薛映，因賦孤鴈詩，所謂：「天寒稻粱少，萬里孤難進。不惜充君庖，爲帶邊城信。」薛大稱賞，因號鮑孤鴈。司馬文正詩話

夏英公

夏鄭公竦以父歿王事，得三班差使，然自少好讀書，攻爲詩。一日，攜所業，伺宰相李文靖沆退朝，拜

於馬首而獻之。文靖讀其句，有「山勢蜂腰斷，溪流燕尾分」之句，深愛之。終卷皆佳句。翊日，袖詩呈真宗。及叙死事之後，乞與换文資，遂改潤州金壇主簿。東軒筆録

王文穆

王文穆欽若未第時，寒窘，依幕府家。時章聖以壽王尹開封，一日晚過其家，左右不虞王至，亟取紙屏障風，王顧屏間一聯云：「龍帶晚煙歸洞府，鴈拖秋色入衡陽。」大加賞愛曰：此語落落有貴氣，何人詩也？對曰：某門客王欽若。王遽召之，一見欽其風素；其後信任頗專，致位上相，風雲之會，實基於此焉。西清詩話

王琪

晏元獻公赴杭州，道過維揚，憩大明寺，瞑目徐行，使侍史誦壁間詩板〔一〕，戒其勿言爵里姓名，終篇者無幾。又俾别誦一詩云：「水調隋宫曲，當年亦九成。哀音已亡國，廢沼尚留名〔二〕。儀鳳終陳跡，鳴蛙只廢聲。淒涼不可問，落日下蕪城。」徐問之，江都尉王琪詩也。召至同飯，又同步游池上。時春晚，已有落花，晏云：每得句書牆壁間，或彌年未嘗强對；且如「無可奈何花落去」，至今未能也。王應聲曰：「似曾相識燕歸來。」自此辟置，薦館職，遂躋侍從。遺珠

【校勘記】

〔一〕使侍史誦壁間詩板　「史」古松堂本作「吏」，據寬永本、嘉靖本及苕溪漁隱叢話改。

〔二〕「廢沼尚留名」　「沼」古松堂本誤作「落」，據寬永本、嘉靖本及苕溪漁隱叢話改。

薛簡肅公

薛簡肅公舉進士時，摯謁馮魏公㊀，首篇有「囊書空自負，早晚達明君」之句。馮掩卷而謂之曰：不知秀才所負何事？讀至第三篇春詩云：「千林如有喜，一氣自無私。」乃曰：秀才所負者如此！東齋記事

【補　校】

㊀摯謁馮魏公　「摯」應從東齋記事卷三改作「贄」。「摯」、「贄」字通，習用「贄」。

荆公以三詩取三士

復齋漫録云：王公韶少日，讀書於廬山東林裕老庵，庵前有老松，因賦詩云：「緑皮皴剥玉嶙峋，高節分明似古人。解與乾坤生氣概，幾因風雨長精神。裝添景物年年別，擺捽窮愁日日新。惟有碧霄雲

裏月，共君孤影最相親。」王荆公爲憲江東，過而見之，大加稱賞，遂爲知己。苕溪漁隱曰：蔡寬夫詩話云：盧龍圖秉少豪逸〔一〕，熙寧初游京師，久不得調，嘗作詩曰：「青衫白髮病糸軍，旋糴黄糧置酒樽〔二〕。但得有錢留客醉，那須騎馬傍人門！」荆公一見曰：此定非碌碌者。即薦用之，前此蓋未嘗相識也。又石林詩話云：劉季孫初以右班殿直監饒州酒，荆公爲憲江東，巡歷至饒，按酒務，始至廳事，見小屏間有題小詩曰：「呢喃燕子語梁間，底事來驚夢裏閑！說與傍人應不解，杖藜攜酒看支山。」大稱賞之。即召與語，嘉歎久之。升車而去，不復問務事。荆公以三詩取三士，其樂善之心，今人所未有也。吾故表而出之。

【校勘記】

〔一〕盧龍圖秉少豪逸　「盧」古松堂本誤作「盧」，據寬永本、嘉靖本及苕溪漁隱叢話改。

〔二〕「旋糴黄糧置酒樽」　「糴」古松堂本作「糴」，從寬永本、嘉靖本等改。

葛敏修

山谷南遷，還，至南華竹軒，亦令侍史誦詩板。有一絶云：「不用山僧供帳迎，世間無此竹風清。獨拳一手支頤臥，偷眼看雲生未生？」稱嘆不已，徐視姓名曰，果吾學子葛敏修也。復齋

賀方回

賀方回題一絕于定林寺云：「破冰泉脈漱籬根，壞衲遥疑掛樹猿。蠟屐舊痕尋不見，東風先爲我開門。」舒王見之，大稱賞，緣此知名。王直方詩話

蘇後湖

蘇伯固之子名庠，字養直，作清江曲云：「屬玉雙飛水滿塘，菰蒲深處浴鴛鴦。白蘋滿棹歸來晚，秋着蘆花一片霜。扁舟繫岸依林樾，蕭蕭兩鬢吹華髮。萬事不理醉復醒，長占煙波弄明月。」坡曰：若置在李太白集中，誰疑其非！王直方詩話

曹翰

曹武毅公翰平江南歸環衛，數年不調。一日内宴，侍臣皆賦詩，翰以武人獨不預，乃陳曰：臣少亦學詩，乞應詔。太宗曰：卿武人，以刀字爲韻。因以寄意曰：「三十年前學六韜〔一〕，英名常得預時髦。曾因國難披金甲，不爲家貧賣寶刀。臂健尚嫌弓力軟，眼明猶識陣雲高。庭前昨夜秋風起，羞見蟠花舊戰袍。」青箱雜記

【校勘記】

〔一〕「三十年前學六韜」　「三」古松堂本誤作「二」，據寬永本、嘉靖本及皇朝文鑑改。

伍喬

伍喬、張洎，少相友善。張爲翰林學士，眷寵優異；伍爲歙州通判，作詩寄張，戒去僕曰：張游宴時投之。一日，張與僚友近郊會燕歡甚，僕投詩，詩云：「不知何處可消憂，公退攜壺即上樓。職事久參侯伯幕，夢魂長遶帝王州。黄山向晚盈軒翠，黟水含春遶郡流。遥想玉堂多暇日，花時誰伴出城游！」得詠動容久之，爲言於上，召還爲考功員外郎。詩史

劉子先

章子厚嘗與劉子先定有場屋之舊，又頗相厚善。隔闊十年，子厚拜相，亦不通問，寄書誚其相忘遠引之意〔一〕。子先以詩謝曰：「故人天上有書來，責我疎愚唤不回。兩處共瞻千里月，十年不寄一枝梅。塵泥自與雲霄隔，駑馬難追德驥才。莫謂無心向門下，也曾終夕望三台。」公得詩甚喜，即召爲宰屬，遂遷户部侍郎。高齋詩話

【校勘記】

〔一〕寄書誚其相忘遠引之意　「誚」古松堂本誤作「請」，據寬永本、嘉靖本改。

龍太初

郭功父方與荆公坐，有一人展刺云：詩人龍太初。功父勃然曰：相公前敢稱詩人，其不識去就如此！荆公曰：且請來相見。既坐，功父曰：賢道能作詩，能爲我賦乎？太初曰：甚好。功父曰：只從相公請箇詩題。時方有一老兵，以沙捺銅器。荆公曰：可作沙詩。太初不頃刻誦曰：「茫茫黄出塞，漠漠白鋪汀。鳥去風平篆，潮回日射星。」功父閣筆。太初緣此，名聞東南。王直方詩話

姚嗣宗

華州狂子張元，天聖間坐累終身，每託興吟詠。如雪詩：「戰退玉龍三百萬〔一〕，敗鱗殘甲滿天飛。」詠白鷹詩：「有心待搦月中兔，更向白雲頭上飛。」怪譎類是。後竄夏國，教元昊爲邊患，朝廷方厭兵，時韓魏公撫陝右，書生姚嗣宗獻崆峒山詩，有云：「踏碎賀蘭石，掃清西海塵。布衣能辦此，可惜作窮鱗〔二〕。」顧謂僚屬曰：此人若不收拾，又一張元矣。因表薦官之。西清詩話

【校勘記】

〔一〕「戰退玉龍三百萬」　「玉」寬永本誤作「五」，宋本作「玉」。

〔二〕「可惜作窮鱗」　「惜」寬永本誤作「借」，宋本作「惜」。㊀

【補　校】

㊀「玉」字　朝鮮本未誤作「五」。　「惜」字　朝鮮本未誤作「借」。

白馬詩

王曾獻金陵牧薛大夫白馬詩㊀：「白馬披絲練一團〔一〕，今朝被絆欲行難。雪中放去唯留跡，月下牽來只見鞍〔二〕。向北長鳴天外遠〔三〕，臨風斜墜耳邊寒。自知毛骨還應異，更請王良子細看。」雲溪友議

【校勘記】

〔一〕「白馬披絲練一團」　「披」寬永本作「拔」。㊁

〔二〕「月下牽來只見鞍」　「見」古松堂本誤作「就」，據寬永本、嘉靖本改。

〔三〕「向北長鳴天外遠」　「北」古松堂本誤作「比」，據寬永本、嘉靖本改。

【補　校】

㈠王曾獻金陵牧薛大夫白馬詩　「王曾」應據雲溪友議卷中改作「平曾」，各本詩人玉屑俱誤。

㈡「拔」字　朝鮮本未誤作「拔」。

毛國英

毛國英，澤民之從子也，以詩自鳴。嘗經岳侯駐兵之地，江禁方嚴，國英投詩云：「鐵鎖沉沉截碧江，風旗獵獵駐危檣。禹門縱使高千尺，放過蛟龍也不妨。」侯曰：詩人也，委舟以渡之。

詩人玉屑卷之十一

詩病

詩病有八 沈約

一曰平頭　第一、第二字不得與第六、第七字同聲。如「今日良宴會，讙樂莫具陳」，「今」、「讙」皆平聲。

二曰上尾　第五字不得與第十字同聲。如「青青河畔草，鬱鬱園中柳」，「草」、「柳」皆上聲。

三曰蜂腰　第二字不得與第五字同聲〔一〕。如「聞君愛我甘，竊欲自修飾」，「君」、「甘」皆平聲，「欲」、「飾」皆入聲。

四曰鶴膝　第五字不得與第十五字同聲。如「客從遠方來，遺我一書札。上言長相思，下言久離别」，「來」、「思」皆平聲。

五曰大韻　如「聲」、「鳴」爲韻，上九字不得用「驚」、「傾」、「平」、「榮」字〔二〕。

六曰小韻　除本一字外〔三〕，九字中不得有兩字同韻。如「遥」、「條」不同。

七曰旁紐，八曰正紐　十字内兩字疊韻爲正紐〔四〕，若不共一紐而有雙聲，爲旁紐。如「流」、「久」爲正紐，「流」、「柳」爲旁紐。

八種惟上尾、鶴膝最忌，餘病亦皆通。

【校勘記】

〔一〕三曰蜂腰第二字不得……　第二字之「二」字，嘉靖本、古松堂本誤作「三」，據寬永本改。

〔二〕五曰大韻……「驚」、「傾」……　「傾」寬永本作「神」。

〔三〕六曰小韻除本一字外……　「本」嘉靖本、古松堂本作「大」，據寬永本改。

〔四〕七曰旁紐……十字内兩字疊韻爲正紐……　「疊韻」二字寬永本、嘉靖本作「雙聲」。

細較詩病

聖俞語予曰：嚴維詩：「柳塘春水慢，花塢夕陽遲。」則天容時態，融和怡蕩，如在目前。又劉貢父詩話云：此一聯細細較之，「夕陽遲」則繫「花」，「春水慢」不須「柳」也。如老杜「深山催短景，喬木易高風」，則了無瑕纇。苕溪漁隱曰：「春水慢」不須「柳」，此真確論；但「夕陽遲」則繫「花」，此論殊非是。蓋「夕陽遲」乃繫於「塢」，初不繫「花」。以此言之，則「春水慢」不必「柳塘」，「夕陽遲」豈獨「花塢」哉！

余嘗愛西清詩話載吴越王時，宰相皮光業每以詩爲己任，嘗得一聯云：「行人折柳和輕絮，飛燕銜泥帶落花。」自負警策，以示同僚。衆爭嘆譽，裴光約曰：二句偏枯，不爲工。蓋柳當有絮，泥或無花。此論乃得詩之膏肓矣。六一居士詩話

至寶丹

王岐公詩喜用金玉珠碧，以爲富貴。而其兄謂之至寶丹也。後山詩話

點鬼簿算博士

王、楊、盧、駱有文名，人議其疵曰：楊好用古人姓名，謂之點鬼簿；駱好用數對，謂之算博士。玉泉子

倒用字

和東坡金山詩云：「雲峰一隔變炎涼，猶喜重來飯積香。」維摩經云：維摩詰往上方，有國號香積，以衆香鉢盛滿香飯，悉飽衆會。故今僧舍廚名「香積」，二字不可顛倒也。漁隱

狂怪

石介作三豪詩，略云「曼卿豪於詩，永叔豪於文，杜默豪於歌」也。永叔亦贈默詩云：「贈之三豪篇，而我濫一名。」默之歌少見於世〔一〕，初不知之。後聞其篇云：「學海波中老龍，聖人門前大蟲。推倒楊朱墨翟，扶起仲尼周公。」皆此等語。甚矣，介之無識也！永叔不欲嘲笑之者，此公惡爭名，且爲介諱也。吾觀杜默豪氣，正是京東學究，飲私酒，食瘴死牛肉，醉飽後發者也。作詩狂怪，至盧仝、馬異極矣。若更求奇，便作杜默。東坡

【校勘記】

〔一〕「而我濫一名。」默　以下嘉靖本、古松堂本奪去兩葉，至「雪詩蛙詩」條「謫仙簷蓋取李太」止。茲據寬永本補。

金山詩

陳無己詩話謂：平甫以楊蟠金山寺詩爲莊宅牙人話，解量四至，詩云：「天末樓臺橫北固，夜深燈火見揚州。」然余觀荆公金山詩前四句亦類此：「天末海雲橫北固，煙中沙岸似西興。已無舡舫猶聞笛，遠有樓臺祇見燈。」苕溪漁隱曰：平甫游金山詩云：「北固山連三楚盡，中濡水入九江深。」平甫譏楊蟠

詩，反自作此等語，何耶。復齋漫録

方池詩

西頭供奉官錢昭度曾詠方池，詩云：「東道主人心匠巧，鑿開方石貯漣漪。夜深卻被寒星映，恰似仙翁一局棊。」有輕薄子見而笑曰：此所謂「一局黑全輸」也。遯齋閒覽

櫻桃詩

唐自四月一日寢廟薦櫻桃後，頒賜百官各有差。摩詰詩：「歸鞍競帶青絲籠，中使頻傾赤玉盤。」退之詩：「香隨翠籠擎初重，色映銀盤瀉未停。」二詩語意相似。摩詰詩渾成，勝退之詩。櫻桃初無香，退之以香言之，亦是語病。漁隱

水仙詩

水仙花詩云：「借水開花自一奇，水沉爲骨玉爲肌。暗香已壓酴醿倒，只比寒梅無好枝。」第水仙花初不在水中生，欲形容水字，反成語病。漁隱

竹詩

東坡有言：世間事忍笑爲易，惟讀王祈大夫詩不笑爲難。祈嘗謂東坡云：有竹詩兩句，最爲得意。因誦曰：「葉垂千口劍〔一〕，榦聳萬條槍。」坡曰：好則極好，則是十條竹竿，一箇葉兒也。王直方詩話

【校勘記】

〔一〕葉垂千口劍　「口」寬永本誤作「古」，宋本作「口」，兹從宋本。㊀

【補　校】

㊀「口」字　朝鮮本未誤作「古」。

中秋月

陳純字元朴，莆田人。因游桃源，中秋夜遇玉源、靈源、桃源三夫人。玉源令純舉中秋月詩，純言一聯云：「莫辭終夕看，動是隔年期。」桃源曰：意雖佳，但不見中秋月，作七月十五夜亦可。桃源因作詩曰：「金吹掃天幕，無雲方瑩然。九秋今夕半，萬里一輪圓。皓彩盈虛碧，清光射玉川。瑶樽休惜醉，

幽意正繇繇。」青瑣

孤雁詩

鮑當吟孤雁云：「更無聲接續，空有影相隨。」當時號爲「鮑孤雁」。凡物有聲而孤者皆然，何獨雁乎。漢皋張君詩話

雪詩蛙詩

雪詩押「簷」字一聯云：「敗屨尚存東郭指，飛花又舞謫仙簷。」「東郭指」正用雪事，出史記滑稽傳。「謫仙簷」蓋取李太白詩所謂「飛花送酒舞前簷」者〔一〕，即無雪事矣。贈王子直詩云：「水底笙歌蛙兩部，山中奴隸橘千頭。」雖愛其語之工，然南史：孔德璋門庭之内，草萊不剪，中有蛙鳴；或問之曰：欲爲陳蕃乎？曰：我以此當兩部鼓吹，何必效陳蕃！即無笙歌之說。藝苑雌黄

【校勘記】

〔一〕「謫仙簷」蓋取李太白詩所謂「飛花送酒舞前簷」　「簷」嘉靖本、古松堂本誤作「筵」，據寬永本及李太白詩改正。又「詩」字上古松堂本有一「之」字（以前即缺頁），殆誤衍。

近似

高英秀者，吴越國人。與贊寧爲詩友。口給好駡，滑稽，每見眉目有異者，必噂短於其後，人號惡喙薄徒。嘗譏名人詩病云：李義山覽漢史云：「王莽弄來曾半破，曹公將去便平沉。」定是破船詩。李群玉詠鷓鴣云：「方穿詰曲崎嶇路，又聽鉤輈格磔聲。」定是梵語詩。羅隱云：「雲中雞犬劉安過，月裏笙歌煬帝歸。」定是鬼詩。杜荀鶴云：「今日偶題題似著，不知題後更誰題。」此衛子詩也，不然，安有四蹄。贊寧笑謝而已。西清詩話

程師孟知洪州，於府中作静堂，自愛之，無日不到。作詩題於石曰：「每日更忙須一到〔一〕，夜深長是點燈來。」李元規見而笑曰：此乃是登溷之詩乎！東軒筆録

羅隱題牡丹云：「若教解語應傾國，任是無情也動人。」曹唐曰：此乃詠子女障子耳。隱曰：猶勝足下作鬼詩。乃誦唐漢武要王母詩云：「樹底有天春寂寂，人間無路月茫茫。」豈非鬼詩耶！丹陽集

聖俞嘗云：詩句義格雖通，語涉淺俗而可笑者，亦其病也。如「盡日覓不得，有時還自來」，本謂詩之好句難得耳，説者云：此是人家失貓兒，人以爲笑。歐公詩話

文潛賦虎圖詩，末云：「煩君銜吾寢，振此蓬蓽陋。坐令盜肉鼠，不敢窺白晝。」或云：此卻是貓兒詩也。又大旱詩云：「天邊趙盾益可畏，水底武侯方醉眠。」時人以爲幾於湯燖右軍也。王直方詩話

【校勘記】

〔一〕每日更忙須一到　「忙」寬永本誤作「杧」，宋本作「忙」。㊀

【補　校】

㊀「忙」字　朝鮮本未誤作「杧」字。

鵝腿子

有舉人以詩謁汴帥王智興，智興曰：「莫有鵝腿子否？」謂鶴膝也。盧氏雜說

漫塘評劉啟之詩病

劉啟之以詩自許，漫塘先生得其詩，讀至韓蘄王廟詩中兩句云：「皇天有意存趙孤，蘄王登壇鬼神泣。」先生掩卷曰：此未識作詩法也。詩家以杜少陵稱首，正謂其無一篇不寓尊君敬上之意，如北征詩云：「桓桓陳將軍，仗義奮忠烈。都人望翠華，佳氣向金闕。煌煌太宗業，樹立甚宏達。」洗兵馬云：「成王功大心轉小，郭相謀深古來少。司徒清鑒懸明鏡，尚書氣與秋天杳。」先後重輕，非苟作也〔一〕。今顧指

高宗爲趙孤，謂皇天眷命，有意存趙孤，而蘄王登壇，鬼神便泣，氣勢卻如此其盛！毋乃抑君父之太過，而揚臣子之已甚乎！語録

【校勘記】

〔一〕非苟作也「也」寬永本作「者」。

礙理

害理

澧陽道傍有甘泉寺，因萊公、丁謂曾留行記，從而題詠者甚衆，碑牌滿屋。孫諷有「平仲酌泉曾頓轡〔一〕，謂之禮佛遂南行。高堂下瞰炎荒路，轉使高僧薄寵榮」。人獨傳道，余獨恨其語無別，自古以直道見黜者多矣，豈皆貪寵榮者哉！又有人云：「此泉不洗千年恨，留與行人戒覆車。」害理尤甚。萊公之事，亦例爲覆車乎！因過之，偶爲數韻，其間有云：「已憑靜止鑑忠精，更遣清冷洗讒喙。」蓋指二公也。碧溪

【校勘記】

〔一〕孫諷有「平仲酌泉曾頓轡」　「諷」嘉靖本、古松堂本誤作「風」，「平」嘉靖本、古松堂本誤作「評」，俱據寬永本改。又據臨漢隱居詩話，「孫諷」應爲「范諷」。㊀

【補　校】

㊀孫諷　據釋文瑩湘山野録，「孫諷」確爲「范諷」之誤。

句好而理不通

詩人貪求好句，而理有不通，亦語病也。如「袖中諫草朝天去，頭上宮花侍燕歸」誠爲佳句矣，但進諫必以章疏，無用藁之理。唐人有云：「姑蘇城外寒山寺〔一〕，夜半鐘聲到客船〔二〕。」説者亦云：句則佳矣，其如三更不是撞鐘時！如賈島哭僧云：「寫留行道影，焚卻坐禪身。」時謂之燒殺活和尚，此尤可笑。若「步隨青山影，坐學白塔骨」，又「獨行潭底影，數息樹邊身」皆是島詩，何精麄頓異〔三〕！歐公詩話

【校勘記】

〔一〕「姑蘇城外寒山寺」　「城外」寬永本、嘉靖本作「臺下」。

〔二〕「夜半鐘聲到客船」　「夜半」寬永本作「半夜」。

〔三〕何精龕頓異　「龕」寬永本誤作「龕」，宋本作「龕」。㊀

【補　校】

㊀「龕」字　朝鮮本未誤作「龕」。

礙理

潘大臨，字邠老，有登漢陽高樓詩曰〔一〕：「兩屐上層樓，一目（古本作日）略千里。」説者以爲著屐豈可登樓！又嘗賦潘庭之清逸樓詩，有云：「歸來陶隱居，拄頰西山雲〔二〕。」或謂：既已休官，安得手板而拄之也！王直方詩話

【校勘記】

〔一〕有登漢陽高樓詩曰　「高」寬永本作「江」。

〔二〕「拄頰西山雲」　「拄」寬永本誤作「柱」，宋本作「拄」。㊀

【補　校】

㊀「拄」字　朝鮮本未作「柱」。

長恨歌古柏行㊀

白樂天長恨歌云：「峨眉山下少人行。」峨眉在嘉州，與幸蜀全無交涉。杜詩云：「霜皮溜雨四十圍，黛色參天二千尺。」四十圍乃是徑十尺，無乃太細長乎！　皆文章之病也。

【補　校】

㊀長恨歌古柏行　此則實出沈括夢溪筆談卷二十三，原漏注出處。

鷓鴣詩

林逋云〔一〕：「草泥行郭索，雲木叫鉤輈。」鉤輈格磔，謂鷓鴣聲也。詩話筆談皆美其善對，然鷓鴣未嘗棲木而鳴，惟低飛草中。孫莘老知福州，有荔枝十絶，句云：「兒童竊食不知禁，格磔山禽滿院飛。」蓋譜言荔枝未經人摘〔二〕，百禽不敢近；或已經摘，飛鳥蜂蟻競來食之；或謂鷓鴣既不登木，又非庭院之禽，性又不嗜荔枝，夏月即非鷓鴣之時。語意雖工，亦詩之病也。

【校勘記】

〔一〕林逋云　「逋」寬永本誤作「通」。㊀

〔二〕蓋譜言荔枝未經人摘　「譜」宋本誤作「諸」。

【補　校】

㊀「逋」字　朝鮮本未誤作「通」。

鷺鷥詩

張仲達詠鷺鷥詩云：「滄海最深處，鱸魚銜得歸。」張文寳曰：佳則佳矣，爭奈鷺鷥觜脚大長也[一]。㊀荆湖近事

【校勘記】

〔一〕「鷥」字寬永本俱作「鶿」。

【補　校】

㊀爭奈鷺鷥觜脚大長也　「大」應作「太」。從朝鮮本。

邑人詩[二]

方謂有贈邑令詩云：「琴彈永日得古意，印鏁經秋生蘚痕。」句雖佳，但印上不是生蘚處，不若前輩詩云：「雨後有人耕緑野，月明無犬吠花村。」思清句雅，又見令之教化仁愛，民樂於耕耨，且無盜賊之警也。翰府名談

【校勘記】

〔一〕「人」寬永本作「令」。

考證

少陵與太白，獨厚於諸公，凡言太白十四處〔一〕，至云：「世人皆欲殺，吾意獨憐才。」「醉眠秋共被，攜手日同行。」「三夜頻夢君，情親見君意。」其情好可想。遯齋閑覽謂二人名既相逼，不能無相忌。是以庸俗之見而度賢哲之心也。予故不得不辨。

古詩十九首，非止一人之詩也。「行行重行行」，樂府以爲枚乘作，則其他可知矣。

古詩十九首「行行重行行」，玉臺作兩首，自「越鳥巢南枝」以下，别爲一首，當以選爲正。

文選長歌行只有一首「青青園中葵」者，郭茂倩樂府有兩首，次一首乃「仙人騎白鹿」者。

「仙人騎白鹿」之篇，予疑此詞「岧岧山下亭」以下，其義不同，當又别是一首。郭茂倩不能辨也。

文選「飲馬長城窟」，古詞無人名，玉臺以爲蔡邕作。

古詞之不可讀者，莫如巾舞歌，文義漫不可解。

又古將進酒、芳樹、石榴〔二〕、豫章行等篇，皆使人讀之茫然，又朱露、雉子班、艾如張、思悲翁、上之回等，只二三句可解，寧非歲久文字訛舛而然耶！

木蘭歌「促織何唧唧」，文苑英華作「唧唧何切切」，又作「歷歷」〔三〕，樂府作「唧唧復唧唧」，又作「促織何唧唧」，當從樂府也。

「願馳千里足」，郭茂倩樂府「願借明駝千里足」，酉陽雜俎作「願馳千里明駞足」，漁隱不考，妄爲之辨。

木蘭歌，文苑英華直作韋元甫名，考郭茂倩樂府有兩篇〔四〕，其後篇乃元甫所作也。

木蘭歌最古，然「朔氣傳金柝，寒光照鐵衣」之語，已似太白，必非漢魏人也。

班婕妤怨歌行，文選直作班姬之名，樂府以爲顏延年作。

諸葛孔明梁甫吟：「步出齊東門〔五〕，遥望蕩陰里。」樂府解題作「遥望陰陽里」，今青州有陰陽里。「田疆古冶子」，解題作「田疆固野子」〔六〕。

南北朝人，惟張正見詩最多，而最無足省發。所謂雖多亦奚以爲。

西清詩話載晁文元家所藏陶詩，有問來使一篇云：「爾從山中來，早晚發天目。我屋南山下，今生幾叢菊。薔薇葉已抽，秋蘭氣當馥。歸去來山中，山中酒應熟。」予謂此篇誠佳，然其體製氣象，與淵明不類。得非太白逸詩，後人謾取以入陶集耶？

文苑英華有太白代寄翁參樞先輩七言律一首，乃晚唐之下者。又有五言律三首，其一送客歸吳，其二送友生歸峽中，其三送袁明甫任長江〔七〕，集本皆無之。其家數在大曆、正元間，亦非太白之作。又有五言雨後望月一首，望夫石一首，冬日歸舊山一首〔八〕，皆晚唐之語，又有「秦樓出佳麗」四句，亦不類太白，皆是後人假名也。

文苑英華有送史司馬赴崔相公幕一首云：「崢嶸丞相府，清切鳳凰池。羨爾瑶臺鶴，高棲瓊樹枝。歸飛晴日好，吟弄惠風吹〔九〕。正有乘軒樂，初當學舞時。珍禽在羅網，微命若游絲。願托周周羽，相銜漢水湄。」此或太白之逸詩也。不然，亦是盛唐人作。

太白集中少年行，只有數句類太白，其他皆淺近浮俗，非太白之作，必誤入也。

「酒渴愛江清」一詩，文苑英華作暢當，而黄伯思注杜集，編作少陵詩，非也。

「迎旦東風騎蹇驢」，决非唐人氣象，只似白樂天言語。今者世俗圖畫〔一〇〕，以爲少陵詩，漁隱亦辨其非矣。而黄伯思編入杜集，非也。

少陵有避地逸詩一首云：「避地歲時晚，竄身筋骨勞。詩書逐牆壁，奴僕亦旌旄。行在近聞信〔一一〕，此生隨所遭。神堯舊天下，會見出腥臊。」題下公自注云：至德二載丁酉作。此則真少陵語〔一二〕。今書市諸本，並不見有。

舊蜀本杜詩並無注釋，雖編年而不分古、近二體，其間略有公自注而已。今豫章庫本，以爲翻鎮江蜀本，雖無雜注，又分古律，其編年亦且不同。近寶慶間南海漕臺新刊杜集，亦以爲蜀本雖删去假坡之注，亦有王原叔以下九家，而趙注比他本最詳，皆非舊蜀本也。

杜集注中「坡曰」者，皆是託名假僞。漁隱雖嘗辨之，而人尚疑之，蓋無至當之説，以指其僞也。今舉一端，將不辨而自明矣：如「楚岫千峰翠」，注云：景差蘭臺春望：「千峰楚岫翠，萬木郢城陰。」且五言始於李陵、蘇武，或云枚乘，則漢以前五言古詩尚未有之；寧有戰國時已有五言律句耶？觀此，可以一笑而悟矣。亦幸其有此漏逗也。

杜注中有「師曰」者〔一三〕，亦「坡曰」之類，其間半僞半真，尤爲殽亂惑人。此深可嘆。然具眼者，自默識之耳。

崔灝渭城少年行，百家選作兩首。自「秦川」以下，别爲一首。郭茂倩樂府止作一首，文苑英華亦只作一首，當從樂府、英華爲是。

玉川子「天下薄夫苦耽酒」之詩，荆公百家選只作一篇，本集自「天上白日悠悠懸」以下，别爲一首，當從荆公爲正。

太白詩「斗酒渭城邊，壚頭耐醉眠」者，乃岑參之詩，誤入公集。

太白塞上曲「騮馬新跨紫玉鞍」者，乃王昌齡詩，亦誤入。昌齡本有二篇，前篇乃「秦時明月漢時關」者也〔一四〕。

孟浩然集，有贈孟郊一首，按東野乃正元、元和間人，而浩然終於開元二十八年，時代懸遠；其詩亦不似浩然，必誤入，不可不辨也。

杜詩「五雲高太甲，六月曠摶扶」，「太甲」之義，殆不可曉。得非高太乙耶？「乙」誤爲「甲」，蓋亦相近。以「星」對「風」，庶從其類也。

「杳杳東山攜汉妓，泠泠脩竹待王歸。」「携漢妓」，無義理，疑是「攜妓去」，蓋子美於絶句每喜對偶耳。臆見如此，更俟宏識。

荆公百家詩選，蓋本於唐人英靈、間氣集〔一五〕，其初明皇、德宗、薛稷、劉希夷、王適、韋述之詩，無少增損，次序亦同；孟浩然但增其數；儲光羲後，方是荆公自去取。前卷讀之盡佳，非其選擇之精，蓋盛唐人之詩，無不可觀者。至於大曆以後，其去取深不滿人意；況唐人如沈、宋、王、楊、盧、駱、陳拾遺、張曲江、賈至、王維、獨孤及、韋應物、孫逖、祖詠、劉昚虛、綦毋潛、劉長卿、李長吉諸公，皆大名家；李、杜、韓、柳、元、白，以家有其集，故不載，而此集無之。荆公當時所選，但據宋次道家之所有耳。其序乃言：「觀唐詩者觀此足矣，豈不誣哉！今人但以荆公所選，斂衽而莫敢議，可嘆也！

荆公有一家但取一二首而不可讀者。如曹唐二首，其一首云：「年少風流好丈夫，大家望拜漢金吾〔一六〕。閑眠曉日聽鶗鴂，笑倚春風仗轆轤〔一七〕。深院吹笙從漢婢，靜街調馬任奚奴。牡丹花下鉤簾看，獨凴紅肌捋虎鬚。」此不足以書屏幛，但可與閭巷小人爲文背之詞。又買劍一首云：「青天露拔雲霓泣，黑地潛擎鬼魅愁。」但可與巫師念誦也。

唐人類集一代之詩，不特英靈、間氣、極玄、又玄也。顧陶作唐詩類選，竇常有南薰集，韋縠有才調集，又有正聲集，不記何人。有小選、集選、詞苑瓊華、雅言系述，其他必尚有之也。

予嘗見方子通墓誌，言唐詩有八百家，子通所藏有五百家，今則世不見有。惜哉！

柳子厚「漁翁夜傍西巖宿」之詩，東坡刪去後二句，使子厚復生，亦必心服。

謝朓：「洞庭張樂地，瀟湘帝子游。雲去蒼梧野，水還江漢流。停驂我悵望，輟棹子夷猶。廣平聽方藉，茂陵將見求。心事俱已矣，江上徒離憂。」予謂「廣平聽方藉，茂陵將見求」一聯，亦可削去，只用八句，尤爲渾然。不知識者以爲如何？

【校勘記】

〔一〕凡言太白十四處　「凡」字寬永本奪。

〔二〕又古將進酒、芳樹、石榴……　「榴」寬永本作「留」。

〔三〕木蘭歌「促織何唧唧」，文苑英華作「唧唧何切切」，又作「嚦嚦」　「切切」寬永本作「力力」，「嚦嚦」寬永本作「歷歷」。

〔四〕考郭茂倩樂府有兩篇　「考」字寬永本無，嘉靖本空格。

〔五〕諸葛孔明梁甫吟：「步出齊東門」　「東」寬永本作「城」。㊀

〔六〕解題作「田疆固野子」　「疆」寬永本作「強」。

〔七〕其三送袁明甫任長江　「任」寬永本作「伍」。
〔八〕冬日歸舊山一首　「日」寬永本作「月」。
〔九〕「吟弄惠風吹」　「惠」寬永本作「蕙」。
〔一〇〕今者世俗圖畫　「者」寬永本無，嘉靖本空格。
〔一一〕「行在近聞信」　「在」寬永本作「行」。
〔一二〕此則真少陵語　「語」寬永本作「也」。
〔一三〕杜注中有「師曰」者　「注」從寬永本。嘉靖本、古松堂本作「集」。疑應作「杜集注中」。
〔一四〕前篇乃「秦時明月漢時關」者也　「秦時」二字寬永本無。
〔一五〕荆公百家詩選，蓋本於唐人英靈、間氣集　此十六字寬永本無。王校云：「道光重刻宋本，其初二字上，尚有「荆公百家詩選，蓋本於唐人英靈、間氣集」十六字。宋本亦奪去，與此本同」。
〔一六〕「大家望拜漢金吾」　「漢」嘉靖本、古松堂本作「執」，據寬永本及滄浪詩話改。
〔一七〕「笑倚春風仗轆轤」　「春」嘉靖本、古松堂本作「東」，據寬永本及滄浪詩話改。

【補　校】

㈠步出齊東門　「東」字朝鮮本作「宋」，與寬永本作「城」異。

中國文學研究典籍叢刊

詩人玉屑

下

〔宋〕魏慶之 著
王仲聞 點校

中華書局

詩人玉屑卷之十二

品藻古今人物

古今詩人雖各有評，而總論諸賢，不容類析者，復萃於此。

韓詩

周詩三百篇，雅麗理訓誥。曾經聖人手，議論安敢到！五言出漢時，蘇李首更號。東都漸瀰漫，派别百川導。建安能者七，卓犖變風操。逶迤晋宋間，氣象日凋耗。中間數鮑謝，比近最清澳。齊梁及陳隋，衆作等蟬噪。國朝盛文章，子昂始高蹈。勃興得李杜，萬類困陵暴。後來相繼生，亦各臻閫奥。有窮者孟郊，受材實雄鷔。冥觀洞古今，象外逐幽好。横空盤硬語，妥帖力排奡。敷柔肆紆餘，奮猛卷海潦。韓薦士詩

諸公品藻相如

舉人過失難於當，其尤者，臧孫之犯門斬關，惟孟椒能數之〔一〕。臧紇謂國有人焉〔二〕，必椒也。其難如此！司馬相如竊妻滌器，開巴蜀以困苦鄉邦，其過已多，至於封禪書，則諂諛蓋天性，不復自新矣。子美猶云：「竟無宣室召，徒有茂陵求。」李白亦云：「果得相如草，仍餘封禪文。」和靖獨不然，曰：「茂陵他日求遺藁，尤喜曾無封禪書。」言雖不迫，責之深矣。李商隱云：「相如解草長門賦，卻用文君取酒錢。」亦舍其大，論其細也。舉其大者，自西湖始；其後有譏其諂諛之態，死而不已。正如捕逐寇盗，先爲有力者所獲，搤其亢而騎其項矣，餘人從旁助捶縛耳。碧溪

【校勘記】

〔一〕惟孟椒能數之　「椒」寬永本、嘉靖本作「散」。

〔二〕臧紇謂國有人焉　「臧」嘉靖本、古松堂本誤作「藏」，從寬永本。㊀

【補　校】

㊀「臧」字　朝鮮本亦誤作「藏」，與寬永本異。

六代

顔延之嘗問鮑照：己與靈運優劣，照曰：「謝五言如初發芙蓉，自然可愛；君詩如鋪錦列繡，亦雕繢滿眼。」南史顔延之傳「范雲婉轉清便，如流風回雪，丘遲點綴映媚，似落花依草。」南史梁丘遲「江總傷於浮豔。」南史本傳

初日芙蓉彈丸脱手

古人論詩多矣，吾獨愛湯惠休稱謝靈運爲「初日芙蓉」，沈約稱王筠爲「彈丸脱手」兩語，最當人意。「初日芙蓉」，非人力所能爲，而精彩華妙之意，自然見於造化之外。然靈運諸詩，可以當此者，亦無幾。「彈丸脱手」，雖是輸寫便利〔一〕，動無違礙；然其精圓快速，發之在手，筠亦未能盡。石林

【校勘記】

〔一〕雖是輸寫便利　「輸」寬永本誤作「輪」，宋本作「輸」。㊀

【補校】

〔一〕「輪」字　朝鮮本未誤作「輪」。

評鮑謝諸詩

爲詩欲詞格清美，當看鮑照、謝靈運；渾成而有正始以來風氣，當看淵明；欲清深閑淡，當看韋蘇州、柳子厚、孟浩然、王摩詰、賈長江；欲氣格豪逸，當看退之、李白；欲法度備足，當看杜子美；欲知詩之源流，當看三百篇及楚詞、漢、魏等詩。前輩云：建安才六七子，開元數兩三人。前輩所取，其難如此。予嘗與能詩者論書止於晉，而詩止於唐；蓋唐自大曆以來詩人，無不可觀者，特晚唐氣象衰薾耳。雪浪齋日記

品藻古今勝語

「池塘生春草，園林變夏禽。」世多不解此語爲工。蓋欲以奇求之耳。此詩之工，正在無所用意〔一〕，卒然與景相遇，備以成章，不假繩削，故非常情之所能到。詩家妙處，當須以此爲根本。而思苦言艱者，往往不悟。鍾嶸詩評，論之最詳，其略云：「思君如流水」，既非前所即目〔二〕；「高臺多悲風」，亦惟所

見；「清晨登隴首」，若無故實；「明月照積雪」，非出經史。古今勝語，多非假補，皆由直尋。顏延之、謝莊尤爲繁密，於時化之。故大明、太始中，文章殆同書鈔，近任昉、王元長等，辭不貴奇，競須新事，爾來作者，寖以成俗，遂乃句無虛語，語無虛字，牽聯補衲，蠹文已甚；自然英旨，罕遇其人。余每愛此言簡切明白易曉，但觀者未嘗留意耳。自唐以後，既變以律體，固不能無拘窘〔三〕；然苟大手筆，亦自不妨削鐻於神志之間，斲輪於甘苦之外也。石林詩話

【校勘記】

〔一〕正在無所用意　「用」寬永本無。

〔二〕既非前所即目　「前所即目」四字，寬永本作「所法則曰」，王校：「宋本法字空」。

〔三〕固不能無拘窘　「固」字從寬永本。宋本誤作「困」，嘉靖本、古松堂本作「因」。

歷論諸家

詩之興作，兆基邃古：唐歌、虞詠，始載典謨；商頌、周雅，方陳金石。其後研志緣情〔一〕，二京彌甚；含毫瀝思，魏晉彌繁。李都尉鴛鴦之詞，纏綿巧妙；班婕妤霜雪之句，發越清迥。平子桂林，理在文外，伯喈翠鳥，意盡行間。河朔人物，王、劉爲稱首，洛陽才子，潘、左爲覺先。乃若子建之牢籠群彥，士衡

之藉甚當時，並文苑之羽儀，詩人之龜鑑。駱賓王爲詩，格高指遠，若在天上物外，神仙會集，雲行鶴駕，想見飄然之狀。李太白集

【校勘記】

〔一〕其後研志緣情　「緣」宋本誤作「綠」。

左太冲詩

「振衣千仞岡，濯足萬里流。」使人飄飄有世表意。宋子京

鮑照淵明

鮑照詩華而不弱，陶潛詩切事情，但不文耳。

論子厚樂天淵明詩

子厚之貶，其憂悲憔悴之嘆，發於詩者，特爲酸楚。閔己傷志，固君子所不免，然亦何至是！卒以憤死，未爲達理也。樂天既退閑，放蕩物外，若真能脱屣軒冕者；然榮辱得失之際，銖銖校量而自矜其

達，每詩未嘗不著此意，是豈真能忘之者哉！亦力勝之耳。惟淵明則不然，觀其貧士、責子與其他所作，當憂則憂，遇喜則喜，忽然憂樂兩忘，則隨所遇而皆適，未嘗有擇於其間；所謂超世遺物者，要當如是而後可也。觀三人之詩，以意逆志，人豈難見！以是論賢不肖之實，亦何可欺乎！蔡寬夫詩話

韓杜

杜之詩，韓之文，法也。詩文各有體，韓以文爲詩，杜以詩爲文，故不工耳。蘇子瞻曰：子美之詩，退之之文，魯公之書，皆集大成者也。學詩當以子美爲師；有規矩，故可學。退之於詩，本無解處，以才高而好耳。淵明之爲詩，寫其胸中之妙耳。學杜不成，不失爲工；無韓之才，與陶之妙，而學其詩，終爲樂天耳。後山詩話

四家集

王荆公以李太白、杜子美、韓退之、歐陽永叔詩編爲四家集，以歐公居太白之上。公曰：太白詞語迅快，然十句九句言婦人酒耳。冷齋夜話

李杜諸人

作詩者陶冶物情，體會光景，必貴乎自得。蓋格有高下，才有分限，不可強力至也。譬之秦武陽氣蓋全燕，見秦王則戰掉失色；淮南王安雖爲神仙，謁帝猶輕其舉止：此豈由素習哉！余以謂少陵、太白，當險阻艱難，流離困躓，意欲卑而語未嘗不高；至於羅隱、貫休，得意於偏霸，誇雄逞奇〔一〕，語欲高而意未嘗不卑。乃知天稟自然，有不能易也。西清詩話

【校勘記】

〔一〕誇雄逞奇　「雄」寬永本、嘉靖本、古松堂本俱誤作「雕」，宋本作「雄」，今從之。

詩人各有所得

詩人各有所得，「清水出芙蓉，天然去雕飾」，此李白所得也。「或看翡翠蘭苕上，未掣鯨魚碧海中」，此老杜所得也。「橫空盤硬語，妥帖力排奡」，此韓愈所得也。荆公

老杜之仁心優於樂天

老杜茅屋爲秋風所破歌云：「自經喪亂少睡眠，長夜沾濕何由徹。安得廣廈千萬間，大庇天下寒士俱歡顔，風雨不動安如山。嗚呼！何時眼前突兀見此屋，吾廬獨破受凍死亦足。」樂天新製布裘云：「安得萬里裘，蓋裹周四垠。穩煖皆如我，天下無寒人。」新製綾襖成：「百姓多寒無可救，一身獨暖亦何情。心中爲念農桑苦，耳裏如聞饑凍聲〔一〕。爭得大裘長萬丈，與君都蓋洛陽城。」皆伊尹自任一夫不獲之辜也。或謂子美詩意，寧苦身以利人，樂天詩意，推身利以利人。二者較之，少陵爲難。然老杜，飢寒而憫人飢寒者也。白氏，飽煖而憫人飢寒者也。憂勞者易生於善慮，安樂者多失於不思，樂天疑優。或人又謂曰：白氏之官稍達，而少陵尤卑。子美之語在前，而長慶在後。達者宜急而卑者可緩也。前者唱導，後者和之爾。同合而論，則老杜之仁心差賢矣。碧溪

【校勘記】

〔一〕本條自「耳裏如聞饑凍聲」「饑」字以下，嘉靖本、古松堂本奪兩葉，至「裴迪丘丹」條「亦何所恨。其」止。兹從寬永本補。

詩句偉麗

七言之偉麗者：子美云：「旌旗日暖龍蛇動，宮殿風微燕雀高。」「五更鼓角聲悲壯，三峽星河影動搖。」爾後寂寥無聞焉。直至永叔云：「蒼波萬古流不盡，白鳥雙飛意自閑。」「萬馬不嘶聽號令，諸番無事樂耕耘。」可以並驅爭先矣。小生亦云：「令嚴鐘鼓三更月，野宿貔貅萬竈煙。」又云：「露布朝馳玉關塞，捷書夜到甘泉宮。」東坡

氣象雄渾句中有力

七言難於氣象雄渾，句中有力而紆餘，不失言外之意。自老杜「錦江春色來天地，玉壘浮雲變古今」與「五更鼓角聲悲壯，三峽星河影動搖」等句之後，常恨無復繼者。韓退之筆力最爲傑出，然每苦意與語俱盡。和裴晉公破蔡州所謂「將軍舊壓三司貴，相國新兼五等崇」非不壯也，然意亦盡於此矣。不若劉禹錫賀晉公留守東都云：「天子旌旗分一半，八方風雨會中州。」遠而大體也。石林

評唐人詩

唐自景雲以前，詩人猶習齊梁之氣，不除故態，率以纖巧爲工。開元後格律一變，遂超然度越前古。

當時雖李杜獨據關鍵，然一時輩流，亦非大曆、元和間諸人可跂望。如王摩詰，世固知之矣。獨賈至未見深稱者。予嘗觀其五言，如：「極浦三春草，高樓萬里心。楚山晴靄碧，湘水暮流深。忽與朝中舊，同爲澤畔吟。停盃試北望，還欲淚沾襟。」又：「越井人南去，湘川水不流。江邊數杯酒，海内一孤舟。嶺嶠同遷客，京華即舊游。春心將别恨，萬里共悠悠。」如此等類，使置老杜集中，雖明眼人恐未易辨也。蔡寬夫詩話

裴迪丘丹

王摩詰、韋蘇州集載裴迪、丘丹唱和，其語皆清麗高勝，常恨不多見。如迪：「安禪一室内，左右竹亭幽。有法知不染，無言誰敢酬。鳥飛爭向夕，蟬噪竟先秋。煩暑自茲退，清涼何處求。」如丹：「賣藥有時至，自知往來疎。遽辭池上酌，新得山中書。步出芙蓉府，歸乘觳觫車。猥蒙招隱作，豈愧班生廬。」其氣格殆不減二人，非唐中葉以來嘐嘐以詩鳴者可比。乃知古今文士堙滅不得傳于子孫者，不可勝數。然士各言其志，其隱顯亦何足多較。觀兩詩趣尚，其胸中殆非汲汲於世者。正爾無聞，亦何所恨。其姓名偶見二人集，亦未必不爲幸也。蔡寬夫詩話

唐人

王右丞、韋蘇州澄淡精緻，格在其中，豈妨於道哉！賈浪仙誠有警句，視其全篇，意思殊餒。大抵附於寒澀，方可致才，亦爲體之不備也。司空圖

方干

方干詩清潤小巧，蓋未升曹劉之堂〔一〕，或者取之太過，余未曉也。王贊嘗稱之曰：鋟肌滌骨〔二〕，冰瑩霞絢，嘉殺自將，不吮餘雋，麗不葩芬，苦不癯棘〔三〕，當其得志，倏與神會。孫郃嘗稱之曰：其秀也仙蕊於常花〔四〕，其鳴也靈鼉於衆響。其所作登靈隱峰詩云：「山叠雲霞際，川傾世界東。」送喻坦之詩云：「風塵辭帝里，舟楫到家林。」此直兒童語也。寄喻鳧云：「寒蕪隨楚盡，落葉渡淮稀。」而送喻坦之下第又云：「過楚寒方盡，浮淮月正沉。」贈路明府詩云：「吟成五字句，用破一生心。」而贈喻鳧又云：「纔吟五字句，又白幾莖鬚。」稱心寺中島云：「雲接停猿樹，花藏浴鶴泉。」而寄越上人又云：「窗接停猿樹，巖飛浴鶴泉。」其語言重複如此〔五〕，有以見其窘也。至於「野渡波摇月，空城雨翳鐘」，「白猿垂樹窗邊月，紅鯉驚鉤竹外溪」，「義行相識處，貧過少年時」等句，誠無愧於孫、王所賞。韻語陽秋

【校勘記】

〔一〕蓋未升曹劉之堂　「升」寬永本誤作「外」。宋本作「升」。㈠

〔二〕鋟肌滌骨　「鋟」王校：「宋本此字漫漶」。寬永本、嘉靖本、古松堂本作「鏝」，據韻語陽秋、詩話總龜改爲「鋟」字。「肌」嘉靖本、古松堂本作「飢」，與韻語陽秋合，今從寬永本。

〔三〕苦不癯棘　「癯」寬永本作「欋」，王校：「二字漫漶」（指宋本中「欋棘」二字）。㈡

〔四〕其秀也仙蕊於常花　「仙」字嘉靖本、古松堂本脱，從寬永本補，韻語陽秋亦有此字。

〔五〕其語言重複如此　「此」嘉靖本、古松堂本作「先」，此從寬永本。

【補校】

㈠「升」字　朝鮮本未誤作「外」。

㈡癯棘　朝鮮本不作「欋棘」，與他本同，與寬永本異。寬永本殆誤。

苦吟句蹈襲句

陳去非嘗謂余言：唐人皆苦思作詩，所謂「吟安一箇字，撚斷數莖鬚」；「句向夜深得，心從天外歸」；

「蟾蜍影裏清吟苦，舴艋舟中白髮生」之類者是也。故造語皆工，得句皆奇，但韻格不高，故不能參少陵之逸步。後之學詩者，儻能取唐人語而掇入少陵繩墨步驟中，此速肖之術也。余嘗以此語少藴，少藴云〔一〕：李益詩云：「開門風動竹，疑是故人來。」沈亞之詩云：「徘徊花上月，虛度可憐宵。」皆佳句也。鄭谷掇取而用之，乃云：「睡輕可忍風敲竹，飲散那堪月在花。」真可與李、沈作僕奴〔二〕。由是論之，作詩者興致先自高遠，則去非之言可用；儻不然，便與鄭都官無異。

欲識爲詩苦，秋霜苦在心〔三〕。杜牧之

爲人性僻耽佳句，語不驚人死不休。杜詩〔四〕

搜天斡地覓詩情。元稹白集序

【校勘記】

〔一〕余嘗以此語少藴，少藴云　寬永本「語」下空格，下接「葉少藴藴云」。嘉靖本作「余嘗以此語葉少藴云」。

〔二〕真可與李、沈作僕奴　「僕奴」二字從寬永本，他本作「奴僕」。

〔三〕秋霜苦在心　「苦」寬永本作「若」。又小字注「杜牧之」三字，宋本無。

〔四〕此條以後「杜詩」「元稹白集序」「李肇國史補」「漫叟詩話」等四行小字注宋本俱無。

擅場

唐人燕集必賦詩，推一人擅場。郭曖尚升平公主盛集〔一〕，李端擅場；送劉相巡江淮，錢起擅場。李肇國史補

【校勘記】

〔一〕郭曖尚升平公主 「曖」寬永本誤作「暖」，宋本作「曖」。

詩中有助語

詩中有助語：若「牀頭曆日無多子」，「借問別來太瘦生」之句，「子」與「生」字初不當輕重。漫叟詩話

詩言志

孫少述栽竹詩曰：「更起粉牆高百尺，莫令牆外俗人看。」晏臨淄曰：「何用粉牆高百尺，任教牆外俗人看。」處士之節，宰相之量，各言其志。〔一〕

【校勘記】

〔一〕此條下嘉靖本、古松堂本缺兩葉，奪去「蕭慤」「蔡百衲詩評」「評本朝諸賢詩」「温公忠義之志」四條。兹從寬永本補。

蕭慤

蕭慤有秋詩云：「芙蓉露下落，楊柳月中疎。」其蕭散宛然在目。何遜詩清巧，多形似之言，恨其每病苦辛，饒貧寒之氣〔一〕，不及劉孝綽之雍容也。孝綽以謝朓詩置几案間，動輒諷味。簡文愛陶淵明文，亦復如此。顔氏家訓〔二〕

【校勘記】

〔一〕饒貧寒之氣　「寒」字從宋本。寬永本誤作「衰」。㊀

〔二〕小字注「顔氏家訓」四字，宋本無。

【補　校】

㊀「寒」字　朝鮮本未誤作「衰」。

蔡伯衲詩評〔一〕

柳子厚詩雄深簡澹，迥拔流俗，至味自高，直揖陶謝，然似入武庫，但覺森嚴。王摩詰詩渾厚一段，覆蓋古今，但如久隱山林之人，徒成曠淡〔二〕。杜少陵詩自與造化同流，孰可擬議。至若君子高處廊廟〔三〕，動成法言，恨終欠風韻。黃太史詩妙脱蹊逕，言侔鬼神，唯胸中無一點塵，故能吐出世間語，所恨務高，一似參曹洞下禪〔四〕，尚墮在玄妙窟裏〔五〕。東坡公詩天才宏放，宜與日月爭光，凡古人所不到處，發明殆盡，萬斛泉源，未爲過也。然頗恨方朔極諫，時雜滑稽，故罕逢蘊藉。韋蘇州詩如渾金璞玉，不假雕琢成妍，唐人有不能到。至其過處，大似村寺高僧，奈時有野態。劉夢得詩法則既高，滋味亦厚，但正若巧匠矜能，不見少拙。白樂天詩自擅天然，貴在近俗，恨如蘇小雖美，終帶風塵。李太白詩逸態凌雲，照映千載，然時作齊梁間人體段，略不近溫厚。韓退之詩山立霆碎，自成一法，然譬之樊侯冠佩，微露麄疏〔六〕，與柳州詩若捕龍蛇，搏虎豹，急與之角，而力不敢暇，非輕蕩也。薛許昌詩天分有限，不逮諸公遠矣。至合人意處，正若芻豢，時復咀嚼自佳。王介甫詩雖乏風骨，一番去清新㊀，似方學語小兒，酷令人愛。歐陽公詩温麗深穩，自是學者所宗，然似三館畫手，未免多與古人傳神。杜牧之詩風調高華，片言不俗，有類新及第少年，略無少退藏處，固難成一唱而三歎也。右此十四公，皆吾平生宗師，追仰所不能及者，留心既久，故間得以議之。至若古今詩人，自是珠聯玉映，則又有不得而知也已。西清詩話

【校勘記】

〔一〕「伯」字據苕溪漁隱叢話應作「百」。

〔二〕徒成曠淡　「徒」宋本誤作「彶」。

〔三〕至若君子高處廊廟　「處」宋本作「邁」；又「廊廟」字及下句首「動」字宋本空格。

〔四〕一似參曹洞下禪　「參曹洞」三字宋本作「嘉譽嗣」，疑誤。

〔五〕尚墮在玄妙窟裏　「墮」字從宋本；寬永本誤作「隨」。㊁

〔六〕微露籠疎　「露」字宋本空格。

【補　校】

㊀ 一番去清新　「番」字下「去」字，據朝鮮本詩人玉屑，乃小字注。「番」作去聲，與杜甫詩：「會須上番看成竹」

「番」字同。「去」字應改用六號字。

㈢「墮」字　朝鮮本未誤作「隨」。

評本朝諸賢詩

芸叟嘗評詩云：永叔之詩如春服乍成，醞醅乍熟，登山臨水，竟日忘歸。王介甫之詩如空中之音，相中之色，人皆聞見，難可著摸。石延年之詩如饑鷹夜歸，巖木春拆。蘇東坡之詩如武庫初開，矛戟森然，一一求之，不無利鈍。梅舜俞之詩如深山道人，草衣木食，王公見之，不覺屈膝。郭功甫之詩如大排筵席，二十四味，終日揖遜，求其適口者少矣。芸叟之論公否未敢必。然觀東坡所記芸叟西征途中詩，止云：張舜民通練西事，稍能詩而已。則東坡蓋不以善詩待芸叟耶。復齋謾録〔一〕

【校勘記】

〔一〕小字注「復齋謾録」宋本無。

温公忠義之志

温公居洛，當初夏，賦詩曰：「四月清和雨乍晴，南山當户轉分明。更無柳絮因風起，惟有葵花向日

傾。」愛君忠義之志槩，見於詩矣。東坡〔一〕

【校勘記】

〔一〕小字注「東坡」宋本無。

王蘇黄杜

詩欲其好，則不能好矣。王介甫以工，蘇子瞻以新，黄魯直以奇；而杜子美之詩，奇、常、工、易、新、陳〔一〕，莫不好也。後山集

【校勘記】

〔一〕而杜子美之詩，奇、常、工、易……「奇」字寬永本無。

王黄晚年詩

東坡嘗以所作小詞示無咎、文潛，曰：何如少游？二人皆對云：少游詩似小詞，先生小詞似詩。陳無己云：荆公晚年詩傷工，魯直晚年詩傷奇。王直方詩話

蘇黄

晦庵云：蘇、黄只是今人詩，蘇才豪[一]，黄費安排。

【校勘記】

〔一〕「蘇才豪」下，朱文公游藝至論有「然一滚説盡無餘意」八字。

韓無咎

晦庵云：韓無咎詩[一]，做着者儘和平，有中原之舊，無南方啁哳之音。

【校勘記】

〔一〕韓無咎詩　「詩」朱文公游藝至論作「文」。

蘇子美吕吉甫

子美詩：「笠澤鱸肥人膾玉，洞庭橘熟客分金。」吕吉甫詩：「魚出清波庖膾玉，菊含寒露酒浮金。」蘇勝於吕，蓋「人」、「客」兩字，雖無亦可。

慈母溪

徐師川言作詩自立意，不可蹈襲前人，因誦其所作慈母溪詩；且言：慈母溪與望夫山相對，望夫山詩甚多，而慈母溪古今無人題詩。末兩句云：「離鸞只説閨中事，舐犢那知母子情。」吕氏童蒙訓

四雨

介甫云：「梨花一枝春帶雨」，「桃花亂落如紅雨」，「朱簾暮捲西山雨」，皆警句也。然不若「院落深沉杏花雨」爲佳。予謂「杏花雨」固佳，然而「梨花院落溶溶月，柳絮池塘淡淡風」，卻於風月上寫出柳絮梨花，尤有精神。然嘗欲轉移兩句，作「溶溶院落梨花月，淡淡池塘柳絮風」，此老杜「紅稻啄餘鸚鵡粒，碧梧棲老鳳凰枝」格也。休齋

先得之句

曼卿一日春初，見階砌初生之草，其屈如鉤，而顔色未變，因得一句云：「草屈金鉤緑未回」，遂作早春一篇，旬日方足成。曰：「簷垂冰筯晴先滴，草屈金鉤緑未回。」其不逮先得之句遠甚。始知詩人一篇

之中，率是先得一聯或一句〔一〕，其最警拔者是也。桐江詩話

【校勘記】

〔一〕率是先得一聯或一句　「聯」字下嘉靖本、古松堂本有「云」字，今從寬永本删。

謝伯景

歐陽文忠公詩話，稱謝伯景之句如「園林換葉梅初熟」，不若「庭草無人隨意緑」也。「池館無人燕學飛」，不若「空梁落燕泥」也。蓋伯景句意凡近，似所謂西崑體，而王冑、薛道衡峻潔可喜也。隱居詩話

田舍翁火爐頭之作〔一〕

沈彬好評詩〔二〕，李建勳匿孫魴於齋中，伺彬至，以魴詩訪之。彬曰：此非有風雅，但得田舍翁火爐頭之作爾。魴遽出，讓彬曰〔三〕：非有風雅，固聞命矣；擬田舍翁，無乃太過乎！彬笑曰：子夜坐句云：「劃多灰漸冷，坐久席成痕。」此非田舍翁火爐上所作而何？闔坐大笑。

【校勘記】

〔一〕沈彬好評詩　「沈」各本詩人玉屑俱作「杜」。案杜彬乃宋人，與歐陽修同時，而孫魴乃南唐人，時代不相及。茲據馬令南唐書及唐詩紀事訂正。

〔二〕魴遽出，讓彬曰　「讓」寬永本誤作「護」，宋本作「讓」。㊁

【補　校】

㊀田舍翁火爐頭之作　此則出苕溪漁隱叢話後集卷十八，原漏注出處。各本詩人玉屑俱誤「沈彬」爲「杜彬」，實以所引原文不全所致。此則上原云：「魴與沈彬、李建勳爲詩社，彬好評詩……」魏慶之未全録，誤自「社」字起，並誤「社」爲杜。（此則最早來源，爲宋龍袞江南野史，見今本卷七。）

㊁「讓」字　朝鮮本未誤作「護」。

詩可以觀人〔一〕

呂獻可誨嘗云：丁謂詩有「天門九重開，終當掉臂入」，王元之禹偁讀之曰：入公門猶鞠躬如也，天門豈可掉臂入乎！此人必不忠。後果如其言。高齋詩話〔二〕

【校勘記】

〔一〕此條後嘉靖本、古松堂本奪去三頁，佚去「古詩」「律詩」「絶句」三門，共九條。此從寛永本補。

〔二〕小字注「高齋詩話」四字，宋本無。

古詩

晦庵之論

古詩須看西晋以前，如樂府諸作皆佳。

誠齋之論

五言古詩，句雅淡而味深長者，陶淵明、柳子厚也。如少陵羌村、後山送内，皆有一唱三歎之聲。

誠齋評五言長韻

五言長韻古詩，如白樂天游悟真寺詩一百韻，真絶倡也。

誠齋評五言長韻要典雅重大

褒頌功德五言長韻律詩，最要典雅重大，如杜子美云：「鳳曆軒轅紀，龍飛四十春。八荒開壽域，一氣轉洪鈞。」又：「碧瓦初寒外，金莖一氣旁。山河扶繡户，日月近雕梁。」李義山云：「帝作黄金闕，天開白玉京。有人扶太極，是夕降元精。」

誠齋評七言長韻

七言長韻古詩，如杜少陵丹青引、曹將軍畫馬、奉先縣劉少府山水障歌等篇，皆雄偉宏放，不可捕捉。學詩者於李、杜、蘇、黄詩中求此等類，誦讀沈酣，深得其意味，則落筆自絶矣。

律詩

陵陽論王介甫律詩

王介甫律詩甚是律詩，篇篇作曲子唱得。蓋聲律不止平側二聲，當分平上去入四聲，且有清濁，所以古人謂之吟詩，聲律即吟詠乃可也。僕曰：魯直所謂詩須皆可絃歌，公之意也。室中語

金針詩格

第一聯謂之「破題」，欲如狂風卷浪，勢欲滔天，又如海鷗風急，鸞鳳傾巢，浪拍禹門，蛟龍失穴。第二聯謂之「頷聯」，欲似驪龍之珠〔一〕，善抱而不脱也。亦謂之「撼聯」者，言其雄贍道疑道字誤勁，能捭闔天地，動摇星辰也〔二〕。第三聯謂之「警聯」，欲似疾雷破山，觀者駭愕，搜索幽隱，哭泣鬼神。第四聯謂之「落句」，欲如高山放石，一去不迴。

【校勘記】

〔一〕欲似驪龍之珠　「驪」寬永本作「靈」，宋本作「驪」。

〔二〕動摇星辰也　「星」寬永本誤作「黑」，此從宋本。㈠

【補　校】

㈠「星」字　朝鮮本未誤作「黑」。

誠齋非金針

誠齋以爲不然。詩已盡而味方永，乃善之善也。子美重陽詩云：「明年此會知誰健，醉把茱萸仔細看。」夏日李尚書期不赴云：「不是尚書期不顧，山陰野雪興難乘。」

誠齋評七言律

七言褒頌功德，如少陵、賈至諸人倡和早朝大明宫，乃爲典雅重大。和此詩者，岑參云：「花迎劍佩星初落，柳拂旌旗露未乾。」最佳。

絶句

誠齋之論

五七字絶句，最少而難工，雖作者亦難得四句全好者。晚唐人與介甫最工於此。如李義山憂唐之衰云：「夕陽無限好，其奈近黄昏。」㊀如：「青女素娥俱耐冷，月中霜裏鬭嬋娟。」如：「芭蕉不展丁香結，同向春風各自愁。」如：「鶯花啼又笑，畢竟是誰春。」唐人銅雀臺云：「人生富貴須回首，此地豈無歌舞來。」皆佳句也。如介甫云：「更無一片桃花在，爲問春歸有底忙。」「祇是蟲聲已無夢，五更桐葉强知秋。」「百囀黄鸝看不見，海棠無數出牆頭。」「暗香一陣連風起，知有薔薇澗底花。」不減唐人。然鮮有四句全好者。杜牧之云：「清江漾漾白鷗飛，緑淨春深好染衣，南去北來人自老，夕陽長送釣舡歸。」唐人云：「樹頭樹尾覓殘紅，一片西飛一片東。自是桃花貪結子，錯教人恨五更風。〔二〕」㊁韓渥云〔三〕：「昨夜三更雨，臨明一陣寒。薔薇花在否，側臥捲簾看。」介甫云：「水際柴門一半開，小橋分路入青苔。背人照影無窮柳，隔屋吹香併是梅。」東坡云：「暮雲收盡溢清寒，銀漢無聲轉玉盤。此生此夜不長好，明月明年何處看。」四句皆好矣。

【校勘記】

〔一〕「錯教人恨五更風」　「五」字寬永本誤作「玉」，此從宋本。㊂

〔二〕韓渥云　「渥」應作「偓」。又誠齋所引五絶一首乃五言排律，見香奩集，非絶句也。「薔薇」香奩集作「海棠」。

【補　校】

㊀其奈近黃昏　案此句，傳本李義山詩集俱作「只是近黃昏」，殆楊誠齋所見本如此。（此出誠齋詩話。）

㊁唐人云：「樹頭樹尾覓殘紅……錯教人恨五更風。」　按此首乃唐王建宮詞百首中之一，文字微異。

㊂「五」字　朝鮮本未誤作「玉」。

詩人玉屑卷之十三〔一〕

【校勘記】

〔一〕嘉靖本、古松堂本奪去五頁，計佚「三百篇」及「楚詞」兩門，共八小目，二十五條。兹從寬永本補。

三百篇

晦庵謂學詩者必本之三百篇

詩之爲經，人事浹於下，天道備於上，而無一理之不具。學詩者當本之二南以求其端，參之列國以盡其變，正之於雅以大其規，和之於頌以要其止，此學詩之大旨也，於是乎章句以綱之，訓詁以紀之，諷詠以昌之，涵濡以體之，察之德性顯微之間，審之言行樞機之始。則修身及家，平均天下之道，其亦不待他求而得於此矣。

三百篇，情性之本。離騷，詞賦之宗。學詩而不本於此，是亦淺矣。

晦庵論讀詩看詩之法

詩須是沉潛諷誦，玩味義理，咀嚼滋味，方有所益。

須是先將詩來吟咏四五十遍了，方可看注。看了又吟詠三四十遍，使意思自然融液浹洽，方有見處。

詩全在諷誦之功。

看詩不須着意去裏面分解，但是平平地涵泳自好。

因論詩曰：古人情意温厚寬和，道得言語自恁地好。

看詩義理外，更好看他文章。

詩，古之樂也。亦如今之歌曲，音各不同。

晦庵論國風雅頌

大率國風是民庶所作之詩，雅是朝廷之詩，頌是宗廟之詩。

晦庵論六義

詩有六義焉：一曰風、二曰賦、三曰比、四曰興、五曰雅、六曰頌。此一條乃三百篇之綱領管轄。風、雅、頌者，聲樂部分之名也。風則十五國風，雅則大小雅，頌則三頌也。賦、比、興則所以製作風、雅、頌之體也。賦者直陳其事，如葛覃、卷耳之類是也。比者以彼狀此，如螽斯、緑衣之類是也。興者托物興詞，如關雎、兔罝之類是也。蓋衆作雖多，而其聲音之節，製作之體，不外乎此。故大師之教國子，必使之以是六者三經而三緯之，則凡詩之節奏指歸，皆將不待講説，而直可吟咏以得之矣。

䂬溪論四始六義

古今論四始、六義者多矣，無若伊上老人之説當也。若如鄭説，則二者相亂：風、雅、頌既重出，賦、比、興終無歸著。四始者，言風、賦、雅、頌之四種。六義則凡詩中皆有此六義也。一曰風，非國風之風；五曰雅，六曰頌，非大雅、小雅之雅，商頌、周頌之頌也。詩固云：風，風也，教也。凡風化之所繫，皆風也。賦者鋪陳其事，比者引物連類，興者因事感發，雅者陳其正理，頌者美而祝之。以詩考之，則「采采卷耳，不盈傾筐」爲興，「天上蒸民，有物有則。民之秉彜，〇原誤作尋〇好是懿德」爲雅也。自漢以來，各自立一家之體，則詩人之風，如建安之風豪健，晉宋之風放蕩，齊梁之風流麗，其餘隨其所長，各自爲一家之風。然古人不必指事言情，而後鑒戒。其剛柔、緩急、喜怒、哀樂之間，風教存乎其中矣。所以上以風化下，下以風刺上，感人也遠，入人也深。自詩人之後失其本。餘五者古今甚同，不可移易。立此六義，該括盡矣。毛公解詩，多云：興也，與鄭説便自不同。然則古人之論殆如此。自鄭氏以來，遂汨之也耶。

【補　校】

㈠ 民之秉彝　朝鮮本詩人玉屑未誤「彝」作「尋」。

陵陽發明思無邪之義

僕嘗論爲詩之要。公曰：詩言志，當先正其心志，心志正，則道德仁義之語、高雅淳厚之義自具。三百篇中有美原誤作羞有刺，所謂「思無邪」也。先具此質，卻論工拙。室中話

楚詞

晦庵論楚詞

楚詞平易，後人學做者反艱深了，都不可曉。

離騷初無奇字，只恁說將去，自是好。後來如魯直恁地著氣力做，只是不好。

古賦須熟看屈、宋、韓、柳所作，乃有進步處。入本朝來，騷學殆絕。秦、黄、晁、張之徒，不足學也。

詩音律是自然如此，這箇與天通。古人音韻寬，後人分得密，後隔了。離騷句中，發兩箇例在前：「朕皇考曰伯庸」、「庚寅吾以降洪」、「又重之以脩能耐」、「紉秋蘭以爲佩」，後人不曉，卻謂只此兩韻如此。某有楚辭叶韻，作子厚名氏，刻在漳州。

荀卿所作成相，凡三章，雜陳古今治亂興亡之效，託聲詩以風時君，若將以爲工師之誦於賁之規者㈠。其詞亦托於楚而作，頗有補於治道。

越人歌乃楚王之弟鄂君，泛舟於新波之中，榜枻越人擁棹而歌此詞。其義鄙褻不足言。特以其自越而楚，不學而得其餘韻，且於周師六詩之所爲興者，亦有契焉。知聲詩之體，古今共貫，胡越一家，有非人之所能爲者。

司馬相如之文，能侈而不能約，能諂而不諒。其上林、子虛之作，既以誇麗而不得入於楚詞。大人之於遠游，其漁獵又泰甚，然亦終歸於諛也。特長門賦、哀二世賦爲有諷諫之意。而哀二世賦所爲作者，正當時之商監，尤當傾意極言，以寤主聽。顧乃低徊局促，而不敢盡其詞焉，亦足以知其阿意取容之可賤也。不然，豈其將死，而猶以封禪爲言哉。

顧況詩有集，然皆不及其見於韋應物詩集者之勝。歸來子録其楚詞三章，以爲可與王維相上下，予讀之信然。然其朝上清者有曰：「利爲舟兮靈爲馬，因乘之鶴于瑶池之上兮，三光羅列而在下。」則意非維所能及。然他語殊不近也。獨日晚歌一篇，亦以爲氣雖淺短，而意若差健云。

韓愈所作十操，如將歸、龜山、拘幽、殘形四操近楚詞，其六首似詩。愈博學群書，奇辭奥旨，如取諸室中物，以其所涉博，故能約而爲此也。夫孔子於三百篇，皆弦歌之操，亦弦歌之辭也。其取興幽眇，怨而不言，最近離騷，本古詩之衍者，至漢而衍極，故離騷亡。操與詩賦同出而異名，蓋衍復於約者。約故去古不遠。然則後之欲爲離騷者，惟約猶迨之。

柳宗元竄斥〔一〕，崎嶇蠻瘴間，堙阨感鬱，一寓於文，爲離騷數十篇。懲咎者，悔志也。其言曰：「苟餘齒之有懲兮，蹈前烈而不頗。」後之君子欲成人之美者，讀而悲之。

邢居實自少有逸才，大爲蘇黄諸公所稱許，而不幸早死。其作秋風三疊時，年未弱冠。然味其言神會天出，如不經意，而無一字作今人語。同時之士，號稱前輩，名好古學者，皆莫能及。使天壽之，則其所就，豈可量哉。

【校勘記】

〔一〕柳宗元竄斥　「斥」寬永本誤作「片」，兹從宋本。㈡

【補　校】

㈠ 若將以爲工師之誦於賁之規者　應作「若將以爲工師之誦，旅賁之規者。」

㈡ 「斥」字　朝鮮本未誤作「斤」。

滄浪論楚詞

楚詞惟屈宋諸篇當熟讀，外此惟賈誼懷沙、淮南王招隱、嚴夫子哀時命宜熟之，其他亦不必。九章不如九歌。九章哀郢尤妙。前輩謂大招勝招魂，不然。讀騷之久，方識其味。須歌之抑揚，涕洟滿襟，然後爲真識離騷，否則如戛釜撞甕耳。

唐人惟柳子厚深得騷學，退之、李觀皆所不及。若皮日休九諷不足爲騷。

兩漢

古詩十九首

古人渺邈，人代難詳；推其文體，固是炎劉之制，非衰周之唱。鍾嶸詩評讀古詩十九首，及曹子建詩如「明月入高樓，流光正徘徊」之類詩，皆思深遠而有餘意，言有盡而意無窮也。學者當以此等詩常自涵養，自然下筆高妙。呂氏童蒙訓

蘇李

蘇子卿、李少卿之徒，工爲五言，雖文律各異，雅鄭之音亦雜；而詞意簡遠，指事言情，自非有爲而爲，則文不妄作。唐元稹撰子美墓誌

秦少游云：蘇李之詩，長於高妙。

晦庵論垓下帳中之歌

項羽所作垓下、帳中之歌，其詞慷慨激烈，有千載不平之餘憤。若其成敗得失，則亦可以爲強不知義者之深戒。

晦庵論大風歌㈠

文中子曰：大風安不忘危，其霸心之存乎！美哉乎其言之大也。漢之所以有天下，而不能爲三代之王，其以是夫！然自千載以來，人主之詞，亦未有若是其壯麗而奇偉者也。嗚呼，雄哉！

【校勘記】

〔一〕「晦庵論大風歌」條下，嘉靖本、古松堂本奪兩葉，缺「兩漢」門兩條，「建安」門三條。兹從寬永本補。

晦庵論賈誼

賈誼以長沙卑濕，自恐壽不得長，故作鵩賦以自廣。太史公讀之，歎其同死生，輕去就，至爲爽然自失。以今觀之，凡誼所稱，皆列禦寇、莊周之常言，又爲傷悼無聊之故，而藉之以誑者。夫豈真能原始及終，而得夫朝聞夕死之實哉。誼有經世之才，文章蓋其餘事。其奇偉卓絶，亦非司馬相如輩所能彷佛，而揚雄之論，常高彼而下此。而韓愈亦以馬、揚廁於孟子、屈原之列，而無一言以及誼，余皆不識其何説也。

晦庵論班倢伃蔡琰

班倢伃所作自悼賦，歸來子以爲其詞甚古，而侵尋於楚人，非特婦人女子之能言者，是固然矣。至於情雖出於幽怨，而能引分以自安，援古以自慰，和平中正，終不過於慘傷，又其德性之美、學問之力，有過人者，則論者有不及也。嗚呼賢哉！栢舟、緑衣，見録於經。其詞義之美，殆不過此云。

蔡琰所作胡笳，雖不規規於楚語，而其哀怨發中，不能自已之言，要爲賢於不病而呻吟者也。范史乃棄此而獨取其悲憤二詩。二詩詞意淺促，非此詞比。眉山蘇公，已辨其妄矣。蔚宗文下固有不察，歸來子祖屈而宗蘇，亦未聞此，何耶。琰失身胡虜，不能死義，固無可言，然猶能知其可恥。則與揚雄反騷之意，又有間矣。

建安

總論

建安詩辯而不華，質而不俚，風調高雅〔二〕，格律遒壯〔一〕。其言直致而少對偶，指事情而綺麗，得風、雅、騷人之氣骨，最爲近古者也。一變而爲晉、宋，再變而爲齊、梁。唐諸詩人，高者學陶、謝，下者學徐、庾，惟老杜、李太白、韓退之早年皆學建安，晚乃各自變成一家耳。李太白多建安句法，而罕全篇，多雜以鮑明遠體。東坡稱蔡琰詩筆勢似建安諸子。前輩皆留意於此，近來學者遂不講耳。詩眼

【校勘記】

〔一〕風調高雅　「調」寬永本誤作「諷」，宋本作「調」，兹從宋本。

【補　校】

㊀格律遒壯　「律」應改作「力」。據朝鮮本詩人玉屑，與苕溪漁隱叢話前集卷一合。

魏文帝

魏文帝其源出於李陵，頗有仲宣之體則。新歌百許篇，率皆鄙直如偶語。惟「西北有浮雲」十餘首殊美，體贍可觀，始見其功矣。不然，亦何以銓衡群英，對揚厥弟之美。詩評

曹子建

子建詩其源出於國風，骨氣高奇，辭采華茂，情兼雅怨，體備文質，粲然溢古，卓爾不群。嗟乎！陳思王之於文章也，譬如人倫之有周孔，鱗羽之有龍鳳，音樂之有琴笙，女工之有黼黻。俾爾懷鉛吮墨之士，宜乎抱篇章而景慕，仰餘輝以自燭。故孔氏之門如用詩，則公幹升堂，思王入室，景陽、潘、陸，自

可坐於廊廡間矣。鍾嶸詩評

王仲宣

仲宣詩，其源出於李陵，若發愀愴之辭，文秀而質羸；在曹、劉間別構一體。方陳思不足，比魏文有餘。詩評

劉公幹

公幹詩，其源出於古詩，仗氣愛奇，動多振絶；貞骨陵霜，高風跨俗。但氣過其文，然陳思已往，稍稱獨步。詩評

六代

總論

漢魏後陵遲衰微，訖於有晋太康中，三張、二陸、兩潘、一左，勃然復興，踵武前王，流風未派，亦文章之中興也。永嘉時貴黄老，尚虚談，於時篇什，理過其辭，淡然寡欲。爰及江表，微波尚傳，孫綽、許詢、

桓、庾諸公，詩皆平典，以道德論，建安風力盡矣。於是郭景純用俊上之才〔一〕，變創其體；劉越石仗清剛之氣，贊成厥美。然彼衆我寡〔二〕，亦未動俗。逮義熙中，謝益壽斐然之作；永嘉有謝靈運，才高辭盛，富豔難蹤，固以含劉跨郭，凌轢潘、左。故知陳思爲建安之傑，公幹、仲宣、陸機爲輔，此皆五言之冠冕，文辭之命世也。詩評

晦庵云：齊梁間人詩，讀之使人四肢皆懶慢不收拾。

【校勘記】

〔一〕於是郭景純用俊上之才　「上」嘉靖本、古松堂本作「士」，祇寬永本作「上」，與詩品合。今據寬永本改。

〔二〕然彼衆我寡　「然」嘉靖本、古松堂本作「使」。寬永本作「然」與詩品合。今從寬永本。

褒貶不同

六朝諸人之詩，不可不熟讀。如蕭慤「芙蓉露下落，楊柳月中疎」，鍛鍊至此，自唐以來，無人能及也。退之云：「齊梁及陳隋，衆作等蟬噪。」此語吾不敢議，亦不敢從。許彥周詩話

五言之警策

阮籍詠懷，子卿雙鳧，嵇康雙鸞，茂先寒食，平叔單衣，安仁倦暑，景陽苦雨，靈運鄴中，士衡擬古，越石感亂，景純游仙，王微風月，謝客山水，叔元離燕㊀，明遠戍邊，太冲詠史，顏延入洛〔一〕；陶公詠貧之製，惠連擣衣之作：斯皆五言之警策者也。所謂篇章之珠澤，文彩之鄧林乎。鍾嶸詩評，下同

【校勘記】

〔一〕顏延入洛　「顏延」嘉靖本、古松堂本作「延之」，茲從寬永本及詩品改。

【補　校】

㊀叔元離燕　「叔元」應從鍾嶸詩品作「叔源」。

阮嗣宗

嗣宗詩，其源出於風雅，無雕蟲之巧，而詠物詠懷，可以陶性靈〔二〕，發幽思；言猶耳目之內，情寄八荒之外。洋洋乎源於風雅，使人忘其鄙近，自致遠大。詩評

【校勘記】

〔一〕可以陶性靈　「陶」嘉靖本空格，古松堂本作「舒」，此從寬永本及詩品。

張茂先

茂先詩，其源出於王粲，其體浮豔，興託多奇，巧用文字，務其妍冶〔一〕，雖名高曩代，而敦亮之士，猶恨兒女情多，風雲氣少〔二〕。謝康樂云：張公雖復千箱，猶一體耳。今置之甲科疑弱〔三〕，乙之中品恨少，在季孟之間耳。詩評

【校勘記】

〔一〕務其妍冶　此從寬永本。「務」字嘉靖本墨釘，古松堂本作「以」。

〔二〕風雲氣少　此從寬永本，與詩品合。「雲」字嘉靖本墨釘，古松堂本作「流」，誤。

〔三〕今置之甲科疑弱　「科」字從寬永本。嘉靖本墨釘，古松堂本作「品」。

潘安仁〔一〕

安仁詩〔二〕，其源出於仲宣，翰林嘆其翩翩弈弈，如翔禽之羽毛，衣帔之綃縠，猶尚淺於陸機，則機爲深矣。謝混云：潘詩爛若舒錦，無處不佳；陸文如披沙揀金，往往得寶。余嘗言陸才如海〔三〕，潘才如江。詩評

【校勘記】

〔一〕題從寬永本。嘉靖本、古松堂作「潘仁」。

〔二〕安仁詩　此從寬永本。嘉靖本、古松堂本作「潘仁詩」。

〔三〕余嘗言陸才如海　「才」古松堂本誤作「事」，據寬永本、嘉靖本改。

張景陽

景陽詩，其源出於王粲，文體華淨，少病累，有巧構形似之言；雄於潘岳，靡於太冲，風流調達，實曠代之高才。其辭葱蒨，音韻鏗鏘，使人味之，亹亹不絕。詩評

陸士衡

士衡詩，其源出於陳思，才高辭贍，舉體華密。氣少於公幹，文劣於仲宣，但尚規矩，不貴綺錯；有傷直寄之奇也，然且咀嚼英華〔一〕，厭飫膏澤，故文章之源泉也，張嘆其大才〔二〕，信矣。人云古詩其源出於國風，陸機擬詩十二首，文温以麗〔三〕，意悲而切；驚心動魂，幾於一字千金。詩評

【校勘記】

〔一〕然且咀嚼英華　「然」從寬永本。嘉靖本、古松堂本作「也」。

〔二〕張歎其大才　「才」從寬永本。嘉靖本、古松堂本作「異」。

〔三〕文温以麗　「温」嘉靖本、古松堂本作「澤」。寬永本作「温」，與詩品合，從之。

劉越石

越石詩，其源出於王粲，善爲悽戾之辭，且有清拔之氣。琨既體良才，又離厄運；故善叙喪亂，多感恨之言。詩評

晦庵曰：劉琨詩高，東晉詩已不逮前人，齊、梁益浮薄矣。

郭景純

景純詩憲潘岳，文體相輝，彪炳可翫。變中原平淡之體〔一〕，故稱中興第一。翰林以爲詩首。游仙之作，辭多慷慨，垂玄遠之宗〔二〕。詩評

文選注云：游仙之制，文多自叙，志狹中區，而辭無俗累。

【校勘記】

〔一〕變中原平淡之體　「原」嘉靖本、古松堂本作「元」，此從寬永本作「原」。

〔二〕垂玄遠之宗　此句嘉靖本、古松堂本作「乏玄遠之詩宗」，兹從寬永本。㊀

【補　校】

㊀垂玄遠之宗　據詩品及此段文義，「垂」應作「乖」。

三謝

唐子西語録云：三謝詩，靈運爲勝。當就選中寫出熟讀〔一〕，自見其優劣也〔二〕。又云：江左諸謝詩文，

見文選者六人：希宋本此下脱三葉逸無詩〔三〕，宣遠、叔源有詩不工，今取靈運、惠連、元暉詩合六十四篇，爲三謝詩；是三人者，詩至元暉，語益工，然蕭散自得之趣，亦復少減，漸有唐風矣。於此可以觀世變也。又云：靈運在永嘉因夢惠連，遂有「池塘生春草」之句；元暉在宣城，因登三山，遂有「澄江淨如練」之句；二公妙處，蓋在於鼻無堊，目無膜爾。鼻無堊，斤將曷運；目無膜，鎞將曷施〔四〕？所謂混然天成，天球不琢者歟！靈運如「矜名道不足，適己物可忽」、「清暉能娱人，游子澹忘歸」，元暉詩如「春草秋更緑，公子未西歸」、「大江流日夜，客心悲未央」等語，皆得三百篇之餘韻。是以古今以爲奇作。

【校勘記】

〔一〕當就選中寫出熟讀　「讀」嘉靖本、古松堂本作「玩」，此從寬永本。

〔二〕自見其優劣也　「自見」嘉靖本、古松堂本作「方知」，此從寬永本。

〔三〕希逸無詩　寬永本此葉至「希」字止。王校云：「宋本此下脱三葉」。

〔四〕鎞將曷施　「鎞」寬永本誤作「昆」。

靈運

「池塘生春草，園柳變鳴禽。」世人多不解此語爲工。蓋欲以奇求之爾。此語之工，正在無所用意，猝然與景相遇，備以成章〔一〕，不假繩削，故非常情之所能到。詩家妙處，當須以此爲根本。而思苦言艱者〔二〕，往往不悟。石林詩話

【校勘記】

〔一〕備以成章　嘉靖本作「借以□章」，古松堂本作「得以文章」。此從寬永本。

〔二〕而思苦言艱者　「艱」嘉靖本、古松堂本作「難」。此從寬永本。

惠連

二謝才思富健，恨其蘭玉早彫，長轡未騁。秋懷、擣衣之作，雖靈運鋭思，何以加焉！詩評

元暉

元暉詩，其源出於謝琨㊀，微傷細密，一章之中自有玉石。然奇章秀句，足使叔原失步㊁，明遠變色。詩評

【補　校】

㈠ 其源出於謝琨　「琨」應從詩品作「混」。

㈡ 足使叔原失步　「原」應從詩品作「源」。

靖節

清淡之宗

淵明意趣真古，清淡之宗；詩家視淵明，猶孔門視伯夷也。西清詩話

蕭統論淵明

鍾嶸評淵明詩，爲古今隱逸詩人之宗。余謂陋哉斯言，豈足以盡之！不若蕭統云：淵明文章不群，詞彩精拔，跌宕昭彰，獨超衆類，抑揚爽朗，莫之與京。横素波而傍流，干青雲而直上。語時事則指而可想，論懷抱則曠而且真。加以貞志不休，安道苦節，不以躬耕爲恥，不以無財爲病。自非大道篤志，與

道汙隆，孰能如此乎！此言盡之矣。漁隱

不可及

淵明詩所不可及者，冲澹深粹，出於自然，若曾用力學，然後知淵明詩非著力之所能成。龜山語録

悠然見南山

東坡以淵明有「採菊東籬下，悠然見南山」，而無識者以「見」爲「望」，不啻碔砆之與美玉。予觀樂天效淵明詩，有云：「時傾一樽酒，坐望東南山。」然則流俗之失久矣。惟韋蘇州答長安丞裴稅詩〔一〕，有云：「採菊露未晞，舉頭見秋山。」乃知真得淵明詩意，而東坡之説爲可信。復齋漫録〔二〕

【校勘記】

〔一〕惟韋蘇州答長安丞裴稅詩　「稅」寬永本作「棁」。

〔二〕小字注「復齋漫録」四字，嘉靖本、古松堂本俱奪，從寬永本補。

晦庵論歸去來辭

歐陽公言：兩晉無文章，幸獨有歸去來辭一篇耳，然其詞義夷曠蕭散，雖託楚聲，而無其尤怨切蹙之病云。

歐陽公論歸去來辭

六一居士惟重陶淵明歸去來㈠，以爲江左高文，當世莫及。涪翁云：顔、謝之詩，可謂不遺鑪錘之功矣；然淵明之牆數仞，而不能窺也。東坡晚年尤喜淵明詩，在儋耳遂盡和其詩。荆公在金陵，作詩多用淵明詩中事，至有四韻詩，全使淵明詩者。遯齋閑覽

【補　校】

㈠ 六一居士惟重陶淵明歸去來　「惟」據苕溪漁隱叢話前集卷三應作「推」。

李格非論歸去來辭

李格非善論文章，嘗曰：諸葛孔明出師表，劉伶酒德頌，陶淵明歸去來辭，李令伯乞養親表；皆沛然如

肝肺中流出，殊不見斧鑿痕。是數君子在後漢之末，西晉之間，初未嘗欲以文章名世，而其詞意超邁如此！冷齋夜話

休齋論歸去來辭

陶淵明罷彭澤令，賦歸去來，而自命曰辭。迨今人歌之，頓挫抑揚，自協聲律，蓋其詞高甚。晉宋而下，欲追躡之不能。漢武帝秋風詞盡蹈襲楚辭，未甚敷暢；歸去來則自出機杼，所謂無首無尾，無終無始，前非歌而後非辭〔一〕，欲斷而復續，將作而遽止；謂洞庭鈞天而不淡，謂霓裳羽衣而不綺，此其所以超然乎！先秦之世，而與之同軌者也。

【校勘記】

〔一〕前非歌而後非辭　「辭」寬永本作「亂」。

詞簡理足

飲酒詩云：「衰榮無定在，彼此更共之。」山谷云：此是西漢人文章，他人多少言語〔一〕，盡得此理。碧溪詩話

【校勘記】

〔一〕他人多少言語　「言語」寬永本作「語言」。

詩人以來無此句㊀

荆公嘗言：其詩有奇絶不可及之語，如：「結廬在人境，而無車馬喧。問君何能爾，心遠地自偏。」由詩人以來，無此句也。然則淵明趣向不群，詞彩精拔，晋宋之間一人而已。苕溪漁隱曰：荆公詩云：「先生歲晚事田園，魯叟遺書廢討論〔一〕。問訊桑麻憐已長，按行松菊喜猶存。農人調笑追尋壑，稚子歡呼出候門。遥謝載醪祛惑者，吾今欲辨已忘言。」所謂四韻全使淵明詩者，即此詩是也。

【校勘記】

〔一〕魯叟遺書廢討論　「討」寬永本誤作「詩」，宋本作「討」。㊁

【補　校】

㊀ 詩人以來無此句　此則原漏注出處，查應爲遯齋閒覽，世無傳本，見苕溪漁隱叢話前集卷三。

㈡「討」字　朝鮮本未誤作「詩」。

得此生㈠

東坡云：「秋菊有佳色，裛露掇其英。泛此忘憂物，遠我遺世情。一觴雖獨進，盃盡壺自傾。日入群動息，歸鳥趨林鳴。笑傲東軒下，聊復得此生。」靖節以無事爲得此生，則見役於物者，非失此生耶！

【補　校】

㈠得此生　此則出苕溪漁隱叢話前集卷四，原漏注出處。

酒詩

飲酒詩云：「客養千金軀，臨化消其寶。」寶不過軀，軀化則寶亡矣。人言靖節不知道，吾不信也。

知道

東坡拈出淵明談理之詩，有曰：「採菊東籬下，悠然見南山。」二曰：「笑傲東軒下，聊復得此生。」三曰：「客養千金軀，臨化消其寶。」皆以爲知道之言。蓋絺章繪句，嘲風弄月，雖工何補！若觀道者出

語〔一〕，自然超詣，非常人能蹈其軌轍也。韻語陽秋

【校勘記】

〔一〕若觀道者出語　「觀」寬永本作「覩」。

悟道

彭澤歸去來辭云：「既自以心爲形役，奚惆悵而獨悲？」是此老悟道處。若人能用此兩句，出處有餘裕也。許彥周詩話

辨詩品所論淵明詩

魏晉間人詩，大抵專攻一體，如侍宴、從軍之類。故後來相與祖習者，亦但因所長而取之耳。謝靈運擬鄴中七子與江淹雜擬是也。梁鍾嶸作詩品，皆云：某人詩出於某，人亦以此爲然。論陶淵明，乃以爲出應璩。此語不知其所據。應璩詩不多見，惟文選載其百一詩一篇，所謂「下流不可處，君子慎厥初」者，與陶詩了不相類。五臣注引文章録云：曹爽多違法度，璩作詩以刺在位，若百分有補於一者。淵明正以脱略世故，超然物外爲適，顧區區在位者，何足累其心哉〔一〕！且此老何嘗有意欲以詩自名，

而追取一人而模倣之？此乃當時文士與進取而爭長者所爲。何期此老之淺！蓋嶸之陋也。石林詩話〔二〕

【校勘記】

〔一〕何足累其心哉　「累」寬永本作「槩」。

〔二〕小字注「石林詩話」「詩話」二字從寬永本補，嘉靖本、古松堂本俱奪。

坡谷歎淵明之絶識

山谷云：東坡在潁州時，因歐陽叔弼讀元載傳，嘆淵明之絶識，遂作詩云：「淵明求縣令，本緣食不足。束帶向督郵，小屈未爲辱，翻然賦歸去，豈不念窮獨！重以五斗米〔一〕，折腰營口腹。云何元相國，萬鍾不滿欲？胡椒銖兩多，安用八百斛。以此殺其身，何翅抵鵲玉！往者不可悔，吾其反自燭。」淵明隱約栗里、柴桑之間，或飯不足也，顔延年送錢二十萬，即日送酒家，與蓄積不知紀極，至藏胡椒八百斛者，相去遠近，豈直睢陽蘇合彈與蜣蜋糞丸比哉！

【校勘記】

〔一〕「重以五斗米」以下一葉，宋本脱。王校：「宋本脱此葉」。

東坡論淵明詩㊀

東坡云：古之詩人有擬古之作矣，未有追和古人者也；追和古人，則始於東坡。吾於詩人無所甚好，獨好淵明之詩；淵明作詩不多，然其詩質而實綺，癯而實腴，自曹、劉、鮑、謝、李、杜諸人，皆莫及也。

【補　校】

㊀ 東坡論淵明詩　此則出苕溪漁隱叢話前集卷四，原漏注出處。

山谷論淵明詩㊀

山谷云：寧律不諧，而不使句弱；寧用字不工，不使語俗，此庾開府之所長也，然有意於爲詩也。至於淵明，則所謂不煩繩削而自合者。雖然巧於斧斤者，多疑其拙；窘於檢括者，輒病其放。孔子曰：甯武子其知可及也，其愚不可及也。淵明之拙與放，豈可爲不知者道哉！道人曰：如我按指，海印發光；汝暫舉心，塵勞先起。説者曰：若以法眼觀，無俗不真；若以世眼觀，無真不俗。淵明之詩，要當與一丘一壑者共之耳。

【補　校】

㈠ 山谷論淵明詩　此則出苕溪漁隱叢話前集卷三，原漏注出處。

秦太虛效淵明挽辭

淵明自作挽辭，秦太虛亦效之。余謂淵明之辭了達〔一〕，太虛之辭哀怨。淵明三首，今録其一云：「有生必有死，早終非命促〔二〕。昨暮同爲人，今旦在鬼録。魂氣散何之，枯形寄枯木。嬌兒索父啼，良友撫我哭〔三〕。得失不復知，是非安能覺！千秋萬歲後，誰知榮與辱。但恨在世時，飲酒不得足。」太虛云：「嬰釁徙窮荒〔四〕，茹哀與世辭。官來録我槖，吏來驗我屍〔五〕。藤束木皮棺，藁葬路傍陂。家鄉在萬里，妻子天一涯。孤魂不敢歸，惴惴猶在茲。昔忝柱下史，通籍黄金閨〔六〕。奇禍一朝作，飄零至於斯。弱孤未堪事，返骨定何時？修途繚山海，豈免從闍維〔七〕。荼毒復荼毒，彼蒼那得知！歲晚瘴江急〔八〕，鳥獸鳴聲悲。空濛寒雨零，慘淡陰風吹。殯宮生蒼蘚，紙錢掛空枝。無人設薄奠，誰與飯黄緇〔九〕！亦無挽歌者，空有挽歌辭。」東坡謂太虛齊死生〔一〇〕，了物我，戲出此語。其言過矣。此言惟淵明可以當之〔一一〕，若太虛者，情鍾世味〔一二〕，意戀生理，一經遷謫，則不能自釋，遂快忿而作此辭，豈真若是乎！

漁隱

【校勘記】

〔一〕余謂淵明之辭了達　「達」寬永本作「遠」。

〔二〕「早終非命促」　「終」嘉靖本墨釘，古松堂本作「死」，兹據陶淵明集、苕溪漁隱叢話及寬永本改。

〔三〕「良友撫我哭」　「友」嘉靖本、古松堂本作「久」，據淵明集及寬永本改。

〔四〕「嬰釁徙窮荒」　「徙」嘉靖本、古松堂本誤作「徒」，據淮海集及寬永本改。

〔五〕「吏來驗我屍」　「驗」嘉靖本墨釘，古松堂本作「檢」，據淮海集及寬永本改。

〔六〕「通籍黃金閨」　「閨」嘉靖本墨釘，古松堂本誤作「嬰」，據淮海集及寬永本改。

〔七〕「豈免從闍維」　「免」嘉靖本、古松堂本誤作「勉」，據淮海集及寬永本改。

〔八〕「歲晚瘴江急」　「晚」嘉靖本墨釘，古松堂本誤作「均」，據淮海集及寬永本改。

〔九〕「誰與飯黃緇」　「緇」嘉靖本、古松堂本誤作「淄」，從淮海集及寬永本改。

〔一〇〕東坡謂太虛齊死生　「齊」寬永本誤作「濟」，宋本作「齊」。㊀

〔一一〕此言惟淵明可以當之　「惟」字從寬永本。嘉靖本、古松堂本脱。

〔三〕情鍾世味　「味」嘉靖本墨釘，古松堂本作「志」，據苕溪漁隱叢話及寬永本改。

【補　校】

㊀「齊」字　朝鮮本未誤作「濟」。

貧士詩

貧士詩云：「九十行帶索，飢寒況當年。」近一名士作詩云：「九十行帶索，榮公老無依。」余謂之曰：陶詩本非警策，因有君詩，乃見陶之工。或譏余貴耳賤目，後錯舉兩聯，人多不能辨其孰爲陶，孰爲今詩也。則爲解曰：榮啟期事近出列子，不言榮公可知；九十，則老可知；行帶索，則無依可知；五字皆贅也。若淵明意謂：至於九十，猶不免行而帶索，則自少壯至於長老，其飢寒艱苦宜如此，窮士之所以可深悲也。此所謂君子於其言無所苟而已矣。古人文章，必不虛設耳。詩眼

止酒詩

止酒詩云：「坐止高蔭下，步止蓽門裏。好味止園葵，大歡止稚子。」余嘗反覆味之，然後知淵明之用意，非獨止酒，而於此四者，皆欲止之。故坐止於樹蔭之下，則廣廈華堂吾何羨焉？步止於蓽門之

裏，則朝市聲利吾何趨焉？好味止於噉園葵，則五鼎方丈吾何欲焉？大歡止於戲稚子，則燕歌趙舞吾何樂焉〔一〕？在彼者難求，而在此者易爲也。淵明固窮守道，安於丘園，疇肯以此而易彼乎？漁隱

【校勘記】

〔一〕則燕歌趙舞吾何樂焉　「焉」字從苕溪漁隱叢話及寬永本。他本作「哉」。

責子詩㊀

山谷云：陶淵明責子詩曰：「白髮被兩鬢，肌膚不復實。雖有五男兒，總不好紙筆。阿舒已二八，懶惰故無匹。阿宣行志學，而不愛文術。雍端年十三，不識六與七。通子垂九齡，但覓梨與栗。天運苟如此，且進盃中物。」觀淵明此詩，想見其人慈祥，戲謔可觀也。俗人便謂淵明諸子皆不肖，而淵明愁歎見於詩耳。又云：杜子美詩：「陶潛避俗翁，未必能達道，觀其著詩篇，頗亦恨枯槁。達士豈是足，默識蓋不早。生子賢與愚，何其挂懷抱！」子美困頓於三川，蓋爲不知者詬病，以爲拙於生事；又往往譏議宗文、宗武失學，故聊解嘲耳。其詩名曰「遣興」〔二〕，可解也。俗人便爲譏病淵明，所謂癡人前不得說夢也。

【校勘記】

〔一〕其詩名曰遣興　「遣」字古松堂本奪，據寬永本、嘉靖本補。

【補　校】

㈠責子詩　此則出苕溪漁隱叢話前集卷三，原漏注出處。

詩人玉屑卷之十四〔一〕

【校勘記】

〔一〕謫仙、李杜兩門(原共九葉)據寬永本補。嘉靖本、古松堂本全奪。

謫仙

千載獨步〔一〕

李陽冰云：太白不讀非聖人之書，恥爲鄭衛之作，故其言多似天仙之辭。凡所著述，言多諷興。自三代以來，風騷之後，馳驅屈宋，鞭撻揚馬，千載獨步，惟公一人。故王公趨風，列嶽結軌，群賢翕集，如鳥歸鳳。盧黄門云：陳拾遺横制短波〔二〕，天下質文翕然一變至今朝。詩體尚有梁、陳宫掖之風，至公大變，掃地併盡，古今文集，遏而不行。唯公文章，橫被六合，可謂力敵造化歟。

【校勘記】

〔一〕陳拾遺橫制短波　「短」李陽冰序作「頹」，宜從。㊁

【補　校】

㊀此則出苕溪漁隱叢話後集卷四。

㊁「短」字　朝鮮本亦作「頹」。寬永本作「短」，乃誤字。

論太白人物㊀

東坡云：李太白，狂士也，又嘗失節於永王璘。此豈濟世之人哉，而畢文簡公以王佐期之，不亦過乎。曰：士固有大言而無實，虛名不適於用者，然不可以此料天下士。士以氣爲主。方高力士用事，公卿大夫爭事之，而太白使脱韡殿上，固已氣蓋天下矣。使之得志，必不肯附權倖以取容，其肯從君於昏乎。夏侯湛贊東方生云：「開濟明豁，包含宏大。陵轢卿相，嘲哂豪傑。籠罩靡前，蹈藉貴勢。出不休顯，賤不憂戚。戲萬乘如僚友，視儔列如草芥。雄節邁倫，高氣蓋世。可謂拔乎其萃，游方之外者也。」吾於太白亦云。太白之從永王璘，當由迫脅。不然，璘之狂肆寢陋，雖庸人知其必敗也。太白識郭子儀之爲人傑，而不能知璘之無成，此理之必不然也。吾不可以不辨。

【補　校】

㊀此則出苕溪漁隱叢話後集卷四。

驚動千古㊀

六一居士云：「落日欲没峴山西，倒着接䍦花不迷。襄陽小兒齊拍手，大家齊唱白銅鞮。」㊁此常言也。至於「明月清風不用一錢買，玉山自倒非人推」，然後見太白之橫放。所以驚動千古者，固不在此乎。

【補　校】

㊀驚動千古　此則見歐陽修筆説。

㊁「倒着接䍦花不迷……大家齊唱白銅鞮」　「不」字應改作「下」，「齊」改作「爭」。

氣蓋一世

如「曉月出天山，蒼茫雲海間。長風一萬里，吹度玉門關」，及「沙墩至梁苑，二十五長亭。大舶夾雙櫓，中流鵝鸛鳴」之類，皆氣蓋一世。學者能熟味之，自然不淺矣。童蒙訓

論太白作詩

太白以峭訐矯時之狀，不得大用，流斥齊魯。眼明耳聰，恐貽顛踣。故狎弄杯觴，沈溺麴糵，耳一淫樂，目混黑白。或酒醒神健，視聽鋭發，振筆着紙，乃以聰明移於月露風雲，使之涓潔飛動；移於草木禽魚，使之妍茂褰擲；移於閨情邊思，使之壯氣激人，離情溢目；移於幽巖邃谷，使之遼歷物外，爽人精魄；移於車馬弓矢，悲憤酣歌，使之馳騁决發，如睨幽并，而失意放懷，盡見窮通焉。沈光李白酒樓記

見古人用意處

山谷言：學者不見古人用意處，但得其皮毛，所以去之更遠。如「風吹柳花滿店香」，若人復能爲此句，亦未是太白。至於「吴姬壓酒勸客嘗」，「壓酒」字他人亦難及。「金陵子弟來相送，欲飲不飲各盡觴」，益不同。「請君試問東流水，别意與之誰短長」，至此乃真太白妙處，當潛心焉。故學者先以識爲主。

禪家所謂正法眼，直須具此眼目，方可入道。詩眼

百世之下想見風采

太白歷見司馬子微、謝自然、賀知章。或以爲可與神游八極之表，或以爲謫仙人，其風神超邁英爽可知。後世詞人狀者多矣，亦間於丹青見之，俱不若少陵「落月滿屋梁，猶疑照顏色」，熟味之，百世之下，想見風采。此與李白傳神詩也。西清詩話

人中鳳凰麒麟

太白豪放，人中鳳凰麒麟。譬如生富貴人，雖醉著瞑暗喑藝中作無義語，終不作寒乞聲。山谷

歌詩

李白歌詩，度越六代，與漢魏樂府爭衡。黄魯直

逸詩

新安水西寺，寺倚山背，下瞰長溪，太白題詩斷句云：「檻外一條溪，幾回流碎月。」今集中無之。漁隱

奇語㈠

東坡云：「湘中老人讀黄老，手援紫藟坐碧草。春至不知湘水深，日暮忘卻巴陵道。」唐末有人見作是詩者，詞氣殆是李謫仙。予都下見有人攜一紙文書，字則顔魯公也。墨跡如未乾，紙亦新健。其詩云：「朝披夢澤雲，笠釣青茫茫。」此語非太白不能道也。苕溪漁隱曰：太白此詩中復云：「暮跨紫鱗去，海氣侵肌涼。」亦奇語也。

【補 校】

㈠ 奇語 此則出苕溪漁隱叢話前集卷五。

雲煙中語

太白仙去後，人有見其詩，略云：「斷崖如削瓜，嵐光破崖緑。天河從中來，白雲漲川谷。玉案枍文字，世眼不可讀。攝身凌青霄，松風吹我足。」又云：「舉袖露條脱，招我飯胡麻。」真雲煙中語也。西清詩話

晦庵謂太白聖於詩

李太白非無法度，乃從容於法度之中，蓋聖於詩者也。

晦庵論太白詩

李太白天才絶出，尤長於詩，而賦不能及魏晉。獨鳴皋歌一篇近楚詞。然歸來子猶以爲白才自逸蕩，故或離而去之者，亦爲知言云。

陳光澤見示所藏廣成子畫像，偶記李太白詩云：「世道日交喪，澆風變淳原。不求桂樹枝，反棲惡木根。所以桃李樹，吐華竟不言。大運有興没，群動若飛奔。歸來廣成子，去入無窮門。」因寫以示之。

今人捨命作詩，開口便説李杜，以此觀之，何曾夢見他腳板耶。

瀑布詩

太白望廬山瀑布絶句云：「日照香爐生紫煙，遥看瀑布挂長川。飛流直下三千尺，疑是銀河落九天。」東坡美之，有詩云：「帝遣銀河一派垂，古來惟有謫仙詞。」然余謂太白前篇古詩云：「海風吹不斷，江月照還空。」磊落清壯，語簡而意盡，優於絶句多矣。漁隱

夜懷詩

李白廬山東林寺夜懷詩：「我尋青蓮宇，獨往謝城闕。霜清東林鍾，水白虎溪月。天香生虚空，天樂鳴不歇。宴坐寂不動，大千入毫髮。湛然冥真心，曠劫斷出没。」予因思静勝境中，當有自然清氣，名曰天香，自流清音，名曰天樂。予故以聞靈響自爲天簧，亦取天籟之義。此蓋唯變所適，不可致詰也。法藏碎金〔一〕

【校勘記】

〔一〕小字注「法藏碎金」，宋本無。

辨集中有非李白之作

今太白集中，有歸來乎、笑矣乎及贈懷素草書數詩，决非太白作。蓋唐末五代間學齊己輩詩也。余舊在富陽，見國清院太白詩，絶凡近。過彭澤興唐院，又見太白詩，亦非是。良由太白豪俊，語不甚擇，集中亦往往有臨時率然之句，故使庸妄者敢耳。若杜子美，世豈復有僞撰耶。余嘗舟次姑熟堂下，讀姑熟十詠，怪其語淺近，不類李白。王平甫云：此李赤詩也。赤見柳子厚集，自比李白，故名赤。其後

爲厠鬼所惑以死。今觀其詩止此㊀，則其人心疾久矣，豈厠鬼之罪也。苕溪漁隱曰：東坡此語，蓋有所譏而云。東坡

【補　校】

㊀ 今觀其詩止此　此句下應補「而以太白自比」六字。

不主故常

余評李太白詩，如黄帝張樂於洞庭之野，無首無尾，不主故常，非墨工槧人所可擬議。山谷

太白之學本出縱横

太白之從永王璘，世頗疑之。唐書載其事甚略，亦不爲明辨其是否。獨其詩自序云：「半夜水軍來，潯陽滿旌旃㊁。空名適自誤，迫脅上樓船。從賜五百金，棄之若浮煙。辭官不受賞，翻謫夜郎天。」然太白豈從人爲亂者哉。蓋其學本出從横，以氣俠自任。當中原擾攘時，欲藉之以立奇功耳。故其東巡歌有「但用東山謝安石，爲君談笑静胡沙」之句。至其卒章乃云：「南風一掃胡塵静，西入長安到日邊。」亦可見其志矣。大抵才高意廣如孔北海之徒，固未必有成功。而知人料事，尤其所難。議者或責

以璘之猖獗，而欲仰以立事，不能如孔巢父、蕭穎士察於未萌，斯可矣。若其志亦可哀已。蔡寬夫詩話〔二〕

【校勘記】

〔一〕「潯陽滿旌旃」　「旃」寬永本作「旗」，據太白詩改。（「旗」字出韻，必誤）。㊀

〔二〕小字注「蔡寬夫詩話」，宋本無。

【補　校】

㊀「旃」字　朝鮮本未誤作「旗」。

白不識理

李白詩類其爲人，俊發豪放，華而不實，好事喜名，不知義理之所在也。語用兵則先登陷陣，不以爲難；語游俠則白晝殺人，不以爲非：此豈其誠能也。白始以詩酒奉事明皇，遇讒而去，所至不改其舊。永王將去江淮，白起而從之不疑，遂以放死。今觀其詩固然。唐詩人李杜稱首，今其詩皆在。杜甫有好義之心，白所不及也。漢高祖歸豐沛，作歌曰：「大風起兮雲飛揚，威加海内兮歸故鄉，安得猛士兮守四方。」高帝豈以文字高世者，帝王之度固然，發於中而不自知也。白詩反之，曰：「但歌大風雲飛

揚，安用猛士守四方。」其不識理如此。老杜贈白詩有「重與細論文」之句〔一〕，謂此類也哉。蘇子由〔二〕

【校勘記】

〔一〕老杜贈白詩有「重與細論文」之句　「細」字寬永本原脱，從苕溪漁隱叢話補。㈠

〔二〕小字注「蘇子由」，宋本無。

【補　校】

㈠「細」字　「細」字朝鮮本未奪。

李杜

誠齋謂李神於詩，杜聖於詩

詩人之詩，唐云李、杜，宋言蘇、黄。蘇似李，黄似杜。蘇、李之詩，子列子之御風，無待乎舟車也。黄、杜之詩，靈均之乘桂舟、駕玉車，有待而未始有待也。無待者神於詩歟？有待而未嘗有待者，聖於詩

歟。文集

一世冠

唐三百年，言詩則杜甫、李白，卓然以所長爲一世冠。文藝傳序

杜甫光掩前人，後來無繼

或問王荆公云：公編四家詩，以杜甫爲第一，李白爲第四，豈白之才格詞致不逮甫也。公曰：白之歌詩，豪放飄逸，人固莫及，然其格止於此而已，不知變也。至於甫，則悲懽窮泰，發斂抑揚，疾徐縱横，無施不可。故其詩有平淡簡易者，有綿麗精確者，有嚴重威武，若三軍之帥者，有奮迅馳驟，若泛駕之馬者，有淡泊閑靜，若山谷隱士者，有風流醞藉，若貴介公子者。蓋其詩緒密而思深，觀者苟不能臻其閫奥，未易識其妙處，夫豈淺近者所能窺哉。此甫之所以光掩前人，而後來無繼也。元稹以謂兼人所獨專，斯言信矣。或者又曰：評詩者謂甫期白太過，反爲白所誚。公曰：不然。甫贈白詩，則云：「清新庾開府，俊逸鮑參軍。」但比之庾信、鮑照而已。又曰：「李侯有佳句，往往似陰鏗。」鏗之詩又在鮑、庾下矣。飯顆之嘲，雖一時戲劇之談。然二人者，名既相逼，亦不能無相忌也。遯齋閒覽

二公優劣

太白：「醉粟臥首陽，屢空飢顔回。當代不飲酒，虚名安在哉。」「君不見梁王池上月，昔照梁王尊酒中。梁王已去明月在，黄鶴怨解啼春風㈠。分明感激眼前事，莫惜醉臥桃園東。」又：「平原君安在，科斗生古池。坐客三千人，而今知有誰。」「君不見孔北海，英風豪氣今何在。君不見裴尚書，土墳三尺蒿藜居。」此類者尚多。愚謂雖累千萬篇，只是此意，非如少陵傷風憂國〔一〕，感事觸景，忠誠激切，寓蓄深遠，各有所當也。子美除草云：「草有害於人，曾何生阻脩。芒刺在我眼，焉能待高秋。」其憤邪嫉惡，欲芟夷藴崇之以肅清王所者，懷抱可見。臨川有「勿去草，草無惡，如比世俗俗浮薄」，此方外之語，異乎農夫之務去也。游山寺云：「雖有古殿存，世尊亦蒙埃。山僧衣藍縷，告訴棟梁摧。」本即所賦事，自然及於乘輿蒙塵，股肱非材之意，忠義所感，一飯不忘君耶。碧溪詩話〔二〕

【校勘記】

〔一〕非如少陵傷風憂國　「風」字疑誤，無別本可校。

〔二〕注出「碧溪詩話」，而知不足齋叢書本碧溪詩話並無此條。宋本無此四字小字注。㈢

【補校】

㊀黄鶴怨解啼春風 據李太白詩及𬍛溪詩話卷三，此句應作「黄鸝愁醉啼春風」。

㊁傷風憂國 按此則實見𬍛溪詩話卷三，「風」字並不誤。

思賾深遠

元稹作李杜優劣論，先杜而後李。韓愈不以爲然，作詩曰：「李杜文章在，光燄萬丈長。不知群兒愚，何用故謗傷。蚍蜉撼大樹，可笑不自量。」爲微之發也。元稹自謂知老杜矣，其論曰：「上該曹、劉，下薄沈、宋。」至退之則曰：「刺手拔鯨牙，舉瓢酌天漿。」夫高至於酌天漿，幽至於拔鯨牙，其思賾深遠宜如何，而詎止於曹、劉、沈、宋之間耶。隱居詩話

文章心術

世俗誇太白賜床調鼎爲榮，力士脱靴爲勇。愚觀唐宗，渠於白豈真樂道下賢者哉。其意急得艷詞媟語，以悦婦人耳㊀。白之論撰，亦不過爲「玉樓」、「金殿」、「鴛鴦」、「翡翠」等語，社稷蒼生何賴。就使滑稽傲世，然東方生不忘納諫，況黄屋既爲之屈乎。説者以謀謨潛密，歷考全集，愛國憂民之心如子

美語，一何鮮也。力士閨闥腐庸，惟恐不當人主意，挾主勢驅之，何所不可，脱靴乃其職也。自退之爲「蚍蜉撼大木」之喻，遂使後學吞聲。余竊謂如論其文章豪逸，真一代偉人。如論其心術事業，可施廊廟，李杜齊名，真忝竊也。碧溪詩話

【補校】

㈠以恍婦人耳 「恍」應改作「悦」。

草堂

墓誌銘 元稹作㈠

余讀詩至杜子美，而知古人之才，有所總萃焉。始唐虞時，君臣以賡歌相和，是後詩人繼作㈡。歷夏、商、周千餘年，仲尼緝拾選練，取其干預教化之尤者三百篇，其餘無聞焉。騷人作，而怨憤之態繁；然猶去風雅日近，尚相比擬。秦漢以來，採詩之官既廢，天下俗謡民謳，歌頌諷賦，曲度嬉戲之詞，亦隨時間作。至漢武帝賦栢梁詩，而七言之體具；蘇子卿、李少卿之徒，尤工爲五言，雖句讀、文律各異㈢，

雅鄭之音亦雜〔四〕；而詞意闊遠〔五〕，指事言情，自非有爲而爲，則文不妄作。建安之後，天下之士遭罹兵戰，曹氏父子鞍馬間爲文，往往横槊賦詩，故其遒壯抑揚，怨哀悲離之作，尤極於古。晉世風概稍存；宋、齊之間，教失根本，士以簡慢矯飾相尚，文章以風容色澤、放曠精清爲高，蓋吟寫性靈，流連光景之文也，意義格力無取焉。陵遲至梁、陳，淫豔刻飾，佻巧小碎之極，又宋、齊之所不取也。唐興，學官大振，歷世之文，能者互出〔六〕。而又沈、宋之流，研練精切，穩順聲勢，謂之律詩。由是而後，文變之體極焉；而又好古者遺近，務華者去實；效齊、梁則不逮於晉、魏，工樂府則力屈於五言；律切則骨格不存，閑暇則纖穠莫備。至於子美，所謂上薄風雅，下該沈、宋，言奪蘇、李，氣吞曹、劉；掩顏、謝之孤高，雜徐、庾之流麗；盡得古今之體勢，而兼人人之所獨專㊀。如使仲尼考鍛其旨要，尚不知貴其多乎哉！苟以爲能，無可不可，則詩人已來，未有如子美者。是時山東人李白，亦以奇文取稱，時人謂之李杜。余觀其壯浪縱恣，擺去拘束，模寫物象，及樂府歌詩，誠以差肩於子美，至若鋪陳終始，排比聲韻，大或千言，次猶數百；詞氣奮邁而風調清深〔七〕，屬對律切而脱棄凡近，則李尚不能歷其藩翰，況堂奥乎！苕溪漁隱曰：宋子京作唐史杜甫贊，秦少游作進論，皆本元稹之説，意同而詞異耳。

【校勘記】

〔一〕「元稹作」三字，各本大字，兹從寬永本作小字。

〔二〕是後詩人繼作　「詩」字各本俱脱，從苕溪漁隱叢話補。

〔三〕雖句讀文律各異　「異」寬永本誤作「巽」，宋本作「異」。㈡

〔四〕雅鄭之音亦雜　「亦雜」二字，寬永本、嘉靖本及苕溪漁隱叢話俱無，不知古松堂本所據。

〔五〕而詞意闊遠　「闊」宋本空格。

〔六〕能者互出　「互出」宋本、嘉靖本作「牙書」，古松堂本作「互書」，兹從寬永本與苕溪漁隱叢話。㈢

〔七〕詞氣奮邁而風調清深　「調」嘉靖本、古松堂本作「諷」，此從寬永本與苕溪漁隱叢話。㈣

【補校】

㈠而兼人人之所獨專　「人人」應據朝鮮本詩人玉屑及苕溪漁隱叢話後集卷八作「昔人」。

㈡「異」字　朝鮮本未誤作「巽」。

㈢互出　朝鮮本亦作「牙書」，誤。

㈣「調」字　朝鮮本作「諷」，與寬永本異。

宋子京贊

唐興，詩人承陳隋風流，浮靡相矜；至宋之問、沈佺期等，研揣聲音，浮切不差，而號律詩，競相沿襲。

逮開元間，稍裁以雅正，然恃華者質反，好麗者壯違；人得一概，皆自名所長。至甫，渾涵汪茫，千彙萬狀，兼古今而有之；他人不足，甫乃厭餘，殘膏賸馥，沾丐後人多矣。故元稹謂：詩人以來，未有如子美者。甫又善陳時事，律切精深，至千言不少衰，世號詩史。昌黎韓愈，於文章少許可〔一〕；至歌詩獨推曰：「李杜文章在，光焰萬丈長。」誠可信云。

【校勘記】

〔一〕於文章少許可　「少」古松堂本作「慎」，據寬永本、嘉靖本與苕溪漁隱叢話改。

少游進論

杜子美之於詩，實集衆家之長，適當其時而已。昔蘇武、李陵之詩，長於高妙；曹植、劉公幹之詩，長於豪逸；陶潛、阮籍之詩，長於冲澹；謝靈運、鮑照之詩，長於峻潔；徐陵、庾信之詩，長於藻麗。子美者，窮高妙之格，極豪逸之氣〔一〕，包冲澹之趣，兼峻潔之姿，備藻麗之態，而諸家之作所不及焉。然不集諸子之長，子美亦不能獨至於斯也。豈非適當其時故耶！孟子曰：伯夷，聖之清者也；伊尹，聖之任者也；柳下惠，聖之和者也；孔子，聖之時者也；孔子之謂集大成。嗚呼，子美亦集詩之大成者歟！

【校勘記】

〔一〕極豪逸之氣　「氣」嘉靖本墨釘，古松堂本作「才」。據寬永本與苕溪漁隱叢話改。

冷齋魯旹序〔一〕

騷人雅士，同知祖尚少陵，同欲模楷聲韻，同苦其意律深嚴難讀也。余謂少陵老人，初不事艱澀左隱以病人，其平易處，有賤夫老婦初可道者。至其深純宏妙，千古不可追跡〔二〕，則序事穩實，立意渾大；遇物寫難狀之景，紓情出不説之意；借古的確，感時深遠，若江海浩渺以沼切，大水貌，風雲蕩汨〔三〕，蛟龍黿鼉，出没其間，而變化莫測，風澄雲霽，象緯回薄，錯峙偉麗，細大無不可觀〔四〕。又云：其夐邈高聳，則若鑿太虛而嗷萬籟〔五〕；其馳驟怪駭，則若仗天策而騎箕尾；其直截峻整，則若儼鈎陳而界雲漢〔六〕。樞機日月，開闔雷電，昂昂然神其謀，挺其勇〔七〕，握其正，以高視天壤，趨入作者之域，所謂真粹氣中人也。公之詩，支而爲六家〔八〕：孟郊得其氣燄，張籍得其簡麗，姚合得其清雅，賈島得其奇僻，杜牧、薛能得其豪健，陸龜蒙得其贍博，皆出公之奇偏爾，尚軒然自號一家，赫世烜俗〔九〕。後人師擬不暇，矧合之乎！風雅而下，唐而上，一人而已。是知唐之言詩，公之餘波及爾。

【校勘記】

〔一〕此序「又云：其敻邈高聳……」起，乃宋孫僅序，非魯訔序，詩人玉屑所引誤。

〔二〕千古不可追跡　「古」嘉靖本、古松堂本作「言」，兹從寬永本與魯序。

〔三〕風雲蕩汨　「汨」古松堂本誤作「泊」，據寬永本、嘉靖本及魯序改。

〔四〕細大無不可觀　「細」宋本空格。

〔五〕則若鑿太虛而噭萬籟　「籟」宋本空格。

〔六〕則若儼鉤陳而界雲漢　「若儼」二字宋本空格。

〔七〕挺其勇　「挺」古松堂本誤作「梃」，此從寬永本與嘉靖本。

〔八〕支而爲六家　「支」古松堂本作「分」，兹從寬永本與嘉靖本。

〔九〕赫世烜俗　「赫」寬永本作「爀」，與宋本分門集注杜工部詩孫僅序合。

王彥輔序

唐興，承陳、隋之遺風，浮靡相矜，莫崇理致。開元之間，去雕篆，黜浮華，稍裁以雅正，雖絺句繪章，人得一概，各爭所長。如太羹玄酒者，則薄滋味；如孤峰絶岸者，則駭廊廟；穠華可愛者，乏風骨；爛然可珍者，多玷缺〔一〕。逮至子美之詩，周情孔思，千彙萬狀，茹古涵今，無有端涯。森嚴昭焕，若在武庫見戈戟布列，蕩人耳目。非特意語天出，尤工於用字；故卓然爲一代冠，而歷世千百，膾炙人口。

【校勘記】

〔一〕多玷缺　「缺」寬永本誤「鈌」，宋本作「缺」。

半山老人畫像贊

吾觀少陵詩，謂與元氣侔。力能排天斡九地，壯顔毅色不可求。浩蕩八極中，生物豈不稠！醜妍巨細千萬殊，竟莫見以何雕鎪〔一〕。惜哉命之窮，顛倒不見收。青衫老更斥，餓走半九州。瘦妻僵前子仆後，攘攘盜賊森戈矛。吟哦當此時，不廢朝廷憂。嘗願天子聖，大臣各伊周〔二〕。寧令吾廬獨破受凍死，不忍四海赤子寒颼颼。傷屯悼屈止一身，嗟時之人我所羞。所以見公像，再拜涕泗流。推公之心古亦少，願起公死從之游。

【校勘記】

〔一〕竟莫見以何雕鎪　「雕鎪」二字宋本空格。

〔二〕大臣各伊周 「大」古松堂本作「文」，兹從寬永本、嘉靖本與王安石詩。

三百篇之後便有子美

六經之後，便有司馬遷；三百五篇之後，便有杜子美。六經不可學，亦不須學；故作文當學司馬遷，作詩當學杜子美。二書亦須常讀，所謂不可一日無此君也。唐子西語録

老杜似孟子

孟子七篇，論君與民者居半，其欲得君，蓋以安民也。觀杜陵詩云：「窮年憂黎元，嘆息腸内熱。」又云：「誰能叩君門，下令減征賦。」寄梅學士詩：「幾時高議排金門，長使蒼生有環堵。」茅屋爲秋風所破歌：「安得眼前突兀見此屋，寧令吾廬獨破受凍死亦足。」見其志，大庇天下，仁心廣大，真得孟子之所存矣。東坡問老杜何如人，或言似司馬遷，但能名其詩耳；吾謂老杜似孟子，蓋原其心也。碧溪

晦庵論杜詩

杜詩初年甚精細，晚年曠逸不可當，如自秦川入蜀諸詩，分明如畫，乃其少作也。杜甫夔州以前詩佳，夔州以後，自出規摹，不可學。

陵陽論詩能盡寫物之工

杜少陵詩云：「兩箇黃鸝鳴翠柳，一行白鷺上青天。」王維詩云：「漠漠水田飛白鷺，陰陰夏木囀黃鸝。」極盡寫物之工。後來唯陳無己有云：「黑雲映黃槐，更著白鷺度。」無愧前人之作。室中語

用詩書語

子美多用經書語，如曰：「車轔轔，馬蕭蕭」，未嘗外入一字。如曰：「濟潭鱣發發〔一〕，春草鹿呦呦。」皆渾然嚴重，如入天陛赤墀，植璧鳴玉，法度森嚴。然後人不敢用者，豈所造語膚淺不類耶！黃常明詩話〔二〕

【校勘記】

〔一〕濟潭鱣發發　「鱣」嘉靖本、古松堂本作「鱔」，茲從寬永本。

〔二〕小字注「黃常明詩話」　「常」嘉靖本、古松堂本作「尚」，此從寬永本。

先生以詩鳴於唐，凡出處去就，動息勞佚，悲歡憂樂，忠憤感激，好賢惡惡，一見於詩，讀之可以知其世。學士大夫謂之詩史。孫僅序

詩史

唐書列女傳：王珪微時，母盧氏嘗云：子必貴，但未知汝與游者？珪一日引房玄齡、杜如晦過之，母曰：汝貴無疑。所載止此而已。質之少陵詩，事未究也。送重表姪王砅云：「我之曾老姑，爾之高祖母。爾祖未顯時，歸爲尚書婦。」則珪母杜氏，非盧氏也。又云：「隋朝大業末，房杜俱交友。長者來在門，荒年自餬口。家貧自供給，客位但箕箒。俄傾羞頗珍，寂寞人散後。入怪鬢髮空，吁嗟爲之久。自陳剪髻鬟〔一〕，鬻市充沽酒。上云天下亂，宜與英俊厚。向竊窺數公，經綸亦俱有。次問最少年，虬髯十八九。子等成大名，皆因此人手。下云風雲合，龍虎一吟吼。願展丈夫雄，得辭兒女醜。秦王時在坐，真氣驚户牖。及乎貞觀初，尚書踐台斗。夫人常肩輿，上殿稱萬壽。六宮師柔順，法則化妃后。至尊均嫂叔，盛事垂不朽。」其上下詳締如此。且一婦人識真主於側微，尤偉甚。史缺失而謬誤，獨少陵載之，號詩史，信矣。桐江詩話云：西清詩話辨王珪母姓杜，不姓盧，引少陵詩爲證。今觀其詩，不特不姓盧，乃王珪之妻，非母也。史氏之訛如此。少陵詩云：「我之曾老姑，爾之高祖母。爾祖未顯時，歸爲尚書婦。」即知王珪之妻也。西清詩話

【校勘記】

〔一〕「自陳剪髻鬟」　「髻」嘉靖本、古松堂本作「髻」（宋刻本「髻」常作「髻」），茲從寬永本。

胸中吞幾雲夢

洞庭天下壯觀，自昔騷人墨客，題之者衆矣。如：「水涵天影闊，山拔地形高。」「四顧疑無地〔一〕，中流忽有山。」「鳥飛應畏墮，帆遠卻如閑。」皆見稱於世。然未若孟浩然：「氣蒸雲夢澤，波動岳陽城。」則洞庭空曠無際，氣象雄張，如在目前。至讀子美詩，則又不然：「吴楚東南坼，乾坤日夜浮。」不知少陵胸中吞幾雲夢也。同上

【校勘記】

〔一〕四顧疑無地　「疑」寬永本誤作「凝」，宋本作「疑」。㊀

【補　校】

㊀「疑」字　朝鮮本未誤作「凝」。

學老杜之法

老杜詩，凡一篇皆工拙相半，古人文章類如此，皆拙固無取〔一〕，使其皆工，則峭急無古氣，如李賀之流是也。然後世學者，當先學其工，精神氣骨皆在於此。如望嶽詩云：「齊魯青未了。」洞庭詩云：「吴楚東南坼，乾坤日夜浮。」語既高妙有力，而言東嶽與洞庭之大，無過於此。後來文士極力道之，終有限量，益知其不可及。望嶽第二句如此，故先云「岱宗夫何如」；洞庭詩先如此，故後云：「親朋無一字，老病有孤舟。」使洞庭詩無前兩句，而皆如後兩句，語雖健，終不工。望嶽詩無第二句，而云「岱宗夫何如」，雖曰亂道，可也。今人學詩，多得老杜平慢處，乃鄰女效顰耳。詩眼

【校勘記】

〔一〕皆拙固無取　「固」嘉靖本、古松堂本作「而」，據寬永本與苕溪漁隱叢話改。

工妙至到人不可及

詩人以一字爲工，世固知之。惟老杜變化開闔，出奇無窮，殆不可以形跡捕詰。如「江山有巴蜀，棟宇自齊梁」，則其遠數千里，上下數百年，只在「有」與「自」兩字間，而吞山川之氣，俯仰古今之懷，皆見於

言外。滕王亭子「粉牆猶竹色，虚閣自松聲」，若不用「猶」與「自」兩字，則餘八字，凡亭子皆可用，不必滕王也。此皆工妙至到，人力不可及。而此老獨雍容閑肆，出於自然，略不見其用力處。今人多取其已用字模倣用之，偃蹇狹陋，盡成死法，不知意與境會，出言中節，凡字皆可用也。石林詩話

一飯未嘗忘君

太史公論詩，以爲國風好色而不淫，小雅怨誹而不亂；以予觀之，是特識變風變雅耳，烏覩詩之正乎！昔先王之澤衰，然後變風，發乎情，雖衰而未竭，是以猶止於禮義，以爲賢於無所止者而已。若夫發於性，止於忠孝者，其詩豈可同日而語哉！古今詩人衆矣，而杜子美爲首，豈非以其流落飢寒，終身不用，而一飯未嘗忘君也歟！東坡

妙絶古今

有問荆公：老杜詩何故妙絶古今？公曰：老杜固嘗言之：「讀書破萬卷，下筆如有神。」東皋雜録

古今絶唱

杜子美詩，古今絶唱也。李伯紀杜工部集序

高雅大體

山谷嘗言，少時曾誦薛能詩云：「青春背我堂堂去，白髮欺人故故生。」孫莘老問曰：此何人詩？對曰：老杜。莘老云：杜詩不如此。後山谷語傳師云：庭堅因莘老之言，遂曉老杜詩高雅大體。傳師云〔一〕：若薛能詩，正俗所謂欺世耳㊀。詩眼

【校勘記】

〔一〕後山谷語傳師云……傳師云　兩「傳」字嘉靖本、古松堂本俱作「傅」。此據寬永本與苕溪漁隱叢話改。

【補　校】

㊀ 正俗所謂欺世耳　「欺世」應從朝鮮本詩人玉屑及苕溪漁隱叢話前集卷十四作「歎世」。

優柔感諷

劉攽詩話載子美詩云：「蕭條六合内，人少虎狼多。少人慎勿投，虎多信所過。飢有易子食，獸猶畏虞羅。」言亂世人惡，甚於虎狼也。予觀老杜潭州詩：「岸花飛送客，檣燕語留人。」與前篇同意。喪亂之

際，人無樂善喜士之心，至於一將一迎，曾不若岸花檣燕也。詩在優柔感諷，不在逞豪放而致詬怒也。

隱居詩話

高深

讀少陵詩，如馳鶩晉楚之郊。以言其高，則鄧林千巖，楩楠杞梓，扶疎摩雲。以言其深，則溟波萬頃，蛟龍黿鼉，徜徉排空，拭眥極目〔一〕；方且心駭神悸，莫知所以。若其甄别名狀，實難爲功。韓退之推其「光燄萬丈長」，殆謂是矣。鄭印序

【校勘記】

〔一〕拭眥極目　「眥」嘉靖本、古松堂本誤作「背」，據寬永本及杜集鄭印序訂正。

詩有近質處

子美之詩詞有近質者：如「麻鞋見天子」、「垢膩脚不韈」之句，所謂轉石於千仞之山，勢也。學者尤效之而過甚，豈遠大者難窺乎！王琪序

大雅堂

予謫居黔州，盡書子美兩川夔峽詩，以遺丹稜楊素翁，俾刻之石，使大雅之音，久湮没而復盈三巴之耳。素翁又欲作高屋廣楹庇此石，因請名焉。予名之曰大雅堂。仍爲作記，其略云：由杜子美以來，四百餘年，斯文委地，文章之士，隨其所能，傑出時輩，未有升子美之堂者，况室家之好耶！余嘗欲隨欣然會意處，箋以數語，終以汩没世俗，初不暇給。雖然，子美詩妙處，乃在無意於文；夫無意而意已至，非廣之以國風、雅、頌，深之以離騷、九歌，安能咀嚼其意味，闖然入其門耶！故使後生輩自求之，則得之深矣。使後之登大雅堂者，能以余説而求之，則思過半矣。彼喜穿鑿者，棄其大旨，取其發興，於所遇林泉、人物、草木、魚蟲，以爲物物皆有所託，如世間商度隱語者，則子美之詩委地矣。山谷

三種句

禪宗論雲門有三種語：其一爲隨波逐浪句，謂隨物應機，不主故常。其二爲截斷衆流句，謂超出言外，非情識所到。其三爲函蓋乾坤句，謂泯然皆契，無間可伺其深淺。以是爲序，余嘗戲爲學子言老杜詩亦有此三種語。但先後不同，以「波漂菰米沉雲黑，露冷蓮房墜粉紅」爲函蓋乾坤句；以「落花游絲白日靜，鳴鳩乳燕青春深」爲隨波逐浪句；以「百年地僻柴門迥〔一〕，五月江深草閣寒」爲截斷衆流句。若

有解此，當與渠同參。石林詩話

【校勘記】

〔一〕「百年地僻柴門迥」　寬永本作「百年地迥柴門僻」。㊀

【補　校】

㊀ 百年地僻柴門迴　朝鮮本作「百年地迴柴門闢」，誤。

畫山水詩

畫山水詩，少陵數首，無人可繼者；惟荆公觀燕公山水詩前六句，東坡煙江疊嶂圖一詩差近之。苕溪漁隱曰：少陵題畫山水數詩，其間古風二篇，尤爲超絕。荆公、東坡二詩，悉録於左，時時哦之，以快滯懣。少陵奉先劉少府新畫山水障歌云：「堂上不合生楓樹，怪底江山起煙霧。聞君掃卻赤縣圖，乘興遣畫滄洲趣。畫師亦無數，好手不可遇。對此融心神，知君重毫素。豈但祁岳與鄭虔，筆跡遠過楊契丹〔一〕。得非玄圃裂，無乃瀟湘翻。悄然坐我天姥下，耳邊已似聞清猿。反思前夜風雨急，乃是蒲城鬼神入〔二〕。元氣淋漓障猶濕，真宰上訴天應泣。野亭春還雜花遠，漁翁暝踏孤舟立。滄浪水深青溟闊，欹岸側島秋毫末。不見湘妃鼓瑟時，至今斑竹臨江活〔三〕。劉侯天機精，愛畫入骨髓。自有兩兒郎，揮灑亦莫比。大兒聰明到，能添老樹顛崖裏。小兒心孔開，貌得山僧及童子。若耶溪，雲門寺，吾獨胡爲在泥滓，青鞋布韈從此始。」戲題王宰畫山水圖歌云：「十日畫一水，五日畫一石。能事不受相促迫，王宰始肯留真跡。壯哉崑崙方壺圖，挂君高堂之素壁。巴陵洞庭日本東，赤岸水與銀河通。中有雲氣隨飛龍，舟人漁子入浦漵，山木盡亞洪濤風〔四〕。尤工遠勢古莫比，咫尺應須論萬里。焉得并州快剪刀，剪取吴松半江水。」荆公題燕侍郎山水圖云：「往時濯足瀟湘浦，獨上九疑尋二女。蒼梧之野煙漠漠，斷壠連岡散平楚。暮年傷心波浪阻，不意畫中能更覩。燕公侍書燕王府，王求一筆終不與。奏論讞死誤當赦，全活至今何可數。仁人義士埋黄土，秪有粉墨歸囊楮。」東坡書王定國所藏煙江疊嶂圖云：「江上愁心千疊山，浮空積翠如雲煙。山耶雲耶遠莫知，煙空雲散山依然。但見兩崖蒼蒼暗絶谷，中有百道飛來泉。縈林絡石隱復見，下赴谷口爲奔川。川平山開林麓斷，小橋野店依山前。行人稍度喬木外，漁舟一葉江吞天。使君何從得此本，點綴毫末分清妍。不知人間何處有此境，徑欲往買二頃田。君不見武昌樊口幽絶處，東坡先生留五年。春風摇江天漠漠，暮雲卷雨山娟娟。丹楓翻鴉伴水宿，長松落雪驚醉眠。桃花流水在人世，武陵豈必皆神仙。江山清空我塵土，雖有去路尋無緣。還君此畫三歎息，山中故人應有招我歸來篇。」許彦周詩話

【校勘記】

〔一〕「筆跡遠過楊契丹」　「楊」寬永本作「揚」。

〔二〕「乃是滿城鬼神入」　「滿」寬永本作「蒲」。

〔三〕「至今斑竹臨江活」　「斑竹」寬永本誤作「班竹」，宋本不誤。㈠

〔四〕「山木盡亞洪濤風」　「木」寬永本作「水」。㈡

【補　校】

㈠ 斑竹　朝鮮本未誤作「班竹」。

㈡ 山木盡亞洪濤風　「木」朝鮮本作「水」，與寬永本合，惟杜詩實作「木」。作「水」誤。

詞氣如百金戰馬

老杜陷賊時〔一〕，有哀江頭詩曰：「少陵野老吞聲哭，春日潛行曲江曲。江頭宮殿鎖千門，細柳新蒲爲誰緑！憶昔霓旌下南苑，苑中萬物生顔色。昭陽殿裏第一人，同輦隨君侍君側。輦前才人帶弓箭，白馬嚼齧黄金勒。翻身向天仰射雲，一箭正墜雙飛翼。明眸皓齒今何在？血汚游魂歸不得。清渭東流劍閣深，去住彼此無消息。人生有情淚沾臆，江水江花豈終極！黄昏胡騎塵滿城，欲往城南忘城北〔二〕。」予愛其詞氣如百金戰馬，注坡驀澗，如履平地。得詩人之遺法。如白樂天詩詞甚工，然拙於紀事，寸步不遺，猶恐失之，此所以望老杜之藩垣而不及也。

【校勘記】

〔一〕老杜陷賊時　「賊」寬永本誤作「賦」。

〔二〕「欲往城南忘城北」　「忘」寬永本誤作「志」，嘉靖本、古松堂本作「望」。宋本作「忘」，今從之。㊀

【補　校】

㊀「賊」字、「忘」字　朝鮮本俱未誤。

有抔土障黄流氣象

凡人做詩，中間多起問答之辭，往往至數十言，收拾不得，便覺氣象委帖。子美贈衛處士詩略云：「焉知二十載，重上君子堂。昔別君未婚，兒女忽成行。怡然敬父執，問我來何方。」若使他人道到此下須更有數十句，而甫便云：「問答未及已，兒女羅酒漿。」此有抔土障黄流氣象。漫齋語録

九日詩

孟嘉落帽，前人以爲勝絶。子美九日詩云：「羞將短髮還吹帽，笑倩傍人爲正冠。」其文雅曠達，不減昔人。故謂詩非力學可致，正須胸中度世耳。後山詩話

送人詩

劉路左車爲予言：嘗收得唐人雜編時人詩册，有送惠二歸故居詩云：「惠子白駒瘦，歸溪惟病身。皇天無老眼，空谷滯斯人。崖蜜松花熟[一]，山盃竹葉新。柴門了生事，黄綺未稱臣。」真子美語也。白駒或作「驢」字。洪駒父詩話

【校勘記】

〔一〕「崖蜜松花熟」「蜜」從寬永本。嘉靖本、古松堂本作「密」。

八哀詩紀行詩

八哀詩在古風中最爲大筆，崔德符嘗論斯文可以表裏雅頌[一]，中古作者莫及也。兩紀行詩：發秦州至

鳳凰臺，發同谷縣至成都府，合二十四首，皆以經行爲先後，無復差舛。昔韓子蒼嘗論此詩筆力變化，當與太史公諸贊並駕。學者宜常諷誦之。少陵詩總目

【校勘記】

〔一〕可以表裏雅頌　「裏」嘉靖本、古松堂本作「之」，兹從寬永本作「裏」。

夔州後詩

好作奇語，自是文章一病。但當以理爲主，理得而辭順，文章自然出群拔萃。觀子美到夔州後詩，退之自潮州還朝後文，皆不煩繩削，而自合矣。山谷

貴其備

以子美之忠厚，疑若無愧於論交。其投贈哥舒翰開府詩：「開府當朝傑，論兵邁古風。先鋒百勝在，略地兩隅空。」其美之可謂至矣。及潼關吏詩，則曰：「哀哉桃林戰，百萬化爲魚。請囑防關將，謹勿學哥舒。」何其先後之相戾若是哉！概以純全之道，亦未能無疵也。藝苑雌黄

村陋句

解憂詩云：「減米散同舟，路難思同濟。向來雲濤盤〔一〕，衆力亦不細。呀帆暫眼過，飛櫓本無蔕。得失瞬息間，致遠思恐泥。百慮視安危，分明曩賢計。玆理庶可廣，拳拳期勿替。」杜詩固無敵，然自致遠以下句，真村陋也。此取其瑕讁〔二〕，世人雷同，不復譏評，過矣。然亦不能掩其美也。東坡

【校勘記】

〔一〕「向來雲濤盤」　「向」嘉靖本、古松堂本作「句」。今從寬永本與杜集。

〔二〕此取其瑕讁　「讁」嘉靖本空格，古松堂本作「疵」。今從寬永本。

詩人玉屑卷之十五

王維

輞川之勝

「桃紅復含宿雨，柳緑更帶春煙。花落家童未掃，鶯啼山客猶眠。」每哦此句，令人坐想輞川春日之勝，此老傲睨閑適於其間也。漁隱

詩中有畫畫中有詩

味摩詰之詩，詩中有畫；觀摩詰之畫，畫中有詩。詩曰：「藍溪白石出，玉山紅葉稀。山路元無雨，空翠濕人衣。」此摩詰之詩也。或曰：非也，好事者以補摩詰之遺。東坡

造意之妙與造物相表裏

「中歲頗好道，晚家南山陲〔一〕。興來每獨往，勝事空自知。行到水窮處，坐看雲起時。偶然值林叟，談笑無回期。」此詩造意之妙，至與造物相表裏，豈直詩中有畫哉！觀其詩，知其蟬蛻塵埃之中，浮游萬物之表者也。山谷老人云：余頃年登山臨水，未嘗不讀王摩詰詩，顧知此老胷次，定有泉石膏肓之疾。

後湖集

【校勘記】

〔一〕「晚家南山陲」 「陲」寬永本作「垂」，與苕溪漁隱叢話合。「陲」、「垂」字通。

晦庵謂詩清而少氣骨

王維以詩名開元間，遭禄山亂，陷賊中不能死，事平復幸不誅。其人既不足言，詞雖清雅，亦萎弱少氣骨。獨山中人與望終南迎送神爲勝。

韋蘇州

清深妙麗

韓子蒼云：韋蘇州少時，以三衛郎事玄宗，豪縱不羈〔一〕。玄宗崩，始折節務讀書。然余觀其人，爲性高潔，鮮食寡欲，所居掃地焚香而坐，與豪縱者不類。其詩清深妙麗，雖唐詩人之盛，亦少其比。又豈似晚節把筆學爲者！豈蘇州自序之過歟？苕溪漁隱曰：韓子蒼云，韋蘇州少時，以三衛郎事玄宗，豪縱不羈。余因記唐宋遺史云：韋應物赴大司馬杜鴻漸宴，醉宿驛亭，醒見二佳人在側，驚問之，對曰：郎中席上與司空詩，因令二樂妓侍寢。問記得詩否：一妓強記〔二〕，乃誦曰：「高髻雲鬟宫様粧，春風一曲杜韋娘。司空見慣渾閑事，斷盡蘇州刺史腸。」觀此，則應物豪縱不羈之性，暮年猶在也。子蒼又云：余觀韋蘇州爲性高潔，鮮食寡欲，所居掃地焚香而坐。此是韋集後王欽臣所作序載國史補之語，但恐溢美耳。

【校勘記】

〔一〕豪縱不羈　「縱」寬永本誤作「繼」，宋本作「縱」。㊀

〔二〕一妓強記　「一」寬永本作「二」。

【補　校】

㊀「縱」字　朝鮮本未誤作「繼」。

自成一家

蘇州歌行，才麗之外，頗近興諷。其五言詩又高雅閑澹，自成一家之體。今之秉筆者，誰能及之！然當蘇州在時，人亦未甚愛重，必待身後然後貴之。白樂天

已爲當時所貴

劉太真與韋蘇州書云：顧著作來巴〔一〕，足下郡齋燕集，想亦示，何情致暢茂遒逸之如此！宋、齊間，沈、謝、吴、何始精於理意，緣情體物，備詩人旨，後之傳者，甚失其源；惟足下制其横流，師摯之始，關

睢之亂，於足下之文見之矣。則知蘇州詩，爲當時所貴如此。燕集所作，乃「兵衛森畫戟，燕寢凝清香」也〔二〕。王直方詩話

【校勘記】

〔一〕顧著作來巴　「巴」寬永本作「已」，嘉靖本墨釘。案顧況貶饒州司户參軍，劉太真爲信州刺史，「饒」或「信」不能稱「巴」，疑誤。

〔二〕「燕寢凝清香」　「燕寢」寬永本誤作「春寂」。又「燕」字古松堂本原脱，據韋蘇州集及嘉靖本補。㊀

【補　校】

㊀燕寢　朝鮮本誤作「晝寂」。

逸詩

「俗吏閑居少，同人會面難。偶隨香署客，來訪竹林歡。暮館花微落，春城雨暫寒。甕間聊共酌，莫使宦情闌。」陪王郎中尋孔徵君詩也。「獨有宦游人，偏驚物候新。雲霞出海曙，梅柳度江春。淑氣催黄鳥，晴光轉緑蘋〔一〕。㊀忽聞歌古調〔二〕，歸思欲霑巾。」和晋陵陸丞早春游望詩也。二篇皆佳作，而韋集

逸去。余家有顧陶所編唐詩有之。故附見於此。復齋漫録

【校勘記】

〔一〕「晴光轉緑蘋」「轉」寬永本作「照」，與苕溪漁隱叢話合。

〔二〕「忽聞歌古調」「古」寬永本作「苦」。

【補　校】

㈠晴光轉緑蘋　「轉」字朝鮮本詩人玉屑，苕溪漁隱叢話後集卷九引復齋漫録，作「照」。能改齋漫録卷十一作「轉」。

韋詩流麗

徐師川云：人言蘇州詩，多言其古淡，乃是不知言。蘇州詩自李杜以來，古人詩法盡廢，惟蘇州有六朝風致，最爲流麗。呂氏童蒙訓

古詩勝律詩

韋應物古詩勝律詩，李德裕、武元衡則律詩勝古詩，五字句又勝七字；張籍、王建詩格極相似，李益古、

律詩相稱；然皆非應物之比也。隱居詩話

蘇後湖讀韋詩而有感

余每讀蘇州「漠漠帆來重，冥冥鳥去遲」之語，未嘗不茫然而思，喟然而嘆。嗟乎，此余晚泊江西十年前夢耳！自余犇竄南北，山行水宿，所歷佳處固多，欲求此夢，了不可得。豈蒹葭莽蒼，無三湘七澤之壯；雪蓬煙艇，無風檣陣馬之奇乎？抑吾且老矣，壯懷銷落，塵土坌没，而無少日煙霞之想也？慶長筆端丘壑，固自不凡，當爲余圖蘇州之句於壁，使余隱几靜對，神游八極之表耳。後湖集

絶唱

蘇州云：「落葉滿空山，何處尋行跡？」東坡用其韻曰：「寄語庵中人，飛空本無跡。」此非才不逮，蓋絶唱不當和也。如東坡羅漢贊：「空山無人，水流花開。」此八字還許人再道否！許彦周詩話

詩有深意

蘇州詩：「身多疾病思田里，邑有流亡愧俸錢。」郡中宴集云：「自慚居處崇，未覩斯民康。」余謂士君子當切切作此語，彼一意供租，專事土木，而視民如讎者，得無愧此詩乎！碧溪

孟浩然

坐詩窮

孟浩然詩：「不才明主棄，多病故人踈。」唐玄宗聞之曰：卿自棄朕，朕何棄卿？孟貫詩：「不伐有巢樹，多移無主花。」周世宗聞之曰：朕伐叛弔民，何謂「有巢」、「無主」？二子正坐詩窮，所謂轉喉觸諱。漫叟詩話

高遠

浩然詩：「掛席幾千里，名山都未逢。泊舟潯陽郭，始見香爐峰〔一〕。」但詳看此等語，自然高遠。呂氏童蒙訓

【校勘記】

〔一〕始見香爐峰　「始」嘉靖本、古松堂本作「如」，寬永本作「始」，與詩集同。茲從寬永本。

韻高才短

子瞻謂浩然詩韻高而才短，如造内法酒手，而無材料耳。後山詩話

岑參詩

浩然夜歸鹿門寺歌云：「山寺鳴鐘晝已昏，漁梁渡頭爭渡喧。」岑參巴南舟中夜書事詩云〔一〕：「渡口欲黄昏〔二〕，歸人爭渡喧。」岑詩語簡而意盡，優於孟也。漁隱

【校勘記】

〔一〕岑參巴南舟中夜書事詩云　「書」字寬永本奪。

〔二〕「渡口欲黄昏」　「口」嘉靖本、古松堂本作「頭」。寬永本作「口」與岑嘉州詩合。兹從寬永本。

山谷贊

山谷題浩然畫像詩：浩然平生出處事跡，悉能道盡，乃詩中傳也。其詩云：「先生少也隱鹿門，爽氣洗盡塵埃昏。賦詩真可凌鮑謝，短褐豈愧公卿尊。故人私邀伴禁直，誦詩不顧龍鱗逆。風雲感會雖有

時，顧此定知毋枉尺〔一〕。襄江渺渺泛清流，梅殘臘月年年愁。先生一往今幾秋，後來誰復釣槎頭。」

漁隱

【校勘記】

〔一〕「顧此定知毋枉尺」「枉」古松堂本誤作「往」。

秀句

明皇世，章句之風，大得建安體。論者推李翰林、杜工部爲尤，介其間能不愧者，惟吾鄉之孟先生也。先生之道〔一〕，遇景入韻〔二〕，不拘奇抉異，令齷齪束人口者，涵涵然有干霄之興〔三〕。若公輸氏當巧而不巧者也〔四〕。北齊美蕭慤〔五〕「芙蓉露下落，楊柳月中疎」；先生有「微雲淡河漢，疎雨滴梧桐」。樂府美王融「殘日霽沙嶼，清風動甘泉」；先生則有「氣蒸雲夢澤，波動岳陽城」。謝朓之詩句精者：「露濕寒塘草〔六〕，月映清淮流」；先生則有「荷風送香氣，竹露滴清聲」。此與古人爭勝於毫氂也。稱是者衆，不可悉類。嗚呼，先生之道，復何言耶！謂乎貧，則天爵於身；謂乎死，則不朽於文。爲士之道，亦以至矣。先生，襄陽人也，日休亦襄陽人；既慕其名，覩其貌，蓋思文王則嗜昌歜，思仲尼則師有若，吾於先生見之矣。苕溪漁隱曰：「露濕寒塘草，月映清淮流。」此以爲謝朓詩，東觀餘論以爲何遜詩，東觀見何

遜集而云之，則日休以爲謝朓詩，恐誤也。皮日休〔七〕

【校勘記】

〔一〕先生之道　「道」古松堂本原作「作」，從寬永本、嘉靖本與苕溪漁隱叢話作「道」。

〔二〕遇景入韻　「韻」古松堂本原作「詠」，從寬永本、嘉靖本與苕溪漁隱叢話作「韻」。

〔三〕涵涵然有干霄之興　「干霄」寬永本作「平天」，嘉靖本作「平大」與苕溪漁隱叢話同。㊀

〔四〕若公輸氏當巧而不巧者也　「巧者」二字，古松堂本原作「巧」，寬永本、嘉靖本作「者」，茲從皮子文藪改。

〔五〕北齊美簫慤　「慤」寬永本、嘉靖本作「懿」與苕溪漁隱叢話同。

〔六〕「露濕寒塘草」　「濕」寬永本、嘉靖本作「滋」，誤。

〔七〕案此則原出皮子文藪卷七郢州孟亭記，惟詩人玉屑則引自苕溪漁隱叢話。寬永本、嘉靖本文字雖與皮子文藪有出入，而多與苕溪漁隱叢話相同，較近原本真面。古松堂本文字則多與皮子文藪相似，而與苕溪漁隱叢話不合，殆已經過後人改易矣。

【補　校】

㊀干霄　朝鮮本作「平大」。

韓文公

掀雷抉電

韓吏部歌詩累百首，而驅駕氣勢，若掀雷抉電，撑决於天地之垠。司空圖題柳集後

變詩格

書之美者，莫如顏魯公，然書法之壞，自魯公始；詩之美者，莫如韓退之，然詩格之變，自退之始。東坡

用意

退之詩「酩酊馬上知爲誰」，此七字用意哀悲，過於痛哭。又詩云：「銀燭未銷窗送曙，金釵半醉坐添春。」殊不類其爲人。乃知能賦梅花，不獨宋廣平。許彦周詩話

改一字遂失一篇之意

詩中有一字，人以私意竄易，遂失古人一篇之意。若「相公親破蔡州來」，今「親」字改作「新」字，是也。苕溪漁隱曰：酬王二十舍人雪中見寄云：「三日柴門擁不開，堦庭平滿白皚皚。今朝蹋作瓊瑤跡，爲有詩從鳳沼來。」今「從」字改作「仙」字，則失詩題見寄之意也。漫叟詩話

公末年詩閑遠有味

子美詩善叙事，故號詩史，其律詩多至百韻，本末貫穿如一辭，前此蓋未有。然荆公作四家詩選，而長韻律詩皆棄不取，如夔府書懷一百韻，亦不載。退之詩豪健奔放，自成一家，世特恨其深婉不足。南溪始泛三篇，乃末年所作，獨爲閑遠，有淵明風氣。而詩選亦無有，皆不可解。公宜自有旨也。苕溪漁隱曰：退之詩，如「何人有酒身無事，誰家多竹門可欵」之句，尤閑遠有味。蔡寬夫詩話

南溪始泛

洪龜父言：山谷於退之詩，少所許可，最愛南溪始泛，以爲有詩人句律之深意。王直方詩話

後山論退之詩

韓詩如秋懷、別元協律、南溪始泛，皆佳作也。後山詩話

琴操

古樂府命題皆有主意，後之人用樂府爲題者，直當代其人而措辭：如公無渡河，須作妻止其夫之辭。太白輩或失之，惟退之琴操得體。琴操，柳子厚不能作；子厚皇雅，退之亦不能作也。唐子西語録

送李愿歸盤谷

歐陽文忠公言：晉無文章，惟陶淵明歸去來一篇而已。余亦謂唐無文章，惟韓退之送李愿歸盤谷序一篇而已。平生欲效此作一文，每執筆輒罷。因自笑曰：不若且放教退之獨步。退之尋常詩自謂不逮李杜，至於昔尋李愿向盤谷一篇，獨不減子美。東坡

晉公賡酬

退之和裴晉公征淮西時過女几山詩云：「旗穿曉日雲霞雜，山倚秋空劍戟明。敢請相公平賊後，暫攜

諸吏上崢嶸。」而晉公之詩無見，惟白樂天集載其一聯云：「待平賊壘報天子，莫指仙山示老夫。」方時意氣自信不疑如此，豈容令狐楚輩沮撓乎！晉公文字世不傳，晚年與劉、白放浪緑野橋，多爲唱和，間見人文集，語多質直渾厚，計應似其爲人。如「灰心緣忍事，霜鬢爲論兵」之類，可謂深婉。李文定公迪在中書，嘗諷誦此兩句，親書於壁。蔡寬夫詩話

聯句

雪浪齋日記云：退之聯句，古無此法，自退之斬新開闢。余觀謝宣城集，有聯句七篇；陶靖節集，有聯句一篇；杜工部集，有聯句一篇：則諸公已先爲之。至退之亦是沿襲其舊，若言聯句自退之斬新開闢，則非也。漁隱

彈琴詩

退之聽潁師彈琴詩云：「浮雲柳絮無根蔕，天地闊遠隨飛揚。」此泛聲也。謂輕非絲，重非木也。「喧啾百鳥群，忽見孤鳳凰。」泛聲中寄指聲也。「躋攀分寸不可上」，吟繹聲也。「失勢一落千丈強」，順下聲也。僕不曉琴，聞之善琴者云：此數聲最難工。自文忠公與東坡論此詩〔一〕，作聽琵琶詩之後，後生隨例云云。柳下惠則可，吾則不可。故特論之，少爲退之雪寃。許彦周詩話

【校勘記】

〔一〕自文忠公與東坡論此詩　「詩」寬永本誤作「時」。

評退之詩

沈括存中、吕惠卿吉甫、王存正仲、李常公擇，治平中同在館下談詩。存中曰：韓退之詩乃押韻之文耳，雖健美富贍，而格不近詩。吉甫曰：詩正當如是，我謂詩人以來，未有如退之者。正仲是存中，公擇是吉甫，四人交相詰難，久而不決。公擇忽正色謂正仲曰：君子群而不黨，公何黨存中也！正仲勃然曰：我所見如是，顧豈黨耶！以我偶同存中，遂謂之黨；然則君非吉甫之黨乎！一座大笑。隱居詩話

子由陋聖德詩

詩人詠歌文武征伐之事，其於克密曰：「無矢我陵，我陵我阿。無飲我泉，我泉我池。」其於克崇曰：「崇墉言言，臨衝閑閑。執訊連連，攸馘安安。是類是禡，是致是附，四方以無侮。」其於克商曰：「維師尚父，時維鷹揚。諒彼武王，肆伐大商，會朝清明。」其形容征伐之盛，極於此矣。退之作元和聖德詩，

言劉闢之死曰：「婉婉弱子，赤立傴僂。牽頭曳足，先斷腰膂。次及其徒，體骸撑拄。末乃取闢，駭汗如雨。揮刀紛紜，爭切膾脯。」此李斯頌秦所不忍言，而退之自謂無愧於雅頌，何其陋也！蘇子由

韓柳警句㊀

蔡天啟言：嘗與張文潛論韓柳五字警句，文潛舉退之「暖風抽宿麥，清雨卷歸旗」，子厚「壁空殘月曙，門掩候蟲秋」，皆集中第一。

【補　校】

㊀ 韓柳警句　按此則出石林詩話卷上，原漏注出處。

柳儀曹

東坡評柳州詩

蘇、李之天成，曹、劉之自得，陶、謝之超然，固已至矣；而杜子美、李太白以英偉絶世之資，凌跨百代，

古之詩人盡廢；然魏晋以來，高風絶塵，亦少衰矣。李杜之後，詩人繼出，雖有遠韻，而才不逮意，獨韋應物、柳子厚發纖穠於簡古，寄至味於澹泊，非餘子所及也。唐末司空圖崎嶇兵亂之間，而得詩人高雅，獨有承平之遺風。其論詩曰：梅止於酸，鹽止於鹹，飲食不可無鹽梅，而其美常在於酸鹹之外，可以一唱而三歎也。子厚詩在陶淵明下，韋蘇州上。退之豪放奇險則過之，而温麗靖深不及也〔一〕。所貴於枯淡者，謂外枯而中膏，似淡而實美，淵明、子厚之流是也。若中邊皆枯，亦何足道！佛言譬如食蜜，中邊皆甜，人食五味，知其甘苦者皆是，能分别其中邊者，百無一也。東坡

【校勘記】

〔一〕而温麗靖深不及也　「靖深」古松堂本作「清新」，據寬永本、嘉靖本及苕溪漁隱叢話改。

休齋評子厚詩

柳子厚小詩幻眇清妍，與元、劉並馳而爭先，而長句大篇，便覺窘迫，不若韓之雍容。惟平淮詩二篇，名爲唐雅，其序云：雖不及尹吉甫、召穆公等，庶施之後代，有以佐唐之光明。其自視豈後於古人哉！其一章云：「師是蔡人，以宥以釐。度拜稽首，廟於元龜。」又云：「其危既安，有長如林。曾是讙譊，化爲

謳吟。」甚似古人語。而卒章「震是朔南」、「以告德音。歸牛休馬，豐稼於野。」皆叶以古音。南尼心切，馬音母，野音墅其卒章云：「蔡人率止，惟西平有子。西平有子，惟我有臣。疇允大邦，俾惠我人。」尤得古詩體也。

詩眼評子厚詩

子厚詩尤深難識，前賢亦未推重，自老坡發明其妙，學者方漸知之。余嘗問人：柳詩何好？答曰：大抵皆好。又問：君愛何處？答云：無不愛者。便知不曉矣。識文章者，當如禪家有悟門。夫法門百千差別，要須自一轉語悟入。如古人文章，直須先悟得一處，乃可通其他妙處。向因讀子厚晨詣超師院讀禪經詩一段，至誠潔清之意，參然在前：「真源了無取，妄跡世所逐。微言冀可冥，繕性何由熟！」真妄以盡佛理，言行以盡薰修，此外亦無詞矣。「道人庭宇靜，苔色連深竹。」蓋遠過「竹徑通幽處，禪房花木深」。「日出霧露餘，青松如膏沐。」余家舊有大松，偶見露洗而霧披，真如洗沐未乾，染以翠色；然後知此語能傳造化之妙。「澹然離言説，悟悦心自足。」蓋言因指而見月，遺經而得道，於是終焉；其本末立意遣詞，可謂曲盡其妙，毫髮無遺恨者也。哭呂衡州詩，足以發明呂温之俊偉；哭淩員外詩，書盡淩準平生；掩役夫張進骸，既盡役夫之事，又反覆自明其意。此二篇筆力規模，不減莊周、左丘明也。劉夢得傷愚溪三首，有「溪水悠悠春自來，草堂無主燕飛回」，又「殘陽寂寞出樵車」，又「柳門竹巷依依在，野草青苔日日多」，謂之佳句，正如今之海語，於子厚了無益，殆折楊、黃華之雄，易售於流俗耳。詩眼

南澗中詩絶妙古今

南澗中詩：「秋氣集南澗，獨游亭午時。回風一蕭瑟，林影久參差。始至若有得，稍深遂忘疲〔一〕。羈禽響幽谷，寒藻舞淪漪。去國魂已游，懷人淚空垂。孤生易爲感，失路少所宜。索寞竟何事，徘徊只自知。誰爲後來者，當與此心期。」柳儀曹詩，憂中有樂，樂中有憂，蓋絶妙古今矣。然老杜云：「王侯與螻蟻，同盡隨丘墟。」儀曹何憂之深也。東坡

【校勘記】

〔一〕「稍深遂忘疲」　「遂忘」寬永本誤作「逐志」。㊀

【補　校】

㊀ 遂忘　朝鮮本未誤作「逐志」。

古今絶唱

楊華既奔梁，元魏胡武靈後作楊白華歌，令宮人連臂踏之，聲甚淒斷。子厚樂府云：「楊白華，風吹渡

江水。坐令宫樹無顔色，摇蕩春光千萬里。茫茫曉日下長秋，哀歌未斷城鴉起。」言婉而情深，古今絶唱也。許彦周詩話

天賦不可及

東坡言：鄭谷詩「江上晚來堪畫處，漁人披得一簑歸」，此村學中詩也。子厚云：「千山鳥飛絶，萬逕人蹤滅。孤舟簑笠翁，獨釣寒江雪。」信有格也哉！殆天所賦，不可及也。洪駒父

兩句有不盡之意

子厚聞鶯詩云：「一聲夢斷楚江曲，滿眼故園春草緑。」其感物懷土，不盡之意，備見於兩句中，不在多也。漁隱

孟東野賈浪仙

論郊島詩

唐之晚年詩人，類多窮士。如孟東野、賈浪仙之徒，皆以刻琢窮苦之言爲工。或謂：郊、島孰貧？

曰：島爲甚也。曰：何以知之？以其詩知之。郊曰：「種稻耕白水，負薪斫青山。」島曰：「市中有樵山，客舍寒無煙。井底有甘泉，釜中嘗苦乾。」孟氏薪米自足，而島家俱無，以是知之耳。然及其至也，清絶高遠〔一〕，殆非常人可到。唐之野詩，稱此兩人爲最。至於奇警之句，往往有之。如「鷄聲茅店月，人跡板橋霜」，則羈旅窮愁，想之在目。若曰：「柳塘春水慢，花塢夕陽遲。」則春物融冶，人心和暢，有言不能盡之意，亦未可以爲小道無取也。苕溪漁隱曰：六一居士以「鷄聲茅店月，人跡板橋霜」是温庭筠詩，「柳塘春水慢，花塢夕陽遲」是嚴維詩。文潛乃以爲郊、島詩，豈非誤耶！張文潛

【校勘記】

〔一〕清絶高遠　「遠」嘉靖本、古松堂本作「造」。寬永本作「遠」，與苕溪漁隱叢話合，今從之。

寒澁

司空圖善論前人詩。如謂元、白爲力勍氣孱，乃都會之豪估；郊、島非附於寒澁，無所置才：皆切中其病。及自評其作，乃以「南樓山最秀，北路邑偏清」爲假令作者復生，亦當以著題見許。此殆不可曉。當局者迷，固人情之通患。如樂天所謂斸石破山，先觀鑱跡；發矢中的，兼聽弦聲。使不見其詩，而聞此語，當以爲如何哉！蔡寬夫詩話

僧敲月下門

唐書載賈島字浪仙，初爲浮屠，名無本。來東都時，洛陽令禁僧午後不得出。島爲詩自傷，韓愈憐之，因教其爲文，遂去浮屠，舉進士。當其苦吟，雖逢値公卿貴人，皆不之覺也。一日，見京兆尹，跨驢不避，謼詰之久，乃得釋。會昌初，以普州參軍改司户，未受命卒。余按劉公嘉話云：島初赴舉京師，一日於驢上得句云：「鳥宿池邊樹，僧敲月下門。」始欲著「推」字，又欲著「敲」字，煉之未定，遂於驢上吟哦，時時引手作推敲之勢；時韓愈吏部權京兆，島不覺衝至第三節，左右擁至尹前，島具對所得詩句云云，韓立馬良久，謂島曰：作「敲」字佳矣，遂與並轡而歸，留連論詩，與爲布衣之交。自此名著，後以不第，乃爲僧，居法乾寺，號無本。一日，宣宗微行至寺，聞鐘樓吟詠聲，遂登樓，於島案上取詩卷覽之。島不識帝，遂攘臂睨帝曰：郎君何會此耶！遂奪取詩卷。帝慙恧下樓而去。嘗爲長江簿，號賈長江。唐史與嘉話所載不同如此。緗素雜記

棹穿波底月

高麗使過海，有詩云：「水鳥浮還没，山雲斷復連。」賈島詐爲梢人，聯下句云：「棹穿波底月，船壓水中天。」麗使嘉歎久之，自此不復言詩。今是堂手録

桑乾長江二詩

賈島詩有影略句，韓退之喜之。其渡桑乾詩云：「客舍并州三十霜，歸心日夜憶咸陽。無端更渡桑乾水，卻望并州是故鄉。」又赴長江道中詩曰：「策杖離山驛，逢人問梓州。長江那可到，行客替生愁。」冷齋夜話

苦吟

孟郊詩蹇澁窮僻，琢削不暇，真苦吟而成。觀其句法格力可見矣。其自謂：「夜吟曉不休，苦吟鬼神愁。如何不自閑，心與身爲仇。」而退之薦其詩云：「榮華肖天秀，捷疾愈響報。」何也？隱居詩話

唐人陋於聞道

唐人工於爲詩，而陋於聞道。孟郊嘗有詩云：「食薺腸亦苦〔一〕，強歌聲無歡。出門即有礙，誰謂天地寬〔二〕！」郊耿介之士，雖天地之大，無以容其身，起居飲食，有戚戚之憂，是以卒窮以死。而李翺稱之，以爲郊詩高處，在古無上；平處猶下顧沈、謝，至韓退之亦談不容口。甚矣，唐人之不聞道也！孔子稱顏子在陋巷，人不堪其憂，回也不改其樂。回雖窮困早死，而非其處身之非，可以言命。與郊異矣。蘇子由

【校勘記】

〔一〕「食薺腸亦苦」「腸」古松堂本誤作「暘」，據嘉靖本、寬永本改。

〔二〕「誰謂天地寬」「謂」寬永本誤作「記」。

郊之胷次形於詩句

孟東野一不第，而有「出門即有礙，誰謂天地寬」語，若無所容其身者。老杜雖落魄不偶，而氣常自若，如「納納乾坤大」，何其壯哉！白樂天亦云：「無事日月長，不羈天地闊。」與郊異矣。然未若邵康節：「靜處乾坤大，閑中日月長。」尤有味也。休齋

韓愈詩

孟郊死葬北邙山，日月風雲暫得閑。天恐文章聲斷絶，故留賈島在人間。北夢瑣言

枯寂氣味

賈島哭栢巖禪師詩：「寫留行道影，焚卻坐禪身。」時謂燒殺活和尚，此可笑也。若「步隨青山影，坐學

白塔骨」，又「獨行潭底影，數息樹邊身」皆是島詩，何精麄頓異也。苕溪漁隐曰：余於此兩聯，但各取一句而已。「坐學白塔骨」，可見禪定之不動；「獨行潭底影」可見形影之清孤。島嘗爲衲子，故有此枯寂氣味，形之於詩句也如此。六一居士詩話

郊寒島瘦

東坡祭柳子玉文：「郊寒島瘦，元輕白俗。」此語具眼。客見詰曰：子盛稱白樂天、孟東野詩，又愛元微之詩，而取此語何也〔一〕？僕曰：論道當嚴，取人當恕。此八字，東坡論道之語也。許彦周詩話

【校勘記】

〔一〕而取此語何也　「語」古松堂本作「話」，今從寬永本與嘉靖本。

玉川子

月蝕詩

韓退之月蝕詩一篇，太半用玉川子句。或者謂玉川子月蝕詩豪怪奇挺，退之深所歎伏，故所作盡摘玉

川子佳句而補成之。某竊以爲不然。退之月蝕詩，題曰效玉川子作，而詩中有以玉川子爲言者：「玉川子，涕泗下，中庭獨自行。」又曰：「玉川子立於庭而言曰，地行賤臣仝，再拜敢告上天公。」然則退之幾於代玉川子作也。玉川子詩雖豪放，然太險怪，而不循詩家法度。退之乃摘其句而約之以禮，故退之詩中兩言玉川子，其意若曰：玉川子月蝕詩，如此足矣。故退之詩題曰效玉川子作，此退之之深意也。不然，退之豈不能自爲月蝕詩，而必用玉川子句而後成詩耶！以謂退之自爲月蝕詩，則詩中用玉川子涕泗告天公，又非其類矣。學林新編

有所思飄逸可喜

玉川子詩，讀者易解，識者當自知之。蕭才子宅問答詩如莊子寓言，高僧對禪機；惟有所思一篇，語似不類，疑他人所作，然飄逸可喜。其詞曰：「當時我醉美人家，美人顏色嬌如花。今日美人棄我去，青樓朱箔天之涯。娟娟姮娥月，三五二八圓又缺。翠眉蟬鬢生別離，一望不見心斷絕〔一〕。心斷絕，幾千里。夢中醉臥巫山雲，覺來淚滴湘江水。湘江兩岸花木深，美人不見愁人心。含愁更奏緑綺琴，調高絃絕無知音。美人兮美人，不知爲暮雨兮爲朝雲？相思一夜梅花發，忽到窗前疑是君。」雪浪齋日記

【校勘記】

〔一〕「一望不見心斷絶」　「不」寬永本作「一」。

評茶歌

玉川子有謝孟諫議惠茶歌，范希文亦有鬬茶歌，此二篇皆佳作也，殆未可以優劣論。然玉川歌云：「至尊之餘合王公，何事便到山人家！」而希文云：「北苑將期獻天子，林下雄豪先鬬美。」若論先後之序，則玉川之言差勝。雖然，如希文，豈不知上下之分者哉！亦各賦一時之事耳。苕溪漁隱曰：藝苑以此二篇皆佳作，未可優劣論，今竝録全篇。余謂玉川之詩，優於希文之歌，玉川自出胷臆，造言穩貼，得詩人之句法。希文排比故實，巧欲形容，宛成有韻之文。是果無優劣耶！玉川走筆謝孟諫議寄新茶云：「日高丈五睡正濃，軍將扣門驚周公。口云諫議送書信，白絹斜封三道印。開緘宛見諫議面，手閱月團三百片。聞道新年入山裏，蟄蟲驚動春風起。天子須嘗陽羨茶，百草不敢先開花。仁風暗結珠琲瓃，先春抽出黃金芽。摘鮮焙芳旋封裹，至精至好且不奢。至尊之餘合王公，何事便到山人家！柴門反關無俗客，紗帽挂頭自煎喫。碧雲引風吹不斷，白花浮光凝椀面。一椀喉吻潤，兩椀破愁悶。三椀搜枯腸，惟有文字五千卷。四椀發輕汗，平生不平事，盡向毛孔散。五椀肌骨清，六椀通仙靈。七椀喫不得也，唯覺兩腋習習清風生。蓬萊山，在何處？玉川子乘此清風欲歸去。山上群仙司下土，地位清高隔風雨。安得知百萬億蒼生命，墮在顛崖受辛苦！便爲諫議問蒼生，到頭合得蘇息否！」希文和章岷從事鬭茶歌云：「年年春自東南來，建溪先暖水微開。溪邊奇茗冠天下，武夷仙人從古栽。新雷昨夜發何處，家家嬉笑穿雲去。露芽錯落一番榮，綴玉含珠散嘉樹。終朝採掇未盈襜，唯求精粹不敢貪。研膏焙乳有雅製，方中圭兮圓中蟾。北苑將期獻天子，林下雄豪先鬭美。鼎磨雲外首山銅，瓶攜江上中濡水。黄金碾畔緑塵飛，碧玉甌中翠濤起。鬭茶味兮輕醍醐，鬭茶香兮薄蘭芷。其間品第胡能欺，十目視而十手指。勝若登仙不可攀，輸同降將無窮恥。吁嗟天産石上英，論功不愧堦前蓂。衆人之濁我可清，千日之醉我可醒。屈原試與招魂魄，劉伶卻得聞雷霆。盧仝不敢歌，陸羽須作經。森然萬象中，焉知無茶星。商山丈人休茹芝，首陽先生休采薇。長安酒價減千萬，城都藥市無光輝。不如仙山一啜好，冷然便欲乘風飛。君莫羨花間女郎只鬭草，贏得珠璣滿斗歸。」藝苑雌黄

山中絶句

盧仝山中絶句云：「陽坡草軟厚如織，因與鹿麛相伴眠。」王介甫只用五字，道盡此兩句詩云：「眠分黄犢草」，豈不簡而妙乎！漁隱

李長吉

品題

元和中，韓吏部亦頗道其歌詩：雲煙綿聯，不足爲其態也；水之迢迢，不足爲其清也；春之盎盎，不足爲其和也；秋之明潔，不足爲其格也；風檣陣馬，不足爲其勇也；瓦棺篆鼎，不足爲其古也；時花美女，不足爲其色也；荒國陊殿，梗莽丘隴，不足爲其恨怨悲愁也；鯨呿鰲擲，牛鬼蛇神，不足爲其虛荒誕幻也；蓋騷之苗裔，理雖不及，辭或過之。騷有感怨刺懟，言及君臣理亂，時有以激發人意，乃賀所爲，無得有是！ 賀能探尋前事，所以深嘆恨今古未嘗經道者，如金銅仙人辭漢歌、補梁庾肩吾宮體謠，求取情狀，離絶遠去，筆墨畦逕間亦殊不能知之。賀生二十七年死矣，世皆曰：使賀且未死，少加以理，奴僕命騷可也。杜牧之

晦庵論李賀詩

李賀較怪得些子，不如太白自在。又曰賀詩巧。

高軒過

李賀年七歲，以長短之製，名動京華。時韓文公與皇甫湜覽賀所作，奇之，因聯騎造門求見。賀總角荷衣而出，二公不之信，因令面賦一篇。賀承命，欣然操觚染翰，旁若無人，仍名曰高軒過。云：「華裾織翠青如葱。金環壓轡摇玲瓏。馬蹄隱隱聲隆隆。入門下馬氣如虹。東京才子文章公。二十八宿羅心胸。元精耿耿貫當中。殿前作賦聲摩空。筆補造化天無功。厖眉書客感秋蓬。誰知死草生華風。我今垂翅附冥鴻。他日不羞蛇作龍。」二公大驚，遂以所乘馬，命聯鑣而還所居，親爲束髮。後舉進士。賀父名晉，或謗賀不避家諱，韓文公特爲著辨諱一篇。摭言

古錦囊

李賀未始立題，然後爲詩，如他人牽合程課者。每旦出，小奚奴背古錦囊，遇所得，書投囊中，及暮歸足成之。本傳

楊花撲帳春雲熱

長吉詩云「楊花撲帳春雲熱」，才力絶人遠甚。如「柳塘春水慢，花塢夕陽遲」，雖爲歐陽公所稱，然不

追長吉之語。許彦周詩話

桃花亂落如紅雨

長吉有「桃花亂落如紅雨」之句，以此名世。余觀劉禹錫云：「花枝滿空迷處所，摇動繁英墜紅雨。」劉、李出一時，决非相爲剽竊。復齋謾録

劉賓客

獨步元和

劉夢得竹枝九章，詞意高妙，元和間誠可以獨步。道風俗而不俚，追古昔而不愧；比之杜子美夔州歌，所謂同工而異曲也。昔子瞻嘗聞余詠第一篇，歎曰：此奔軼絶塵，不可追也。淮陰行情調殊麗，語意尤穩切，白樂天、元微之爲之，皆不入此律也。唯「無耐脱菜時」不可解，當待博物洽聞者説也。三閣詞四章，可以配黍離之詩，有國存亡之鑑也。大槩夢得樂府小章優於大篇，詩優於它文耳。山谷

用意深遠

蘇子由晚年多令人學劉禹錫詩，以爲用意深遠，有曲折處。後因見夢得歷陽詩云：「一夕爲湖地，千年列郡名。霸王迷路處，亞父所封城。」皆歷陽事，語意雄健，後殆難繼也。呂氏童蒙訓

明月可中庭

山谷至廬山一寺，與群僧圍爐，因舉生公講堂詩，末云：「一方明月可中庭。」一僧率爾云：何不曰「一方明月滿中庭？」山谷笑去。洪駒父詩話

平淮西詩

人豈不自知耶！及自愛其文章，乃更大繆，何也！劉禹錫詩固有好處，及其自称平淮西詩云「城中喔喔晨鷄鳴，城頭鼓角聲和平」，爲盡李愬之美；又云「始知元和十四載，四海重見昇平年」，爲盡憲宗之美，吾不知此兩聯爲何等語也！賈島云：「獨行潭底影，數息樹邊身。」其自注云：「二句三年得，一吟雙淚流。知音如不賞，歸臥故山秋。」不知此兩句有何難道，至於三年始成，而一吟下淚也！隱居詩話

樂天評詩

杜甫善評詩，其稱薛稷詩云：「驅車越陝郊，北顧臨大河。」美矣。又稱李邕六公篇，恨不見之！皇甫湜題浯溪頌云：「次山有文章，可惋只在碎！」亦善評文者。若白居易，殊不善評詩。其稱徐凝瀑布詩云：「千古長如白練飛，一條界破青山色。」又稱劉禹錫「雪裏高山頭白早，海中仙果子生遲」，「沉舟側畔千帆過，病樹前頭萬木春」，此皆常語也，禹錫自有可稱之句甚多，顧不能知之耳！隱居詩話

碁詩

夢得觀碁歌云：「初疑磊落曙天星，次見搏擊三秋兵。雁行布陣衆未曉，虎穴得子人皆驚。」余嘗愛此數語，能模寫弈碁之趣，夢得必高於手談也。至東坡觀碁，則云：「勝固欣然，敗亦可喜。優哉游哉，聊復爾耳。」蓋東坡素不解碁，不究此味也。漁隱

常建

佳句

丹陽殷璠，撰河嶽英靈集，首列常建詩，愛其「山光悦鳥性，潭影空人心」之句，以爲警策。歐公又愛建「竹徑通幽處，禪房花木深」，欲效建作數語，竟不能得，以爲恨。予謂建此詩全篇皆工，不獨此兩聯而已。其詩曰：「清晨入古寺，初日照高林。竹徑通幽處，禪房花木深。山光悦鳥性，潭影空人心。萬籟此俱寂，但聞鐘磬音。」洪駒甫詩話

常建詩「竹徑通幽處，禪房花木深」，歐陽文忠公最愛賞，以爲不可及。此語誠可人意，然於公何足道！豈非厭飫芻豢，反思螺蛤耶！東坡

詩人玉屑卷之十六

香山

五長

白樂天諷諭之詩長於激，閑適之詩長於遺，感傷之詩長於切。律詩百言以上長於贍，五字七字百言以下長於情。詩苑類格

造理

富貴於人，造物所靳。自古以來，多不在於少年，常在於晚景〔一〕；若少年富貴者，非曰無之，蓋亦鮮矣。人至晚景，得富貴未免置第宅，售妓妾，以償其平生所不足者。如樂天詩云：「多少朱門鎖空宅，主人到

了不曾歸。」司空曙詩：「黄金用盡教歌舞，留與他人樂少年。」讀此二詩，使人悽然，誠不足爲此也。漁隱

【校勘記】

〔一〕常在於晚景　「常」寬永本、嘉靖本作「嘗」，與苕溪漁隱叢話合。

達道

白氏集中，頗有遺懷之作，故達道之人，率多愛之。余友李公維録出其詩，名曰養恬集；余亦如之，名曰助道。其詞語蓋於經教法門，用此彌縫其闕，而直截曉悟於人也。余愛其詩云：「羲和走馭趁年光，不許人間日月長。遂使四時都似電，争教兩鬢不成霜！榮銷枯至無非命，壯盡衰來亦是常。已共身心要約定，窮通生死不驚忙。」予今擬其句語，聊加變易，人於别韻，前述時景之迅遷，後述世態之不一，而終篇亦斷之以「不驚」也。詩云：「羲和走馭趁年華，不使人間歲月賒。春正豔陽春即老，日方亭午日還斜。時情莫測深如海，世事難齊亂似麻。已共身心要約定，古今如此勿驚嗟。」法藏碎金

達者之詞

白樂天詩曰：「無事日月長，不羈天地闊。」此達者之詞也。孟東野詩曰：「出門即有礙，誰謂天地

寛！」此褊狹者之詞也。青箱雜記

秀句

樂天詩：「春色辭門柳，秋聲到井桐。」此語未易及。許彥周詩話

工於對

杜子美善於用故事及常語，多離析或倒其句而用之。蓋如此則語峻而體健，意亦深穩矣。如「露從今夜白，月是故鄉明」之類是也。樂天工於用對，寄微之詩云：「白頭吟處變，青眼望中穿。」可爲佳句。然不若「別來頭併白，相見眼終青」尤爲工也。麈史〔一〕

【校勘記】

〔一〕小字注「麈史」　「麈」寛永本誤作「塵」，宋本作「麈」。㊀

【補　校】

㊀「麈」字　朝鮮本未誤作「塵」。

草詩

樂天以詩謁顧況，況喜其咸陽原上草云：「野火燒不盡，春風吹又生。」予以爲不若劉長卿「春入燒痕青」之句語簡而意盡。復齋漫録

昭君詞

古今人作昭君詞多矣〔一〕，余獨愛白樂天一絶云：「漢使卻回憑寄語，黄金何日贖蛾眉〔二〕？君王若問妾顔色，莫道不如宫裏時。」蓋其意優游而不迫切故也。然樂天賦此時，年甚少。王直方詩話

【校勘記】

〔一〕古今人作昭君詞多矣　「詞」古松堂本作「吟」，兹從寬永本、嘉靖本作「詞」。

〔二〕「黄金何日贖蛾眉」　「蛾」寬永本、嘉靖本作「娥」。

寒食詩㊀

東坡云：與郭生游寒溪，主簿吴亮置酒，郭生善作挽歌，酒酣發聲，坐爲悽然。郭生言恨無佳詞，因改

樂天寒食詩歌之，坐客有泣者。其詞曰：「烏啼鵲噪昏喬木，清明寒食誰家哭！風吹曠野紙錢飛〔一〕，古墓纍纍春草緑。棠梨花映白楊路，盡是死生離别處。冥寞重泉哭不聞，蕭蕭暮雨人歸去。」每句雜以散聲。王直方

【校勘記】

〔一〕「風吹曠野紙錢飛」「曠」古松堂本誤作「日」，據寬永本、嘉靖本改。

【補　校】

㊀寒食詩　此則原注：「王直方」。按王直方之語，殆見於王直方詩話，此書世無傳本。惟苕溪漁隱叢話前集卷二十一亦載此則，祇引作「東坡云」，不云「王直方詩話」，詩人玉屑所注疑非。此則今見東坡志林卷九。

桑落酒

河中桑落坊有井，每至桑落時，取其寒暄得所，以井水釀酒甚佳，故號桑落酒。舊京人呼爲桑郎，蓋語訛耳。庾信詩云：「蒲城桑落酒，灞岸菊花秋。」白居易詩云：「桑落氣薰珠翠暖，柘枝聲引筦絃高〔一〕。」後史補〔二〕

【校勘記】

〔一〕「柘枝聲引筦絃高」　「筦」寬永本作「莞」。㊀

〔二〕小字注「後史補」三字，宋本無。

【補　校】

㊀「筦」字　朝鮮本亦作「筦」，不作「莞」。

海圖屏風詩

樂天題海圖屏風詩，略曰：「或者不量力，謂茲鰲可求。贔屭牽不動，綸絶沉其鉤。一鰲既頓頷，諸鰲齊掉頭。噴風激飛廉，鼓波怒陽侯。遂使江漢水，朝宗意亦休。」吾讀此詩，感劉隗、李訓、薛文通等事，爲之太息。隱居詩話

吴元濟以蔡叛，犯許汝以驚東都，此豈可不討者也。當時議者欲置之，固爲非策；然不得武、裴二傑，事亦未易辨也。樂天豈庸人哉，然其議論，亦似欲置之者。其詩有海圖屏風者，可見其意。且注云：時方討淮蔡，吾以是知仁人君子之於兵，蓋不忍輕用如此。淮蔡且欲以德懷，況欲弊所恃，以勤無用

乎！悲夫，此未易與世士談也！二説未知孰是。東坡

玲瓏歌

商玲瓏，餘杭歌者，樂天作郡日賦歌與之云：「罷胡琴，掩秦瑟，玲瓏再拜歌初畢。誰道使君不解歌，聽唱黄鷄與白日。黄鷄催曉丑時鳴，白日催年酉前没。腰間紫綬繫未穩，鏡裏朱顏看已失。玲瓏玲瓏柰老何，使君歌了汝還歌。」時元微之在越州，厚幣邀至，月餘使盡歌所唱之曲，作詩送行，兼寄樂天云：「休遣玲瓏唱我詞，我詞多是寄君詩。卻向江邊整回棹，月落潮平是去時。」苕溪漁隱曰：東坡用此歌，夜飲次韻畢推官云：「紅燭照庭嘶騕褭，黄鷄催曉唱玲瓏。」又次韻蘇伯固主簿重九日云：「只有黄鷄與白日，玲瓏應識使君歌。」又樂天與劉十九同宿詩：「紅旗破賊非吾事，黄紙除書無我名。惟共嵩陽劉處士，圍棋賭酒到天明。」故東坡題杜介熙熙堂云：「白砂碧玉味方永，黄紙紅旗心已灰。」「白砂」、「碧玉」，見續仙傳。脞説

東坡似樂天

東坡平日最愛樂天之爲人，故有詩云：「我甚似樂天，但無素與蠻。」又：「我似樂天君記取，華顛賞徧洛陽春。」又：「他時要指集賢人，知是香山老居士。」又：「定似香山老居士，世緣終淺道根深。」而坡在

錢塘，與樂天所留歲月略相似，其句云「在郡依前六百日」，是也。王直方詩話

老嫗解詩〔一〕

白樂天每作詩，令老嫗解之，問曰：解否？嫗曰：解，則録之；不解，又改之。故唐末之詩，近於鄙俚也。墨客揮犀〔二〕

【校勘記】

〔一〕嘉靖本、古松堂本。此條在「陵陽重厚之論」條後，而寬永本（宋本同）則在「纖豔不逞」條之前，今從宋本。

〔二〕小字注「墨客揮犀」四字，宋本無。

纖豔不逞

杜牧謂白居易詩纖豔不逞，非莊人雅士所爲；淫言媟語，入人肌骨不可去。唐本贊〔一〕

【校勘記】

〔一〕小字注「唐本贊」三字，宋本無。

甘露詩

沈存中謂：樂天詩不必皆好，然識趣可尚。章子厚謂不然，樂天識趣最淺狹，謂詩中言甘露事處，幾如幸災，雖私讎可快，然朝廷當此不幸，臣子不當形之歌詠也。如「當公白首同歸日，是我青山獨往時」之類。詩史樂天爲王涯所讒，謫江州司馬，甘露之禍，樂天在洛，適游香山寺，有詩云：「當君白首同歸日，是我青山獨往時。」不知者以樂天爲幸之，樂天豈幸人之禍也哉！蓋悲之也。東坡

陵陽重厚之論

公嘗曰：白樂天詩今人多輕易之，大可憫矣。大率不曾道得一言半句，乃輕薄至於非笑古人，此所以不遠到。僕曰：杜子美云：「楊王盧駱當時體，輕薄爲文哂未休。」正公之意也。公曰：當時人已如此。室中語

玉谿生

九日詩

九日云：「曾共山公把酒巵，霜天白菊遶堦墀。十年泉下無消息，九日樽前有所思。不學漢臣栽苜蓿，

空教楚客詠江蘺〔一〕。郎君官貴施行馬，東閣無因再得窺。」古今詩話云：李商隱依令狐楚，以牋奏受知，後其子綯有韋平之拜，浸疎商隱；重陽日，商隱造其廳事，題此詩，綯覩之慙恨，扃鎖此廳，終身不處。又唐史本傳云：令狐楚奇其文，使與諸子游，楚徙天平、宣武，皆表署巡官。後從王茂元之辟，其子綯以爲忘家恩，放利偷合，謝不通。綯當國，商隱歸窮，綯憾不置，則商隱此詩，必此時作也。若古今詩話以謂綯有韋平之拜，浸踈商隱，其言殊無所據，余故以本傳證之。但綯父名楚，商隱又受知於楚，詩中有「楚客」之語，題於廳事，更不避其家諱何耶！東坡九日云：「聞道郎君閉東閣，且容老子上南樓。」又云：「南屏老宿閑相過，東閣郎君懶重尋。」皆用商隱詩也。漁隱

【校勘記】

〔一〕「空教楚客詠江蘺」「客」寬永本作「容」，誤。㊀

【補　校】

㊀「客」字　朝鮮本未誤作「容」。

殺風景

義山雜纂，品目數十，蓋以文滑稽者。其一曰殺風景：謂清泉濯足，花上曬褌，背山起樓，燒琴煮鶴，對花啜茶，松下喝道。晏元獻慶曆中罷相守潁，以惠山泉烹日注，從容置酒〔一〕，賦詩曰：「稽山新茗緑如煙，靜挈都藍煮惠泉。未向人間殺風景〔二〕，更持醪醑醉花前。」王荆公元豐末居金陵，蔣大漕之奇，夜謁公於蔣山，騶唱甚都。公取松下喝道語，作詩戲之云：「扶衰南陌望長楸，燈火如星滿地流。但怪傳呼殺風景，豈知禪客夜相投。」自此殺風景之語頗著於世。西清詩話

唐人以對花啜茶謂之殺風景，故荆公寄茶與平甫詩，有「金谷看花莫謾煎」之句。三山老人語録

【校勘記】

〔一〕從容置酒　「容」嘉靖本、古松堂本作「客」，此據寬永本與苕溪漁隱叢話。

〔二〕「未向人間殺風景」　「未」嘉靖本、古松堂本作「但」，此據寬永本與苕溪漁隱叢話。

斫桂樹

義山詩：「莫羨仙家有上真，仙家暫謫亦千春。月中桂樹高多少，試問西河斫樹人。」按酉陽雜俎云：

舊傳月中有桂，有蟾蜍，故異書言月桂高五百丈，下有一人，常斫之，樹創隨合；人姓吴，名剛，西河人，學道有過，謫令伐樹。故宋子京嘲月詩亦曰：「吴生斫鈍西河斧，無奈婆娑又滿輪。」緗素雜記嘗論吴生斫樹事，引李賀箜篌引云：「吴質不眠倚桂樹。」李賀謂之吴質，段成式謂之吴剛，未詳其義。竊意箜篌引所謂吴質，非吴剛也，恐别是一事。魏有吴季重，亦名質。藝苑雌黄

詞意深妙

余知制誥日，與余恕同考試。恕曰：夙昔師範徐騎省爲文，騎省有徐孺子亭記，其警句云：「平湖千畝，凝碧乎其下，西山萬叠，倒影乎其中。」它皆常語。近得舍人所作涵虚閣記，終篇皆奇語，自渡江以來，未嘗見此，信一代之雄文也。其相推如此。因出義山詩共讀，酷愛一絶云：「珠箔輕明拂玉墀，披香新殿鬥腰肢。不須看盡魚龍戲，終遣君王怒偃師。」擊節稱嘆曰：古人措辭寓意，如此之深妙，令人感慨不已。苕溪漁隱曰：東坡快哉亭詞云：「一千頃，都鏡淨，倒碧峰。」用徐騎省語意也。談苑

高情遠意

文章貴衆中傑出，如同賦一事，工拙尤易見。余行蜀道，過籌筆驛，如石曼卿詩云：「意中流水遠，愁外舊山青。」膾炙天下久矣。然有山水處便可用，不必籌筆驛也。殷潛之與小杜詩甚健麗，亦無高意。

惟義山詩云：「魚鳥猶疑畏簡書，風雪長爲護儲胥。」「簡書」蓋軍中法令約束，言號令嚴明，雖千百年之後，魚鳥猶畏之也。「儲胥」蓋軍中藩籬，言忠義貫神明，風雲猶爲護其壁壘也。誦此兩句，使人凛然復見孔明風烈。至於「管樂有才真不忝，關張無命欲何如！」屬對親切，又自有議論，他人亦不及也。馬嵬驛唐詩尤多，如劉夢得「緑野扶風道」一篇，人頗誦之，其淺近乃兒童所能。義山云：「海外徒聞更九州，他生未卜此生休。」語既親切高雅，故不用愁怨墮淚等字，而聞者爲之深悲。「空聞虎旅鳴宵柝，無復鷄人報曉籌。」如親扈明皇，寫出當時物色意味也。「此日六軍同駐馬，他時七夕笑牽牛。」益奇。義山詩，世人但稱其巧麗，至與温庭筠齊名；蓋俗學祗見其皮膚，其高情遠意，皆不識也。詩眼

淺近

李義山詩，楊大年諸公皆深喜之，然淺近者亦多。如華清宫詩云：「華清恩幸古無倫，猶恐蛾眉不勝人。未免被他褒女笑，只教天子暫蒙塵。」用事失體，在當時非所宜言也。豈若崔魯華清宫詩云：「障掩金鷄蓄禍機，翠華西拂蜀雲飛。珠簾一閉朝元閣，不見人歸見燕歸。」又云：「草遮回磴絶鳴鑾，雲樹深深碧殿寒。明月自來還自去，更無人倚玉闌干。」〔一〕語意既精深，用事亦隱而顯也。義山又有馬嵬詩云：「如何四紀爲天子，不及盧家有莫愁。」渾河中詩云：「咸陽原上英雄骨，半是君家養馬來。」如此等詩，庸非淺近乎！漁隱

【校勘記】

〔一〕今本漁隱叢話未引崔魯華清宫「草遮回磴絶鳴鸞」一首。又「鸞」應作「鑾」。

王建建宫詞凡百有四篇，逸詞九篇見于下。〔一〕

【校勘記】

〔一〕小字注「建宫詞凡百有四篇……」等十五字，從寬永本（宋本）補，他本俱無。㊀

【補校】

㊀小字注：「建宫詞凡百有四篇……」等十五字，朝鮮本亦無。

摭實

歐陽永叔歸田録，言王建宫詞，多言唐宫中事，群書闕紀者，往往見其詩。如：「内中數日無宣唤，傳得滕王蛺蝶圖。」滕王元嬰，高祖子，史不著所能，獨名畫記言善畫，亦不云工蛺蝶，所書止此。殊不知名畫記自紀嗣滕王湛然善花鳥蜂蝶。又段成式酉陽雜俎亦云嘗見滕王蝶圖，有名江夏班、大海眼、小海眼、菜花子。蓋湛然非元嬰，孰謂張彦遠不載耶！又建宮詞云：「魚藻宮中鎖翠娥，先皇行處不曾過。如今池底休鋪錦，菱角鷄頭積漸多。」事見李石開成承詔録文宗論德宗奢靡云：聞得禁中老宮人，每引流泉，先於池底鋪錦。則知建詩皆摭實，非鑿空語也。西清詩話

宮詞

王建宮詞，荆公獨愛其「樹頭樹底覓殘紅，一片西飛一片東。自是桃花貪結子，錯教人恨五更風」。陳輔之詩話

花蘂夫人詩尤工

王建宮詞云：「御廚不食索時新，每見花開即苦春。白日臥多嬌似病，隔簾教唤女醫人。」花蘂夫人宮詞云：「廚船進食簇時新，侍宴無非列近臣。日午殿頭宣索膾，隔花催唤打魚人。」二詞紀事雖異，造語頗同。第花蘂之詞工，建爲不及也。漁隱

宮詞雜它人詩

余閲王建宫詞，選其佳者，亦自少得，只世所膾炙者數詞而已。其間雜以他人之詞，如：「閑吹玉殿昭華管，醉折梨園縹蒂花。十年一夢歸人世，絳縷猶封繫臂紗。」「銀燭秋光冷畫屏，輕羅小扇撲流螢。天堦夜色凉如水，臥看牽牛織女星。」此並杜牧之也。「淚滿羅巾夢不成，夜深前殿按歌聲。紅顔未老恩先斷，斜倚薰籠坐到明。」此白樂天也。「寶仗平明金殿開，暫將紈扇共徘徊。玉顔不及寒鴉色，猶帶昭陽日影來。」此王昌齡也。建詞凡百有四篇，又逸詞九篇。或云元微之亦有詞雜於其間，余以元氏長慶集檢尋，卻無之。或者之言誤矣。漁隱

舊跋

王建大和中爲陜州司馬，與韓愈、張籍同時，而籍相友善，工爲樂府歌行，思遠格幽。初爲渭南尉，與宦者王守澄有宗人之分，因過飲以相譏戲。守澄深憾曰：吾弟所作宫詞，禁掖深邃，何以知之？將奏劾，建因以詩解之曰：「先朝行坐鎮相隨，今上春宫見長時〔一〕。脱下御衣偏得著，進來龍馬每教騎。嘗承密旨還家少，獨奏邊情出殿遲。不是當家頻向説，九重爭遣外人知。」事遂寢。宫詞凡百絶，天下傳播，傚此體者雖有數家，而建爲之祖耳〔二〕。唐王建宫詞舊跋

【校勘記】

〔一〕「今上春宫見長時」 「上」嘉靖本、古松堂本作「日」，誤。今從寬永本與苕溪漁隱叢話。

〔二〕而建爲之祖耳 「耳」字從寬永本、嘉靖本。古松堂本誤作「草」。

山居詩

王建云：「閉門留野鹿，分食與山鷄。」魏野云：「洗硯魚吞墨，烹茶鶴避煙。」二人之詩，巧欲摹寫山居之趣，第理有當否！如建所言，二物何馴狎如此，理必無之。如野所言，雖未必皆然，理或有之。至若少陵云：「得食堦除鳥雀馴。」㊀東坡云：「爲鼠長留飯，憐蛾不點燈。」皆當於理，人無得以議之矣。

漁隱

【補 校】

㊀ 得食堦除鳥雀馴 「烏」應作「鳥」。據杜詩集。

望夫石詩

陳無己詩話云：望夫石在處有之，古今詩話惟用一律，惟劉夢得云：「望來況是幾千歲，只似當年初望時。」語雖拙而意工。黄叔達，魯直之弟也，以顧況爲第一，云：「山頭日日風和雨，行人歸來石應語。」語意皆工。江南望夫石，每過其下，不風即雨，疑況得句處也。余家有王建集，載望夫石詩，乃知非況作。其全章云：「望夫處，江悠悠。化爲石，不回頭。山頭日日風復雨，行人歸來石應語。」豈無己、叔達偶忘之耶！苕溪漁隱曰：荆公選唐百家詩，亦以此詩列建詩中，則無己、叔達之誤，可無疑矣。復齋漫録

杜牧之

二十八字史論

牧之題桃花夫人廟詩：「細腰宮裏露桃新，脈脈無言度幾春。至竟息亡緣底事，可憐金谷墜樓人。」僕嘗謂此詩爲二十八字史論。許彦周詩話

好異

牧之於題詠，好異於人。如赤壁云〔一〕：「東風不與周郎便，銅雀春深鎖二喬。」題商山四皓廟云：「南軍不袒左邊袖，四老安劉是滅劉。」皆反説其事。至題烏江亭，則好異而畔於理。詩云：「勝敗兵家事不期，包羞忍恥是男兒。江東子弟多才俊，卷土重來未可知。」項氏以八千人渡江，敗亡之餘，無一還者，其失人心爲甚，誰肯復附之！其不能卷土重來，決矣。漁隱

【校勘記】

〔一〕如赤壁云　「赤」寬永本誤作「亦」，宋本作「赤」。㊀

【補　校】

㊀「赤」字　朝鮮本未誤作「亦」。

絶句

牧之云：「無媒逕路草蕭蕭，自古雲林遠市朝。公道世間惟白髮，貴人頭上不曾饒。」羅鄴云：「芳草和

煙暖更青，閑門要路一時生。年年點檢人間事，惟有春風不世情。」余嘗以此二詩作一聯云：「白髮惟公道，春風不世情。」蓋窮人不偶，遣興之作也。漁隱

遣懷詩

遣懷詩：「落魄江湖載酒行，楚腰纖細掌中輕〔一〕。十年一覺楊州夢，占得青樓薄倖名。」余嘗疑此詩必有謂焉，因閱芝田録云：牛奇章帥維揚，牧之在幕中，多微服逸游。公聞之，以街子數輩潛隨牧之，以防不虞。後牧之以拾遺召，臨別，公以縱逸爲戒。牧之始猶諱之，公命取一篋，皆是街子輩報貼，云杜書記平善。乃大感服。方知牧之此詩，言當日逸游之事耳。漁隱

小杜華清宫詩：「雨露偏金穴，乾坤入醉鄉。」如此天下，焉得不亂！許彦周詩話〔二〕

【校勘記】

〔一〕「楚腰纖細掌中輕」　「纖細」寬永本、嘉靖本作「腸斷」。

〔二〕許彦周詩話一條引華清宫詩與遣懷詩無涉，疑奪去小題。

陵陽論赤壁詩

杜牧之赤壁詩云：「折戟沉沙鐵未消，細磨蒼蘚認前朝。東風不與周郎便，銅雀春深鎖二喬。」今人多不曉卒章，其意謂若是東風不與便，即周郎不能破曹公，二喬歸魏銅雀臺也。僕嘗叩公更嘗有人如此立意下語否？公曰：正楚辭所謂「太公不遇文王兮，身至死而不得逞。」乃嚴助所作哀時命。室中語

命意之失

牧之作赤壁詩，謂赤壁不能縱火，即爲曹公奪二喬置之銅雀臺上也。孫氏霸業，繫此一戰；社稷存亡，生靈塗炭都不問，只恐捉了二喬，可見措大不識好惡。許彦周詩話

吴興張水戲

大和末㊀，杜牧自侍御史出佐沈傳師宣城幕，雅聞湖州爲浙西名部，風物妍好，且多麗色，往游之，時刺史崔君，亦牧之素所厚者，頗諭其意，凡籍之名妓，悉爲致之，牧殊不愜所望。史君復候其意，牧曰：願得張水戲，使州人畢觀，俟其雲合，牧當閒行寓目，冀此際忽有閲焉。史君大喜，如其言。至日，兩岸觀者如堵，迨暮，竟無所得。將罷，忽有里姥引髽髻女，年十餘歲，牧熟視之，曰：此真國色也。因使

語其姥，將致舟中，姥女皆懼。牧曰：且不即納，當爲後期；吾十年必爲此郡，若不來，乃從所適，因以重幣結之。尋拜黄、池二州，皆非意也。洎周墀入相，牧以其素善，乃併上牋干墀㊁，乞守湖州。大中三年，移授湖州刺史，比至郡，則十四年所約之姝，已從人三載，而生二子焉。牧即政之夕，亟使召之，夫母懼其見奪也，因攜幼以詣之。牧詰其母曰：曩既許我矣，何爲適人，母拜曰：向約十年不來而後嫁，嫁已三年矣。牧俛首曰：詞也直，強而不祥，乃禮而遣之。因爲悵別詩曰：「自恨尋芳到已遲，往年曾見未開時。如今風擺花狼籍，緑葉成陰子滿枝。」苕溪漁隱曰：顔魯公題謝公塘碑陰云：太保謝公，東晉咸和中，以吴興山水清遠，求典此郡。故東坡將之湖州，戲贈莘老詩云：「亦知謝公到郡久，應怪杜牧尋春遲。鬢絲只好對禪榻，湖亭不用張水嬉。」麗情集

【補校】

㊀ 大和末　應從朝鮮本詩人玉屑及苕溪漁隱叢話後集卷十五所引麗情集作「太和末」，「太和」乃唐文宗年號。

㊁ 乃併上牋干墀　「干」字據朝鮮本詩人玉屑及苕溪漁隱叢話應作「于」。

分司洛陽

牧之爲御史，分司洛陽。時李司徒罷鎮閑居，聲妓爲當時第一。一日開筵，朝士爭赴，以杜嘗持憲，不

敢邀飲。杜諷坐客達意，願預斯會。李馳書，杜聞命遽來，會中女妓百餘，皆絶色殊藝，杜獨坐南行，瞪目注視，滿引三巵，問李曰：聞有紫雲者孰是？李指示之，杜凝睇良久，曰：名不虚得！宜以見惠。李俯首而笑，諸妓亦皆回首破顔。杜又自引三爵，朗吟而起，曰：「華堂今日綺筵開，誰唤分司御史來。忽發狂言驚滿座，兩行紅粉一時回〔一〕。」意氣閑逸，旁若無人。古今詩話

【校勘記】

〔一〕「兩行紅粉一時回」「兩」寬永本、嘉靖本作「三」（本事詩作兩）。

杜荀鶴

杜荀鶴詩鄙俚近俗，惟宫詞爲唐第一。云：「早被嬋娟誤，欲粧臨鏡慵。承恩不在貌，教妾若爲容。風暖鳥聲碎，日高花影重。年年越溪女，相憶採芙蓉〔一〕。」故諺云：「杜詩三百首，惟在一聯中。『風暖鳥聲碎，日高花影重。』」是也。幕府燕閑録

山谷嘗云：杜荀鶴詩「舉世盡從愁裹老」，正好對退之詩「誰人肯向死前休」。高齋詩話

【校勘記】

〔一〕「相憶採芙蓉」　「芙」寬永本誤作「美」，宋本作「芙」。㊀

【補　校】

㊀「芙」字　朝鮮本未誤作「美」。

韓致元

不忘君

山谷嘗謂余言：老杜雖在流落顛沛中，未嘗一日不在本朝，故善陳時事；句律精深，超古作者，忠義之氣激發而然。韓偓貶逐後，依王審知，其集中所載：「手風慵展八行書，眼暗休看九局圖。窗裏日光飛野馬，案頭筠管長蒲盧。謀身拙爲安蛇足，報國危曾捋虎鬚。滿世可能無默識，未知誰擬試齊竽。」其詞淒楚，切而不迫，不忘其君也。潘子真詩話

看天憶帝都

致元昭宗時以翰林承旨謫嶺表，道湖南，謝人惠含桃詩云：「金鑾歲歲長宣賜，忍淚看天憶帝都。」自注云：每歲初進之後，先宣賜學士。韓子蒼謝人惠茶云：「白髮前朝舊史官，風爐煮茗暮江寒。蒼龍不復從天下，拭淚看君小鳳團。」自注云：史官月賜龍團。意雖本致元，而語益工。復齋漫録

絶句

致元醉著絶句云：「萬里清江萬里天，一村桑柘一村煙。漁翁醉著無人喚，過午醒來雪滿船。」杜荀鶴亦有溪興絶句云：「山雨溪風卷釣絲，瓦甌篷底獨斟時。醉來睡著無人喚，流下前溪也不知。」語句俱弱，不若致元之雅健也。漁隱

香奩集

高秀實言：元微之詩豔麗而有骨，韓偓香奩集麗而無骨。李端叔意喜韓偓詩，誦其序云：「咀五色之靈芝，香生九竅；咽三危之瑞露，美動七情。」秀實云：勸不得也，勸不得也！許彦周詩話

晚唐

詩小巧無風騷氣味〔一〕

晚唐人詩多小巧，無風騷氣味。如崔魯山鵲詩云：「一林寒雨吹巢冷，半朵山花咽嘴香。」張林池上云：「菱葉乍翻人採後〔二〕，荇花初没舸行時。」蓮花云：「何人解把無塵袖，盛取清香盡日憐。」皆浮豔無足尚。而昔人愛重，稱爲佳作。詩史

【校勘記】

〔一〕寬永本脱「風」字，嘉靖本墨釘。

〔二〕「菱葉乍翻人採後」「乍」古松堂本字體不清，似「年」字，從寬永本與嘉靖本。

陵陽論晚唐詩格卑淺

唐末人詩，雖格致卑淺，然謂其非詩則不可。今人作詩，雖句語軒昂，但可遠聽，其理略不可究。室中語

誠齋論晚唐詩

唐末詩人李推官咸用有披沙集[一]，如：「見後卻無語，別來長獨愁。」如：「危城三面水，古樹一邊春。」如：「月明千嶠雪，灘急五更風。」如：「燭殘偏有焰，雪甚卻無聲。」如：「春雨有五色，灑來花旋成。」如：「雲藏山色晴偏媚，風約溪聲靜又回。」如：「未醉已知醒後憶，欲開先爲落時愁。」蓋征人淒苦之情，讀之使人發融冶之驩於荒寒無聊之中；動慘戚之感於笑談方懌之初。然則謂唐人自李杜之後，有不能詩之士者，是曹丕火浣之論也。謂詩至晚唐有不工之作者，是桓靈寶哀梨之論也[二]。文集

【校勘記】

〔一〕有披沙集　「披」古松堂本誤作「振」，今從寬永本與嘉靖本。

〔二〕是桓靈寶哀梨之論也　「桓」寬永本、嘉靖本作「桓」，避欽宗諱闕末筆，古松堂本誤作「栢」。

誠齋論晚唐詩有三百篇之遺味

誠齋序順庵劉良佐詩藁云：夫詩何爲者也，曰尚其詞而已矣。曰善詩者去詞。然則尚其意而已矣。曰善詩者去意。然則去詞去意，則詩安在乎？曰去詞去意而詩有在矣。然則詩果焉在？曰嘗食夫

飴與荼乎？人孰不飴之嗜也，初而甘，卒而酸；至於荼也，人病其苦也，然苦未既，而不勝其甘。詩亦如是而已矣。昔者暴公譖蘇公而蘇公刺之，今求其詩，無刺之之詞，亦不見刺之之意也。乃曰：「二人從行，誰爲此禍。」使暴公聞之，未嘗指我也，然非我其誰哉！外不敢怒，而其中愧死矣。三百篇之後，此味絶矣，惟晚唐諸子差近之。寄邊衣云：「寄到玉關應萬里，戍人猶在玉關西〔一〕。」弔戰場云：「可憐無定河邊骨〔二〕，猶是春閨夢裏人。」折楊柳云：「羌笛何須怨楊柳，春風不度玉門關。」三百篇之遺味，黯然猶存。近世惟半山老人得之，予不足以知之，予敢言之哉！云云。先生此序，深造作詩宗旨，故録之。餘話〔三〕

【校勘記】

〔一〕「戍人猶在玉關西」　「戍」寬永本誤作「成」，宋本作「戍」不誤。㊀

〔二〕「可憐無定河邊骨」　「無」宋本作「真」。

〔三〕小字注「餘話」二字，從寬永本補。

【補　校】

㊀「戍」字　朝鮮本未誤作「成」。

詩人玉屑卷之十七

西崑體

宗李義山

楊大年、錢文僖、晏元獻、劉子儀爲詩，皆宗李義山，號西崑體。後進效之，多竊取義山詩句。嘗内宴，優人有爲義山者，衣服敗裂，告人曰：「吾爲諸館職撏撦至此，聞者大噱。然大年詠漢武詩云：「力通青海求龍種，死諱文成食馬肝。待詔先生齒編貝，忍令乞米向長安。」義山不能過也。古今詩話

佳句

楊億、劉筠作詩務故實，而語意輕淺，一時慕之，號西崑體，識者病之。歐公云：劉子儀詩句有「雨勢宮

城闕，秋聲禁樹多」，亦不可誣也。隱居詩話

歐公矯崑體

歐公詩，始矯崑體，專以氣格爲主，故其詩多平易踈暢，律詩意所到處，雖語有不倫，亦不復問。而學之者往往遂失於快直，傾困倒廩，無復餘地。然公詩好處，豈專在此！如崇徽公主手痕詩：「玉顏自昔爲身累，肉食何人與國謀。」此是兩段大議論，抑揚曲折，發見於七字之中，婉麗雄勝，字字不失相對。雖崑體之工者，亦未易此言，所會處如是，乃爲至到。石林詩話

荆公晚年喜稱義山

王荆公晚年亦喜稱義山詩，以爲唐人知學老杜而得其藩籬，惟義山一人而已。每誦其「雪嶺未歸天外使，松州猶駐殿前軍」、「永憶江湖歸白髮，欲回天地入扁舟」，與「池光不受月，暮氣欲沉山」、「江海三年客，乾坤百戰場」之類，雖老杜亡以過也。義山詩合處信有過人；若其用事深僻，語工而意不及，自是其短。世人反以爲奇而效之，故崑體之弊，適重其失，義山本不至是云。蔡寬夫詩話

詩到義山，謂之文章一厄，以其用事僻澁，時稱西崑體。然荆公晚年，亦或喜之，而字字有根蔕〔一〕。如：「試問火城將策探，何如雲屋聽窗知。」「未愛京師傳谷口，但知鄉里勝壺頭。」其用事琢句，前輩無相犯者。冷齋夜話

【校勘記】

〔一〕而字字有根蔕　「蔕」古松堂本誤作「帶」，據寬永本、嘉靖本改。

温公稱其佳句

自西崑集出，時人爭效之，詩體一變。而先生老輩，患其多用故事，語僻難曉，殊不知自是學者之弊。如楊大年新蟬云：「風來玉宇烏先覺，露下金莖鶴未知。」雖用故事，何害爲佳句！又如：「峭帆橫渡官橋柳，疊鼓驚飛海岸鷗。」其不用故事，又豈不佳乎！蓋其雄文博學，筆力有餘，無施不可。非前世號詩人者，區區於風雪草木之類，爲許洞所困也。歸田録

六一居士

六一之義

居士初謫滁山，自號醉翁，既老而衰且病，將退休於潁水之上，則又更號六一居士。客有問曰：六一何

謂也？居士曰：吾家藏書一萬卷，集録三代以來金石遺文一千卷，有琴一張，有碁一局，而嘗置酒一壺。客曰：是爲五一爾，柰何？居士曰：以吾一翁，老於此五物之間，是豈不爲六一乎！客笑曰：子欲逃名乎？而屢易其號，此莊生所謂畏影而走乎日中者也。余將見子疾走、大喘、渴死，而君不得逃也。居士曰：吾固知名之不可逃，然亦知夫不必逃也。吾爲此名，聊以志吾之樂爾。六一居士傳

歐公自負

石林詩話云：歐公一日被酒，語其子棐曰：吾詩廬山高，今人莫能爲，惟李太白能之。明妃曲後篇，太白不能爲，惟杜子美能之。至於前章，則子美亦不能爲，惟吾能之也。近觀本朝名臣傳，乃云歐陽某爲詩，謂人曰：廬山高惟韓愈可及；琵琶前引，韓愈不可及，杜甫可及；後引李白可及，杜甫不可及。其自負如此。則與石林所紀全不同。琵琶引，即明妃曲也。此三詩竝録於此：廬山高，贈同年劉凝之歸南康，其詩云：「廬山高哉，幾千仞兮，根盤幾百里，巀然屹立乎長江。長江西來走其下，是爲揚瀾左蠡兮，洪濤巨浪日夕相舂撞。雲消風止水鏡淨，泊舟發岸而遠望兮〔一〕，上摩雲霄之晻靄，下壓后土之鴻龐〔二〕。試往造乎其間兮，攀緣石磴窺空谾，千巖萬壑響松檜，懸崖巨石飛流淙。水聲聒聒亂人語〔三〕，六月飛雪灑石矼。仙翁釋子亦往往而逢兮，吾嘗惡其學幻而言哤〔四〕。但見丹霞翠壁遠近映樓閣，晨鐘暮鼓杳靄羅幡幢。幽花野草不知其名兮，風吹露濕香澗谷，時有白鶴飛來雙，幽尋遠去不可

極，便欲絶世遺紛庬〔五〕。羨君買田築室老其下，插秧盈疇兮釀酒盈缸。欲令浮嵐暝翠千萬狀，坐臥常對乎軒窗。君懷磊砢有至寶，世俗不辨珉與玒〔六〕。策名爲吏二十載，青衫白首困一邦。寵榮聲利不可以苟屈兮，自非青雲白石有深趣，其氣兀硉何由降。丈夫壯節似君少，嗟我欲説，安得巨筆如長杠。」明妃曲和王介甫作，其一云：「胡人以鞍馬爲家，射獵爲俗。泉甘草美無常處，鳥驚獸駭爭馳逐。誰將漢女嫁胡兒，風沙無情面如玉。身行不過中國人，馬上自作思歸曲。推手爲琵卻手琶，胡人共聽亦咨嗟。玉顔流落死天涯，琵琶卻傳來漢家。漢宮爭按新聲譜，遺恨已深聲更苦。纖纖女手生洞房，學得琵琶不下堂。不識黄雲出塞路，豈知此聲能斷腸。」其二云：「漢宮有佳人，天子初未識。一朝隨漢使，遠嫁單于國。絶色天下無，一失難再得。雖能殺畫工，於事竟何益。耳目所及尚如此，萬里安能制夷狄！漢計誠已拙，女色難自誇。明妃去時淚，灑向枝上花。狂風日暮起，飄泊落誰家！紅顔勝人多薄命，莫怨春風當自嗟。」余觀介甫明妃曲二首，辭格超逸，誠不下永叔，不可遺也。因附益之。其一云：「明妃初出漢宮時，淚濕春風鬢脚垂。低回顧影無顔色，尚得君王不自持。歸來卻怪丹青手，入眼平生未曾有。意態由來畫不成，當時枉殺毛延壽。一去心知更不歸，可憐著盡漢宮衣。寄聲欲問塞南事，只有年年鴻鴈飛。家人萬里傳消息，好在氈城莫相憶。君不見咫尺長門閉阿嬌，人生失意無南北。」其二云：「明妃出嫁與胡兒，氈車百兩皆胡姬。含情欲語獨無處，傳與琵琶心自知。黄金捍撥春風手，彈看飛鴻勸胡酒。漢宮侍女暗垂淚，沙上行人卻回首。漢恩自淺胡自深，人生樂在相知

心。可憐青塚已無漫，尚有哀絃留至今。」漁隱

【校勘記】

〔一〕「泊舟發岸」「發」據歐集及苕溪漁隱叢話應作「登」。㊀

〔二〕「下壓后土之鴻庬」「庬」寬永本作「龍」。

〔三〕「水聲聒聒亂人語」「語」字據歐集及苕溪漁隱叢話應作「耳」。

〔四〕「吾嘗惡其學幻而言哤」「哤」寬永本作「嚨」。

〔五〕「便欲絶世遺紛庬」「庬」宋本、嘉靖本作「痝」，寬永本作「疣」。歐集作「痝」。㊁

〔六〕「世俗不辨珉與玒」「玒」寬永本誤作「珪」，宋本作「玒」。㊂

【補　校】

㊀泊舟發岸　「發」字朝鮮本作「登」。他本詩人玉屑作「發」，俱誤。

㊁「庬」字　朝鮮本作「痝」。

㊂「玒」字　朝鮮本未誤作「珪」。

只欲平易

或疑六一居士詩，以爲未盡妙，以質於子和，子和曰：六一詩只欲平易耳。「西風酒旗市，細雨菊花天」豈不佳？「晚煙寒橘柚，秋色老梧桐」豈不似少陵？雪浪齋日記

佳句

歐公云：「身行南鴈不到處，山與北人相對愁。」汪彥章云：「路行歸鴈不到處，家在長江欲盡頭。」彥章雖體歐公詩，然終不及歐之自在也。漁隱

會趙公詩

文忠與趙康靖公槩同在政府，相得懽甚。康靖先告老歸睢陽，文忠相繼謝事歸汝陰。康靖一日單車特往過之，時年幾八十矣。留劇飲踰月，日於汝陰縱游而後返。前輩挂冠後，能從容自適，未有若此者。文忠嘗賦詩云：「古來交道愧難終，此會今時豈易逢。出處三朝俱白首，凋零萬木見青松。公能不遠來千里，我病猶堪釂一鍾。已勝山陰空興盡，且留歸駕爲從容。」因牓其游從之地爲會老堂。明年，文忠欲往睢陽報之，未果行而薨。兩公名節固師表天下，而風流襟義又如此，誠可以激薄俗也。蔡寬夫詩話

才高不見牽强之跡

歐公作詩，蓋欲自出胷臆，不肯蹈襲前人，亦其才高，故不見牽強之跡耳。如六月十四夜飛蓋橋翫月云：「天形積輕清，水德本虚靜。雲收風波止，始見天水性。澄光與粹容，上下相涵映。乃於其兩間，皎皎掛寒鏡。餘輝所照耀，萬物皆鮮瑩。矧夫人之靈，豈不醒視聽。而我於此時，翛然發孤詠。紛昏忻洗滌，俯仰恣涵泳。人心曠而閑，月色高逾迥。惟恐清夜闌，時時瞻斗柄。」漁隱

蘇子美

以詩得名

蘇子美以詩得名，書亦飄逸〔一〕。然其詩以奔放豪健爲主，梅堯臣詩雖乏高致，而平淡有工〔二〕，世謂之蘇梅，其實正相反也。子美嘗自歎曰：平生作詩被人比梅堯臣，寫字比周越，良可笑也。周越書輕俗不近古〔三〕，無足取也。隱居詩話

【校勘記】

〔一〕書亦飄逸　「飄」寬永本誤作「歌」，宋本空格。㊀

〔二〕而平淡有工　「有工」二字，宋本空格。

〔三〕周越書輕俗不近古　「輕俗」宋本誤作「于多」。

【補　校】

㊀「飄」字　朝鮮本未誤作「歌」。

絶句

山谷愛子美絶句云：「春陰垂野草青青，時有幽花一樹明。晚泊孤舟古祠下，滿川風雨看潮生。」山谷累書此詩，或真草與大字。王直方詩話

聖俞子美

聖俞、子美齊名於一時，而二家詩體特異。子美筆力豪俊，以超邁橫絶爲奇；聖俞覃思精微，以深遠閑

淡爲意。各極其長，雖善論者不能優劣。余山谷夜行詩〔一〕，略道其一二云：「子美氣方雄，萬竅號一噫。有時肆顛狂，醉墨灑滂霈。譬如千里馬，已發不可殺。盈前盡珠璣，一一難揀汰。梅公事清淺，石齒漱寒瀨〔二〕。作詩三十年，視猶後我輩。文詞愈清新，心意雖老大。有如妖饒女，老自有餘態。近詩尤苦硬，咀嚼苦難嘬。又如食橄欖，真味久愈在。蘇豪以氣轉，舉世徒驚駭。梅窮獨我知，古貨今難賣。」語雖非工，謂粗得髣髴，然不能優劣之。歐公詩話

【校勘記】

〔一〕余山谷夜行詩　「山」字各本皆無，據寬永本補。歐集及詩話作「水」，又「山谷夜」三字，宋本空二格。

〔二〕「石齒漱寒瀨」　「瀨」寬永本誤作「漱」，宋本不誤。㊀

【補　校】

㊀「瀨」字　朝鮮本未誤作「漱」。

梅都官

工於平淡自成一家

聖俞詩工於平淡，自成一家。如東溪云：「野鳧眠岸有閑意，老樹著花無醜枝。」山行云：「人家在何處，雲外一聲雞。」春陰云：「鳩鳴桑葉吐，村暗杏花殘。」杜鵑云：「月樹啼方急，山房人未眠。」似此等句，須細味之，方見其用意也。漁隱

句句精鍊

聖俞詩句句精鍊，如「焚香露蓮泣，聞磬清鷗邁」之類，宜乎爲歐陽文忠公所稱。其他古體如朱絃疏越，一唱三歎，讀者當以意求之。許彦周詩話

寄馬遵詩

馬遵謫守宣州，及其去也，郡僚軍民，爭欲駐留〔一〕，至以鐵鎖絶江。遵於餞筵倚醉，令官妓剥榧實而

食，眷眷若留連狀；又以所乘驄馬寄聖俞家，郡人皆不疑其去也〔二〕。遵夜使人絶鎖解舟，以水沃櫓牙，使之不鳴，逮曉，舟去遠矣。聖俞寄遵詩云：「三更醉下陵陽峰〔三〕，仙舟江上去無蹤。杈牙鐵鎖漫橫絶，櫓濕不驚潭底龍〔四〕。斷腸吴姬指如筍，欲剥玉梔將何從。短翎水鴨飛不遠，那經細雨山重重。卻顧舊埒病驄馬，塵沙歷盡空龍鍾。」隱居詩話

【校勘記】

〔一〕 爭欲駐留　宋本誤作「爭多飲欲」。

〔二〕 又以所乘驄馬寄聖俞家，郡人皆不疑其去也　「家」「郡」二字，宋本作「客居」。又「人皆」二字，宋本空格。

〔三〕 「三更醉下陵陽峰」　「下」宋本空格。

〔四〕 「櫓濕不驚潭底龍」　「底」宋本作「裏」。

莫打鴨

呂士隆知宣州，好以事笞官妓，妓皆欲逃去而未得也。會杭州有一妓到宣，其色藝可取，士隆喜之，留之使不去。一日，郡妓復犯小過，士隆又欲笞之，妓泣訴曰：某不敢辭罪，但恐杭妓不能安也。士隆愍而捨之。聖俞因作莫打鴨一篇曰：「莫打鴨，打鴨驚鴛鴦。鴛鴦新向池北落，不比孤洲老禿鶬。禿鶬

尚欲遠飛去，何況鴛鴦羽翼長。」蓋謂此也。隱居詩話

石曼卿〔一〕

【校勘記】

〔一〕王校云：「宋本無此段」。

晦庵論其詩

石曼卿詩極有好處，如「仁者雖無敵，王師固有征。無私乃時雨，不殺是天聲」長篇。舊見曼卿大書此詩，氣象方嚴遒勁，極可寶愛，真顏筋柳骨。今人喜蘇子美字，不及此遠甚。曼卿詩極雄豪，而縝密方嚴。如籌筆驛詩：「意中流水遠，愁外舊山青。」又「樂意相關禽對語，生香不斷樹交花」之句，極佳，惜不見其全集。

西湖處士

歐陽文忠公極賞林和靖「疎影横斜水清淺，暗香浮動月黄昏」之句，而不知和靖别有詠梅一聯云：「雪後園林纔半樹，水邊籬落忽横枝。」似勝前句，不知文忠何緣棄此而賞彼。文章大概亦如女色，好惡只繫於人。苕溪漁隱曰：王直方又愛和靖「池水倒窺疎影動，屋簷斜入一枝低」，以謂此句於前所稱，真可處伯仲之間。余觀此句，略無佳處。直方何爲喜之！真所謂一解不如一解也。山谷

林和靖梅花詩「疎影横斜水清淺，暗香浮動月黄昏」誠爲警絶；然其下聯乃云：「霜禽欲下先偷眼，粉蝶如知合斷魂」則與上聯氣格全不相類，若出兩人，乃知詩全篇佳者誠難得。唐人多摘句爲圖，蓋以此。大抵和靖詩喜於對意，如「伶倫近日無侯白，奴僕當時有衛青」，「破殿静披蠹臼古，齋房閑試酪奴春」之類，雖假對亦不草草，故氣格不無少貶。然五言如「夕寒山翠重，秋静鳥行疎」，長句如「橋横水木已秋色，樹倚雲峰更晚晴」，「煙含晚樹人家遠，雨湿春蒲燕子低」等，何害爲工夫太過。蔡寬夫詩話

和靖言，余頃得宛陵葛生所茹筆，每用之如麾百勝之師，横行於紙墨間，所向無不如意。惜其日久且弊，作詩以録其功云：「神鋒雖缺力終存，架琢珊瑚欠策勳。日暮閑窗何所似，灞陵憔悴故將軍。」殊有憫勞念舊之意〔一〕。漁隱

【校勘記】

〔一〕「蓋以此」句「蓋」字，「奴僕當時有衛青」句「奴」字，「之類」「之」字，「夕寒山翠重」句「寒」字，「樹倚雲峰更晚晴」句「雲」字，「余傾得宛陵葛生所茹筆」句「茹」字，「所向無不如意」句「如」字，「神鋒雖缺力終存」句「存」字，「灞陵憔悴故將軍」句「軍」字，宋本俱空格。

邵康節

出處大略

邵堯夫居洛四十年，安貧樂道，自云未嘗皺眉。故詩云：「平生不作皺眉事，天下應無切齒人。」所居寢息處爲安樂窩，自號安樂先生。其西爲甕牖，讀書燕居其下，旦則焚香獨坐，晡時飲酒三四甌，微醺便止，不使至醉也。嘗有詩云：「斟有淺深存燮理〔一〕，飲無多少繫經綸。」「莫道山翁拙於用，也能康濟自家身〔二〕。」喜吟詩、作大字書，然遇興則爲之，不牽強也。大寒暑則不出，每出則乘小車，爲詩以自詠曰：「花如錦時高閣望，草如茵處小車行。」温公贈以詩曰：「林間高閣望已久，花外小車猶未來。」堯夫隨意所之，遇主人喜客，則留三五日；又之一家，一如之。或經月忘返。雖惟高潔，而對賓客接人，無賢不肖貴賤，皆歡然相親。自言若至重疾，自不能支，其有小疾，有客對話，不自覺疾之去體也。學者從之問經義，精深浩博，應對不窮，思致幽遠，妙極道數，間有知之深者，開口論天下事，雖久存心世務者不能及也。朝廷嘗用大臣薦，以官起之，不屈。及其死，以著作佐郎告賜其家，邦人請易其名於朝，太常考行，謚之曰康節。復齋漫録〔三〕

康節之學，其骨髓在皇極經世，其花草便是詩。文鑑編詩：「天向一中分造化，人於心上起經綸」卻不編入。晦庵

【校勘記】

〔一〕「斟有淺深存燮理」「燮」宋本誤作「變」。

〔二〕「也能康濟自家身」「康」宋本誤作「以」。

〔三〕小字注「復齋漫録」四字，宋本無。

半山老人

一唱三歎

荆公暮年作小詩，雅麗精絶，脱去流俗；每諷味之，便覺沆瀣生牙頰間。苕溪漁隱曰：荆公小詩如：「南浦隨花去，回舟路已迷。暗香無覓處，日落畫橋西。」「染雲爲柳葉，剪水作梨花。不是春風巧，何緣見歲華。」「簷日陰陰轉，床風細細吹。翛然殘午夢〔一〕，何許一黄鸝。」「蒲葉清淺水，杏花和暖風。地偏緣底緑，人老爲誰紅。」「愛此江邊好，留連至日斜。眠分黄犢草，坐占白鷗沙。」「日淨山如染，風暄草欲薰。梅殘數點雪，麥漲一川雲。」觀此數詩，真可使人一唱而三嘆也。山谷

【校勘記】

〔一〕「翛然殘午夢」「翛」寬永本誤作「脩」，宋本作「翛」。㊀

【補校】

㈠「儵」字 朝鮮本作「儵」，不作「倐」。

得子美句法

荆公詩得子美句法。其詩云：「地蟠三楚大，天入五湖低。」唐子西語録

託意

半山老人題雙廟詩云：「北風吹樹急，西日照窗涼。」細詳味之，其託意深遠，非止詠廟中景物而已。蓋巡、遠守睢陽，當是時安慶緒遣突厥勁騎攻之，日以危困，所謂「北風吹樹急」也。是時，肅宗在靈武，號令不行於江淮，諸將觀望，莫肯救之，所謂「西日照窗涼」也。此深得老杜句法，如老杜題蜀相廟詩云：「映堦碧草自春色，隔葉黄鸝空好音。」亦自别託意在其中矣。漁隱

少作

荆公少以意氣自許，故詩語惟其所向㈠，不復更爲涵蓄。如「天下蒼生待霖雨，不知龍向此中蟠」，又

「濃緑萬枝紅一點〔二〕，動人春色不須多」，又「平治險穢非無力，潤澤焦枯是有才」之類，皆直道其胷中事，後爲群牧判官，從宋次道盡假唐人詩集，博觀而約取，晚年始盡深婉不迫之趣。乃知文字雖工拙有定限，然必視其幼壯；雖公，方其未至，亦不能力強而遽至也。石林詩話

荆公題金陵此君亭詩云：「誰憐直節生來瘦，自許高才老更剛。」賓客每對公稱頌此句，公輒顰蹙不樂。晚年與平甫坐亭上視詩牌曰：少時作此題榜，一傳不可追改；大抵少年題詩，可以爲戒。平甫曰：此揚子雲所以悔其少作也。高齋詩話

【校勘記】

〔一〕故詩語惟其所向　「惟」寬永本作「爲」。

〔二〕「濃緑萬枝紅一點」　「緑」寬永本誤作「線」。㊀

【補　校】

㊀「緑」字　朝鮮本未誤作「線」。

晚年詩

荊公晚年詩律尤精嚴，造語用字，間不容髮；然意與言會，言隨意遣，渾然天成，殆不見有牽率排比處。如「含風鴨緑鱗鱗起，弄日鵝黄裊裊垂」讀之初不覺有對偶。至「細數落花因坐久，緩尋芳草得歸遲」但見舒閑容與之態耳；而字字細考之，皆經檃括權衡者，其用意亦深刻矣。嘗與葉致遠諸人和頭字韻詩，往返數四，其末篇云：「名譽子真居谷口，事功新息困壺頭。」以「谷口」對「壺頭」，其精切如此。後數月，取本追改云：「豈愛京師傳谷口，但傳鄉里勝壺頭。」今集中兩本並存。石林詩話

精深華妙

荊公定林後詩精深華妙，非少作之比。嘗作歲晚詩云：「月映林塘靜，風涵笑語涼。俯窺憐淨緑，小立佇幽香。攜幼尋新的〔一〕，扶衰上野航。延緣久未已，歲晚惜流光。」自以比謝靈運，議者亦以爲然。漫叟詩話

【校勘記】

〔一〕「攜幼尋新的」　「的」寬永本作「菂」，宋本、嘉靖本作「的」。

格高體下

魯直謂荆公之詩，暮年方妙。然格高而體下，如云：「似聞青秧底，復作龜兆坼。」乃前人所未道。又云：「扶輿度陽焰〔一〕，窈窕一川花。」謂包含數箇意，雖前人亦未易道。然學三謝，失於巧耳。後山詩話

【校勘記】

〔一〕「扶輿度陽焰」　「輿」寬永本誤作「與」，宋本作「輿」。㊀

【補　校】

㊀「輿」字　朝鮮本未誤作「與」。

用意高妙

蔡天啟言：荆公每稱老杜「鈎簾宿鷺起，丸藥流鶯轉」之句，以爲用意高妙，五字之模楷。他日，公作詩得「青山捫虱坐，黄鳥挾書眠」，自謂不減杜詩，以爲得意，然不能舉全篇。余頃嘗以語薛肇明，肇明時被旨編公集，徧求之終莫之得。或云：公但得此一聯，未嘗成章也。石林詩話

力去陳言

荆公詩云：「力去陳言誇末俗，可憐無補費精神。」而公平生文體數變，暮年詩益工，用意益苦，故言不可不謹也。後山詩話

善下字

予與鄉人翁行可同舟泝汴，因談及詩，行可云：介甫善下字，如「荒埭暗雞催月曉，空場老雉挾春驕」，下得「挾」字最好。如孟子挾貴挾長之「挾」。予謂介甫又有「紫莧凌風怯，蒼苔挾雨驕」，陳無己有「寒氣挾霜侵敗絮，賓鴻將子度微明」，其用「挾」字，亦與前一聯同。藝苑雌黄

用事精切

苕溪漁隱曰：上元戲劉貢甫詩云：「不知太一游何處，定把青藜獨照公。」此詩用事亦精切。劉向校書天禄閣，夜有老人著黄衣，植青藜杖，叩閣而進。向請問姓名，我是太一之精，天帝聞卯金之子有博學者，下而觀焉；乃出懷中竹牒授之。見王子年拾遺。此事既與貢甫同姓，又貢甫時在館閣也。王直方詩話

清景

山谷嘗言：天下清景，初不擇貴賤賢愚而與之，然吾特疑端爲我輩設。荆公在鍾山官牀，與客夜坐，作詩云：「殘生傷性老耽書，年少東來復起予。各據槁梧同不寐，偶然聞雨落堦除。」東坡宿餘杭山寺詩云：「暮鼓朝鐘自擊撞，閉門欹枕對殘釭。白灰旋撥通紅火，臥對蕭蕭雪打窗㊀。」人以山谷之言爲確論。冷齋夜話

【補　校】

㊀ 臥對蕭蕭雪打窗　「對」應改作「聽」。從朝鮮本及詩集。

霜筠雪竹

熙寧庚戌冬，王荆公安石自參知政事拜相，是日官僚造門奔賀者，相屬於路。公以未謝，皆不見之，獨與余坐於西廡之小閣。荆公語次，忽顰蹙久之，取筆書窗曰：「霜筠雪竹鍾山寺，投老歸歟寄此生。」放筆揖余而入。元豐癸亥，公已謝事，爲會靈觀使，居金陵白下門外。余謁公，公欣然邀余同游鍾山，憩法雲寺，偶坐於僧房。是日正當霜雪，而虛窗松竹，皆如詩中之景。余因述昔日題窗，並誦此詩。公憮然曰：有是乎！領略微笑而已。隱居詩話

自然

舒州三祖山金牛洞，山水聞於天下。荆公嘗題詩云：「水泠泠而北去，山靡靡以旁圍。欲窮源而不得，竟悵望以空歸。」後人鑿山刊木，寖失山水之勝，非公題詩時比也。魯直效公題六言云：「司命無心播物，祖師有記傳衣。白雲横而不度，高鳥倦而猶飛。」識者云：語雖奇，亦不及荆公之自然也。高齋詩話

紀實

烏石崗距臨川三十里，荆公外家吴氏居其間。故詩云：「不知烏石崗邊路，到老相尋得幾回。」鹽步門在荆公舊居之前，故詩云：「曲池丘墓心空折，鹽步庭闈眼欲穿。」復齋

落星寺詩

荆公集中有落星寺詩，其末云：「勝概惟詩可收拾，不才羞作等閑來。」落星寺在彭蠡湖中，劉咸臨嘗親見寺僧，言幼時目覩閭中章傆道作此詩〔一〕，其前六句皆同。其末云：「勝概詩人盡收拾，可憐蘇石不曾來。」「蘇石」謂子美、曼卿也。後人愛其詩者，改末句，作荆公詩傳之。遂使一篇之意不完，其體與荆公所作詩亦不類。苕溪漁隱曰：直方所言非也。余細觀此詩句語體格，真是荆公作，餘人豈能道此！

今具載全篇，識者必能辨之。詩云：「窣雲一殿起崔嵬，萬里長江酒一杯。坐見山川吞日月，杳無車馬送塵埃。鴈飛雲路聲低過，客近天門夢易回。勝概惟詩可收拾，不才羞作等閑來。」王直方詩話

【校勘記】

〔一〕閩中章傢道 「傢」寬永本作「僚」，苕溪漁隱叢話作「傳」。

西山寺詩

唐人題西山寺詩云：「終古礙新月，半江無夕陽。」人謂冠絶古今，以其盡得西山之景趣也。金山寺留題者亦多，而絶少佳句。惟「寺影中流見，鐘聲兩岸聞」，又「天多剩得月〔一〕，地少不生塵」爲人傳誦，要亦未爲至工。若用之於落星寺，有何不可乎！熙寧中，荆公有句云：「天末海門横北固，煙中沙岸似西興。」尤爲中的。遯齋閑覽

【校勘記】

〔一〕「天多剩得月」 「剩」古松堂本原作「剌」，誤。兹據寬永本、嘉靖本改。

梅花詩

凡詠梅多詠白，而荆公獨云：「鬚撚黄金危欲墮，蒂團紅蠟巧能粧。」不惟造語巧麗，可謂能道人不到處矣。又東坡詠梅一句云：「竹外一枝斜更好。」語雖平易，然頗得梅之幽獨閑靜之趣。凡詩人詠物，雖平淡巧麗不同，要能以隨意造語爲工。公後復有詩云：「遥知不是雪，爲有暗香來。」蓋取蘇子卿詩「只言花似雪，不悟有香來」之意。公在金陵，又有和徐仲文顰字韻詠梅詩二首；東坡在嶺南，有暾字韻梅詩三首，皆韻險而語工，非大手筆不能到也。遯齋閑覽

碁詩

荆公棋品殊下。每與人對局，未嘗致思，隨手疾應，覺其勢將敗，便斂之。謂人曰：本圖適性忘慮，反苦思勞神，不如且已。與葉致遠敵手，嘗贈致遠詩云：「垂成忽破壞，中斷俄連接。」是知公碁不甚高。又云：「諱輸寧斷頭，悔悞仍搏頰。」是又未能忘情於一時之得喪也。苕溪漁隱曰：介甫有絶句云：「莫將戲事擾真情，且可隨緣道我贏〔一〕。戰罷兩奩收黑白，一枰何處有虧成。」觀此詩，則圖適性忘慮之語，信有證矣。若魯直於棊則不然，如「心似蛛絲游碧落，身如蜩甲化枯枝」，則苦思忘形，較勝負於一著，與介甫措意異矣。遯齋閑覽

【校勘記】

〔一〕「且可隨緣道我羸」　「羸」應爲「贏」字，寛永本誤作「羸」。㊀

【補　校】

㊀「羸」字　朝鮮本作「贏」，獨不誤。

虎圖

荆公嘗在歐公坐上賦虎圖，衆客未落筆，而荆公章已就。歐公亟取讀之，爲之擊節稱嘆，坐客閣筆不敢作。苕溪漁隱曰：西清詩話中亦載此事，云此乃體杜甫畫鶻行，以紓急解紛耳。吾今具載二詩，讀者當有以辨之。荆公虎圖詩云：「壯哉非羆亦非貙，目光夾鏡當坐隅。横行妥尾不畏逐，顧眄欲去仍躊躇。卒然我見心欲動，熟視稍稍摩其鬚。固知畫者巧爲此，此物安肯來庭除。想當槃礴欲畫時，睥睨衆史如庸奴。神閑意定始一埽，功與造化論錙銖。悲風颯颯吹黄蘆，上有寒雀驚相呼。槎牙死樹鳴老烏〔一〕，向之俛躅如哺雛。山牆野壁黄昏後，馮婦遥看亦下車。」杜甫畫鶻行云：「高堂見老鶻，颯爽動秋骨。初驚無拘攣，何得立突兀。乃知畫師妙，功刮造化窟。寫此神俊姿，充君眼中物。烏鵲滿樛枝，軒然恐其出。側腦看青霄，寧爲衆禽没。長翮如刀劍，人寰可超越。乾坤空崢嶸，粉墨且蕭瑟。緬思雲沙際，自有煙霞質。吾今意何傷，顧步獨紆鬱。」漫叟詩話

【校勘記】

〔一〕「槎牙死樹鳴老烏」　「烏」寬永本誤作「鳥」。㊀

【補　校】

㊀「烏」字　朝鮮本作「烏」，未誤作「鳥」。

集句

荆公莫年喜爲集句，唐人號爲四體，黄魯直謂正堪一笑耳。司馬温公爲定武從事〔一〕，同幕私幸營妓，而於公諱之；嘗會僧廬，公往迫之，使妓踰垣而去，度不可隱，乃具道。公戲之曰：「年去年來來去忙，暫偷閑臥老僧床。驚回一覺游仙夢，又逐流鶯過短牆。」杭之舉子中老榜第，其子以緋裹之〔二〕，客賀之曰：「應是窮通自有時，人生七十古來稀。如今始覺爲儒貴，不著荷衣便著緋。」壽之醫者老娶少婦，或嘲之曰：「倚他門户傍他牆，年去年來來去忙。採得百花成蜜後，爲他人作嫁衣裳。」真可笑也。後山詩話

【校勘記】

〔一〕司馬溫公爲定武從事　「爲」寬永本、嘉靖本作「與」。

〔二〕其子以緋裹之　「裹」寬永本、嘉靖本作「讓」（嘉靖本衹剩「讓」字一半）。

猿鶴不知

王介字中甫，衢州人，博學善譏謔，嘗舉制科不中，與荆公游甚歘，然未嘗降意少相下。熙寧初，荆公以翰林學士被召，前此屢召不起，至是始受命。介以詩寄云：「草廬三顧動春蟄，蕙帳一空生曉寒。」蓋有所諷，荆公得之大笑。他日作詩，有「丈夫出處非無意，猿鶴從來自不知」之句，蓋爲介發也。石林詩話

詩病

今州縣之間，隨其大小，皆有富民，此理勢之所必至，所謂物之不齊，物之情也。然州縣賴之以爲強，國家恃之以爲固，非所當憂，亦非所當去也。能使富民安其富而不横，貧民安其貧而不匱，貧富相恃以爲長久，而天下定矣。介甫不忍貧民而深疾富民，志欲破富民以惠貧民，不知其不可也。方其未得志也，爲兼并之詩，其詩曰：「三代子百姓，公私無異財。人主擅操柄，如天持斗魁。賦予皆自我，兼并

乃奸回。奸回法有誅，勢亦無自來。後世始倒持，黔首遂難裁。秦王不知此，更築懷清臺。禮義日以媮，聖經久煙埃。法尚有存者，欲言時所咍。俗吏不知方，掊克乃爲才。俗儒不知變，兼并可無摧。利孔至百出，小人私闔開。有司與之爭，民愈可憐哉！」及其得志，專以此爲事，設青苗法以奪富民之利；民無貧富，兩稅之外皆重出息十二；吏緣爲奸，至倍息，公私皆病矣。呂惠卿繼之以手實之法，私家一毫以上皆籍於官，民知有奪取之心，至於賣田殺牛以避其禍。朝廷覺其不可，中止不行，僅免於亂，然其徒世守其學，刻下媚上，謂之享上；有一不享上，皆廢不用。至於今日，民遂大病。原其禍出於此詩，蓋昔之詩，病未有若此之酷者也。蘇子由

秋菊落英

歐公嘉祐中見王荆公詩「黃昏風雨瞑園林，殘菊飄零滿地金」，笑曰：百花盡落，獨菊枝上枯耳。因戲曰：「秋英不比春花落，爲報詩人子細看。」荆公聞之曰：是豈不知楚詞「夕餐秋菊之落英」？歐陽九不學之過也。西清詩話

荆公此詩，子瞻跋云：「秋英不比春英落，說與詩人子細看。」蓋爲菊無落英故也。荆公云：蘇子瞻讀楚詞不熟耳。予以謂屈平「餐秋菊之落英」，大概言花衰謝之意，若「飄零滿地金」，則過矣。東坡既以落英爲非，則屈原豈亦謬誤乎！坡在海南，謝人寄酒詩有云：「謾遶東籬嗅落英。」又何也？苕溪漁隱曰：「秋英不比春花落，爲報詩人子細看。」此是兩句詩，余於六一居士全集及東坡前後集偏尋並無

之。不知西清、高齋何從得此二句？詩互有譏議，亦疑其不審也。高齋詩話

余按楚詞「夕餐秋菊之落英」，「落」之爲義，始也，初也，如禮記所謂「落成」之「落」也，蓋菊已花，雖枯不落，惟初英乃可餐。荆公賦「黄菊飄零滿地金」，固失之不知菊矣。直有以來「秋英不比春花落，爲報詩人子細看」之譏〔一〕，西清以爲歐公，高齋以爲蘇公，未詳孰是？而所記半山借「秋菊落英」之説，一則曰歐九不知楚詞，一則曰子瞻不熟楚詞。歐、蘇二公，非不知不熟楚詞者，特知屈原之心，不以「落英」爲飄落之落耳。雖然，半山豈真不知不熟楚詞者歟！亦不過執拗以遂非而已。西澗葉公，每誦先君菊莊翁「菊似交情看歲晚，枝柎相伴到離披」之句，謂其真知菊者，故併及之。梅墅續評

【校勘記】

〔一〕「直有以來……之譏」「直」寬永本作「宜」。

雪堂

如天花變現

東坡作文，如天花變現，初無根葉，不可揣測。如作蓋公堂記，共六百餘字，僅三百餘字説醫。醉石道士詩共二十八句，卻二十六句作假説，惟用兩句收拾。作鶴嘆，則替鶴分明。室中語

長於譬喻

子瞻作詩，長於譬喻。如和子由詩云：「人生到處知何似，應似飛鴻踏雪泥。泥上偶然留指爪，鴻飛那復計東西。」守歲詩云：「欲知垂盡歲，有似赴壑蛇。脩鱗半已没，去意誰能遮。況欲繫其尾，雖勤知奈何！」畫水官詩云〔一〕：「高人豈學畫，用筆乃其天。譬如善游人，一一能操船。」龍眼詩云：「龍眼與荔枝，異出同父祖。端如柑與橘，未易相可不。」皆累數句也。如一聯，即「少年辛苦真食蓼〔二〕，老境清閑如啖蔗」。如一句，即「雪裹波菱如鐵甲」之類，不可勝紀。陵陽室中語

【校勘記】

〔一〕畫水官詩 「官」寬永本作「宫」。

〔二〕「少年辛苦真食蓼」 「蓼」從寬永本。嘉靖本、古松堂本作「參」。

海棠詩

東坡作此詩，詞格超逸，不復蹈襲前人，其詩有「嫣然一笑竹籬間，桃李漫山總麄俗」，「自然富貴出天姿，不待金盤薦華屋。朱脣得酒暈生臉，翠袖卷紗紅映肉。林深霧暗曉光遲，日暖風輕春睡足。雨中

有淚亦悽愴，月下無人更清淑」。元豐間，東坡謫黄州，寓居定惠院，院之東，小山上，有海棠一株，特繁茂，每歲盛開時，必爲攜客置酒，已五醉其下矣，故作此長篇。平生喜爲人寫，蓋人間刊石者，自有五六本云。軾平生得意詩也。

梅詩㈠

東坡暾字韻三首，皆擺落陳言，古今人未嘗經道者。三首並妙絶，第二首尤奇。詩云：「羅浮山下梅花村，玉雪爲骨冰爲魂。紛紛初疑月挂樹〔一〕，耿耿獨與參横昏。先生索居江海上，悄如病鶴栖荒園。天香國豔肯相顧，知我酒熟詩清温。蓬萊宫中花鳥使，緑衣倒挂扶桑暾。抱叢窺我方醉臥，故遣啄木先敲門。麻姑過君急洒掃，鳥能歌舞花能言。酒醒人散山寂寂，惟有落蘂粘空樽〔二〕。」注云：嶺南珍禽有倒挂子，緑毛紅喙，如鸚鵡而小。自東海來，非塵埃間物也。

【校勘記】

〔一〕「紛紛初疑月挂樹」，又嶺南珍禽有倒挂子　兩「挂」字寬永本俱誤作「桂」。㈡

〔二〕「惟有落蘂粘空樽」　「蘂」嘉靖本、古松堂本作「朵」。寬永本作「蘂」，與東坡詩合，今從之。

【補校】

㈠梅詩　案此則出苕溪漁隱叢話後集卷二十一，原漏注出處。

㈡「挂」字　兩「挂」字，朝鮮本俱未誤作「桂」。

芙蓉城詩

游芙蓉城，元豐元年三月，余始識子高，問之信然，乃作此詩云：「芙蓉城中花冥冥，誰其主者石與丁。珠簾玉案翡翠屏，雲舒霞卷千娉婷。中有一人長眉青，烱如微雲澹疎星。往來三世空鍊形，竟坐誤讀黄庭經。天門夜開飛爽靈，無復白日乘雲軿。俗緣千劫磨不盡，翠被冷落淒餘馨。因過緱山朝帝廷，夜聞笙簫弭節聽。飄然而來誰使令，皎如明月入窗欞。忽然而去不可尋㈠，寒衾虚幌風泠泠。仙宫洞房本不扃，夢中同躡鳳凰翎。徑渡萬里如奔霆，玉樓浮宫聳亭亭。天書雲篆誰所銘，遶樓飛步高竛竮。仙風鏘然韻流鈴，蘧蘧形開如酒醒。芳卿寄謝空丁寧，一朝覆水不反瓶㈡。羅巾别淚空熒熒，春風花開秋葉零。世間羅綺紛膻腥，此生流浪隨滄溟。偶然相值兩浮萍，願君收視觀三庭，勿與嘉穀生蝗螟。從渠一念三千齡，下作人間尹與邢。」東坡此詩最爲流麗，故秦太虚與東坡簡云：素紙一軸，敢冀醉後揮掃近文，並芙蓉城詩，時得把玩，以慰馳情。

詩人寫人物態度，至不可移易。元微之李娃行云：「髻鬟峩峩高一尺，門前立地看春風。」此定是娼婦。退之華山女詩云：「洗粧拭面著冠帔，白咽紅頰長眉青。」此定是女道士。東坡作芙蓉城詩，亦用「長眉青」三字云：「中有一人長眉青，炯如微雲淡疎星。」便有神仙風度。許彥周詩話

【校勘記】

〔一〕「忽然而去不可尋」 「尋」宋本空格。

〔二〕「一朝覆水不反瓶」 「覆」宋本誤作「履」。

三良詩

秦繆公以三良殉葬，詩人刺之，則繆公信有罪矣。雖然臣之事君，猶子之事父也，以陳尊已、魏顆之事觀之，則三良亦不容無譏焉。昔之詠三良者，有王仲宣、曹子建、陶淵明、柳子厚，或曰「心亦有所施」，或曰「殺身誠獨難」，或曰「君命安可違」，或曰「死没寧分張」，曾無一語辨其非是者。唯東坡和陶云：「殺身故有道，大節要不虧。君爲社稷死，我則同其歸。顧命有治亂，臣子得從違。魏顆真孝愛，三良安足希！」審如是言，則三良不能無罪。東坡一篇，獨冠絶於古今。苕溪漁隱云：余觀東坡秦穆公墓詩意，全與和三良詩意相反。蓋是少年時議論如此，至其晚年，所見益高，超人意表，此揚雄所以悔少作也。

詩云：「昔公生不誅孟明，豈有死之日而忍用其良。乃知三子徇公意，亦如齊之二子從田横。」藝苑雌黄

與王慶源詩

與王慶源詩云：「青衫半作霜葉枯，遇民如兒吏如奴。吏民莫作官長看，我是識字耕田夫。妻啼兒號刺史怒，時有野人來挽鬚。拂衣自注下下考，芋魁豆飯吾豈無！」山谷云：庭堅最愛此數韻。王直方詩話

語意高妙

題碧落洞詩云：「小語輒響答，空山白雲驚。」此語全類李太白。後自嶺外歸，次韻江晦叔詩云：「浮雲時事改，孤月此心明。」語意高妙，如參禪悟道之人吐露胸襟，無一毫窒礙也。漁隱

詩意佳絶㊀

東坡云：世謂樂天有鬻駱馬放楊柳枝詞，嘉其主老病不忍去也。然夢得有詩云：「春盡絮飛留不得，隨風好去落誰家。」樂天亦云：「病與樂天相伴住，春隨樊子一時歸。」則是樊素竟去也。予家有數妾，四五年相繼辭去，獨朝雲者隨予南遷，因讀樂天集，戲作此詩。朝雲姓王氏，錢塘人，嘗有子曰幹兒，未朞而夭，云：「不似楊枝别樂天，恰如通德伴伶玄。阿奴絡秀不同老，天女維摩總解禪。經卷藥爐新

活計，舞衫歌扇舊因緣〔一〕。丹成逐我三山去，不作巫陽雲雨仙。」苕溪漁隱曰：詩意佳絶，善於爲戲，略去洞房之氣味，翻爲道人之家風。非若樂天所云：「櫻桃樊素口，楊柳小蠻腰。」但自詫其佳麗。塵俗哉！

【校勘記】

〔一〕「舞衫歌扇舊因緣」 「舞」寬永本誤作「無」，宋本作「舞」不誤。㈡

【補　校】

㈠ 詩意佳絶　案此則出苕溪漁隱叢話後集卷二十九，原漏注所出。

㈡ 「舞」字　朝鮮本未誤作「無」。

詠物詩首四句便能寫盡

李太白潯陽紫極宫感秋云：「何處聞秋聲，翛翛北窗竹。回薄萬古心，攬之不盈掬。」東坡和韻云：「寄臥虛寂堂，月明浸疎竹。泠然洗我心，欲飲不可掬。」予謂東坡此語清拔，優於太白。大率東坡每題詠景物，於長篇中只篇首四句，便能寫盡，語仍快健。如廬山開先漱玉亭首句云：「高巖下赤日，深谷來悲風。壁開青玉峽，飛出兩白龍。」谷林堂首句云：「深谷下窈窕，高林合扶疎。美哉新堂成，及此秋風初。」行瓊儋間首句云：「四州環一島，百洞蟠其中。我行西北隅〔一〕，如渡月半弓。」藤州江下夜起對月首句云〔二〕：「江月照我心，江水洗我肝。端如徑寸珠，墮此白玉盤。」此聊舉四詩，其他甚衆。又栖賢三峽橋詩有「清寒入山骨，草木盡堅瘦」之句，此語尤精絶，他人道不到也。漁隱

【校勘記】

〔一〕「我行西北隅」　「隅」寬永本誤作「腢」。㊀

〔二〕藤州江下夜起對月　「下」詩人玉屑各本俱如此，蘇東坡詩與苕溪漁隱叢話作「上」。

【補　校】

㊀「隅」字　朝鮮本未誤作「腢」。

一洗萬古

余作南征賦，或者稱之，然僅與曹大家爭衡耳；惟東坡赤壁二賦，一洗萬古，欲髣髴其一語，畢世不可得也。唐子西語録

南遷以後精深華妙㈠

吕丞相跋杜子美年譜云：考其辭力，少而鋭，壯而肆，老而嚴，非妙於文章，不足以至此。余觀東坡自南遷以後詩，全類子美夔州以後詩，正所謂老而嚴者也。子由云：東坡謫居儋耳，獨善爲詩，精深華妙，不見老人衰憊之氣。魯直亦云：東坡嶺外文字，讀之使人耳目聰明，如清風自外來也。觀二公之言如此，則余非過論矣。詩話

【補　校】

㈠南遷以後精深華妙　原注出處爲「詩話」，不知爲何種詩話。今見苕溪漁隱叢話後集卷三十。

文過有理

東坡曰：吾有詩云：「日日出東門，步尋東城游。城門抱關卒，怪我此何求。我亦無所求，駕言寫我憂。」章子厚謂參寥曰：前步而後駕，何其上下紛紛也！僕聞之曰：吾以尻爲輪，以神爲馬，何曾上下乎？參寥曰：子瞻文過有理，似孫子荆。子荆曰：所以枕流，欲洗其耳。

波瀾浩渺

東坡長句波瀾浩大，變化不測，如作雜劇打猛顛入，卻打猛顛出也。三馬贊：「振鬣長鳴，萬馬皆瘖。」此記不傳之妙。學文者能涵泳此等語，自然有入處。呂氏童蒙訓

簟紋如水帳如煙

邢惇夫言：「掃地焚香閉閣眠，簟紋如水帳浮煙。客來夢覺知何處，挂起西窗浪接天。」此東坡詩也，嘗題於余扇，山谷初讀，以爲是劉夢得所作。王直方詩話

失於粗

蘇詩始學劉禹錫，故多怨刺，學不可不謹也。晚學太白，至其得意，則似之矣；然失於粗，以其得之易也。後山詩話

蘇過詩㊀

東坡云：兒子邁嘗作林檎詩云：「熟顆無風時自落，半腮迎日鬥鮮紅。」於等輩中亦號有思致者。今已

老，無他技，但亦時出新句也。嘗作酸棗尉，有詩云：「葉隨流水歸何處〔一〕，牛載寒鴉過別村。」此句亦可喜也。苕溪漁隱曰：蘇叔黨過賦鼠鬚筆云：「太倉失陳紅，狡穴得餘腐。既興丞相歎，又發廷尉怒。磔肉餧餓猫，紛髯雜霜兔。插架刀槊健，落紙龍蛇騖。物理未易詰，時來即所遇。穿墉何卑微，託此得佳譽。」其步驟氣格，殊有父風也。

【校勘記】

〔一〕「葉隨流水歸何處」「何」字宋本重，作「何何」，誤。

【補　校】

㊀ 蘇過詩　此則出苕溪漁隱叢話前集卷四十一，原漏注出處。

詩人玉屑卷之十八

涪翁

宗派圖

吕居仁近時以詩得名，自言傳衣江西，嘗作宗派圖，自豫章以降，列陳師道、潘大臨、謝逸、洪芻、饒節、僧祖可、徐俯、洪朋、林敏修、洪炎、汪革、李錞、韓駒、李彭、晁冲之、江端本、楊符、謝薖、夏倪〔一〕、林敏功、潘大觀、何覬、王直方、僧善權、高荷，合二十五人，以爲法嗣。謂其源流皆出豫章也。其宗派圖序數百言，大略云：唐自李、杜之出，焜耀一世，後之言詩者，皆莫能及。至韓、柳、孟郊、張籍諸人，激昂奮厲，終不能與前作者並。元和以後至國朝，歌詩之作或傳者，多依效舊文，未盡所趣。惟豫章始大出而力振之，抑揚反覆，盡兼衆體，而後學者同作並和，雖體制或異，要皆所傳者一。予故録其名字，以遺來者。余竊謂豫章自出機杼，別成一家，清新奇巧，是其所長；若言抑揚反覆，盡兼衆體，則非也。元和至今，騷翁墨客，代不乏人，觀其英詞傑句，真能發明古人不到處，卓然成立者甚衆。若言多依效舊文，未盡所趣，又非也。所列二十五人，其間知名之士，有詩句傳於世，爲時所稱道者，止數人而已；其餘無聞焉，亦濫登其列。居仁此圖之作，選擇勿精，議論不公，余是以辨之。漁隱

【校勘記】

〔一〕夏倪　「倪」寬永本、嘉靖本作「傀」，古松堂本作「愧」，兹從苕溪漁隱叢話訂正。

得意句

蜀人石翼，黄魯直在黔中時游從最久。嘗言見魯直自矜詩一聯云：「人得交游是風月，天開圖畫即江山。」以爲晚年最得意，每舉以教人，而終不能成篇，蓋不欲以常語雜之。然魯直自有「山圍燕坐圖畫出，水作夜窗風雨來。」余以謂氣格當勝前聯也。石林詩話

乞猫詩

乞猫詩：「秋來鼠輩欺猫死，窺瓮翻盆攪夜眠。聞道狸奴將數子，買魚穿柳聘銜蟬。」雖滑稽而可喜。

千歲而下，讀者如新。後山詩話

少作

世傳山谷七歲作牧童詩云：「騎牛遠遠過前村，吹笛風斜隔隴聞。多少長安名利客，機關用盡不如君。」桐江詩話

魯直少警悟，八歲作詩送人赴舉云：「送君歸去明主前，若問舊時黃庭堅，謫在人間今八年。」此已非髫稚語矣。㈠

【補校】

㈠此節原未注出處。按實出西清詩話，今無傳本，見苕溪漁隱叢話前集卷四十七。

奇語

山谷謂洪龜父曰：甥最愛老舅詩中何語？龜父舉「蜂房各自開户牖，蟻穴或夢封侯王」，「黃流不解涴明月，碧樹爲我生涼秋」，以爲深類工部。山谷云：得之矣。賜字韻茶詩，山谷自和云：「曲几團蒲聽煑湯，煎成車聲遶羊腸。」東坡見之云：黃九怎得不窮！張文潛嘗謂余曰：黃九似「桃李春風一盃酒，

江湖夜雨十年燈」，真是奇語。苕溪漁隱曰：汪彦章有「千里江山漁笛晚，十年燈火客氈寒」之句，效山谷體也。余亦嘗效此體，作一聯云：「釣艇江湖千里夢，客氈風雪十年寒。」王直方詩話

句相似

魯直過平輿懷李子先詩：「世上豈無千里馬，人中難得九方皋。」題徐孺子祠堂詩：「白屋可能無孺子，黄堂不是欠陳蕃。」二詩命意絶相似，蓋歎知音者難得耳。漁隱

蘇黄相譏

元祐文章，世稱蘇黄。然二公當時爭名，互相譏誚。東坡嘗云：黄魯直詩文如蝤蛑、江珧柱，格韻高絶，盤飧盡廢；然不可多食，多食則發風動氣。山谷亦云：蓋有文章妙一世，而詩句不逮古人者。此指東坡而言也。二公文章，自今視之，世自有公論，豈至各如前言。蓋一時爭名之詞耳！俗人便以爲誠然，遂爲譏議，所謂「蚍蜉撼大樹，可笑不自量」者耶！漁隱

有補於世

讀魯直詩，如見魯仲連、李太白，不敢復論鄙事，雖若不適用，然不爲無補於世。東坡

少游文潛評論

山谷舊所作詩文，名以焦尾弊帚，少游云：每覽此編，輒悵然終日〔一〕，殆忘食事，邈然有二漢之風。今交游中以文墨稱者，未見其比。所謂珠玉在傍，覺我形穢也。有學者問文潛模範，曰：看退聽藁。蓋山谷在館中時，自號所居曰退聽堂。王直方詩話

【校勘記】

〔一〕輒悵然終日　「終」寬永本誤作「絶」。

出奇之過

後山謂魯直作詩，過於出奇，誠哉，是言也！如和文潛贈無咎詩：「本心如日月，利欲食之既。」王聖涂二亭歌：「絶去藪澤之羅兮，官于落羽。」洪玉父云：魯直言羅者得落羽以輸官。凡此之類，出奇之過也。漁隱

過於出奇

唐人不學杜詩，惟唐彦謙與今黄庶、謝景初學之。魯直，黄之子，謝之壻；其於二父，猶子美之於審言也。然過於出奇，不如杜之遇物而奇也。三江五湖，平漫千里，因風景而奇耳。後山詩話

用新奇字

黄庭堅喜作詩得名，好用南朝人語，專求古人未使之一二奇字，綴葺而成詩，自以爲工，其實所見之僻也。故句雖新奇，而氣乏渾厚。吾嘗作詩題其編後，略曰：「端求古人遺，琢抉手不停。方其得璣羽，往往失鵬鯨。」蓋謂是也。隱居詩話

誠齋紀逸詩

予昔爲零陵丞，嘗肩輿過一野寺前，壁間有山谷親筆一詩，予小立肩輿，誦之三過，既歸書之，止記一聯云：「春將國豔薰花骨，日借黄金縷水紋。」今集中無之。

陳履常

得意詩

「書當快意讀易盡，客有可人期不來。世事相違每如此，好懷百歲幾回開。」其後又寄黄充前四句云：「俗子推不去，可人廢招呼。世事每如此，我生亦何娱。」蓋無己得意，故兩見之。復齋漫録

相似句

樂天有詩云：「醉貌如霜葉，雖紅不是春。」東坡有詩云：「兒童悞喜朱顔在，一笑那知是酒紅。」鄭谷有詩云：「衰鬢霜供白，愁顔酒借紅。」老杜有詩云：「髮少何勞白，顔衰肯更紅！」無己詩云：「髮短愁催白，顔衰酒借紅。」皆相類也。然無己初出此一聯，大爲當時諸公所稱賞。王直方詩話

秀句

陳留市中有刀鑷工，隨其所得，爲一日費，醉吟於市，負其子以行歌。江端禮以爲達者，爲作傳，而要

無己作詩。有「閉門十日雨，吟作飢鳶聲」之句，大爲山谷所愛。山谷亦擬作，有云：「養性霜刀在，閲人清鏡空。」王直方

鴈詩

杜牧之早鴈云：「仙掌月明孤影過，長門燈暗數聲來。」六一居士汴河聞鴈云：「野岸柳黄霜正白，五更驚破客愁眠。」皆言幽怨羈旅，聞鴈聲而生愁思。至後山則不然，但云：「遠道勤相唤，羈懷誤作愁。」則全不蹈襲也。漁隱

近世詩人莫及

無己賦宗室畫詩：「滕王蛺蝶江都馬，一紙千金不當價。」又作曾子固挽辭：「丘園無起日，江漢有東流。」近世詩人莫及。許彦周詩話

學詩如學仙

無己詩云：「學詩如學仙，時至骨自换。」山谷亦有「學詩如學道」之句。若語意俱勝，當以無己爲優。王直方議論不公，遂云：陳三所得，豈其苗裔耶！意謂其出於山谷，不足信也。漁隱

衒耀太甚

無己嘗作小放歌行兩篇〔一〕，其一云：「春風永巷閉娉婷，長使青樓悮得名。不惜捲簾通一顧，怕君著眼未分明。」其二云：「當年不嫁惜娉婷，傅白施朱作後生。説與傍人須早計，隨宜梳洗莫傾城。」山谷云：無己他日作詩，語極高古，至於此篇，則顧影裴回，衒耀太甚。王直方詩話

【校勘記】

〔一〕無己嘗作小放歌行兩篇　「放」嘉靖本、古松堂本作「妓」。兹從寬永本與苕溪漁隱叢話訂正。

寇國寶詩

「黄葉西陂水漫流，蘧篨風急送扁舟。夕陽暝色來千里，人語雞聲共一丘。」寇國寶，徐州人，久從陳無己學。乃知文章淵源，有所自來，亦不難辨，恨不得多見之也。石林詩話

秦太虛

品題

東坡嘗有書薦少游於荆公云：向屢言高郵進士秦觀太虛，公亦粗知其人，今得其詩文數十首拜呈。詞格高下，固已無逃於左右。外此博綜史傳，通曉佛書，若此類未易一一數也。荆公答書云：示及秦君詩，適葉致遠一見，亦以謂清新婉麗，鮑、謝似之。公奇秦君，口之而不置；我得其詩，手之而不釋。又聞秦君嘗學至言妙道，無乃笑我與公嗜好過乎！漁隱

詩甚麗

少游詩甚麗，如「翡翠側身窺緑醑，蜻蜓偷眼避紅粧」，又「海棠花發麝香眠」，又「青蟲相對吐秋絲」之句是也。雪浪齋日記

嚴重高古

「雨砌墮危芳，風軒納飛絮」之類，李公擇以爲謝家兄弟得意不能過也。少游過嶺後詩，嚴重高古，自成一家，與舊作不同。呂氏童蒙訓

諸詩

少游汝南作教官日〔一〕，郡將向宗回團練有登城詩，少游次韻兩篇云：「沄沄汝水抱城根，野色偷春入燒痕。千點湘妃枝上淚，一聲杜宇水邊魂。遥憐鴻隙陂穿路，尚想元和賊負恩。粉蝶朱垣都過了㊀，恍如陶侃夢天門。」「庖煙起處認孤村，天色清寒不見痕。車輞湖邊梅濺淚，壺公祠畔月銷魂。封疆盡是春秋國，廟食多懷將相恩。試問李斯長嘆後，誰牽黃犬出東門。」又嘗於程文通會間賦牽牛花詩云：「銀漢初移漏欲殘，步虛人倚玉欄干。仙衣染得天邊碧〔二〕，乞與人間向曉看。」又一歲，太守王左丞二月十一日生日，程文通諸人前期袖壽詩草謁少游，問曰：左丞生日，必有佳作。少游以詩草示之，乃壓小青字韻俱盡。首云：「元氣鍾英偉，東皇賦炳靈。蓂敷十一莢，椿茂八千齡。汗血來西極，摶風出北溟。」諸人愕然相視，讀畢，俱不敢出袖中之草，唯唯而退。桐江詩話

【校勘記】

〔一〕少游汝南作教官日　「作」寬永本、古松堂本作「自」，嘉靖本空格，兹據苕溪漁隱叢話改。㊁

〔二〕「仙衣染得天邊碧」　「邊」寬永本誤作「遂」，宋本作「邊」不誤。㊂

【補　校】

㊀粉蝶朱垣　「蝶」應改作「堞」。從朝鮮本。

㊁「作」字　朝鮮本獨作「作」，不誤。

㊂「邊」字　朝鮮本未誤作「遂」。

張秦

元祐初，與秦少游、張文潛論詩，二公謂不然。久之，東坡先生以爲一代之詩當推魯直。二公遂捨舊而圖新。其初改轅易轍，如枯絃敝軫，雖成聲而跌宕不滿人耳；少焉遂使師曠忘味，鍾期改容也。

張文潛

佳句

文潛詩云：「新月已生飛鳥外，落霞更在夕陽西。」蓋用郎士元送楊中丞和番詩耳〔一〕。郎詩云：「河陽飛鳥外，雪嶺大荒西。」

元祐中，諸公以上巳日會西池，王仲至有二詩，文潛和之最工。云：「翠浪有聲黄帽動，春風無力彩旗垂。」少游有「已煩逸少書陳跡，更屬相如賦上林」之句，諸人亦以爲難及。王直方詩話

頃見晁無咎舉文潛「斜日兩竿眠犢晚，春波一頃去凫寒」，自以爲莫能及。苕溪漁隱曰：文潛夜直館中詩云：「蒼龍掛斗寒垂地，翡翠浮花暖作春。」亦佳句也。石林詩話

「白頭青鬢隔存没，落日斷霞無古今。」此文潛過宋都詩，氣格似不減老杜也。「千山送客東西路，一樹照人南北枝。」此王康功詩，語意新奇。王直方詩話

【校勘記】

〔一〕蓋用郎士元送楊中丞和番詩耳　「詩」字各本皆脱，從苕溪漁隱叢話補。

自然奇逸

文潛詩自然奇逸，非他人可及。如「秋明樹外天」〔一〕，「客燈青映壁，城角冷吟霜」〔二〕，「淺山寒帶水，旱日白吹風」，「川鳴半夜雨，臥冷五更秋」之類，迥出時流，雖是天資㊀，亦學可及。學者若能常玩味此等語，自然有變化處也。呂氏童蒙訓

【校勘記】

〔一〕「秋明樹外天」　此乃一聯中之下句。上句「雲露窗前日」（見皇朝文鑑）疑脱。（今本呂氏童蒙訓不載詩話，苕溪漁隱叢話所引亦無上句）。

〔二〕「城角冷吟霜」　「吟」張右史集作「吹」，皇朝文鑑同。

【補　校】

㈠ 雖是天資　「資」應從朝鮮本詩人玉屑及苕溪漁隱叢話所引吕氏童蒙訓作「姿」。

不食煙火人語

文潛先與周翰公擇輩來飲余家，作長句；後數十日，再同東坡來，讀其詩嘆息云：此不是喫煙火食人道底言語。蓋其間有「漱井消午醉，掃花坐晚涼。衆緑結夏帷，老紅駐春粧」之句也。此詩首句云：「朝衫銜曉塵，歸帽障夕陽。日月馬上過，詩書篋中藏。」造語極工。王直方詩話

韓子蒼

語意妙絶

李伯時畫太一真人，卧一大蓮葉中，手執書卷仰讀，蕭然有物外思。韓子蒼有詩題其上云：「太一真人蓮葉舟，脱巾露髮寒颼颼。輕風爲帆浪爲檝，卧看玉宇浮中流。中流蕩漾翠綃舞，穩如龍驤萬斛舉。

不是峰頭十丈花，世間那得葉如許。龍眠畫手老入神，尺素幻出真天人。恍然坐我水仙府，蒼煙萬頃波粼粼。玉堂學士今劉向，禁直岧嶢九天上。不須對此融心神，會植青藜夜相訪。」子蒼此語，語意妙絶，真能詠盡此畫也。漁隱

冬日詩

子蒼有和李上舍冬日詩，最爲世所推。故商老有黄葉之句〔一〕。全篇云：「北風吹日晝多陰，日暮擁堦黄葉深。倦鵲遶枝翻凍影，飛鴻摩月墮孤音。推愁不去如相覓，與老無期稍見侵。顧藉微官少年事，病來那復一分心。」復齋漫録

【校勘記】

〔一〕案此條所引不全，故「故商老有黄葉之句」，語意無著。

茶筅子詩

子蒼謝人寄茶筅子詩云：「看君眉宇真龍種〔一〕，猶解横身戰雪濤。」盧駿元亦有此詩云：「到底此君高韻在，清風兩腋爲渠生。」皆善賦詠者，然盧優於韓。漁隱

【校勘記】

〔一〕「看君眉宇真龍種」「宇」宋本誤作「寄」，古松堂本誤作「字」，兹從寬永本與嘉靖本。

王逢原

佳句

逢原集中佳句頗多。如讀老杜詩：「鐫劖物象三千首，照耀乾坤四百春。」瓜洲渡云：「風力引雲行玉馬，水光連日動金虵。」謝滿子權寄詩云：「九原黄土英靈活，萬古青天霹靂飛。」桐江詩話

蔡天啟

申王畫馬圖詩

東坡集中，有申王畫馬圖詩，即天啟作；氣格有類東坡，世因悮收入。其後姑蘇居世英家刊東坡前後

集,遂删去。今録之云:「天寶諸王愛名馬,千金爭致華軒下。當時不獨玉花驄,飛電流雲絶瀟洒。兩坊岐薛寧與申,憑陵内廐多清新。肉騣汗血盡龍種,紫袍玉帶真天人。驪山射獵包原隰,御前急詔穿圍入。揚鞭一蹙破霜蹄,萬騎如風不能入。鴈飛兔走驚絃開,翠華按轡從天回。五家錦繡徧山谷,百里舄珥遺塵埃。青騾蜀棧西超忽〔一〕,高準濃蛾散荆棘。苜蓿連天鳥自飛,五陵佳氣春蕭瑟。」漁隱叢話

【校勘記】

〔一〕「青騾蜀棧西超忽」　「西」古松堂本作「起」,嘉靖本墨釘。寬永本作「西」,與苕溪漁隱叢話合,今從之。

佳句

天啟詩「城響濤頭入,江昏雨腳斜」,「柳間黄鳥路,波底白鷗天」皆佳句。松江詩最奇云:「斷蓬帆影天平入,夾鏡波光水到流。」雪浪齋日記

荆公詩

王荆公在鍾山,有馬甚惡,踶齧不可近。一日,兩校牽至庭下,告公請鬻之。天啟時在坐曰:世安有不可調之馬〔二〕,第久不騎,驕耳。即起捉其騣,一躍而上,不用銜勒,馳數十里而還。荆公大壯之。即作

集句詩贈之，「蔡子勇成癖，能騎生馬駒」者，後有「身著青衫騎惡馬，日行三百尚嫌遲。心源落落堪爲將，卻是君王未備知」。士大夫自是盛傳荆公以將帥之材許之。紹聖初，章申公當國，首欲進天啟侍從，會執政有不悦者，乃出爲永興軍路提舉常平；因欲稍遷爲帥，會丁内艱不果，猶是用荆公遺意也。

石林詩話

【校勘記】

〔一〕世安有不可調之馬　「調」寬永本作「騎」。

俞秀老清老

品藻

俞紫芝，揚州人，少有高行，不娶，得浮屠氏心法，所至翛然，而工於詩。王荆公居鍾山，秀老數相往來，尤愛重之，每見於詩。所謂「公詩何以解人愁，初日芙蕖映碧流。未怕元劉爭獨步，不妨陶謝與同游」是也。秀老嘗有「夜深童子喚不起，猛虎一聲山月高」之句，尤爲荆公所賞。和云：「新詩比舊仍增峭，若許追攀莫太高。」秀老卒於元祐初，惜時無發明者，不得與林和靖一流概見於隱逸。其弟澮，字清老，亦不娶，滑稽善諧謔，洞曉音律，能歌，荆公亦喜之。晚年作漁家傲等樂府數闋，每山行，即使澮歌之。然澮使酒好罵，不若秀老之恬靜。一日見公云：吾欲爲浮屠，但貧無錢買祠部耳。公欣然爲置祠部，澮約日祝髮，既過期，寂無耗，公問其然，澮徐曰：吾思僧亦不易爲，公所贈祠部，已送酒家償舊債矣。公爲之大笑。黄魯直贈澮詩，其一有云：「有客夢超俗，去髮脱儒冠。平明視青鏡，正爾良獨難。」蓋述荆公事也。苕溪漁隱曰：魯直與清老同學，所謂後數年見之，儒冠自若也，則清老實曾爲僧可知。而此以爲祠部送酒家償舊債，石林之言非也。石林詩話

警聯

俞紫芝，字秀老，喜作詩，人未知之；荆公愛焉，手寫其一聯「有時俗事不稱意，無限好山都上心」於所持扇，衆始異焉。弟清老，亦修潔可喜，俱從山谷游。山谷所書「釣魚船上謝三郎」一帖，石刻在金山寺，雞林每入貢，輒市模本數百以歸，亦秀老詞也。潘子真詩話

松聲詩，其詞極佳㊀：「萬壑摇蒼煙，百灘度流水。下有跨驢人，蕭蕭吹凍耳。」冷齋夜話

【補　校】

㈠ 松聲詩，其詞極佳　按萬壑揺蒼煙一首，乃釋惠洪所撰，非俞紫芝詩。詩人玉屑所引冷齋夜話過於簡略，遂似此詩乃俞作。（原文「其詞極佳」下有「山中之人忘之，余爲補之曰」十一字，見冷齋夜話卷五。）

袁世弼

遒麗奇壯

世弼能爲詩，慕韋應物，而遒麗奇壯過之。王介甫嘗手書世弼贈郭功父詩云：「方山憶共泛金船，屈指於今五六年。風送梨花吹醉面，月和溪水上歸韉。浮生聚散應難料，末路窮通盡偶然。欲問故人牢落事，鹿裘深入白雲眠。」世弼自號遯翁，臨死一篇尤佳：「青靄千峰暝，悲風萬古呼。其誰掛寶劍，應有奠生芻。皎月東方隕，長松夜壑枯。山泉吾所愛，聲到夜臺無？」王直方詩話

荆公手寫其詩

荆公居金陵，爲功甫手寫所賦詩一軸，有「從來多病王僧祐，自小能文謝惠連。各厭塵勞思物外，莫辭攜手訪林泉」。又曰：「雪後姑溪水更深，冥冥寒雨作連陰。旅懷未可頓消遣，思與洛生溪上吟。」此兩篇，世弼贈功甫詩也。世弼年十七，題百尺山詩云：「瓊田收粑稏，玉溜注琅玕。」讀書最苦，因爾臞瘠，没時纔三十四歲。自作墓銘，述其平生，有詩文十卷，號遯翁集。潘子真詩話

郭功甫

鳳凰臺詩

郭功甫嘗與王荆公登金陵鳳凰臺，追次李太白韻，援筆立成，一座盡傾。白句人能誦之，郭詩罕有記者，今俱紀之。太白云：「鳳凰臺上鳳凰游，鳳去臺空江自流。吴宫花草埋幽徑，晉國衣冠成古丘。三山半落青天外，二水中分白鷺洲。總爲浮雲能蔽日，長安不見使人愁。」功甫云：「高臺不見鳳凰游，浩浩長江入海流。舞罷青娥同去國，戰殘白骨尚盈丘。風摇落日吹行棹，潮擁新沙换故洲。結綺臨春

無處覓，年年荒草向人愁。」餘話

警句

郭祥正，字功父，自梅聖俞贈詩有「采石月下聞謫仙」，以爲李白後身，緣此有名。功父有金山行：「鳥飛不盡暮天碧，漁歌忽斷蘆花風。」大爲荆公所賞。東坡守錢塘，功父過之，出詩一軸示東坡，先自吟誦，聲振左右；既罷，謂坡曰：祥正此詩幾分來？坡曰：十分來也。祥正驚喜問之，坡曰：七分來是讀，三分來是詩，豈不十分也。王直方詩話

金山行

功甫金山行，造語豪壯，世多不見全篇，今録於左方：「金山杳在滄溟中，雪崖冰柱浮仙宫。乾坤扶持自今古，日月髣髴纏西東。我泛靈槎出塵世，搜索異境窺神工。一朝登臨重歎息，四時想像何其雄。捲簾夜閣挂北斗，大鯨駕浪吹長空〔一〕。舟摧岸斷豈足數，往往霹靂搥蛟龍。寒蟾八月蕩瑶海，秋光上下磨青銅。鳥飛不盡暮天碧，漁歌忽斷蘆花風。蓬萊久聞未成往，壯觀絶致遥應同。潮生潮落夜還曉，物與數會誰能窮！百年形影浪自苦，便欲此地安微躬。白雲南來入遠望，又起歸興隨征鴻。」漁隱

【校勘記】

〔一〕「大鯨駕浪吹長空」「大」古松堂本誤作「來」，從寬永本、嘉靖本及宋本皇朝文鑑所載郭詩訂正。

山居

功甫曾題人山居一聯云：「謝家莊上無多景，只有黃鸝三兩聲。」荆公命工繪爲圖，自題其上云：此是功甫題山居詩處。即遣人以金酒鍾并圖遺之。遯齋閑覽

清逸詩

袁世弼，南昌人，宦游當塗時，功甫尚未冠也。世弼愛其才，薦於梅聖俞，自爾有聲。功甫嘗謂吾大父清逸云：教載汲引，袁二丈力也；蒿埋三尺，不敢忘其賜。功甫既壯，頗恃其才力，下筆曾不經意；論者或惜其造語無刻勵之功。清逸云：如功甫豈易得！但寘作者中，便覺有優劣耳。正如晉楚之輕剽，不當威文之節制也。清逸嘗有詩戲之云：「休恨古人不見我，尤喜江東獨有名〔一〕。盡怪阿戎從幼異〔二〕，人疑太白是前生。雲間鸞鳳人間現，天上麒麟地上行。詩律暮年誰可敵，筆端談笑掃千兵〔三〕。」

潘子真詩話

【校勘記】

〔一〕「尤喜江東獨有名」　「名」從寬永本改。嘉靖本、古松堂本原作「君」。

〔二〕「盡怪阿戎從幼異」　「怪」古松堂本誤作「性」，從寬永本、嘉靖本改。

〔三〕「筆端談笑掃千兵」　「兵」寬永本誤作「丘」，宋本作「兵」。㊀

【補　校】

㊀「兵」字　朝鮮本未誤作「丘」。

聖俞以爲李白後身

梅聖俞採石月贈功甫云：「采石月下訪謫仙，夜披錦袍坐釣船。醉中愛月江底懸，以手弄月身翻然。不應暴落飢蛟涎，便當騎魚上青天。青山有冢人謾傳，卻來人間知幾年。在昔孰識汾陽王，納官貰死義難忘。今觀郭裔奇俊郎，眉目真似攻文章。死生往復猶康莊，樹穴探環知姓羊。」李白從永王璘之辟，璘敗當誅，郭子儀請解官以贖，有詔長流夜郎。聖俞用此事，尤爲親切，若非姓郭，亦難用矣。漁隱

賀方回

望夫石

賀鑄，字方回，嘗作一絶，題於定林寺云：「破冰泉脈漱籬根，壞衲遥疑挂樹猿。蠟屐舊痕尋不見，東風先爲我開門。」荆公見之，大相稱賞，緣此知名。方回嘗作望夫石詩云：「亭亭思婦石，下閲幾人代。蕩子長不歸，山椒久相待。微雲蔭髮彩，初月輝娥黛。秋雨疊苔衣，春風舞羅帶。宛然姑射人，矯首塵冥外。陳跡遂無窮，佳期從莫再。脱如魯秋氏，妄結桑下愛。玉質委淵沙，悠悠復安在！」交游間無不愛之。王直方詩話

張子野

三影

子野嘗有詩云「浮萍斷處見山影」；又長短句云「雲破月來花弄影」；又云「隔牆送過鞦韆影」，並膾炙人口，世謂張三影。高齋詩話

佳句

子野詩筆老健，歌詞乃其餘波耳。湖州西溪詩云：「浮萍斷處見山影，野艇歸時聞草聲。」與予和詩云：「愁似鰥魚知夜永，懶同蝴蝶爲春忙。」若此之類，亦可追配古人；而世俗但稱其歌詞。昔周昉畫人物皆入神品，而世俗但知有周昉士女，蓋所謂未見好德如好色者也。東坡

東坡詩

子野能爲詩及樂府，至老不衰。居錢塘，蘇子瞻作倅時，年已八十餘，視聽不衰，家猶蓄聲妓。子瞻嘗贈以詩云：「詩人老去鶯鶯在，公子歸來燕燕忙。」蓋全用張氏故事戲之。石林詩話

謝無逸

有古意

謝無逸學古高潔，文詞煅煉，篇篇有古意，尤工於詩。予嘗愛其送董元達詩云：「讀書不作儒生酸，躍

馬西入金城關。塞垣苦寒風氣惡，歸來面皺鬚眉斑〔一〕。先皇召見延和殿，議論慷慨天開顏。謗書盈篋不復辨，脱身來看江南山。長江袞袞蛟龍怒，扁舟此去何當還。大梁城裏定相見，玉川破屋應數間。」又寄隱居士詩云：「處士骨相不封侯，卜居但得林塘幽。家藏玉唾幾千卷，手校韋編三十秋。相知四海孰青眼？高臥一庵今白頭。襄陽耆舊節獨苦，只有龐公不入州。」淮南潘邠老，與之甚熟；二公皆老死布衣，士議惜之。漫叟詩話

【校勘記】

〔一〕「歸來面皺鬚眉斑」　「眉斑」二字寬永本誤作「肩班」。㊀

【補　校】

㊀ 眉斑　朝鮮本未誤作「肩班」。

佳句

謝逸字無逸，臨川韻人勝士也。工詩能文，黄魯直讀其詩曰：晁、張流也，恨未識之耳。無逸詩曰：「老鳳垂頭噤不語，枯木槎牙噪春鳥。」又曰：「貪夫蟻旋磨，冷官魚上竹。」又曰：「山寒石髮瘦，水落溪

毛彫。」皆爲魯直所稱賞。冷齋夜話

邢敦夫

龍眠圖侍㈠

雙井黄叔達，字知命。初自江南來，與彭城陳履常俱謁法雲禪師於城南，夜歸過龍眠李伯時，知命衣白衫，騎驢，緣道摇頭而歌，履常負杖挾囊於後，一市大驚，以爲異人。伯時因畫爲圖，而邢敦夫作長歌云〔一〕：「長安城頭烏欲棲，長安道上行人稀。浮雲捲盡暮天碧，但有明月流清輝。君獨騎驢向何處，頭上倒著白接䍦。長吟搔首望明月，不學山翁醉似泥。到得城中燈火鬧，小兒拍手攔街笑〔二〕。道旁觀者那得知，相逢疑是商山皓〔三〕。龍眠居士畫無比，摇毫弄筆長風起。酒酣閉目望窮途〔四〕，紙上軒昂無乃似。君不學長安游俠誇少年，臂鷹挾彈章臺道。君不能提攜長劍取靈武，指揮猛士驅貔虎。胡爲腳踏梁宋塵，終日飄飄無定所。武陵桃源春欲暮，白水青山起煙霧。竹杖芒鞋歸去來，頭巾好掛三花樹。」惇夫時年未二十也。王直方詩話

【校勘記】

〔一〕而邢敦夫作長歌云　「邢」寬永本誤作「刑」，嘉靖本誤作「形」。㊁

〔二〕「小兒拍手攔街笑」　「攔」各本詩人玉屑俱作「欄」，兹從苕溪漁隱叢話作「攔」。

〔三〕「相逢疑是商山皓」　「商」嘉靖本、古松堂本作「南」。寬永本作「商」，與苕溪漁隱叢話合，今從之。

〔四〕「酒酣閉目望窮途」　「閉」寬永本作「閑」。

【補　校】

㊀ 龍眠圖侍　應改作「龍眠圖詩」。

㊁ 「邢」字　朝鮮本未誤作「刑」。

幼敏

邢居實字惇夫〔一〕，年少豪邁，所與游皆一時名士。年十四五時，嘗作明妃引，末云：「安得壯士霍嫖姚，縛取呼韓作編户。」諸公多稱之。既卒，余收拾其殘草，編成一集。號曰呻吟。惇夫自少便多憔悴感慨之意，其作秋懷詩云：「高歌感人心，心悲將奈何！」其作棗陽道中感興〔二〕：「有意問山神，此生復來否？」已而果卒於漢東。惇夫之卒也，山谷以詩哭之云：「詩到隨州更老成，江山爲助筆縱橫。眼看白璧埋黄壤，何況人間父子情。」蓋謂惇夫與其父，歆、向也。王直方詩話

【校勘記】

〔一〕邢居實字惇夫　「邢」寬永本誤作「刑」。㈠

〔二〕其作棗陽道中感興　「棗」寬永本誤作「製」。㈡

【補　校】

㈠「邢」字　朝鮮本未誤作「刑」。

㈡「棗」字　朝鮮本作「裘」，誤。

潘邠老

天下奇才

「白鳥没飛煙，微風逆上船。江從樊口轉，山自武昌連。日月懸終古，乾坤别逝川。羅浮南斗外，黔府

古河邊。」「波浪三江口，風雲八字山。斷崖東北際，虛艇有無間。臥柳堆生岸，跳魚水擣灣。悠然小軒冕，幽興滿鄉關。」「西山連虎穴，赤壁隱龍宮。形勝三分國，波流萬世功。沙明拳宿鷺，天闊退飛鴻。最羨魚竿客，歸船雨打篷。」「落日春江上，無人倚杖時。私蛙鳴鼓吹，官柳舞腰肢。獵遠頻翻臂〔一〕，漁深數治絲。我猶無彼是，風豈有雄雌。」此郊老江間所賦也。郊老，唐太僕卿季荀之後，衢之曾孫，鯁之子，寓居齊安，得句法於東坡；頃與洪駒父、徐師川、洎予友善。山谷嘗稱：郊老，天下奇才也。其爲詩文，他皆稱是。年未五十以殁，良可惜也。潘子真詩話

【校勘記】

〔一〕「獵遠頻翻臂」　「遠」嘉靖本、古松堂本作「退」。寬永本作「遠」，與苕溪漁隱叢話合，今從之。

胡少汲

與劉邦直詩

胡少汲與劉邦直詩：「夢魂南北昧平生，解逅相逢意已傾。楚國山川千疊遠，隋堤煙雨一帆輕。我無

健筆翻三峽，君有長才肅五兵。同是行人更分手，不堪風樹作離聲。」少汲，後生中豪士也，讀書作文，殊不塵埃，使之不倦，雖競爽者未易追也。「同是行人更分手」，佳句也；「解逅相逢意已傾」，已道了劉三十一矣。山谷

山字韻詩

少汲宣和間在河朔作漕日，同官陳亨伯輩唱和山字韻詩〔一〕，少汲最後和成，人皆歎服。詩云：「章句飄飄續小山，古風蕭瑟筆追還。海鵬共擊三千里，鐵馬同歸十二閑。功業會看鍾鼎上，聲華已在縉紳間。他年記憶憐衰老，爲報西川引一班。」苕溪漁隱曰：元豐間王平甫有「海鵬未擊三千里，天馬須歸十二閑」之句，甚爲一時諸公所稱道；今少汲乃云：「海鵬共擊三千里，鐵馬同歸十二閑」，豈非剽平甫之句，但易此三字，以爲己作耶！桐江詩話

【校勘記】

〔一〕同官陳亨伯輩　「亨」寬永本作「亭」。㊀

【補　校】

㈠「亨」字　朝鮮本未誤作「亨」。

徐仲車

佳作

徐積，字仲車，古之獨行也，於陵仲子不能過；然其詩文則怪而放，如玉川子，此一反也。耳聵甚，晝地爲字，乃始通語，終日面壁坐，不與人接，而四方事無不周知其詳；雖新且密，無不先知，此二反也。苕溪漁隱曰：余嘗記仲車二詩，有云：「淮之水，淮之水㈠。春風吹，春風洗。青於藍，緑染指。魚不來，鷗不起。瀲瀲灧灧天盡頭，祇見孤帆不見舟。殘陽欲落未落處，盡是人間今古愁。今古愁，可奈何！莫使騷人聞棹歌㈡。我曹盡是浩歌客，笑聲酒面春風和。」又詠蒲扇詩云：「妾有一尺絹，以爲身上衣。自織青溪蒲，團團手中持。朝攜麥隴去，暮汲井泉歸。無人不看妾，不使見蛾眉。」皆佳作也。東坡

【校勘記】

〔一〕「淮之水，淮之水」　上「水」字古松堂本誤作「冰」。據寬永本、嘉靖本改。

〔二〕「莫使騷人聞棹歌」　「棹」寬永本作「掉」。

楊公濟

蓴菜詩〔一〕

楊蟠，字公濟，嘗爲蓴菜詩云：「休說江東春日寒，到來且覓鑑湖船。鶴生嫩頂浮新紫，龍脱香髯帶舊涎。玉割鱸魚迎刃滑，香炊稻飯落匙圓。歸期不待秋風起，漉酒調羹任我年。」時人以爲讀其詩，不必食蓴羹然後知其味也。王直方詩話

【校勘記】

〔一〕「蓴」字古松堂本脱，據寬永本、嘉靖本補。

張芸叟

西征二絶

張舜民，字芸叟，邠人也，通練西事，稍能詩。從高遵裕西征回中，作詩二絶。一云：「靈州城下千株柳，總被官軍斫作薪。他日玉關歸去路，將何攀折贈行人！」一云：「青銅峽裏韋州路，十去從軍九不回。白骨似沙沙似雪，將軍莫上望鄉臺。」爲轉運判官李察聞奏得罪，貶郴州監税。東坡

唐子西

佳句

子西上張天覺内前行云：「内前車馬撥不開，文德殿下宣麻回。紫微侍郎拜右相，中使押赴文昌臺。」此語善於叙事，質而不俚。又云：「周公禮樂未要作，致身姚宋亦不惡。向來兩翁當國年，民間斗米纔

四錢。」此語善於諷諭，當而有理。皆可法也。湖上云：「佳月明作哲，好風聖之清。」栖禪暮歸云：「草青仍過雨，山紫更斜陽。」語意俱新。漁隱

王仲至

聯句㊀

仲至與少游謁恭敏李公，飯於燕閑堂，即席聯句云：「黄葉山頭初帶雪，緑波尊酒暫回春。欽臣已聞璧月瓊枝句，更著朝雲暮雨人㊁。觀老愧紅粧翻曲妙，喜逢佳客放懷新。欽臣天明又出桃源去，仙境何時再問津。觀」

【補　校】

㊀ 王仲至聯句　此則未注所出。按實出復齋漫録，今無傳本，見苕溪漁隱叢話後集卷三十三所引。（今本能改齋漫録卷十一亦有此則。復齋漫録亦吴曾所撰，各書所引復齋漫録，大都見於能改齋漫録。復齋漫録與能改齋漫録殆爲一書也。）

㊁ 更著朝雲暮雨人　據朝鮮本詩人玉屑及苕溪漁隱叢話「著」應作「看」。（能改齋漫録卷十一亦作「看」。）

絶句

仲至使遼回，謁恭敏李公，席中賦詩云：「穹廬三月已淹留，白草黄雲見即愁。滿袖塵埃何處洗，李家池上海棠洲。」復齋漫録

詩人玉屑卷之十九

中興諸賢 誠齋品藻中興以後詩見第二卷詩評類

誠齋白石之評

楊誠齋序千巖摘藁，云余嘗論近世之詩人，若范石湖之清新，尤梁溪之平淡，陸放翁之敷腴，蕭千巖之工緻：皆余之所畏者。姜白石詩藁自序云：尤延之先生爲余言，近世士人，喜宗江西，温潤有如范至能者乎？痛快有如楊廷秀者乎？高古如蕭東夫，俊逸如陸務觀，是皆自出機軸，亶有可觀者，又奚以江西爲！觀二公推許，想見當時騷雅之盛。建安、大曆，風斯在下矣。趙威伯詩餘話

周益公

周益公兄乘成居士周子中，生於乙巳；益公丙午；誠齋丁未；郡人劉訥敏叔寫爲三老圖。益公題詩云：「同辭宦路返鄉閭〔一〕，兩驌驦中間以駑。前後顧瞻羞倚玉，支干引從偶連珠。三人不必邀明月，九老何妨續畫圖。從漢二疏唐尹後，相親相近此應無！」誠齋題二絕云：「旦奭行間著季真，黄冠不合附青雲。二南風裏君知麼，添箇委蛇退食人。」「劉郎寫照妙通神，三老圖成又一新。只道老韓同傳好，被人指點也愁人。」益公形容甚工，誠齋謙遜自處，真一時盛事云。餘話

【校勘記】

〔一〕「同辭宦路返鄉閭」　「宦」寬永本作「官」，誤。㊀

【補　校】

㊀「宦」字　朝鮮本未誤作「官」。

曾茶山

唐人詩，喜以兩句道一事；曾茶山詩中，多用此體。如：「又從江北路[一]，重到竹西亭。」「若無三日雨，那復一年秋。」「似知重九日，故放兩三花。」「次第繙經集，呼兒理在亡。」「又得清新句，如聞謦欬音。」「如何萬家縣，不見一枝梅。」此格亦甚省力也。王林中興詩話補遺

曾文清謝路憲送蟹詩：「從來歎賞内黄侯，風味尊前第一流。只合蹣跚赴湯鼎，不須辛苦上糟丘。」「内黄侯」三字甚新。餘話

曾文清云：山谷以竹夫人爲竹奴，余亦名腳婆爲錫奴，戲作絶句：「霧帳桃笙晝寢餘，此君那可一朝無！秋來冷落同班扇，歲晚温柔是錫奴。」餘話

【校勘記】

〔一〕「又從江北路」「又」古松堂本作「界」，嘉靖本漫漶，據寛永本改。

陸放翁

嘉泰壬戌九月，陸放翁夢一故人相語曰：我爲蓮花博士，鏡湖新置官也。我且去矣，君能暫爲之乎！

月得酒千壺，亦不惡也。遂以詩記之曰：「白首歸修汗簡書，每因囊粟歎侏儒。不知月給千壺酒，得似蓮花博士無？」又夢到萬頃荷花中，有詩云：「天風無際路茫茫，老作花王風露郎。只把千樽爲月俸，爲嫌銅臭雜花香。」此事甚新奇，可入詩料。趙章泉梅課

東坡謂晨飲爲澆書，李黄門謂午睡爲攤飯，陸務觀嘗有絶句云：「澆書滿挹浮蛆瓮，攤飯横眠夢蝶牀。莫笑山翁見機晚，也勝朝市一生忙。」餘話

陸放翁詩，本於茶山，故趙仲白題曾文清公詩集云：「清於月出初三夜，澹似湯烹第一泉。咄咄逼人門弟子，劍南已見一燈傳。」「劍南」，謂放翁也。然茶山之學，亦出於韓子蒼，三家句律大概相似。至放翁則加豪矣。近歲又有學唐人詩，而實用陸之法度者，其間亦多酷似處。偏參諸家之詩者，當自知之。玉林

劉忠肅勸駕詩

「十載湘江守，重來白髮垂。初無下車教，再賦食苹詩。天闊搏鵬翼，春融長桂枝。功名倘來事，大節要須持。」此劉忠肅公珙帥潭日勸駕詩也。斷章可見前修勉勵後學之意。比近世一例以倫魁相期者遠矣。玉林

韋齋先生

韋齋先生自爲兒童時，出語已驚人；及去場屋，始放意爲詩文。其詩初亦不事彫飾，而天然秀發，格力閒暇，超然有出塵之趣。晦庵

病翁

病翁少時所作聞箏詩，規摹意態，全是學文選、樂府諸篇，不雜近世俗體，故其氣韻高古，而音節華暢；一時流輩，少能及之。其詩云：「月高夜鳴箏，聲從綺窗來。隨風更迢遞，縈雲暫徘徊。餘音若可玩，繁絃互相催。不見理箏人，遥知心所懷。寧悲舊寵棄，豈念新期乖。含情鬱不發，寄曲宣餘哀。一彈飛霜零，再撫流光頹。每恨聽者稀，銀甲生浮埃。幽幽孤鳳吟，衆鳥聲難諧。盛年嗟不偶，況乃容華衰。道同符片諾，志異勞事媒。栖栖牆東客，亦抱凌雲才。」晦庵

楊誠齋

六言絶句如王摩詰「桃紅復含夜雨」，及王荆公「楊柳鳴蜩緑暗」二詩，最爲警絶，後難繼者。近世惟楊誠齋醉歸一章：「月在荔枝梢上，人行豆蔻花間。但覺胸吞碧海，不知身落南蠻。」雄健富麗，殆將及

之〔一〕。玉林

天下未嘗無對，東坡以章質夫寄酒不至作詩云：「豈意青州六從事，化爲烏有一先生。」或以緑研寄楊誠齋，爲人以栢木簡換去，誠齋用此意，作詩謝云：「如何緑玉含風面，化作青銅溜雨枝。」二事可爲奇對，亦善用坡詩也。玉林

晦庵先生與誠齋吟詠甚多，然頗好戲謔。劉約之丞廬陵，過誠齋，語及晦庵足疾，誠齋因贈約之詩云：「忠顯聞孫定不虛，西樞猶子固應殊。鸞停梧上遺風在，鶱進松間得句無。牘有老農歌贊府，未多薦墨送清都。」晦庵若問誠齋叟，上下千峰不用扶。」晦翁後視詩笑云：我疾猶在足，誠齋疾在口耳。柳溪呂炎近録

【校勘記】

〔一〕殆將及之　「殆」寬永本作「始」。㈠

【補　校】

㈠「殆」字　朝鮮本未誤作「始」。

康伯可

康伯可與之，紹興間過清江，游慧力寺，題二詩於松風亭。其一云：「天涯芳草盡緑，路傍柳絮爭飛。啼鳥一聲春晚，落花滿地人歸。」其二云：「江上濃陰曉未開，瘦筇支我上蒼苔。春寒前日去已盡，今日又從何處來！」餘話

康與之在高宗朝，以詩章應制，與左璫狎，適睿思殿有徽祖御畫，特爲卓絶，上時持玩，以起羹墻之悲。璫下直竊攜至家，而康適來，留之飲，因出示之。康紿璫入取殽核，輒書一絶於上曰：「玉輦宸游事已空，尚餘奎藻繪春風。年年花鳥無窮恨，盡在蒼梧夕照中。」璫見之大駭，然無可奈何。明日伺間扣頭請死，上大怒，亟取視之，天威頓霽，一慟而已。餘話

姜堯章

姜堯章夔居苕溪，與白石洞天爲鄰；潘轉翁字之曰白石道人，且畀以詩曰：「人間官爵似樗蒲，採到枯松亦大夫。白石道人新拜號，斷無繳駁任稱呼。」堯章報以長句，其詞云：「南山仙人何所食，夜夜山中煑白石。世人喚作白石仙，一生費齒不費錢。仙人食罷腹便便，七十二峰生肺肝。真祖只在南山南(一)，我欲從之不憚遠，無方煑石何由軟。佳名錫我何敢辭，但愁自此長苦飢。囊中只有轉庵詩，便

當掬水三嚥之！」餘話

【校勘記】

〔一〕「真祖只在南山南」　「祖」寬永本、嘉靖本作「租」。

敖器之

慶元間，韓侂胄用事，貶趙忠定公於永州〔一〕，次衡陽，泊古鄘，一夕而死。敖器之陶孫時處上庠，以詩哭之曰：「左手旋乾右轉坤，群邪嫉正竟流言。狼胡無地歸姬旦，魚腹終天痛屈原。一死固知公不免，孤忠賴有史長存。九原若遇韓忠獻，休說渠家末世孫。」餘話

【校勘記】

〔一〕貶趙忠定公於永州　「州」宋本作「舟」。

趙章泉

趙章泉哭蔡西山云：「鵑叫春林復遞詩，鴈回霜月忽傳悲。蘭枯蕙死迷三楚，雨暗雲昏礙九疑〔一〕。早

歲力辭公府檄，暮年名與黨人碑。嗚呼季子延陵墓，不待鑱辭行可知。」蓋晦庵書西山墓碣云：「嗚呼有宋蔡季通父之墓」，效夫子書延陵季子之墓也。當時哭詩，推此篇爲冠。柳溪

【校勘記】

〔一〕「雨暗雲昏礙九疑」　「疑」嘉靖本、古松堂本作「嶷」，今從寬永本。

韓澗泉

甲申秋，澗泉韓仲止有三詩〔一〕，其一云：「近城人語雜，深山人語少。重露滴煙嵐，野水見魚鳥。稻粱豐稔外，耕鑿願温飽。所以桃源人，不與外人道。」其二云：「往來是日月，變動是寒暑。伏臘雖不周，爾且對妻子。遥知風塵表，萬象互吞吐。所以鹿門人，江左不得取。」其三云：「少壯既奚爲，老矣復難強。紫芝未必仙，採之亦可餉。耆耄八九十，道可無俯仰。所以商山人，辭漢寧復往。」蓋絶筆之作。戴石屏哭詩所謂「淒涼絶筆篇，可並史書傳」者，此也。章泉先生跋云：「周漢歷歷上下秦，侯王將相史疊陳。辱斯榮斯仁不仁，桃源鹿門商山人。南礀遠孫澗之濱，所以三人入呻吟。桃源本是耕稼民，鹿門商山抱經綸。一世雖屈九原伸，所以絶筆於獲麟。我之擬賦非厥倫，感公語我淚沾巾〔二〕。」兩公之詩，英妙高絶，真可以並傳千古。然而寄大音於泬寥之表，存至味於淡泊之中，非具眼者不能識也。玉林

【校勘記】

〔一〕甲申秋，澗泉韓仲止有三詩　「止」寬永本誤作「正」，宋本作「止」。㊀

〔二〕「感公語我淚沾巾」　「感」嘉靖本、古松堂本作「威」。今從寬永本作「感」。

【補　校】

㊀「止」字　朝鮮本未誤作「正」。

歐陽伯威

廬陵歐陽伯威鈇少與周益公同場屋，連戰不利，遂篤意於詩。誠齋嘗摘其警句鈔之。如：「西風五更雨，南鴈數行書。」「詩成夔子國，人在仲宣樓。」「細雨雙飛鷺，寒簑獨釣船。」「夢回千里外，燈轉一窗深。」「誰知花過半，纔與酒相尋。」「故人驚會面，新恨説從頭。」「天上張公子，雲間陸士龍。」「月白玄猿哭，更殘絡緯悲。」「語離遽如許，話舊復何時。」「巷南巷北人招飲，一雨一晴花耐看。」「有客過門湖海士，隔籬呼酒咄嗟間。」「夢回金馬玉堂上，文在冰甌雪椀中。」「青山如故情非故，芳草喚愁詩遣愁。」「擾擾征人相顧話，蕭蕭落木不勝秋。」「風色似傳花信到，夕陽微放柳梢晴。」「千里歸來人事改，十年猶幸此身存。」絶句四首：「戀樹殘紅濕不飛，楊花雪落水生衣。年來百念成灰冷，無語送春春自歸。」「桑麻得雨更青葱，芍藥留春結晚紅。怪得鳥聲如許好，此身還在亂山中。」「爲憐紅杏亞枝斜〔一〕，看到斜陽送亂鴉。又是一春窮不死，天教留眼看鶯花。」「篷窗臥聽踈踈雨，卻似芭蕉夜半聲。煙浪蔽天天倚蓋，略容一點白鷗明。」公跋云：鳥啼花落，欣然會心處，酌大白，噍伯威詩，欲馭風騎氣也。餘話

餘話載歐陽伯威摘句，尚有遺者。其五言古體游禾山寺云：「愛山如愛酒，畏暑如畏虎。出門尋舊游，缺月四更吐。」名二子云：「先君以官貧，我仍遺以安。但願兩兒健，扶持一翁孱。何須待門生，悠然柴桑間。」和人云：「更闌待月華，風露寒欲僵。」論文云：「讀書豈爲官！」病暑云：「心清時自暑。」其七言古體卜居云：「此生老矣益飄零，湯餅來年又何所。是身如寓敢求安，更築小軒名以寓。憑誰叫閽與帝語，有客多艱乃如許，水花爲客啼紅雨。」游愚堂云：「聞説名園尚脩竹，花壓頽垣笋穿屋。雨痕半掩壁間詩，飢鼠跳梁狐晝啼〔二〕。前人已爲後人笑，後人更使誰人悲！全盛幾時奈衰何，古來興廢何其多！」和伍武仲云：「未知一歲於此水，幾回照影慙栖栖。失身竟墮管城計，錯路不爲田舍兒。」此皆膾詞之精絶，誠齋所拈出者，不知趙公何爲删之也？豈别有意耶！玉林

【校勘記】

〔一〕「爲憐紅杏亞枝斜」「亞」古松堂本誤作「臣」，據寛永本、嘉靖本改。

〔二〕「饑鼠跳梁狐晝啼」　「狐」寬永本誤作「孤」，宋本作「狐」。㊀

【補　校】

㊀「狐」字　朝鮮本未誤作「孤」。

曾景建

蔡西山貶道州，曾景建寄詩云：「四海朱夫子，徵君獨典刑。青雲伯夷傳，白首太元經。有客憐孤憤，無人問獨醒。瑶琴空寶匣，絃斷不堪聽。」晦庵跋有云：景建詩甚佳，顧老拙不足以當之。柳溪

曾景建作文公先生挽詞：「皇天開太極，庚戌聖賢生。六籍文將絶，千年道復明。淵源羅仲素，師友李延平。遶舍閩溪急，潺湲洛水聲。」蓋夫子與文公皆生於庚戌故也。然惟文公當之無愧，若他人則擬非其倫。如世人作達官挽章，例用夢奠兩楹者，皆非也。玉林

馬古洲

古洲馬莊父，嘗賦烏林詞云：「荆州兒曹不足恃，何物老瞞欺一世！兵書浪語十三篇，不料烏林出奇計。隆準雲孫驅伏龍〔一〕，紫髯強援要江東。戈船植羽蔽寒日，雪浪崩崖驚晚風。行間一卒如兒戲，持

火絶江人不意。灰銷漢賊終老心，功入喬家少年壻。君不見華容道旁春草生，魂銷不聽車馬聲。哀猿夜啼霜月冷，空餘野燐沙邊明。」辭意精深，不減張籍、王建之樂府，惜世無知者，録以遺後人共評之。玉林

【校勘記】

〔一〕「隆準雲孫驅伏龍」「準」寬永本誤作「隼」。

吴明老

「西風颯颯動長林，斗酒沽來伴月斟。慷慨未應憂短褐，悲歌元不爲秋砧。誰云塞馬年年健，自是君門浩浩深。世祖神丰似高帝，楚囚珍重莫沾襟。」吴明老之詩也，明老建陽人，剛介有志操，詩文雖不純，意趣亦殊可采。小園解後録

蕭千岩黄白石

蕭千岩立春詩云：「半夜新春入管城，平明銅雀緑苔生。浮澌把斷東風路，訴與青州借援兵〔一〕。」黄白石雪詩云：「瑶林中有翳桑兒！鼎貴生涯不救飢。願縮天人散花手，放渠奔走趁晨炊。」白石學於千岩，此二詩未易伯仲也。玉林

【校勘記】

〔一〕「訴與青州借援兵」　「訴」嘉靖本、古松堂本誤作「訢」，據寬永本改。

孫花翁

孫花翁嘗賦所見云：「疊卻霞綃上醮衣，女童髽髻緑楊垂。重調蛾黛爲眉淺，再試弓鞋舉步遲。紫府煙花鶯喚醒，仙房雲雨鶴通知〔一〕。簾低紅杏春風暖，清夢應曾見舊師。」蓋爲女冠還俗而作，其屬思佳處，殆不減唐人也。玉林

【校勘記】

〔一〕「仙房雲雨鶴通知」　「雨」寬永本誤作「兩」。㊀

【補　校】

㊀「雨」字　朝鮮本未誤作「兩」。

孫南叟

麻姑山瀑布泉，兩派而下，灌溉甚博。豐城孫南叟伯温爲南城簿，嘗游，賦古風云：「九關守不嚴，失卻兩玉龍。塵世著不得，忽來此山中。雷霆白晝間，冰雪詩人胷。天公不汝尤，爲人作年豐。」甚有江西體。餘話

蕭梅坡

誠齋跋蕭梅坡詩卷云：「西昌有客學南昌，衣鉢真傳快閣旁。坡底詩人梅底醉，花爲句子蘂爲章。想應踏月枝枝瘦，贈我盈編字字香。若畫江西後宗派，不愁擒賊不擒王。」周益公和云：「詩句驚人日以昌，巍科只待賦阿旁。源深元自流三峽，幹老今誰敵豫章。肯向香山尋白傅，自謂也曾從江夏學黄香。漢庭結綬君家事，休羨彈冠貢與王。」坡詩云：「妙語有黄香」，正指山谷，君姓字又與蕭育適同。徐竹隱和云：「知君得法自南昌，作舍何須問道旁。二老未嘗輕許可，兩詩固已爲平章。胷横雲岫無窮意，語帶梅坡不盡香。政乏綺紈相嫵媚，不妨風氣似諸王。」君名彦毓，其西湖雜詠云：「花心亭上坐，滿眼是湖光。只爲便幽趣，能來倚夕陽。水邊春寺静，柳下小舟藏。不待清明近，鶯花已自忙。」其梁家渡云：「遠水環沙翠作灣，紅塵飛不入青山。涼風一枕秋宵夢，夢遶千岩萬壑間。」其清明日早出太平門云：「江頭楊柳暗藏鴉，江上鵝兒浴淺沙。早起一風如此惡，路傍落盡拆桐花〔一〕。」㊀嘗鼎一臠，其旨可知，況有三老

爲之印可乎！玉林

【校勘記】

〔一〕「路傍落盡拆桐花」　「拆」寬永本作「刺」。

【補　校】

㈠拆桐花　「拆」朝鮮本、寬永本詩人玉屑作「刺」，較是，宜從。「拆」即「開」也。宋人詞有「開到拆桐花」句，爲沈伯時樂府指迷所譏。

劉伯寵

劉褒伯寵，武夷之文士，詩筆甚工，嘗宦于朝，以臺評而歸。有句云：「去日春蠶吐素絲，歸時秋菊剥金衣。沙鷗不入鴛鴻侶，依舊滄浪遶釣磯。」怨而不怒之辭也。柳溪

游伯莊

游儀伯莊，長平之勝士，早游京師，自北方縱覽名山；已而浮洞庭，歸隱武溪之上。過武昌時，有題黃鶴

樓詩，膾炙人口。游默齋嘗書寘南樓，游受齋漕湖北日，復爲之刻石。其詩云：「長川巨浪拍天浮，城郭相望萬景投。漢水北吞雲夢入，蜀江西帶洞庭流。角聲交送千家月，野色中分兩岸秋。黄鶴樓前人不見，卻尋鸚鵡過汀洲。」柳溪

劉改之

梅和勝執禮未第時，家極貧，雪中以詩謁里宰云：「有令可干難閉户，無人堪訪懶移舟。」近世劉改之過詠雪詩云：「功名有分平吴易，貧賤無交訪戴難。」句法亦相似。玉林

趙南塘

趙南塘題三山黄瀛父擬陶集云：「閩士工雕篆，陶翁暇討論。」「暇」之一字，蓋他人不能到處，惟用工於詩者知之。

趙天樂

趙天樂冷泉夜坐詩云：「樓鐘晴更響，池水夜如深。」後改「更」爲「聽」，改「如」爲「觀」。病起詩云：「朝客偶知承送藥，野僧相保爲持經。」後改「承」作「親」，改「爲」作「密」，二聯改此四字，精神頓異，真如光

弼入子儀軍矣。玉林

天樂送真玉堂詩云：「每於言事際，便作去朝心。」用唐人林寬語也。林寬送惠補闕云：「長因抗疏日，便作去朝心。」寄趙昌父詩云：「憶就江樓別，雪晴江月圓。」用無可語也。无可同劉升宿云：「憶就西池宿，月圓松竹深。」贈孔道士詩云：「生來還姓孔，何不戴儒冠！」用姚合語也。姚合贈傅山人云：「悲君還姓傅，獨不夢高宗。」寶冠寺詩云：「流來橋下水，半是洞中雲。」用于武陵語也。武陵贈王隱人云：「飛來南浦水，半是華山雲。」瓜廬詩云：「野水多於地，春山半是雲。」亦用姚合語也。姚合送宋慎言云：「驛路多連水，州城半在雲。」此類甚多，姑舉一二，蓋讀唐詩既多，下筆自然相似，非蹈襲也。其間又有青於藍者，識者自能辨之。玉林

天樂詩：「黃梅時節家家雨，青草池塘處處蛙。約客不來過夜半，閑敲棊子落燈花。」意雖腐而語新。柳溪

東皋子

倪壽峰云：詩和則歡適，雄則偉麗，新則清拔，遠則閑暇。東皋子詩：「小園無事日徘徊，頻報家人送酒來。歡適也惜樹不磨脩月斧，愛花須築避風臺。偉麗引些渠水添池滿，移箇柴門傍竹開。清拔也多謝有情雙白鷺，暫時飛去又飛迴。閑暇也」備是四體，一篇足矣。況鶴鳴子和，清唳方徹九皋耶！東皋子字敏才，戴石屏之先君子，平生好吟，而詩之存者，惟此一篇，與「人行躑躅紅邊路，日落秭歸啼處山」一聯而已〔一〕。故壽峰謂其一篇足矣，而清徹九皋，蓋謂石屏方以詩鳴云。玉林

【校勘記】

〔一〕「日落秭歸啼處山」　「秭」寬永本作「稀」。㊀

【補　校】

㊀「秭」字　朝鮮本未誤作「稀」。

戴石屏

嚴子陵釣臺，題詠尚矣。天台戴式之復古一絶云：「萬事無心一釣竿，三公不換此江山。平生恨識劉文叔，惹起虚名滿世間。」亦新奇可喜。餘話

「天台山與鴈山鄰，只隔中間一片雲。一片雲邊不相識，三千里外卻逢君。」人謂石屏此詩，視唐人無愧。柳溪

東坡嘗謂柳子厚「漁翁夜傍西嵓宿」一篇，後兩句雖無亦可。余謂戴石屏達觀一詩，雖無前四句亦可。只云：「一心似水惟平好，萬事如棊不著高。王謝功名有遺恨，爭如劉阮醉陶陶。」自是一佳絶句也。玉林

趙嬾庵爲戴石屏選詩百餘篇，南塘稱其識精到；其間白紵歌最古雅，今世難得此作。云：「雪爲緯，玉爲經。一織三滌手，織成一片冰。清如夷齊，可以爲衣。陟彼西山，于以采薇。」語簡意深，所謂一不爲少。玉林

趙章泉先生云：學詩者莫不以杜爲師，然能如師者鮮矣。句或有似之，而篇之全似者絶難。得陳後山寄外舅郭大夫：「巴蜀通歸使，妻孥且定居。深知報消息，不忍問何如。身健何妨遠，情親未肯疎。功名欺老病，淚盡數行書。」此陳之全篇似杜者也。戴式之亦有思家用陳韻云：「湖海三年客，妻孥四壁居。飢寒應不免，疾病又何如！日夜思歸切，平生作計疎。愁來仍酒醒，不忍讀家書。」此式之全篇似陳者也。趙蹈中所選，乃不在數，何耶？玉林

高九萬

唐劉言史觀繩伎一篇，末聯云：「坐中還有沾巾者，曾見先皇初教時。」蓋謂玄宗遺樂。近時高九萬，賦觀思陵御製墨本絶句，正用此意。詩云：「淡黄越紙打殘碑，盡是先皇御製詩。白髮内人和淚看，爲曾親見寫詩時。」玉林

高菊磵杜小山

高菊磵山行即事：「主人一笑先呼酒，勸客三杯便當茶。」杜小山詩：「釀雪不成微有雨，被風吹散卻爲晴。」皆直述其事，意脈貫通。前輩所謂作文字如寫家書，殆謂是歟！玉林

杜小山

杜小山詩：「尋常一樣窗前月，纔有梅花便不同。」蘇召叟詩：「人家一樣垂楊柳，種在宮牆自不同。」二聯一意。任斯庵詩：「了無公事鈎簾坐，一樹冬青落細花。」趙紫芝詩：「滿地緑苔看不見，細花如雪落冬青。」意亦相似，不知孰先孰後。其優劣必有能辨之者。玉林

劉後村

劉後村嘗言：古樂府惟李賀最工。余觀後村有齊人少翁招魂歌云：「夜月抱秋衾，支枕玉鸞小。艷骨泣紅蕪，茂陵三十老。臥聞秦王女兒吹鳳簫(一)，淚入星河翻鵲橋。素娥剗襪跨玉兔，回望桂宮一點霧。粉紅小蝶没柳煙，白茅老仙方瞳圓。尋愁不見入香髓，露花點衣碧成水。」又趙昭儀春浴行：「花奴一雙鬢垂耳，緑繩夜汲露桃蘂。青桂寒煙濕不飛，玉龍呵暖紅薇水。翠靴踏云云帖妥，燕釵微卸香

絲髻。小蓮夾擁真天人，紅梅犯雪欹一朵。鸞錦屏風畫水月，鵁鶄抱頸唼蘭葉。劉郎散盡金餅歸，笑引香綃護癡蝶〔二〕。」又東阿王紀夢行：「月青露紫翠衾白，相思一夜貫地脈。帝遣纖阿控綠鸞，崑崙低小海如席。曲房小幄雙杏坡，玉凫吐麝熏錦窠。軟香蕙雨裙衩濕，紫雲三尺生紅韡。金蟾吞漏不入咽，柔情一點薔薇血。海山重結千年期，碧桃小核生孫枝，陳王此恨屏山知。」此三篇絕類長吉，其間精妙處，恐賀集中亦不多見也。玉林

【校勘記】

〔一〕「臥聞秦王女兒吹鳳簫」　「鳳」寬永本誤作「風」，宋本作「鳳」。

〔二〕「笑引香綃護癡蝶」　「綃」寬永本誤作「絹」，宋本作綃。㊀

【補　校】

㊀「鳳」字、「綃」字　朝鮮本俱未誤。

李莊簡

李莊簡公光詩清絕可愛。越州雙鴈道中一絕云：「晚潮落盡水涓涓，柳老秧齊過禁煙。十里人家雞犬

靜，竹扉斜護掩靏眠。」後在政府，與秦檜議論不合，爲中司所擊，送藤州安置，差密院使臣伴送，公戲贈之云：「日日孤村對落暉，蠻煙深處忍分離。追攀重見蔡明遠，贖罪難逢郭子儀。南渡每憂鳶共墮，北轅應許鴈相隨。馬蹄慣踏關山路，他日重來又送誰！」亦婉而有深意。餘話

王武臣

王武臣度，豫章新吴人，吟詩有警句。如：「雲生坐來石，風掩讀殘書。」「危紅賒晚景，漲緑上平沙。」「鴉分供餘食，鴿亂著殘棊。」「樵斧和雲斫，漁簑帶雪披。」皆清奇可誦。張紫微、謝艮齋極稱賞之。餘話

黄景説

周益公休致，白石黄景説賀以古風云：「相公能辭一品官，不能辭他九轉丹。相公能卻萬鍾粟，不能卻他長生籙。潭潭之居移氣體，新年七十兒童似。朝明見客步如飛，窗下時時看細字。高車得似垂車榮，巍冠何如掛冠清。深衣獨樂真天人，誰其友之聃與彭。」餘話

徐思叔

明妃曲，古今作者多矣，近時徐思叔得之所賦一篇，亦爲時人膾炙。其詞云：「妾生豈願爲胡婦，失信寧當累明主。已傷畫史忍欺君，莫忍君王更欺虜。琵琶卻解將心語，一曲纔終恨何所。朦朧胡霧染宮花，淚眼橫波時自雨。專房更倚黃金賂，多少專房棄如土。寧從別去得深嚬，一步思君一回顧。胡山不隔思歸路，只把琵琶寫辛苦。君不見有言不食古高辛，生女無嫌嫁盤瓠。」高辛事出後漢書。餘話

黃小園

趙章泉爲先人賦山居詩云：「何謂雪名寮，應同立積腰。要爲膏以潤，不作晛而消。園小鋤斯食，書多腹不枵。青雲附能顯，況乃白雲招。」青雲蓋用遷史伯夷、叔齊得夫子而名益章事。人所能識，惟末句難曉，故章泉自注云：白雲謂方遠庵伯謨。玉林

林楚良賦先人小園詩：「多少名園錢甃地，金鈴撼雀護千花。君家無此奢華事，七尺慈孫導母車。」使事而不爲事所使，佳句也。劉溪翁亦甚稱其工。玉林

馮雙溪

雙溪馮熙之，有送劉篁㟼絶句云：「來似孤雲出岫閑，去如高月耿難攀。若爲化作脩脩竹，長伴先生篁㟼山。」辭意灑落，送别之作少能及之。其自賦交游風月樓詩，有「一溪流水一溪月，八面疎櫺八面風」，詩流膾炙，以爲秀傑之句。玉林

左經臣

許少伊被召，左經臣追送至白沙不及，作詩云：「短棹無尋處，嚴城欲閉門。水邊人獨自，沙上月黄昏。」此二十字，可謂道盡惜别之情矣。至今讀之，使人黯然銷魂也。玉林

劉溪翁

劉溪翁淮題韓府詩云：「寶蓮山下韓家府，鬱鬱沉沉深幾許。主人飛頭去和虜，緑户玄牆鎖風雨。九世卿家一朝覆，太師之誅魏公辱。後車不信有前車，突兀眼前看此屋。」趙章泉跋之云：「何人詠出韓家府，是我建陽劉叔通。盡道唐人工樂府，罕能褒貶似渠工。」又云：「誰詠韓家府，建陽劉叔通。是爲聞以戒，斯可謂之風。妄矣彼伲胄，哀哉吾魏公。向來歌頌者，豈但劇秦雄。」蓋作於嘉定初年也。玉林

游塘林

塘林游子蒙有絕句云：「黃陵廟前湘水春，春煙愁殺渡湘人。人隨歸應去無跡，水遠山長歌又新。」蓋全用唐人李遠詩。遠之詩云：「黃陵廟前莎草春，黃陵女兒蒨裙新〔一〕。輕舟小棹唱歌去，水遠山長愁殺人。」初不嫌其蹈襲也。雖王荆公亦然：唐皇甫冉問李二司直云：「門外水流何處？天邊樹遶誰家？山絕東西多少？朝朝幾度雲遮？」此蓋用屈原天問體也。荆公勘會賀蘭山主云：「賀蘭山上幾株松？南北東西共幾峰？買得住來今幾日？尋常誰與坐從容？」全用其意。此體甚新，詩話中未有拈出者，因併及之。玉林

【校勘記】

〔一〕「黃陵女兒蒨裙新」　「蒨」嘉靖本、古松堂本俱作「舊」，今從寬永本作「蒨」。

方北山

方北山豐之，紹興名士也。有絕句云：「舍人早定江西派，句法須將活處參。參取陵陽正法眼，寒花乘露落毿毿。」舍人即呂居仁，陵陽正法眼，即韓子蒼夜泊寧陵一詩也。玉林

危逢吉

柴與之中行，嘉定間仕於朝，與時宰議論不合，出守章貢。危逢吉稹以詩送云〔一〕：「力爲君王乞得州，補天未了石還收。人才自係國輕重，吾道亦關公去留。殿角纔辭槐影日，船頭便轉荻花秋。競誇祖帳都門外，誰識眉攢杜甫愁！」餘話

【校勘記】

〔一〕危逢吉稹　「稹」寬永本誤作「種」，宋本作「稹」。㊀

【補　校】

㊀「稹」字　朝鮮本不誤。

裘元量

裘元量萬頃，豫章人，性恬退，不樂仕；以薦者召爲司直，在朝嘗賦歸興云：「新築書堂壁未乾，馬蹄催我上長安。兒時祇道爲官好，老去方知行路難。千里關山千里念，一番風雨一番寒。何如靜坐茅齋

下，翠竹蒼梧子細看。」遂乞歸。餘話

趙伯林

予曾伯祖伯琳，官止右選，平生喜爲詩。嘗賦五月菊，有云「爲嫌陶令醉，來伴屈原醒」之句，人所傳誦。餘話

王從周

王從周鎬〔一〕，吉之永豐人，仕至忠州守；喜爲詩，亦有警句。早行云：「髮爽帶風梳，齒踈和月漱。」觀橋寓樓云：「避喧那厭雨，宜睡不思茶。」將雨云：「雲學催詩黑，風仍作誦清。」望嶽云：「未知真是嶽，祗見半爲雲。」紹師覓詩云：「凍雪寒梅雙屐蠟，澄江明月一竿絲。」送潘文叔云：「催租例擾潘邠老，付麥誰憐石曼卿！」出春陵云：「山色兩間供步障，松陰半畝當郵亭。」上何尚書云：「籍通上界神仙府，身現甘泉侍從臣。」移竹後雨絶句：「洗紅窣窣烏藍雨，落紫颸颸皁角風。掛起北窗聊問訊，新移來竹定惺鬆。」餘話

【校勘記】

〔一〕王從周鎬　「鎬」寬永本大字，王校云：「小字」（即宋本小字）。

劉良佐

劉良佐應時〔二〕，四明人，平生用力爲詩，見稱於范石湖。誠齋亦喜其「寂寞黄昏愁弔影，雪窗怕上短檠燈」，「睡魔正與詩魔戰，窗外一聲婆餅焦」之句。陸放翁跋其集云：如：「頗識造物意，長容我輩閑。」「日晏猶便睡，大鳴知有人。」「世事不復問，舊書時一看。」「一夜催花雨，數家臨水村。」「青山空解供眼界，濁酒不能澆別愁。」「覓句忍飢貧亦樂，鈔書得趣老何傷！」雖前輩以詩鳴者，何以加焉！餘話

【校勘記】

〔二〕劉良佐應時　「時」寬永本誤作「暗」，宋本作「時」。㊀

【補　校】

㊀「時」字　朝鮮本未誤。

鄒應可

豫章鄒應可定，有詩名，誠齋誌其墓云：其詩句法自徐師川〔一〕，上遡魯直，以趨少陵户牖。嘗過杜工部祠，賦云：「疇昔哦詩憶耒陽，玆因捧檄過祠堂。一生忠義孤吟裏，千載淒涼古道傍。自是風霜侵病骨，非干牛酒涴詩腸。明朝解纜秋江上，問訊先生一瓣香。」餘話

【校勘記】

〔一〕其詩句法自徐師川　「自」古松堂本誤作「目」，據寬永本、嘉靖本改。

武允蹈

武允蹈，字德由，高安人，連蹇場屋，刻意於詩，日鍛月鍊，時出新句。如：「露萱鉗宿蝶，風木撼鳴鳩。」「屋頭風過鴈，燈背月移窗。」「霜林五色錦，煙渡一縈絲。」「午簟展風供睡課，夜窗扃雨辦詩逋。」「眼昏書字不著紙，耳重聽言常問人。」皆警策可味，其集雷竹溪序之。餘話

黄岩老

「居鄉如處子，居官如戰士。處子常畏人，戰士惟有死。兒曹書諸紳，勿謂平平耳。」此白石黄岩老詩，可謂至言。餘話

陳覺民

陳覺民宰建陽，嘗喜靖安山水，暇日與名勝登覽賦詩，有曰：「卻憶當時江處士，能言秋色露人家。」靖安寺在邑西十里，乃江爲故居。江詩云：「山形圍澤國，秋色露人家。」又云：「何當尋舊隱，泉石好生涯。」蓋殿院陳公洙詩云：「處士亡來二百年，舊居牢落變祇園。詩名長伴江山在，寃氣欲摩星斗昏。處士生五代間，王氏據閩日，遇讒而死。臺榭幾人留好句，昔人留題，寺經洪水，今無存者。漁樵何處問曾孫？舊時泉石生涯地，日暮寒雲遶寺門。」柳溪

葉水心論唐詩與嚴滄浪異

葉水心誌徐山民墓云：山民有詩數百，琢思尤奇，皆横絶欻起，冰懸雪跨，使讀者變踔憀慄，肯首吟嘆不自已。然無異語，皆人所知也，人不能道爾。蓋魏晋名家，多發興高遠之言，少驗物切近之實，及沈

約、謝朓永明體出，士爭效之，初猶甚艱，或僅得一偶句，便已名世矣。夫束字十餘，五色彰施，而律呂相應，豈易工哉！善爲是者，取成於心，寄妍於物，融會一法，含受萬象；豨苓桔梗，時而爲帝，無不按節赴之；君尊臣卑，賓順主穆，如丸投區，矢破的，此唐人之精也。然厭之者謂其纖碎而害道，淫肆而亂雅，至於庭設九奏，廣袖大舞，而反以浮響疑宮商，布縷謬組繡，則失其所以爲詩矣。然則發今人未悟之機，回百年已廢之學，使後之言唐詩者自君始，不亦詞人墨卿之一快也！今按水心所謂「驗物切近」四字，於唐詩無遺論矣。然與嚴滄浪之説相反，故録於此，與詩流商略之。玉林

壁間詩

先君嘗於逆旅間録一詩云：「山行險而脩，老我駿且羸。獨驅六月暑，躡此千仞梯。世故不貸人，牽去復挽歸。茗盌參世味，甘苦常相持。白雲抱溪石，令人心愧之。豈無趺座處，逸固不療飢。大叫天上人，涼風爲吹衣。」蓋舉簡齋詩法者，莫知爲何人作也。玉林

諸賢絶句

中興以來詩人絶句，載於江湖集者未論，此外如黄白石梨嶺遇雨：「黑風吹雨又黄昏，雞犬數聲何處村。身在嶺雲飛處濕，不關別淚濺成痕。」黄穀城梅花詩：「玉簫吹徹北樓寒，野月崢嶸動萬山。一夜

霜清不成夢，起來春意滿人間。」秋日詩：「曉日初浮萬里暉，西風摇蕩送秋歸。冥鴻直上三千丈，社燕春鶯不敢飛。」于去非春晚詩：「舍南舍北草萋萋，原上行人路欲迷。已是春寒仍禁火，楝花風急子規啼。」劉遂初閣皁山詩：「春山靈草百花香，誰識仙家日月長。滿院莓苔緑陰匝，棋聲何處隔宫牆！」路德章盱眙旅舍詩：「道傍草屋兩三家，見客擂麻旋點茶。漸近中原語音好，不知淮水是天涯。」游寒岩釣磯詩：「竹裹茅茨竹外溪，粼粼白石護漁磯。想應日日來垂釣，石上簑衣不帶歸。」與近世喻汝楫征夫詩：「白骨茫茫散不收，朔風吹雪度瓜洲。殘陽欲落未落處，照盡行人今古愁。」嚴坦叔兵火後還鄉詩：「萬屋煙消餘塔身，還家何處訪情親？舊時巷陌今難認，卻問新移來住人。」嚴滄浪酬友人詩：「湘江南去少人行，瘴雨蠻煙白草生。誰念梁園舊詞客，桄榔樹下獨聞鶯。」此數詩雖體製不同，然匠意琢句皆精絶，非苟作者。玉林

葉靖逸岳王墳詩

岳王之死，天下寃之，墳在西湖之傍，人多題詠，獨葉靖逸一詩甚佳。公之孫珂守武昌日，以此詩，嘗致遺於靖逸焉(一)。詩云：「萬古知心只老天，英雄堪恨亦堪憐。如公少緩須臾死，此虜安能九十年？漠漠凝塵空偃月，堂堂遺像在凌煙。早知埋骨西湖路，學取鴟夷理釣船。」柳溪

【校勘記】

〔一〕嘗致遺於靖逸焉　「嘗」寬永本作「月」，嘉靖本空格。

高菊磵 九萬

「忠言歷歷未曾行，盡載圖書出帝城。餘子但知才可忌，先生當以去爲榮。門闌竹石關心久，部曲溪山照眼明。長嘯歸歟莫惆悵，浙江風定自潮平。」右菊磵送方巖先生以諫去國。時人以爲其詩不下劉改之送王侍郎歸天台詩云。柳溪

龍洲道人

劉過改之送王簡卿歸天台：「欲數人才難倒指，有如公者又東歸〔一〕。班行失士國輕重，道路不言心是非。載酒青山隨處飲，談詩玉麈爲誰揮〔二〕？歸期趁得東風早，莫放梅花一片飛。」「千巖萬壑天台路，一日分爲兩日程。事可語人酬對易，面無慙色去留輕。放開筆下閑風月，收斂胷中舊甲兵。世事看來忙不得，百年到手是功名。」辛稼軒簡云：夜來見示送王簡卿詩，偉甚。真所謂「橫空盤硬語，妥帖力排奡」者也。健羨，健羨！柳溪

【校勘記】

〔一〕「有如公者又東歸」 「又」嘉靖本、古松堂本誤作「殳」，此從寬永本。

〔二〕「談詩玉麈爲誰揮」 「麈」寬永本誤作「塵」，宋本作「麈」。㊀

【補　校】

㊀「麈」字　朝鮮本未誤作「塵」。

詩人玉屑卷之二十

禪林[一]

【校勘記】

〔一〕此門寬永本較嘉靖本、古松堂本多數條，今據補。

酸餡氣

唐詩僧中葉以後，其名字班班，爲時所稱者甚多；然詩皆不傳。如「經來白馬寺，僧到赤烏年」數聯，僅見文士所録而已。陵遲至貫休、齊己之徒，其詩雖存，然無足言矣。中間惟皎然最爲傑出，故其詩十卷獨全，亦無甚過人處。近世僧學詩者極多，皆無超然自得之氣。往往反拾掇模倣士大夫所殘棄，又自作一種體，格律尤凡俗，世謂之酸餡氣。子瞻贈惠通詩云〔一〕：「語帶煙霞從古少〔二〕，氣含蔬筍到公無。」嘗語人曰：頗解蔬筍語否？爲無酸餡氣也，聞者無不皆笑。石林詩話

【校勘記】

〔一〕子瞻贈惠通詩云　「通」寬永本作「道」。㊀

〔二〕「語帶煙霞從古少」　「煙」古松堂本作「江」，據寬永本、嘉靖本改。

【補　校】

㊀「通」字　朝鮮本未誤作「道」。

無蔬筍氣

東坡言僧詩要無蔬筍氣，固詩人龜鑑。今時悞解，便作世網中語，殊不知本分家風，水邊林下氣象，蓋不可無。若盡洗去清拔之韻，使與俗同科，又何足尚！齊己云「春深游寺客，花落閉門僧」，惠崇云「曉風飄磬遠，暮雪入廊深」之句，華實相副，顧非佳句耶！天聖間，閩僧可士，有送僧詩云：「一鉢即生涯，隨緣度歲華。是山皆有寺，何處不爲家！笠重吴天雪，鞋香楚地花。他年訪禪室，寧憚路岐

賖！」亦非肉食者能到也。西清詩話

靈徹

靈徹詩僧中第一。如：「海月生殘夜，江春入暮年。」「窗風枯硯水，山雨慢琴絃。」前輩評此詩，云轉石下千仞江。雪浪齋日記〔一〕

「相逢盡道休官去，林下何曾見一人！」世俗相傳，以爲俚諺。慶曆中，許元爲發運使，因修江岸，得斯石於池陽江水中，始知爲靈徹詩也。集古録

【校勘記】

〔一〕小字注「雪浪齋日記」五字　寬永本大字，王校：「小字。」（宋本小字）

船子和尚

華亭船子和尚有偈曰：「千尺絲綸直下垂，一波纔動萬波隨。夜靜水寒魚不食，滿船空載月明歸。」叢林盛傳，想見其爲人。山谷倚曲音，歌成長短句曰：「一波纔動萬波隨，簑笠一鈎絲。金鱗正在深處，千尺也須垂。吞又吐，信還疑，上鈎遲。水寒江靜，滿目青山，載明月歸㊀。」冷齋夜話

【補校】

㈠ 載明月歸　應作「載月明歸」。從朝鮮本，與冷齋夜話卷七、苕溪漁隱叢話前集卷五十六、墨客揮犀卷七同。

道潛

吴僧道潛，有標致。常自姑蘇歸西湖，經臨平道中作詩云：「風蒲獵獵弄輕柔，欲立蜻蜓不自由。五月臨平山下路，藕花無數滿汀洲。」東坡赴官錢塘，過而見之，大稱賞。已而相尋於西湖，一見如舊相識。及坡移守東徐，潛往訪之，館於逍遥堂，士大夫爭識之。東坡饌客罷，約而俱來，紅粧擁隨之。東坡遣一妓前乞詩，潛援筆而成曰：「寄語巫山窈窕娘，好將魂夢惱襄王。禪心已作沾泥絮，不逐春風上下狂。」一坐大驚，自是名聞海内。然性褊，憎凡子如仇。嘗作詩曰：「去歲春風上國行，爛窺紅紫厭平生。而今眼底無姚魏，浪蘂浮花懶問名。」士論以此少之。道潛作詩，追法淵明，其語有逼真處。曰：「數聲柔櫓蒼茫外，何處江村人夜歸？」又曰：「隔林彷彿聞機杼，知有人家在翠微。」漁隱曰：余細味之，句格固佳，但不類淵明，豈得謂之逼真！若東坡和陶詩：「前山正可數，後騎且勿驅。」此方是逼真處。惠洪不善評詩㈠，不足憑也。時從東坡在黄州，士大夫以書抵坡曰：聞日與詩僧相從，豈非「隔林彷彿聞機杼」者乎？真東山勝游也。坡以書示潛，誦前句笑曰：此吾師七字師號。冷齋夜話㈡

東坡長短句云：「村南村北響繅車。」參寥詩云：「隔林髣髴聞機杼，知有人家在翠微。」秦少游云：「菰蒲深處疑無地，忽有人家笑語聲。」三詩大同小異，皆奇句也。高齋詩話

【校勘記】

〔一〕惠洪不善評詩 「惠」寬永本作「意」。㊀

〔二〕冷齋夜話條 王校云：「宋本二頁止此。（至「道潛作詩追法淵明」句「追」字止）。又云：「自『然性褊』以下至『士論以此少之』四十六字，宋本無。」又云：「『漁隱曰以下五十四字宋本作小字旁注。」（此五十四字寬永本作大字）

【補　校】

㊀「惠」字 朝鮮本作「惠」。寬永本作「意」，誤。

仲殊

「瑞麟香暖玉芙蓉，畫蠟凝輝到曉紅。數點漏移衙仗北〔一〕，一番雨滴甲樓東。夢游黄闕鸞巢外，身卧彤幃虎帳中。報道譙門初日上，起來簾幙李花風。」僧仲殊詩也。王安中守平江日會客，仲殊亦預焉。

繼以疲倦，先起，熟寐於黃堂中，不知客散；及覺，日已曈曨，因罸以此詩，始放去。「瑞麟」，安中家所造香也。遺珠〔二〕

潤州北固樓賦詩曰：「北固樓前一笛風，碧雲飛盡建康宮。江南二月多芳草，春在濛濛煙雨中。」雲齋廣録

元豐末，張詵樞言龍圖之守杭也，一日宴客湖上，劉涇巨濟〔三〕、僧仲殊在焉。樞言命即席賦詩曲，巨濟先唱云：「憑誰妙筆，橫掃素縑三百尺；天下應無，此是錢塘湖上圖。」仲殊遽云：「一般奇絶，雲淡天高秋夜月；費盡丹青，只這些兒畫不成。」樞言又出梅花，邀二人同賦。仲殊云：卻作前章，曰：「江南二月，猶有枝頭千點雪；邀上芳尊，卻占東君一半春。」巨濟不復繼也。後陳襲善云：我爲續之，曰：「尊前眼底，南國風光都在此；移過江來，從此江南不復開。」復齋漫録〔四〕

【校勘記】

〔一〕「數點漏移衙仗北」　「仗」寬永本誤作「杖」。㊀

〔二〕遺珠條　王校：「宋本無此段」。

〔三〕劉涇巨濟　「涇」古松堂本誤作「以」，據寬永本、嘉靖本改。

〔四〕復齋漫録條　王校：「宋本無此段」。

【補　校】

㈠「仗」字　朝鮮本未誤作「杖」。

惠洪

崇勝寺後有竹千餘竿，獨一根秀出，人呼爲竹尊者。洪覺範爲賦詩云：「高節長身老不枯，平生風骨自清臞。愛君脩竹爲尊者，卻笑寒松作大夫。未見同參木上座，空餘聽法石於菟。戲將秋色供齋鉢，抹月批風得飽無？」黄太史見之喜，因手爲書之，以故名顯。遺珠

近時僧洪覺範頗能詩，其題李愬畫像云：「淮陰北面師廣武，其氣豈止吞項羽。公得李祐不肯誅，便知元濟在掌股。」此詩當與黔安並驅也。頃年僕在長沙，相從彌年，其他詩亦甚佳。如云「含風廣殿聞碁響，度日長廊轉柳陰。」頗似文章巨公所作，殊不類衲子。又善作小詞，情思婉約，似秦少游。至如仲殊、參寥，雖名世，皆不能及。許彦周詩話㈡

余至瓊州，劉蒙叟方飲於張守之席，三鼓矣，遣急足來覓長短句。問：欲叙何事？蒙叟視燭有蛾，撲之不去，曰：爲賦之。急足反走，持紙曰：急爲之，不然，獲譴也。余口授吏書之曰：「蜜燭花光清夜闌，粉衣香翅遶團團，人猶認假爲真實，蛾豈將燈作火看。方歎息，爲遮攔，也知愛處實難拚。忽然性

命隨烟焰，始覺從前被眼瞞。」蒙叟醉笑首肯之。既北渡，夜發海津，又贈行爲之詞曰：「一段文章種性，又謫仙風韻㊀，晝戟叢中，清香凝宴寢。落日清寒勒花信，愁似海，洗光詞錦。後夜歸舟，雲濤喧醉枕。」冷齋夜話〔二〕

洪覺範詩云：「已收一霎掛龍雨，忽起千巖擷鷂風。」「掛龍」對「擷鷂」，皆方言，古今人未嘗道。又云：「麗句妙於天下白〔三〕，高才俊似海東青。」又云：「文如水行川，氣如春在花。」皆奇句也。雪浪齋日記〔四〕

予自并州還故里，館延福寺，寺前有小溪，風物類斜川，予兒童時戲劇之地也。嘗春深獨行溪上，作小詩曰：「小溪倚春漲，攘我釣月灣。新晴爲不平，約束晚見還。銀梭時撥刺，破碎波中山，整釣背落日，一葉嬾紅間。」又嘗暮寒歸見白鳥，作詩云：「剩水殘山慘淡間，白鷗無事小舟閑。箇中着我添圖畫，便似華亭落照灣。」魯直曰：觀君詩，説烟波縹緲處，如陸忠州論國政，字字坦夷，前身非篙師沙户種類耶！有詩，其略曰：「吾年六十子方半，槁項頂螺忘歲年。脱卻衲衣著簑笠，來佐涪翁刺釣船」予嘗對淵材誦之，淵材曰：此退之〔「之」下冷齋夜話有一「贈」字〕澄觀「我欲收斂加冠巾」換骨句也〔五〕。冷齋夜話〔六〕

余嘗自并州還江南，過都下，逢上元，符寶郎蔡子因約見相國寺。未至，有道人求詩，且曰：覺範嘗有寒岩上元懷京師詩曰：「上元獨宿寒岩寺，臥看青燈映薄紗。夜久雪猿啼嶽頂，夢回清月上梅花。十分春瘦緑何事，一掬歸心未到家。卻憶少年行樂處，軟紅香霧噴東華。」今當爲作京師上元懷山中可也。余戲爲之曰：「北游爛熳看并川，重到皇州及上元。燈火風光憶前事，管絃音律試新翻。期人未

至心如海，穿市皈來月滿軒。卻憶寒岩曾獨宿，雪窗殘夜一聲猿。」冷齋夜話〔七〕

【校勘記】

〔一〕許彥周詩話條　王校：「宋本無此段及下一段。」（下一段即冷齋夜話「余至瓊州」條。）

〔二〕冷齋夜話「余至瓊州」條　嘉靖本、古松堂本俱無此條，據寬永本補。

〔三〕麗句妙於天下白　王校云：「三頁至此止。」（指宋本）

〔四〕雪浪齋日記條　嘉靖本、古松堂本此條前有不全數行云：「遽解，如曰：夜色中旬後，虛堂坐幾更。隔溪猿不叫，當檻月初生。又曰：後夜客來稀，幽齋獨掩扉。月中無事立，草際一螢飛。余時方十六七，心不然之。」考係景淳詩（見後），其殘文不知何故羼入惠洪各條之內，今刪去。

〔五〕換骨句也　「骨」字古松堂本奪。

〔六〕冷齋夜話「予自并州還故里」條　王校云：「宋本此段脱前九行，僅有『淵材誦之』以下二十四字」。嘉靖本、古松堂本所脱與宋本同，茲從寬永本補。又「材」字嘉靖本、古松堂本誤作「林」。

〔七〕冷齋夜話余嘗自并州還江南條　王校云：「宋本無此段」，嘉靖本、古松堂本亦無，茲從寬永本補。

【補　校】

㊀ 又謫仙風韻　「又」應改作「更」。

惠詮

東吳僧惠詮，佯狂垢汚，而詩語清婉。嘗書湖上一山寺壁曰：「落日寒蟬鳴，獨歸林下寺。柴扉夜未掩，片月隨行屨。惟聞犬吠聲，步入青蘿去。」東坡一見爲和其後曰：「但聞煙外鐘，不見煙中寺。幽人行未已，草露濕芒屨。惟應山頭月，夜夜照來去。」詮竟以此詩知名。竹坡詩話云：余觀東坡和詮詩，未嘗不喜其清絶，過人遠甚。晚游錢塘，始得詮詩，乃知其幽深清遠，自有林下一種風流。東坡老人雖欲回三峽倒流之瀾，與溪壑爭流，終不近也。冷齋夜話

清順

西湖僧清順，頤然清苦，多佳句。嘗賦十竹詩曰：「城中寸土如寸金，幽軒種竹只十箇。春風慎勿長兒孫，穿我堦前緑苔破。」又有「久從林下游，頗識林下趣。從渠緑陰繁，不礙清風度。閑來石上眠，落葉不知數。一鳥忽飛來，啼破幽絶處。」荆公游湖上，愛之，乃稱揚其名。坡晚年亦與之游，甚多酬唱。冷齋夜話

冷齋夜話記西湖僧清順詩：「久從林下游，頗識林下趣。從渠緑陰繁，不礙清風度。閑來石上眠，落葉不知數。一鳥忽飛來，啼破幽寂處。」余見子蒼言後兩句不同云：「困則磻石眠，莫省落花數。惟聞犬

吠聲，又入烟蘿去。」後兩句雖不同無害，第「落葉不知數」一句不可。蓋初夏間未應落葉之多耳。苕溪漁隱曰：「惟聞犬吠聲，又入烟蘿去。」乃惠詮詩。東坡嘗和之云「惟應山頭月，夜夜照來去」者是也。子蒼之言，冷齋之記，皆誤也。復齋漫録〔一〕

【校勘記】

〔一〕復齋漫録條　王校云：「宋本無此條。」嘉靖本、古松堂本亦無，兹從寬永本補。

癩可

近時詩僧祖可，被惡疾，人號癩可；善權者，亦能詩，人物清癯，人目爲瘦權。可得之雄爽，權得之清淡。可詩如：「清霜群木落，盡見西山秋。」又：「谷口未斜日，數峰生夕陰。」皆佳句也。西清詩話

癩可東溪集有詩云：「傴步入蘿徑，綿延趣罙深㊀。僧居不知處，髣髴清磬音。石梁邀屢度，始見青松林。谷口未斜日，數峰生夕陰。凄風薄喬木，萬竅作龍吟。摩挲緑苔石，書此慰幽尋。」漁隱

癩可詩云：「琴到無絃聽者希，古今唯有一鍾期。幾回擬鼓陽春曲，月滿虛堂下指遲。」晦翁嘗大書此詩，刻石於家。柳溪近録

【補校】

㊀綿延趣穼深　「穼」字爲字書所無，疑應爲「冞」字，或通作「彌」。

顯忠

王荆公書一絶句於壁間云：「竹裹編茅倚石根，竹莖踈處見前村。閑眠盡日無人到，自有清風爲掃門。」蓋詩僧顯忠詩也。洪駒父詩話

慶老〔一〕

泉州僧慶老有詩云：「交情老去淡如水，病骨秋來瘦作松。」真方外語也。詩説雋永

【校勘記】

〔一〕王校云：「宋本無此節。」嘉靖本、古松堂本俱無，兹從寬永本補。

悟清

前輩好稱僧悟清「鳥歸花影動，魚没浪痕圓」，以爲句意俱新。然余讀後梁沈君攸臨水詩云：「花落圓紋出，風急細流翻。」迺知「魚没浪痕圓」之句出於此。復齋漫録

希晝

劉氏傳記載：煬帝既誅薛道衡，乃云：尚能道「空梁落燕泥」否？蓋道衡詩嘗有是句。楊公談苑載：僧希晝北宫書亭云：「花露盈蟲穴，梁塵墮燕泥。」予以謂鍊句雖工，而致思不逮於薛矣。塵史

景淳（一）

桂林僧景淳，工詩，福老順爲余言：淳意苦而深，世不可遽解。如曰：「夜色中旬後，虚堂坐幾更。隔溪猿不叫，當檻月初生。」又曰：「後夜客來稀，幽齋獨掩扉。月中無事立，草際一螢飛。」余時方十六七，心不然之。（一）

【校勘記】

〔一〕王校云：「宋本無以下二節。」案嘉靖本、古松堂本俱無此節，下一節則有之。

【補　校】

㊀景淳　此則出冷齋夜話卷六，原漏注出處。

福州僧〔一〕

南方浮屠能詩者多矣，往往多不顯其名。福州有一僧，作詩百餘篇，其中佳句有云：「虹收千嶂雨，潮展半江天。」又有詩云：「詩因試客分題僻，棊爲饒人下子低。」不減古人。古今詩話

【校勘記】

〔一〕嘉靖本、古松堂本此節在惠洪後，惠詮前，玆從寬永本。

志南

僧志南詩云：「古木陰中繫短篷，杖藜扶我過橋東。沾衣欲濕杏花雨，吹面不寒楊柳風。」晦庵嘗跋其卷云：南詩清麗有餘，格力閑暇，無蔬筍氣。如云云，余深愛之。後作書薦至袁梅岩，袁有詩云：「上人解作風騷話，雲谷書來特地詩。楊柳杏花風雨外〔一〕，不知詩軸在誰家！」柳溪近録

【校勘記】

〔一〕「楊柳杏花風雨外」「外」嘉靖本、古松堂本作「後」，寬永本作「外」。案宋陳元靚歲時廣記卷一引此詩末兩句作「楊柳杏花風雨外，不知佳句落誰家」，作「外」不作「後」，與寬永本同，今從之。

圓悟

圓悟未識晦庵，嘗和其梅花詩云：「獨憐萬木凋零後，屹立風霜慘澹中。」晦翁自是與之酬唱。柳溪近録

病僧〔一〕

唐末一山寺，有僧臥病，因自題其户曰：「枕有思鄉淚，門無問疾人。塵埋牀下履，風動架頭巾。」適有

部使者經從過寺中，惻然憐之，邀歸墳菴療治。後部使者貴顯，因言於朝，遂令天下寺置延壽寮，專養病僧也。庚溪詩話

【校勘記】

〔一〕寬永本此條原在志南之前，王校云：「宋本此節在圓悟下」，嘉靖本、古松堂本俱與宋本同，今從之。

方外

吕洞賓

鍾弱翁帥平涼，一方士通謁，從牧童牽黄犢，立於庭下。弱翁異之，指牧童曰：道人頗能賦此乎？笑曰：不煩我語，是兒能之。牧童乃操筆大書云：「草鋪横野六七里，笛弄晚風三兩聲。歸來飽飯黄昏後，不脱簑衣臥月明。」既去，郡人見方士擔兩大甕，長歌出郭，跡之不見。兩甕乃二「口」，豈洞賓耶？西清詩話

回先生過湖州東林沈氏飲，醉，以石榴皮書其家東老庵之壁云：「西鄰已富憂不足，東老雖貧樂有餘。

白酒釀來緣好客，黃金散盡爲收書。」「東老」，沈氏之老自謂也。東坡

呂洞賓自詠云：「朝游北海暮蒼梧，袖裏青蛇膽氣麄。三人岳陽人不識，朗吟飛過洞庭湖。」談苑

韓湘

韓湘，字清夫，文公猶子也。落魄不羈，文公勉之學，湘曰：湘之所學，非公知之。公令作詩以觀其志。詩曰：「青山雲水窟，此地是吾家。後夜流瓊液，凌晨咀絳霞。琴彈碧玉調，爐煉白朱砂。寶鼎存金虎，元田養白鴉。一瓢藏世界，三尺斬妖邪。解造逡巡酒，能開頃刻花。有人能學我，同共看仙葩。」公覽而戲之曰：子能奪造化耶？湘曰：此事甚易。公爲開樽，湘聚土以盆覆之，良久花開，乃碧花二朵，於花間擁出金字詩一聯云：「雲横秦嶺家何在？雪擁藍關馬不前。」公未曉其句意，湘曰：事久可驗。遂告去。未幾，公以佛骨事謫官潮州，一日塗中遇雪，俄有人冒雪而來。乃湘也。湘曰：憶花上之句乎？正今日事也。公詢其地，即藍關。嗟嘆久之曰：吾爲汝足此詩。詩曰：「一封朝奏九重天，夕貶潮陽路八千。本爲聖明除弊事，豈於衰朽惜殘年！雲横秦嶺家何在？雪擁藍關馬不前。知汝遠來須有意，好收吾骨瘴江邊。」公別湘詩曰：「人才爲世古來多，如子雄文世孰過！好待功名成就日，卻抽身去上煙蘿。」湘別公詩云：「舉世都爲名利醉，伊余獨向道中醒。他時定是飛昇去，衝破秋空一點青。」青瑣集

玄真子㊀

玄真子張志和，會稽人，守真養氣，臥冰不冷，入水不濡。顏魯公守湖州日，與賓客唱和，爲漁父詞。志和曰：「西塞山前白鳥飛，桃花流水鱖魚肥。青蒻笠，綠簑衣，斜風細雨不須歸。」坐客嘆服不已。後果傳之。

【補　校】

㊀ 玄真子　此則出古今詩話。此書無傳本，今見詩話總龜前集卷四十五。原漏注出處。

唐求

唐末，蜀州有唐求，放曠疎逸，方外人也。吟詩有所得，即將藁撚爲丸，投大瓢中。後臥病，投瓢於江曰：茲瓢苟不沉没，得之者方知吾苦心耳。瓢至新渠江，有識者曰：此唐山人詩瓢也。接得，十纔二三。題鄭處士隱居云：「不信最清曠，及來愁已空。數點石泉雨，一溪霜葉風。業在有山處，道成無事中。酌盡一盃酒，老夫顏亦紅。」古今詩話

希夷先生

陳摶，字圖南，隱居武當山，後徙華山雲臺觀。周世宗召至京師，賜號白雲先生。太宗朝再召，賜號希夷先生。摶負經綸之才，歷五季離亂，每聞一朝革命，顰蹙數日；一日，方乘驢游華陰市，聞太祖登極，大笑曰：天下自此定矣。嘗有詩云〔一〕：「十年蹤跡走紅塵，回首青山入夢頻。紫陌縱游爭及睡〔二〕，朱門雖貴不如貧。愁聞劍戟扶危主，悶見笙歌聒醉人。攜取舊書歸舊隱，野花啼鳥一般春。」青瑣

陳希夷先生每睡則半載，或數月，近亦不下月餘。題西峰曰：「爲愛西峰好，吟頭盡日昂。岩花紅作陣，溪水緑成行。幾夜礙新月，半山無夕陽。寄言嘉遯客，此處是仙鄉。」㊀

【校勘記】

〔一〕嘗有詩云　「嘗」嘉靖本、古松堂本作「俗」，茲從寬永本。

〔二〕「紫陌縱游爭及睡」　「游」寬永本作「榮」。

【補　校】

㊀ 此則未注所出。按應爲劉斧翰府名談。原書久佚，今見詩話總龜前集卷四十四。

蜀道士

秦川北絶頂之上，有隗囂宫；宫之宏麗，莫得狀之。今爲壽山寺，寺有三門，門限琢青石爲之，瑩徹如琉璃色。余嘗待月納涼，夕處朝游，不離於是。爾後入蜀，蜀有道士謂余曰：囂宫石門限下詩記之乎？余曰：余爲孩童，迨乎壯年，游處於此，未嘗見有詩。道士微哂曰：子若後游，但於石門限下土際求之。丙戌歲，蜀破還秦，至則訪求之，果得一絶云。詳觀此篇，飄飄然有神仙體裁，遠近詞人，競來諷味，那知道士非控鯉駕鶴之流乎？奇哉，奇哉！詩曰：「越溪道士人不識，上天下天鶴一隻。洞門深鎖玉窗寒，滴露研朱寫周易。」㈠

【補　校】

㈠蜀道士　此則原未注所出。按應爲五代王仁裕玉堂閒話。此書亦久佚，今見竹莊詩話卷二十一。所引之詩實唐高駢所作，見才調集卷七。

斸藥翁

「紫芝兮春萸，黄精乎秋肥，余未始與老辭兮老余辭。」李文叔與李伯時書，記太山所遇斸藥翁所歌㈡，味其辭甚文而有理，蓋爲士而終遯者耶？抑如古之避世者，言出於口，自不違於理而又文者耶？安得窮探極覽，萬或覬一，如昔人者與之邂逅也耶！耄矣，已矣，安得適吾願耶！趙章泉吃嗒

【校勘記】

〔一〕記太山所遇　「太」寬永本作「大」。

羅浮仙

近有人游羅浮，宿留巖谷間，中夜見一人，身無衣而紺毛覆體。意必仙也，乃再拜問道，其人了不顧，但長嘯數聲，響振林木，歌詩云：「雲來萬嶺動，雲去天一色。長嘯兩三聲，空山秋月白。」西清詩話

閑卻一溪雲

范致虛居方城，有高士館於家，自言昔乃白髮社翁〔一〕，遇師授以神藥，今年踰下壽，顏渥如丹，有孺子色。既久告歸，留一絕，末句云：「莫訝杖藜歸去早，舊山閑卻一溪雲。」西清詩話

【校勘記】

〔一〕自言昔乃白髮社翁　「社」寬永本作「祖」。

張亶詩〔一〕

張亶，熙寧中夢行入空中，聞天風海濤，聲振林木；徐見海中樓闕金碧，瓊裾琅珮者數百人，揖亶，出紙請賦詩。細視筆硯，皆碧玉色，且戒之曰：此間文章，要似隱起鸞鳳，當與織女機杼分巧，過是乃人間語耳。亶成一絕句云：「天風吹散赤城霞，染出連雲萬樹花。誤入醉鄉迷去路，傍人應笑忘還家。」有仙人曰：子詩佳絕，未免近凡。酌酒一杯，極甘寒，忽覺身墮萬仞山而寤。〔二〕

【校勘記】

〔一〕「詩」字從寬永本補。嘉靖本、古松堂本無。

〔二〕此節原出西清詩話，見苕溪漁隱叢話前集卷五十八。

六言詩

「心事數莖白髮〔一〕，生涯一片青山。空林有雪相待，野路無人自還。」李王好書神仙隱遁之詞，豈非遭罹多故，欲脱世網而不得者耶！東坡

【校勘記】

〔一〕「心事數莖白髮」「數」嘉靖本、古松堂本作「千」，寛永本作「數」，與東坡題跋同，今從之。

蔡真人詞

陳東，靖康間嘗飲於京師酒樓，有倡打坐而歌者。東不顧，乃去倚欄獨立，歌望江南詞，音調清越，東不覺傾聽。視其衣服皆故弊，時以手揭衣爬搔，肌膚綽約如雪，乃復呼使前再歌之。其詞曰：「闌干曲，紅颺繡簾旌。花嫩不禁纖手捻，被風吹去意還驚。眉黛蹙山青，鏗鐵板，閑引步虚聲。塵世無人知此曲，卻騎黄鶴上瑶京，風泠月華清。」東問何人製？曰：上清蔡真人詞也。歌罷，得數錢，即下樓。亟遣僕追之，已失矣。夷堅志

閨秀〔一〕女類也〔二〕

【校勘記】

〔一〕閨秀門中，宋本、嘉靖本、古松堂本較寬永本少去多條，只有七人之詩（一）薛氏，（二）慎氏，（三）二十八字媒，（四）費氏，（五）七歲女，（六）荆公女，（七）倡周氏。兹悉依寬永本。

〔二〕「女類也」三字從寬永本補。宋本、嘉靖本、古松堂本俱無。

雙頭牡丹〔一〕

唐高宗宴衆臣，賞雙頭牡丹詩。上官昭容一聯云：「勢如連璧友，情若臭蘭人。」計之必一英奇女子也。

許彦周詩話

【校勘記】

〔一〕王校云：「宋本無以下二節。」案嘉靖本及古松堂本亦無。

費氏[一]

熙寧間，奉詔定蜀、楚、秦民三家所獻書，得一弊紙所書花蘂夫人詩三十二首，乃夫人親筆，而辭甚奇，與王建宮詞無異。自唐至今，誦者不絶口，而此獨遺棄不見取。前受詔定三家書者，又斥去之，甚可惜也。謹令繕寫入三館而歸，口誦數篇於丞相安石，明日與中書語及之，而王珪、馮京願傳其本，於是盛行於世。夫人僞蜀孟昶侍人，事具國史[二]。如：「龍池九曲遠相通，楊柳絲牽兩岸風。長似江南好風景，畫船來往碧波中。」「梨園弟子簇池頭，小樂攜來候宴游。試炙銀笙先按拍，海棠花下合梁州。」「月頭支給買花錢，滿殿宮人近數千。遇著唱名多不應，含羞走過御床前。」「内人追逐採蓮時，驚起沙鷗兩岸飛。蘭棹把來齊拍水，並船相鬬濕羅衣。」皆清婉可喜。又別有逸詩六十六篇，乃近世好事者旋加搜索續之，篇次無倫，語意與前詩相類者極少，誠爲亂真矣。聊摘其一二云：「羅衫玉帶最風流，斜插銀篦慢裹頭，閑向殿前騎御馬，掉鞭横過小紅樓。」「春日龍池小宴開，岸邊亭子號流杯。沉檀刻作神仙女，對捧金盃水上來。」王平甫

【校勘記】

〔一〕此節宋本、嘉靖本、古松堂本俱無。

〔二〕「事具國史」以下皆胡仔之説，詩人玉屑誤作王平甫語，其所引之詩亦較苕溪漁隱叢話少一首。

國亡詩〔一〕

費氏，蜀之青城人，以才色入蜀宫，後主嬖之，號花蘂夫人。效王建作宫詞百首。國亡，入備後宫。太祖聞之，召使陳詩，誦其國亡詩云：「君王城上豎降旗，妾在深宫那得知。十四萬人齊解甲，更無一箇是男兒〔二〕。」太祖悦，蓋蜀兵十四萬，而王師纔數萬爾。后山詩話

【校勘記】

〔一〕「國亡詩」宋本、嘉靖本、古松堂本作「費氏」。王校云：「宋本此二節在二十八字媒節後。」

〔二〕「更無一箇是男兒」　「更」寬永本作「寧」，宋本作「更」。

七歲女

唐如意中，有女子七歲能詩，則天令賦之，皆應聲而就。其兄别之，則天令作詩送兄，曰：「别路雲初起，離亭葉正飛。所嗟人異鴈，不作一行歸。」

薛氏

五代末，濠梁人南楚材游陳潁間，潁守欲子妻之，楚材已娶薛氏，以受潁守之恩，遣人歸取琴書之屬，似無還意。薛氏善書畫，能屬文，自對鑑圖其形，并作詩寄之曰：「欲下丹青筆，先拈玉鑑端〔一〕。已驚顔寂寞，漸覺鬢凋殘。淚眼描將易，愁腸寫出難。恐君渾忘卻，時展畫圖看。」楚材見而慚焉，與之偕老。唐宋遺史

【校勘記】

〔一〕「先拈玉鑑端」「先」寬永本誤作「光」，宋本不誤。

慎氏

天祐中，毗陵有慎氏，本儒家女，王史嚴灌夫娶之，數年無子，因拾其過而出焉。慎氏慨然登舟，留詩一章爲别曰：「當時心事已相關，雨散雲飛一餉間。便掛孤帆從此去，不堪重過望夫山。」灌夫覽而愧，乃留之。唐宋遺史

二十八字媒

「白藕作花風已秋，不堪殘睡更回頭。晚雲帶雨歸飛急，去作西窗一夜愁。」此趙德麟細君王氏所作也。德麟既鰥居，因見此篇，遂與之爲親。余以爲二十八字媒也。王直方詩話

三英詩〔一〕

天聖中，禮部郎中孫冕三英詩：劉元載妻，詹茂先妻，趙晟之母，早梅、寄遠、惜別三詩。劉妻哀子無立，詹妻留夫侍母病，趙母懼子遠游。孫公愛其才以取之。早梅詩云：「南枝向暖北枝寒，一種春風有兩般。憑仗高樓莫吹笛，大家留取倚欄干。」寄遠詩云：「錦江江上探春回，消盡寒冰落盡梅。爭得兒夫似春色，一年一度一歸來。」惜別詩云：「暖有花枝冷有冰，惟人没後卻無憑。預愁離別苦相對，挑盡漁陽一夜燈〔二〕。」金華瀛洲集，又搜遺記梅花詩是女仙題蜀州江梅閣〔三〕。

【校勘記】

〔一〕王先生校語云：「宋本無以下二節。」嘉靖本、古松堂本同。

〔二〕「挑盡漁陽一夜燈」　「挑」原誤作「桃」，據詩話總龜改。

〔三〕小字注「搜遺」疑「摭遺」之誤（各書引早梅詩多作「摭遺」）。

李易安

今代婦人能詩者，前有曾夫人魏，後有易安李。李在趙氏時，建炎初從秘閣守建康，作詩云：「南來尚怯吴江冷，北狩應悲易水寒。」又云：「南渡衣冠少王導，北來消息欠劉琨。」詩説雋作

荆公女

荆公女吴安持之妻，工詩。嘗寄荆公曰：「西風不入小窗紗，秋意應憐我憶家。極目江山千萬恨，依然和淚看黄花。」冷齋夜話

虞美人草行歌行也〔一〕

曾子宣夫人魏氏，作虞美人草行云：「鴻門玉斗紛如雪，十萬降兵夜流血。咸陽宫殿三月紅，霸業已隨煙燼滅。剛強必死仁義王，陰陵失路非天亡。英雄本學萬人敵，何用屑屑悲紅粧。三軍散盡旌旗倒，玉帳佳人坐中老。香魂夜逐劍光飛，青血化爲原上草。芳心寂寞寄寒枝，舊曲聞來似斂眉〔二〕。哀怨徘徊愁不語，恰如初聽楚歌時。滔滔逝水流今古，漢楚興亡兩丘土。當年遺事久成空，慷慨尊前爲誰

舞。」苕溪漁隱曰：此詩乃許彦國表民作。表民，合肥人。余昔隨侍先君守合肥，嘗借得渠家集，集中有此詩。又合肥老儒郭全美，乃表民席下舊諸生，云親見渠作此詩。今曾端伯編詩選，亦列此詩於表民詩中，遂與余所見所聞暗合。覽者可以無疑，亦知冷齋之妄也。㊀

【校勘記】

〔一〕王校云：「宋本無以下三節。」嘉靖本、古松堂本亦俱無。

〔二〕「舊曲聞來似斂眉」「聞」原誤作「間」，據碧雞漫志、苕溪漁隱叢話改。

【補　校】

㊀虞美人草行歌行也　此則原出苕溪漁隱叢話前集卷六十所引冷齋夜話，詩人玉屑漏注。

黄穀城母夫人孫氏

穀城母夫人孫氏道絢，極有詞藻，嘗賦九日詩，有：「別墅蒼烟縈古木，寒溪白浪捲輕沙。」又擬進士試月華臨靜夜詩，其貼靜夜處云：「大疑當作天虛萬籟息㊀，人散一簾斜。」思致極不淺也。其小詞云：「月光飛入林間屋，風策策，度庭竹。夜半江城擊柝聲，動寒梢棲宿。等閑老去年華促，祇有江梅伴幽獨。

夢繞夷門舊家山，恨驚回難續。」又宮詞：「翠栢紅蕉影亂，月上珠簾恰半。風自碧空來，吹落歌珠一串。不見，不見，人被繡簾遮斷。」使易安尚在，且有愧容矣。

【補　校】

㈠ 大虚萬籟息　朝鮮本詩人玉屑「大」作「天」，未誤。

蒨桃

余觀古今詩話、翰府名談，皆載寇萊公侍兒蒨桃詩二首，和章一首並同。翰府名談仍益以怪辭，吾所不取，今但筆其詩云。公自相府出鎮北門，有善歌者至庭下，公取金鍾獨酌，令歌數闋，公贈之束綵，歌者未滿意。蒨桃自内窺之，立爲詩二章呈公云：「一曲清歌一束綾，美人猶自意嫌輕。不知織女螢窗下，幾度拋梭織得成。」其二云：「夜冷衣單手屢呵，幽窗軋軋度寒梭。臈天日短不盈尺，何似妖姬一曲歌。」公和云：「將相功名終若何，不堪急景似奔梭。人間萬事君休問，且向樽前聽豔歌。」漁隱

倡周氏

陳筑，字夢和，莆田人。崇寧初登第，爲福州古田尉。既至官，惑一倡周氏，周能詩，嘗贈筑云：「夢和

殘月過樓西，月過樓西夢已迷。喚起一聲腸斷處，落花枝上鷓鴣啼。」首句蓋寓筑之字也。又春晴詩云：「瞥然飛過誰家燕，驀地香來甚處花？深院日長無箇事，一瓶春水自煎茶。」夷堅志

營妓僧兒〔一〕

廣漢妓女小名僧兒㊀，秀外惠中，善填詞〔二〕。有姓戴者，忘其名，兩作漢守，寵之。既而得請玉局之祠以歸。僧兒作滿庭芳見意云：「團菊苞金，叢蘭減翠；畫成秋暮風煙。使君歸去，千里倍潸然。兩度朱幡雁水，全勝得陶侃當年。如何見，一時盛事，都在送行篇。愁煩，梳洗懶，尋思陪宴，花月湖邊。有多少風流，往事縈牽。聞道霓旌羽駕，看看是玉局神仙。應相許，衝雲破霧，一到洞中天。」漁隱

【校勘記】

〔一〕宋本、嘉靖本、古松堂本俱無此節。只寬永本有之。王校云：「宋本無此段。」

〔二〕善填詞　「填」原誤作「塡」，從苕溪漁隱叢話改。

【補　校】

㊀廣漢妓女　「妓女」二字應改作「營妓」。

詩人玉屑卷之二十一〔一〕

【校勘記】

〔一〕王校云：「宋本只二十卷，靈異、詩餘二門均在上卷内。」嘉靖本、古松堂本亦同。

靈異

湘中女

番禺鄭僕射，嘗游湘中，宿於驛樓，夜遇女子誦詩云：「紅樹醉秋色，碧溪彈夜絃。佳期不可再，風雨杳如年。」頃刻不見。樹萱録

鬼仙

「春草萋萋春水緑，海棠開盡飄香玉。繡嶺宮前白髮人，猶唱開元太平曲。」「忽然湖上片雲飛，不覺舟中雨濕衣。折得荷花渾忘卻，空將荷葉蓋頭歸。」「浦口潮來初渺漫，蓮舟溶漾採花難。芳心不愜空歸去，會待潮回再摘看。」皆鬼仙所作，或夢中所作也。東坡

研光帽

寇元弼言：去年春，徐州通判李陶有子年十七八，素不善作詩，忽詠落花詩：「流水難窮目，斜陽易斷腸。誰同研光帽，一曲舞山香。」父驚問之，若有物憑者，自云是謝中舍。問研光帽事，云：西王母宴群仙，有舞者戴研光帽，簪花，舞山香，一曲未終，花皆落去。東坡

紀夢

李真言，字希古，嘗夢至一宮殿，有數百妓拋毬，人唱一詩。覺而記三首云：「侍宴黄昏未肯休，玉堦夜色月如流。朝來自覺承恩最，笑倩傍人認繡毬。」「隋家宮殿鎖清秋，曾見嬋娟颺繡毬。金鑰玉簫俱寂寂，一天明月照高樓。」「堪恨隋家幾帝王，舞腰拨盡繡鴛鴦。如今重到拋球處，不是金爐舊日香。」侯鯖録

鬼詩

酉陽雜俎載鬼詩兩篇，山谷喜道之。其一曰：「長安女兒踏春陽，無處春陽不斷腸。舞袖弓彎渾忘卻，蛾眉空帶九秋霜。」其二曰：「流水涓涓芹吐芽，織烏西飛客還家。荒村無人作寒食，殯宮明月空梨花。」洪駒父詩話

小碧牋題詩

長安南山下，一書生作小圃，蒔花木，一日有金犢車，從數女奴，皆豔麗，下飲於庭，邀生同坐，甚歡洽。將別，出小碧牋題詩曰：「相思無路莫相思，風裏楊花只片時。惆悵深閨獨歸處，曉鶯啼斷綠楊枝。」侯鯖錄

吴城龍女

魯直自黔安出峽，登荆州江亭，柱間有詞曰：「簾卷曲欄獨倚〔一〕，江展暮天無際。淚眼不曾晴，家在吴頭楚尾。數點雪花亂委，撲漉沙鷗驚起。詩句欲成時，没入蒼煙叢裏。」魯直讀之悽然曰：似爲予發也。不知何人所作？所題筆勢妍軟欹斜，類女子，而有「淚眼不會晴」之句，不然則是鬼詩也。是夕，有女子絶豔，夢於魯直曰：我家豫章吴城山〔二〕，附客舟至此，墮水死，不得歸，登江亭有感而作，不意公

能識之。魯直驚瘖，謂所親曰：此必吴城小龍女也。冷齋夜話

【校勘記】

〔一〕「簾卷曲欄獨倚」 「欄」寬永本作「攔」。

〔二〕我家豫章吴城山 「山」字宋本空格。

巴峽夜吟

建隆初，有人泊舟巴峽，夜聞人詠曰：「秋徑填黄葉，懸崖露草根。猿聲一叫斷，客淚數重痕。」搢紳脞説

緑裙紅袖

梁伯升者，肆業廢宅中，夢一女子，緑裙紅袖，呼曰：梁君聽妾幽恨之句。詩曰：「卜得上峽日，秋來風浪多。江陵一夜雨，腸斷木蘭歌。」同上〔一〕

【校勘記】

〔一〕小字注從寬永本作「仝上」，古松堂本作「搢紳脞説」。

詩餘〔一〕

【校勘記】

〔一〕此門寬永本較嘉靖本、古松堂本羨出多條，從寬永本補。

晁無咎評

晁無咎評本朝樂章云：世言柳耆卿之曲俗，非也。如八聲甘州云：「漸霜風淒慘，關河冷落，殘照當樓。」此唐人語，不減高處矣。歐陽永叔浣溪沙云：「堤上游人逐畫船，拍堤春水四垂天，綠楊樓外出秋千。」要皆絕妙。然只一「出」字，自是後人道不到處。蘇東坡詞，人謂多不諧音律，然居士詞橫放傑出，自是曲中縛不住者。黃魯直間作小詞，固高妙，然不是當家語，自是著腔子唱好詩。晏元獻不蹈襲人語，而風調閑雅，如「舞低楊柳樓心月，歌盡桃花扇底風」，知此人不住三家村也。張子野與柳耆卿齊名，而時以子野不及耆卿。然子野韻高，是耆卿所乏處。近世以來作者皆不及秦少游，如：「斜陽外，寒鴉數點，流水遶孤村。」雖不識字，亦知是天生好言語。苕溪漁隱曰：無己稱今代詞手，惟秦七、黄九耳。唐諸人不逮也。無咎稱魯直詞不是當家語，自是著腔子唱好詩。二公在當時品題不同如此。自今視之，魯直詞亦有佳者，第無多子耳。少游詞雖婉美，然格力失之弱。二公之言，殊過譽也。復齋漫録

李易安評〔一〕

李易安云：樂府聲詩並著，最盛于唐。開元、天寶間，有李八郎者，能歌擅天下，時新及第進士開宴曲江，榜中一名士先召李，使易服隱名姓，衣冠故敝，精神慘怛，與同之宴所。曰：「表弟願與坐末。」衆皆不顧。既酒行樂作，歌者進，時曹元謙念奴爲冠，歌罷，衆皆咨嗟稱賞。名士忽指李曰：請表弟歌。衆皆哂，或有怒者。及轉喉發聲，歌一曲，衆皆泣下。羅拜曰：此李八郎也。自後鄭衛之聲日熾，流靡之變日煩〔二〕，已有菩薩蠻、春光好、莎雞子、更漏子、浣溪沙、夢江南、漁父等詞，不可偏舉〔三〕。五代干戈，四海瓜分豆剖，斯文道熄，獨江南李氏君臣尚文雅，故有「小樓吹徹玉笙寒」、「吹皺一池春水」之詞，語雖奇甚，所謂亡國之音哀以思也。逮至本朝，禮樂文武大備，又涵養百餘年，始有柳屯田永者，變舊聲作新聲，出樂章集，大得聲稱于世。雖協音律，而辭語塵下。又有張子野、宋子京兄弟，沈唐、元絳、晁次膺輩繼出，雖時時有妙語，而破碎何足名家！至晏元獻、歐陽永叔、蘇子瞻，學際天人，作爲小歌詞，直如酌蠡水于大海；然皆句讀不葺之詩爾。又往往不協音律者，何邪？蓋詩文分平側，而歌詞分五音，又分五聲，又分六律，又分清濁輕重。且如近世所謂聲聲慢、雨中花、喜遷鶯，既押平聲韻，又押

入聲韻；玉樓春本押平聲韻，又押上去聲，又押入聲；本押仄聲韻，如押上聲則協；如押入聲，則不可歌矣。王介甫、曾子固，文章似西漢，若作一小歌詞，則人必絶倒，不可讀也。乃知別是一家，知之者少。後晏叔原、賀方回、秦少游、黄魯直出，始能知之。又晏苦無鋪叙，賀苦少典重，秦即專主情致，而少故實。譬如貧家美女，非不妍麗，而終乏富貴態〔四〕。黄即尚故實而多疵病，譬如良玉有瑕，價自減半矣。苕溪漁隱曰：易安歷評諸公歌詞，皆指擿其短，無一免者。此論未公，吾不憑也。其意蓋自謂能擅其長，以樂府名家者。退之詩云：「不知群兒愚，那用故謗傷。蚍蜉撼大樹，可笑不自量。」正爲此輩發也。

【校勘記】

〔一〕王校：「宋本無此節。」嘉靖本、古松堂本亦無。

〔二〕「流靡之變日煩」之「靡」字起，至「浣溪沙」之「溪」字止，共二十一字寬永本奪。中無缺行，殆刊時漏刻一行也。此二十一字從苕溪漁隱叢話補。

〔三〕不可偏舉　「偏」原誤作「徧」，從苕溪漁隱叢話改。

〔四〕而終乏富貴態　「態」字原脱，從苕溪漁隱叢話補。

太白

鼎州滄水驛，有菩薩蠻云：「平林漠漠煙如織，寒山一帶傷心碧。暝色入高樓，有人樓上愁。玉梯空佇立，宿鳥歸飛急。何處是歸程，長亭更短亭。」曾子宣家有古風集，此詞乃太白作也。古今詩話

六一

歐陽永叔送劉貢父守維揚，作長短句云：「平山欄檻倚晴空，山色有無中。」平山堂望江左諸山甚近，或以爲永叔短視，故云。東坡笑之，因賦快哉亭道其事云：「長記平山堂上，攲枕江南煙雨，杳杳没孤鴻。認得醉翁語：山色有無中。」蓋山色有無，非煙雨不能然也。藝苑雌黄

東坡

後山詩話謂退之以文爲詩，子瞻以詩爲詞，如教坊雷大使之舞，雖極天下之工，要非本色。余謂後山之言過矣。子瞻佳詞最多，其間傑出者，如「大江東去，浪淘盡，千古風流人物」赤壁詞；「明月幾時有，把酒問青天」中秋詞；「落日繡簾卷，庭下水連空」快哉亭詞；「乳燕飛華屋，悄無人，桐陰轉午」初夏詞；「明月如霜，好風如水，清景無限」夜登燕子樓詞；「楚山脩竹如雲，異材秀出千林表」詠笛詞；「玉

骨那愁瘴霧，冰肌自有仙風」詠梅詞；「東武城南，新隄固，漣漪初溢」宴流杯亭詞；「冰肌玉骨，自清涼無汗」夏夜詞；「有情風萬里卷潮來，無情送潮歸」別參寥詞；「缺月掛疎桐，漏斷人初靜」秋夜詞；「霜降水痕收，淺碧鱗鱗露遠洲」九日詞。凡此十餘詞〔一〕，皆絕去筆墨畦逕間，直造古人不到處。真可使人一唱而三嘆；若謂以詩爲詞，是大不然。子瞻自言平生不善唱曲，故間有不入腔處，非盡如此。後山乃比之教坊雷大使舞，是何每況愈下，蓋其繆也。漁隱

【校勘記】

〔一〕凡此十餘詞　「凡此十餘」四字，嘉靖本、古松堂本作「諸」。

東坡卜算子

東坡作卜算子云：「缺月掛疎桐，漏斷人初靜。時見幽人獨往來，縹緲孤鴻影。驚起卻回頭，有恨憑誰省。揀盡寒枝不肯棲，寂寞沙汀冷。」魯直見之，稱其韻力高勝，不類食煙火人語。非胸中有萬卷書，下筆無一點塵俗氣，安能若是哉！詞話

東坡蝶戀花

東坡蝶戀花詞：「花襯殘紅青杏小〔一〕，燕子來時，緑水人家遶。枝上柳綿吹又少，天涯何處無芳草。牆裏鞦韆牆外道，牆外行人，牆裏佳人笑。笑漸不聞聲漸杳，多情卻被無情惱〔二〕。」予得真本於友人處，「緑水人家遶」作「緑水人家曉」。「多情卻被無情惱」〔三〕，蓋行人多情，佳人無情耳，此二字極有理趣〔四〕。而「遶」與「曉」自霄壤也。詞話㊀

【校勘記】

〔一〕「花襯殘紅青杏小」　「小」寬永本作「少」。

〔二〕「多情卻被無情惱」　「無」寬永本作「多」。

〔三〕「予得真本……多情卻被無情惱」二十六字從寬永本補；宋本、嘉靖本、古松堂本俱脱。

〔四〕「此二字極有理趣」起十五字，宋本、嘉靖本、古松堂本俱脱，從寬永本補。

【補　校】

㊀東坡蝶戀花　原注出「詞話」。據草堂詩餘前集卷上東坡蝶戀花詞注所引，此詞話蓋即宋楊湜古今詞話。（上一

則所注「詞話」當亦爲楊湜古今詞話。）

山谷檃括醉翁亭記

歐陽公知滁日，自號醉翁，因以名亭作記。山谷檃括其詞，合以聲律，作瑞鶴仙云：「環滁皆山也，望蔚然深秀，琅琊山也。山行六七里，有翼然泉上，醉翁亭也。翁之樂也，得之心，寓之酒也。更野芳佳木，風高日出，景無窮也。游也，山肴野蔌，酒冽泉香，沸觥籌也。太守醉也，諠譁衆賓歡也。況宴酣之樂，非絲非竹，太守樂其樂也。問當時太守爲誰，醉翁是也。」一記凡數百言，此詞備之矣。山谷其善檃括如此！風雅遺音

荆公山谷

荆公小詞云：「平岸小橋千嶂抱，揉藍一水縈花草。茅屋數間窗窈窕，人不到，柴門自有清風掃。」略無塵土思。山谷小詞云：「春未透，花枝瘦，正是愁時候。」極爲學者所稱賞。秦堪嘗有小詞云(一)：「春透水波明，寒峭花枝瘦。」蓋法山谷也。雪浪齋日記

【校勘記】

〔一〕秦堪嘗有小詞云　「堪」據苕溪漁隱叢話應爲「湛」字之誤。秦湛字處度，乃秦觀之子，非秦堪。㊀

【補　校】

㊀秦堪嘗有小詞　據朝鮮本詩人玉屑，「堪」字應改作「湛」字。

聶冠卿〔一〕

聶冠卿作多麗詞，有「露洗華桐，煙霏絲柳」之句，此正是仲春天氣；下句乃云「緑陰搖曳，蕩春一色」，其時未可緑陰，正語病也㊀。復齋漫録

【校勘記】

〔一〕王校云：「宋本無下二節。」（此節及宇文元質節）嘉靖本、古松堂本同，從寬永本補。

【補　校】

㈠ 正語病也　「正」應改作「真」。

宇文元質

宇文元質，西蜀文人。一日開樽，有官妓歌于飛樂，末句云：「休休，得也，只消戴一朵荼蘼。」宇文爲改一字云：「休休，得也，只消更一朵荼蘼。」「更」字便自工妙不俗。文章一字之難。與前輩論詩，云「身輕一鳥過」，「一鳥下」、「一鳥疾」，「疾」與「下」終不若「過」字之爲妙也。樹萱録

賀方回

賀方回妙於小詞，吐語皆蟬蜕塵埃之表。晏叔原、王逐客俱當溟涬然第之。山谷嘗手寫所作青玉案者，置之几研間，時自玩味。曰：「淩波不過横塘路，但目送飛鴻去。錦瑟華年誰與度？小橋幽徑，綺窗朱户，只有春知處。碧雲冉冉衡皋暮，彩筆空題斷腸句。試問離愁都幾許，一川煙草，滿城風絮，梅子黄時雨。」山谷云：此詞少游能道之。作小詩曰：「少游醉卧古藤下，無復愁眉唱一杯。解道江南斷腸句，而今惟有賀方回。」冷齋夜話

秦少游

東坡初未識少游，少游知其將復過維揚，作坡筆語，題壁於一山寺中。東坡果不能辨，大驚。及見孫莘老，出少游詩詞數十篇，讀之，乃歎曰：向書壁者，定此郎也！後與少游維揚別，作虞美人曰：「波聲拍枕長淮曉，隙月窺人小。無情汴水自東流，只載一船離恨向西洲〔一〕。竹陰花圃曾同醉，酒未多於淚，誰教風鑒在塵埃，醞造一場煩惱送人來。」世傳此是賀方回所作。雖山谷亦云。大觀中於金陵見其親筆，醉墨超放，氣壓王子敬，蓋東坡詞也。冷齋夜話〔二〕

少游到郴州作長短句云：「霧失樓臺，月迷津渡，桃源望斷無尋處。可堪孤館閉春寒，杜鵑聲裏斜陽暮。驛寄梅花，魚傳尺素，砌成此恨無重數。郴江幸自遶郴山，爲誰流下瀟湘去。」東坡絶愛其尾兩句，自書於扇曰：少游已矣，雖萬人何贖！冷齋夜話

少游小詞奇麗，詠歌之，想見其神情在絳闕道山之間。詞曰：「柳邊沙外，城郭春寒退。花影亂，鶯聲碎。飄零疏酒盞，離別寬衣帶。人不見，碧雲暮合空相對。憶昔西池會，鵷鷺同飛蓋〔三〕。攜手處，今誰在？日邊清夢斷，鏡裏朱顏改。春去也，落紅萬點愁如海。」〔一〕

【校勘記】

〔一〕「只載一船離恨向西洲」「載」原誤「戴」，據苕溪漁隱叢話改。

〔二〕冷齋夜話「東坡初未識少游」條　王校云：「宋本無此段。」嘉靖本、古松堂本俱無，從寬永本補。

〔三〕「鵁鶄同飛蓋」「鵁鶄」寬永本、嘉靖本、古松堂本俱作「鴛鴦」，據淮海詞改。

【補　校】

㈠秦少游　第三段未注所出。按應爲冷齋夜話，見苕溪漁隱叢話前集卷五十所引。

林和靖

林和靖工於詩文，善爲詞。嘗作點絳唇云：「金谷年年，亂生春色誰爲主？餘花落處，滿地和煙雨。又是離歌，一闋長亭暮。王孫去，萋萋無數，南北東西路。」乃草詞爾，謂終篇無「草」字。雲溪友議〔一〕

【校勘記】

〔一〕小字注「雲溪友議」四字從寬永本補，宋本及他本俱無。雲溪友議乃唐范攄所撰，不能載有宋人之詞，此注必有錯誤(雲溪友議亦無此則)。

晏叔原〔一〕

晏叔原見蒲傳正,言先公平日小詞雖多,未嘗作婦人語也。傳正云:「緑楊芳草長亭路,年少抛人容易去。」豈非婦人語乎? 晏曰:公謂年少爲何語? 傳正曰:豈不謂其所歡乎! 晏曰:因公之言,遂曉樂天詩兩句,云:「欲留所歡待富貴,富貴不來所歡去。」傳正笑而悟,然如此語意自高雅耳。詩眼

【校勘記】

〔一〕王校云:「宋本無下四節。」(即「晏叔原」、「晁無咎朱希真」、「柳耆卿」、「王逐客」四節)嘉靖本、古松堂本俱同,兹從寬永本補。

晁無咎朱希真

凡作詩詞,要當如常山之蛇,救首救尾,不可偏也。如晁無咎作中秋洞仙歌詞,其首云:「青煙冪處,碧海飛金鏡,永夜閑階卧桂影。」固已佳矣,其後云:「待將許多明㊀,付與金樽,投曉共流霞傾盡。更攜取胡床上南樓,看玉做人間,素秋千頃。」若此可謂善救首尾者也。至朱希真作中秋念奴嬌,則不知出

此。其首云：「插天翠巘，被何人，推上一輪明月。照我籐床涼似水，飛入瑤臺銀闕。」亦已佳矣，其後云：「洗盡凡心，滿身清露，冷浸蕭蕭髮。明朝塵世，記取休與人説。」此兩句全無意味，收拾得不佳，遂并全篇其氣索然矣。漁隱

【補　校】

㈠ 待將許多明　「待將」應作「待都將」。

柳耆卿

柳三變字景莊，一名永，字耆卿。喜作小詞，然薄於操行。當時有薦其才者，上曰：得非填詞柳三變乎？曰：然。上曰：且去填詞！由是不得志。日與猥子從游娼館酒樓間，無復檢率。自稱云奉聖旨填詞柳三變。嗚呼，小有才而無德以將之，亦士君子之所宜戒也？柳之樂章，人多稱之，然大概非羈旅窮愁之詞則閨門淫媟之語，若以歐永叔、晏叔原、蘇子瞻、黄魯直、張子野、秦少游輩較之，萬萬相遼。彼其所以傳名者，直以言多近俗，俗子易曉故也。皇祐中，老人星現，永應制撰詞，意望厚恩；無何，始用「漸」字㈠，終篇有「太液波翻」之語，其間「宸游鳳輦何處」與仁廟挽詞闇合，遂致忤旨，士大夫惜之。余謂柳作此詞，借使不忤旨，亦無佳處。如「嫩菊黄深，拒霜紅淺」，竹籬茅舍間㈡，何處無此景

物。方之李謫仙、夏英公等應制辭，殆不啻天冠地履也。世傳永嘗作輪臺子早行詞，頗自以爲得意。其後張子野見之云：既言「匆匆策馬登途〔三〕，滿目淡煙衰草」，則已辨色矣，而後又言「楚天闊，望中未曉」何也？柳何語意顛倒如是？藝苑雌黄

【校勘記】

〔一〕始用漸字　「始」原誤「如」，從苕溪漁隱叢話校正。

〔二〕竹籬茅舍間　「茅」原誤「茹」，從苕溪漁隱叢話改。

〔三〕「匆匆策馬登途」　「匆匆」原誤「勿勿」，從苕溪漁隱叢話改。㊀

【補　校】

㊀ 匆匆　朝鮮本未誤作「勿勿」。

王逐客

古樂府詩云：「今世褦襶子，觸熱過人家。」「褦襶」，集韻解之云不曉事。余素畏熱，乃知人觸熱來人家，其謂不曉事，宜矣。嘗愛王逐客作夏詞送將歸，不用浮瓜沈李等事，而天然有塵外涼思。其詞云：

「百尺清泉聲陸續，瀟洒碧梧翠竹。面千步迴廊，重重簾幕，小枕欹寒玉。試展鮫綃看畫軸，見一片，瀟湘凝緑。待玉漏穿花，銀河垂地，月上欄杆曲。」此語非觸熱者之所知也。苕溪漁隱曰：余嘗愛李太白夏日山中詩：「脱巾掛石壁，露頂洒松風。」其清涼可想也。漫叟詩話

李景舒信道

李景有曲云「手捲真珠上玉鈎」，或改爲「珠簾」；舒信道有曲云「十年馬上春如夢」，或改云「如春夢」，非所謂遇知音。漫叟

章質夫

章質夫詠楊花詞，東坡和之。晁叔用以爲東坡如毛嬙西施，淨洗脚面，與天下婦人鬥好，質夫豈可比，是則然矣。余以爲質夫詞中，所謂「傍珠簾散漫，垂垂欲下，依前被，風扶起」，亦可謂曲盡楊花妙處。東坡所和雖高，恐未能及。詩人議論不公如此耳。

舊詞

舊詞高雅，非近世所及。如撲蝴蝶一詞，不知誰作，非惟藻麗可喜，其腔調〇日本刊本作「詞」亦自婉美。詞云：

「煙條雨葉，緑遍江南岸。思歸倦客，尋春來較晚。岫邊紅日初斜，陌上飛花正滿，淒涼數聲羌管。怨春短。玉人應在，明月樓中畫眉懶。鸞牋錦字，多時魚雁斷。恨隨去水東流，事與行雲共遠，羅衾舊香猶暖。」漁隱

僧惠洪〔一〕

予謫海外，上元，椰子林中，漁火三四而已。中夜聞猿聲悽動，作詞曰：「凝祥宴罷聞歌吹。畫轂走，香塵起。冠壓花枝馳萬騎。馬行燈鬧，鳳樓簾卷，陸海鰲山對。當年曾看天顏醉。御盃舉，歡聲沸。時節雖同悲樂異。海風吹夢，嶺猿啼月，一枕思歸淚。」又有懷京師詩云：「十分春瘦緣何事，一掬歸心未到家。」冷齋夜話

苕溪漁隱曰：忘情絶愛，此瞿曇氏之所訓。惠洪身爲衲子，詞句有「一枕思歸淚」及「十分春瘦」之語，豈所當然！又自載之詩話〔二〕，矜衒其言，何無識之甚邪！

【校勘記】

〔一〕王校云：「宋本無此節。」嘉靖本、古松堂本亦無，兹從寬永本補。

〔二〕又自載之詩話 「載」原誤「戴」，從苕溪漁隱叢話改。

中興詞話 並係玉林黄昇叔暘中興詞話補遺〔一〕

【校勘記】

〔一〕此從寬永本補。王校云：「以下宋本俱無。」嘉靖本、古松堂本亦無。

張仲宗

紹興戊午之秋，樞密院編修官胡銓邦衡上書乞斬秦檜，得罪，責昭州監當。後四年，慈寧歸養，秦諷臺臣，論其前言弗效，除名送新州編管。三山張仲宗以詞送其行云：「夢遶神州路，悵秋風連營畫角，故宫離黍〔二〕。底事崑崙傾砥柱，九陌黄流亂注。聚萬落千村狐兔。天意從來高難問，況人生易老悲如許。更南浦，送君去。涼生岸柳銷殘暑，耿斜河疎星淡月〔三〕，斷雲微度。萬里江山知何處？回首對床夜語。雁不到書成誰與？目斷青天懷今古，肯兒曹恩怨相爾汝。舉大白，唱金縷。」又數年，秦始聞此詞〔三〕，仲宗掛冠已久，以它事追赴大理削籍焉。事見揮麈後録。二公雖見抑於一時，而流芳百世，視秦檜猶蘇合香之於蜣蜋丸也。

【校勘記】

〔一〕「故宫離黍」　「黍」原誤「稱」，據揮塵録校正。

〔二〕「疎星淡月」　「疎」原誤「珠」，據揮塵録校正。

〔三〕秦始聞此詞　「聞」原誤「間」，據揮塵録校正。

葉石林

石林葉少藴「睡起流鶯語」詞，人人能道之，集中未有勝此者，蓋得意之作也。有湘靈鼓瑟一曲，尤高妙，而曾端伯所選雅詞不載〔一〕。今録于此云：「銀濤無際卷蓬瀛，落霞明，暮雲平，曾見青鸞紫鳳下層城。二十五絃彈不盡，空感慨，有餘情。　蒼梧雲水斷歸程，卷霓旌，爲誰迎？空有千行流淚寄幽貞。舞罷魚龍雲海冷，千古恨，入江聲。」蓋奇作也，世必有識之者。

【校勘記】

〔一〕而曾端伯所選雅詞不載　「載」原誤「戴」，據文義改。無别本可校。

陸放翁

楊誠齋嘗稱陸放翁之詩敷腴，尤梁溪復稱其詩俊逸；余觀放翁之詞，尤其敷腴俊逸者也。如水龍吟云：「韶光妍媚，海棠如醉，桃花欲暖。挑菜初閑〔一〕，禁煙將近，一城絲管。」如夜游宫云：「璧月何妨夜夜滿〔二〕，擁芳柔，恨今年，寒尚淺。」如臨江仙云：「鳩雨催成新緑，燕泥收盡殘紅，春光還與美人同。論心空眷眷，分袂卻匆匆〔三〕。只道真情易寫〔四〕，奈何怨句難工。水流雲散各西東。半廊花院月，一帽柳橋風。」皆思致精妙，超出近世樂府。至於月照梨花一詞云：「霽景風軟，煙江春漲，小閣無人，繡簾半上。花外姊妹相呼，約摴蒲。脩蛾忘了當時樣。尋思一餉，感事添惆悵。胸酥臂玉消減，擬覓雙魚，倩傳書。」此篇雜之唐人花間集中，雖具眼，未知烏之雌雄也。

【校勘記】

〔一〕「挑菜初閑」「挑菜」原誤作「桃萊」，據渭南集改。㊀

〔二〕「璧月何妨夜夜滿」「璧」原誤「壁」，據中興以來絕妙詞選改。

〔三〕「分袂卻匆匆」「袂」原誤「快」，據渭南集改。㊂

〔四〕「只道真情易寫」「只」原誤「口」，據渭南集改。

【補　校】

㈠ 挑菜　朝鮮本誤作「桃菜」。
㈡ 「袂」字　朝鮮本未誤作「快」。

范石湖

范石湖過萍鄉，道中乍晴，臥輿中困甚，小憩柳塘側，嘗賦眼兒媚云：「酣酣日腳紫煙浮，妍暖破輕裘。困人天色，醉人花氣，午夢扶頭。春慵恰似春塘水，一片縠紋愁。溶溶曳曳，東風無力，欲皺還休。」詞意清婉，詠味之如在畫圖中；然後段之意，蓋本於嚴維「柳塘春水慢」之句云。

辛稼軒

「寶釵分，桃葉渡，煙柳暗南浦。怕上層樓，十日九風雨。斷腸點點飛紅，都無人管，倩誰喚流鶯且注㈠。鬢邊覷，應把花卜心期，纔簪又重數。羅帳燈昏，哽咽夢中語。是他春帶愁來，春歸何處？卻不解帶將愁去？」此辛稼軒詞也。風流嫵媚，富於才情，若不類其爲人矣。至於賀王宣子平寇則云：「白羽風生貔虎噪，青溪路斷猩鼯泣。」送鄭舜舉赴召則云：「此老自當兵十萬，長安正在天西北。」與夫

「吴楚地，東南坼；英雄事，曹劉敵。被西風吹盡，了無陳跡」等語，則鐵心石腸，發於詞氣間，凜凜也。蓋其天才既高，如李白之聖於詩，無適而不宜，故能如此。

【補　校】

㈠且注　「注」字應改作「住」字。

辛稼軒馬古洲

壽詞最難得佳者：太泛則疎，太著則拘。惟稼軒慶洪内翰七十云：「更十歲太公方出將，又十歲武公方入相。」馬古洲慶傅侍郎生日云：「天子方將申説命，雲孫又合爲霖雨。」上聯工夫在「方」字，下聯以「雲孫」對「天子」，自然中的。事意俱佳，未易及也。

馬古洲

閨詞牽於情，易至誨淫。馬古洲有一曲云：「睡鴨徘徊煙縷長，日長春困不成粧。步欺草色金蓮潤，撚斷花鬚玉筍香。輕洛浦，笑巫陽，錦紋親織寄檀郎。兒家門户藏春色㈠，戲蝶游蜂不敢狂。」前數語不過纖豔之詞耳，斷章凜然，有以禮自防之意。所謂發乎情，止乎禮義，近世樂府，未有能道此者。

【校勘記】

〔一〕「兒家門户藏春色」「藏」原作「莊」，據中興以來絶妙詞選改。

楊誠齋

誠齋文集中有答周丞相小簡云：辱相國有盡子詩寫來之教，春前偶醉餘夢語憶秦娥小詞云：「新春早，春前十日春歸了。春歸了，落梅如雪，野桃紅小。老夫不管春催老，只圖爛醉花間倒。花間倒，兒扶歸去，醒來窗曉。」仰供仲尼之莞爾，不勝主臣。誠齋長短句殊少，此曲精絶；當爲拈出，以告世之未知者。

盧申之

彭傳師於吴江三高堂之前作釣雪亭，蒲江爲之賦詞云：「挽住風前柳。問鴟夷當日扁舟，近曾來否？月落潮生無限事，零亂茶煙未久。謾留得蓴鱸依舊。可是功名從來誤，撫荒祠誰繼風流後？今古恨，一搔首。江涵雁影梅花瘦。四無塵雪飛風起，夜窗如晝。萬里乾坤清絶處，付與漁翁釣叟。又恰是題詩時候。猛拍闌干呼鷗鷺，道他年我亦垂綸手。飛過我，共樽酒〔一〕。」無一字不佳。每一詠之，所謂如行山陰道中，山水映發，使人應接不暇也。

【校勘記】

〔一〕「道他年，我亦垂綸手。飛過我，共樽酒」「他」字以下十二字原無，據中興以來絶妙詞選補。

朱希真

朱希真有西江月云：「世事短如春夢，人情薄似秋雲。不須計較苦勞心，萬事元來有命。幸遇三盃酒美，況逢一朵花新。片時歡笑且相親，明日陰晴未定。」辭雖淺近，意甚深遠，可以警世之役役於非望之福者，非止曠達而已。

劉伯寵

劉伯寵，武夷之文士，尤工於樂府，而鮮傳于世。余極愛其桂林元夕呈師座一闋云：「東風初縠池波，輕陰未放游絲墮。新春歌筦，豐年笑語，六街燈火。綉轂雕鞍，飛塵卷霧，水流雲過。恍揚州十里，三生夢覺，卷珠箔，映青瑣。金猊戲掣星橋鎖，博山香煙濃百和。使君行示㊀，絳紗萬炬，雪梅千朵。羯鼓轟空，鵾絃沸曉，櫻梢微破。看明年更好，傳柑侍宴，醉扶狨座。」蓋水龍吟也。又春詞云：「縹蒂緗枝，玉葉翡英，百梢爭赴春忙。正雨後，蜂粘落絮，燕撲晴香。遺策誰家蕩子，唾花何處新粧。想流紅有恨，拾翠無心，往事淒涼。春愁如海，客思翻空，帶圍只看東陽。更那堪，玉笙度怨，翠羽傳觴。紅淚不勝閨怨，白雲應老他鄉。夢迴羈枕，風驚遠樹，月在西廂。」蓋雨中花慢也。下字造語，精深華妙，惟識者能知之。

【補　校】

㈠使君行示　「行示」應改作「行樂」。

龍洲道人

劉改之，豪爽之士。辛稼軒帥越，劉寓西湖，稼軒招之，值雨，答以沁園春詞，甚奇偉。云：「斗酒彘肩，風雨渡江㈠，豈不快哉。被香山居士，約林和靖，與坡仙老，駕勒吾回。坡謂西湖，正如西子，濃抹淡粧臨照臺。二公者，皆掉頭不顧，只管傳杯。白云天竺去來，圖畫裏崢嶸樓閣開。愛縱横二澗，東西水遶；兩山南北㈡，高下雲堆。逋曰不然，晴香疏影，不若孤山先訪梅。須晴去，訪稼軒未晚，且此徘徊。」

【校勘記】

〔一〕「風雨渡江」「雨」原作「馬」，據中興以來絶妙詞選改。

〔二〕「兩山南北」「兩」原誤「西」，據中興以來絶妙詞選改。㊀

【補　校】

㊀「兩」字　朝鮮本未誤作「西」。

劉招山

蛾眉亭題詠甚多，惟霜天曉角一曲爲絶唱。云：「倚空絶壁，直下江千尺。天際兩蛾凝黛，愁與恨，幾時極。暮潮風正急，酒醒聞塞笛。試問謫仙何處？青山外，遠煙碧。」詞意高絶，幾拍謫仙之肩。世傳其詞，不知爲劉招山所作。余舊鈔其全集得之。招山之詞，佳者極多，近世廬陵刊本，余所有者，皆不載。莫知何也。

戴石屏

戴石屏赤壁懷古詞云：「赤壁磯頭，一番過一番懷古。想當時周郎年少，氣吞區宇。萬騎臨江貔虎噪，千艘列炬蛟龍怒。卷長波一鼓困曹瞞，今如許。江上渡，江邊路；形勝地，興亡處。覽遺蹤，勝讀史書言語。幾度東風吹世换，千年往事隨潮去。問道旁官柳爲誰春，摇金縷。」滄洲陳公，嘗大書於廬山寺；王潛齋復爲賦詩云：「千古登臨赤壁磯，百年膾炙雪堂詞。滄洲醉墨石屏句，又作江山一段奇。」坡仙一詞古今絶唱，今二公爲石屏拈出，其當與之並行于世耶！戴石屏送姚雪篷之貶所，作沁園春，其中有云：「訪衡山之頂，雪鴻渺渺；湘江之上，梅竹娟娟。寄語波神，傳言鷗鷺，穩護渠儂書畫船。」亦可謂善著語者。今集中不載，蓋有所忌也。

游寒岩

寒岩游子明，送范制置成大入蜀：「雲接蒼梧，山莽莽、春浮澤國。江水漲、洞庭相近，漸驚空闊。江燕飄飄身似夢，江花草草春如客。望漁村樵市隔平林，寒煙色。方寸亂，成絲結；離别近，先愁絶。便滿蓬風雨，櫓聲孤急。白髮論心湖海暮，清樽照影滄浪窄。看明年天際下歸舟，應先識。」其間詞語精絶。

游龍溪

龍溪游子西，赴江西漕試，登酒樓，逢諸少年聯座，不知其爲文人。酒酣，諸少年題詩於樓壁，旁若無人。子西起借韻，諸子笑之。既而落筆，詞意高妙，諸子恍然潛遁。「暑塵收盡，快晚來急雨，一番初過。是處涼飆回爽氣，直把殘雲吹破。星律飛流，銀河摇蕩，只恐冰輪墮。雲梯穩上，瓊樓今夜無鎖。便覺浮世卑沈，回翔偃薄，似蟻空旋磨。想得九天高絶處，不比人間更大㊀。獨立乾坤，浩歌春雪，可惜無人和〔一〕㊁。廣寒宮裏，有誰瀟洒如我？」

【校勘記】

〔一〕「可惜無人和」　「惜」原作「借」，據文義改。無別本可校。

【補　校】

㊀ 不比人間更大　「大」字據朝鮮本詩人玉屑應改作「火」。

㊁ 可惜無人和　「惜」字寬永本詩人玉屑原誤作「借」，朝鮮本作「惜」，未誤。

附録

(一)寬永本卷後題識

〔甲〕茲書一部㊀，批點句讀畢，胸臆之決，錯謬多焉。後學之君子，望正之耳。正中改元臈月下浣　洗心子　玄惠誌

〔乙〕古之論詩者多矣，精鍊無如此編，是知一字一句皆發自錦心，散如玉屑，真學詩者之指南也。恭惟我
主上殿下尊崇正學，丕闡至治，又
念詩學之委靡，
思欲廣播此書，以振雅正之風。歲在丙辰，出經筵所藏一本，爰
命都觀察使臣鄭麟趾繡之梓而壽其傳。始刊于清州牧，年歲適歉，未即訖功。越四年夏季，臣烱承乏以來，觀其舊本，頗有誤字，乃敢具辭上
聞，即

命集賢殿讐正以

下。臣雖荒蕪末學，監督惟謹，事已告成，嗚呼！

聖上右文興化之

意，至矣盡矣。後之學者，仰思

聖訓，體此橫範㈡，得其性情之正，歸於無邪，是所望也。正統己未冬十一月　日嘉善大夫忠清道

都觀察黜陟使兼監倉安集轉輸勸農管學事提調刑獄兵馬公事臣尹炯并手稽首敬跋㈢

權知户長金斗

都色

金乳信　河叔康　記官中今

朴超　吴孟之　劉敬　金永南　金尚智　信倫　六奇　學生周義　申敬海

修㈣　勝禪　洪忍海了㈤　敬甫　碩修　寶惠　性寶　性雲　智齊　洪志　法空

信照　忠㈥　性淳　僧海修　信哲　洪丕　性一　尚頻

校正㈦

監校奉直郎清州儒學教授官臣林會㈧

判官奉直郎兼勸農兵馬團練判官臣李棐

牧使通訓大夫兼勸農兵馬團練使臣鄭容

朝奉大夫忠清道都觀察黜陟使經歷所經歷臣崔敬明

嘉善大夫忠清道都觀察黜陟使兼監倉安集轉輸勸農管學事提調刑獄兵馬公事臣尹炯

〔丙〕寬永十六年己卯九月吉辰

二條通鶴屋町田原仁龍衛新刊

(二)寬永本後王國維先生跋二則

辛亥季冬，避地日本京都，從石林書屋借得宋本詩人玉屑，因校於此本上。二本行款均同，然至二十卷則大有詳略。又此本以詩餘另作二十一卷。疑所出之本亦然，或宋本後有增删歟。

宋本於宋諱惟貞字皆缺末筆，餘如曙、桓、構、眘、惇等均未嘗避。然如十九卷第五頁姬作姤，乃避度宗嫌名，則敧劂當在咸淳德祐間，或竟在宋亡以後。於故主之外，但避貞字，仁宗德澤入人之深如此。

(三)寬永本卷十三尾王國維先生題識

宋本中惟貞字缺筆，而桓、構、敦均不缺，殊不可解。又劉眘虛之眘亦不避。

【補校】

(一)〔甲〕茲書一部　朝鮮本此前另有一行，有「本云」二字。

㈡體此横範　「横」字應改作「模」字。

㈢并手稽首　「并」字應改作「拜」字。

㈣「修」　應作「戒修」。

㈤洪忍海了　應於「洪忍」下空一格。

㈥忠　應作「忠敏」。

㈦「都色」後、「校正」前，朝鮮本另有「刻手」一項，計四行：

刻手

成均生員　林禹山

成均生員　楊澮

前從仕郎丹陽儒學教導金淑

㈧林會　應作「林薈」。